U0740482

张懿红 ◎ 著

缅想与徜徉

跨世纪乡土小说研究

中国社会科学出版社

图书在版编目(CIP)数据

缅想与徜徉:跨世纪乡土小说研究/张懿红著.—北京:
中国社会科学出版社,2010.3
ISBN 978-7-5004-8514-8

Ⅰ.①缅… Ⅱ.①张… Ⅲ.①小说—文学研究—
中国—当代 Ⅳ.①I207.42

中国版本图书馆 CIP 数据核字(2010)第 023203 号

责任编辑 王 茵
特约编辑 郑成花
责任校对 李 莉
封面设计 李尘工作室
技术编辑 戴 宽

出版发行 中国社会科学出版社
社　　址　北京鼓楼西大街甲158号　　邮　编　100720
电　　话　010—84029450(邮购)
网　　址　http://www.csspw.cn
经　　销　新华书店
印　　刷　北京君升印刷有限公司　　装　订　广增装订厂
版　　次　2010年3月第1版　　印　次　2010年3月第1次印刷
开　　本　880×1230　1/32
印　　张　11.625　　插　页　2
字　　数　303千字
定　　价　32.00元

凡购买中国社会科学出版社图书,如有质量问题请与本社发行部联系调换
版权所有　侵权必究

序

　　《缅想与徜徉：跨世纪乡土小说研究》是张懿红博士近年来专注于中国当代乡土小说研究的重要收获，连同发表的几十篇相关论文，显示了她在这一领域的研究已经达到了相当的深广度，产生了较大影响。

　　中国乡土，承载着世界上四分之一的人口，也承载着世界上最古老的文明；它曾演绎过滞缓而壮观的历史活剧，也演绎着时时发生的最生动的人生悲喜剧。因此，"中国乡土"，或者"乡土中国"，成为现代以来文学表现的最重要的领域之一，也成为表达作家复杂情感的最重要的载体之一。其作家新人辈出，其情愫绵绵不绝，其作品蔚为大观，构成十分重要而内涵独特的中国乡土艺术世界。而对乡土小说的研究也构成了现当代文学史上的重要领域。

　　乡土小说研究虽然是一个老课题，但乡土小说因创作长盛不衰、新作不断，随着"乡土"的变迁和乡土小说创作理念与方法的变化，乡土小说研究实际上又是一个需要不断创新开拓的重要领域。新时期以来，中国乡土的超常巨变及其所引起的精神震撼和情感体验，为新一轮乡土小说创作提供了前所未有的新条件，也造就了乡土小说的新景观。与 20 世纪二三十年代乡土小说相比，90 年代以来的乡土小说创作，聚集了一大批最重要的有实力的作家，其作品无疑有了全新的面貌和意蕴，对其如何作出具体研究和整体评价，实际是当代文学评论与文学史研究的新课题，是当代小说研究的重要部分。在乡土小说这一传统概念下，研究者要面对的却是实实在在的新内容。这一点是容易被忽略的，但又是十分重要的。新乡土小说研究要面对两方面的挑战，一是必须认真细读和感悟作品，突破既定的对乡土小说的期待视野和欣赏心理，获得新的感性体验和理性把握；二是重新理解"乡土"的涵义并根据新的作品抽象概括"乡土小说"概念和范畴，建立当代乡土小说研究的新范式。懿红的《缅想与徜徉：跨世纪乡土小说研究》在这些方面都有新的突破和创新，我认为主要特点和意义在于：

首先，对乡土小说概念的厘清界定和阐述。厘清界定的过程就是探讨的过程。该书用了将近八千字，论述了乡土小说的各种理论，重新界定乡土小说概念的内涵与外延。作者从中国现代以来的相关理论乃至外国相关概念的分析入手，指出，地域乡土（与城市相对）是乡土小说的稳定核心，本身包含着触发乡土想象的全部活力；地域文化和乡土精神则是乡土小说的审美内涵；乡土小说作为有效术语仍然适用于当代文学评论。她同时又认为，乡土小说淡出消费社会的文学热卖场，但在导向性文学层面，乡土并未丧失活力。值得关注的是，随着地域乡土的城市化，乡村与城市的差距会越来越小，乡土的"异乡"情调也会逐渐消褪。而全球化时代的世界公民也将逐渐适应四海为家的时尚生活，大量移民移居海外，"乡土"也可能在异国他乡被置换为"故国"。因此，乡土小说的蕴涵也会随之发生变化。乡土之美作为家园的美好想象将进一步强化，那种包含着故乡、故土、大地的精神实体，将成为现代人恋土和回归家园的冲动本源。她对乡土小说的"常"与"变"的这种分析，符合变化中的乡土及其艺术表现的实际。这些研究，对传统乡土小说概念进行了重新思考和分析，揭示了新的乡土小说变化及特点，这成为她研究具体作家作品的理论基础。

在此基础上，懿红对90年代以来乡土小说做了整体的关照和评价，认为这是一个结构合理、充满活力的良性文学生态系统，包涵深厚宽广的多层面人文关怀。进而展望到，"作为价值追求、意义重构的精神乡土、神性乡土、诗性乡土，将成为乡土小说越来越强劲雄浑的原动力，推动乡土小说走向神话"。也许，其中的某些看法还有探讨和深化的余地，但是，这种审视研究对象的新变化从而对理论前提进行反思和重释的意识，是值得充分肯定的。

其次，对90年代以来中国乡土小说的系统解读和描述。时代和文化氛围及欣赏心理的变化，使得认真阅读文学作品变得"困难"了。当代小说数量巨大，所涉内容纷如乱丝，即使某一类作品，要从整体上基本把握也需花费很大气力。本书一个重要特点，是在认真阅读作品，自己体悟的基础上，有感而发，不做空论，所说的是自己的感受和理解。这一点本来是研究的基本要求，但实际上，在当代文学研究中要真正做到已经不易，而本书作者不仅做到了，而且做得很出色。我没有统计过本书的研究涉及多少作家多少作品，但是，每一章每一节都能点面结合，有新的内容新的重点，在理性把握的同时有阅读的感性快乐。在大量解读作品的基础上，系统、深入地研究了90年代以来中国乡土小说的现状、成就、发展趋势和存在问题，进行精当的理论概括，提出了一些重要观点。比如，她概括出，就主题意蕴而言，

90 年代以来乡土小说的想象域主要在直面现实、文化批判、历史反思和家园守望四个方面；比如，她探讨乡土小说叙事行为背后的动力机制，认为贯穿当代乡土小说四个主题性想象域的动力机制是"沉没与再造"，这种动力，一是乡土作家创作的动力，二是社会变革的动力，等等。这些观点体现出作者对研究对象的深刻把握和对作品的独特见解，显示出创新意识。

再次，通过自己的解读告诉了我们应该怎样把握当代乡土小说的精髓，通过作品分析使我们认识了新乡土小说不可替代的价值和意义。作者的研究姿态是主动的，不是被动的，没有人云亦云，她有评判，有分析，断语中肯。在对乡土小说整体理解的基础上对个体创作进行独特评价，评判具有力度和深度。她对重要作家都有一种定位和评判，比如：刘醒龙、陈应松：批判的激情；何申、关仁山："新"的发现；谭文峰、王祥夫：人性的质疑；夏天敏、雪漠：边地的关怀；杨争光、黄建国：国民性批判的二度空间；乔典运、李佩甫：权力文化与国民性；韩少功：词语的生命；贾平凹：文化的宿命；陈忠实：史诗的标高；莫言：民间立场与自由精神；赵德发：思想重构的历史；阎连科：乌托邦的寓言；刘玉堂：喜剧性的重构；余华、艾伟：个人化的历史；张炜：融入野地；迟子建：终极乡土；刘庆邦：纯真年代；王新军及其他：诗意栖居的可能，等等。一个个小标题即是一种对作家创作特色和精髓的把握，极富概括力和鲜明性。

这本书的主体部分是张懿红的博士论文，在匿名送审中，得到了专家很高的评价，比如她在"后记"中引述的於可训教授对于她的良好的文学审美素质和较强的艺术感悟能力的赞扬，就很能说明问题。专家们还指出，作者体现了敏锐而又求实的学术眼光，论文观点明确，重视文献资料，写法扎实，避免空洞、虚浮的弱点等等，我颇有同感。

此外，语言的犀利和表达的学理性也是特色所在。在我指导过的博士生中，懿红的语言是最为犀利和准确的，这反映了她思维的个性特点和思路的清晰。她的文字表达，直言不讳，干脆利落，不拖泥带水，对于当代的大家不讳言其缺点，对乡土小说面临的问题也不回避，辩证地指出其活力与症结，颇见批评功力。

懿红学术基础扎实，感悟和理解能力强，发展势头好，潜力大，本书是她的阶段性成果，也是新的开端。相信她只要继续坚持自己的学术个性，抵御浮躁之风的侵扰，不断充实，厚积薄发，一定会取得更大成绩。

程金城

2009 年 12 月 10 日

目　录

目录

绪　论

一　乡土小说概念

　　20 世纪 90 年代以来，随着农业文明向工业文明加速转型，乡土社会处于矛盾冲突的巨变中，尤其是传统人文价值全面倾圮，理应引起知识分子的人文关注。与此同时，城市生活占据更多叙事空间，乡土逐渐淡出消费社会的文学热卖场，只在导向性主流文学层面保持活力。与正在消逝的传统文化一样，乡土小说也面临沉没与再造的转型问题。在这个急剧变革的社会文化转型期，我们迫切需要全面认识乡土小说的发展态势，整理乡土叙事的想象空间，通过乡土小说的社会性象征行为，发现乡土小说在转型期的社会作用、政治功能，以积极的理论发现促进历史发展与文学想象的良性互动。然而一直以来，乡土小说的学术研究偏重现代，对 20 世纪 90 年代以来乡土小说的发展关注不够，尤其缺乏整体把握、系统分析的评论、论文。有些总体概述的论文往往偏重理论阐释，并不仔细阅读文本进入作品，因而其结论多大而无当，或不符合整体创作实践。本书旨在考察 20 世纪 90 年代以来乡土小说的总体态势，通过广泛涉猎、细读作品提炼出直面现实、文化批判、历史反思和家园守望四个想象域，提纲挈领，建构起当代乡土小说的主题性想象系统，并深入探讨乡土小说的叙事动机、动力机制和深层结构，揭示乡土小说的原动力和症结所在，以及当代乡土小说存在的问题。

在具体评述之前，首先需要界定"乡土小说"这一概念。

描写乡村生活这一独特领域的现当代小说历来有不同的批评概念。典型的是自五四出现的"乡土小说"概念，相关事实是鲁迅1935年为《中国新文学大系》作《〈小说一集〉导言》中根据文学现象归纳的经典定义，后世文学史家据此界说、以鲁迅为先导的20世纪20年代中期到30年代初期的乡土小说流派，以及以他为代表的文化批判和以沈从文为代表的乡土抒情两种乡土小说的不同视角。1949年以后，文学被划分为各个题材领域——对应于社会主义建设的各条战线。"乡土小说"被"农村题材小说"代替，并因此丧失了乡土小说原有的重风土人情描摹的本质特征，而成为宣传政治运动、阶级斗争和社会主义优越性的农业阵地。新时期以来，随着"文化热"、"寻根文学"的兴起，"乡土文学"又被广泛采用，由"农村"向"乡土"回归。20世纪90年代以来，一方面很多文艺创作会议依然坚持"农村题材"的提法，比如《文艺报》1995年9月1日报道全国农村题材文艺创作会议提出：题材作为一种文艺创作和研究的概念在我们当前的文艺生活中依然有其强大的生命力，而"农村题材"无疑更是一个具有鲜明的中国特色和时代特点的概念；另一方面，一些努力于这一题材的作家、批评家却坚决反对这一打上了政治挂帅痕迹的过时概念，比如李锐在1997年的长篇小说《万里无云》的后记《我们的可能——写作与"本土中国"断想三则》中认为："农村题材"的说法实在和文学相去万里，是一个准军事的用语，文学同行们应以文学之名清除这一类近乎垃圾的语言暴力。还有很多批评指摘这个提法是一个行业化、产业化的概念，它过分强调题材本身的重要性乃至决定性，强调作家选择题材、提炼主题必须吻合特定历史时期的具体事件和具体路线政策，因此给作家造成束缚，给文学带来危害。在这种情况下，关注当代小说这一与都市对立的现实领域的文学批评就处于一种命名的困境之中。很多学者仍然坚持"乡土小说"的传统提法以囊括所有描写乡村生活的小说，如丁帆、金汉、陈继会、曾镇南、雷达、庄汉新、邵明波等，而且伴随农民工进城等城乡格局的变化而不断扩大乡土小说的外延和内涵。另一些学者则另辟蹊径称为"乡村小说"，如赵园、段崇轩、周水涛等，也有继续称"农村小说"、"农村题材小说"的。此外，陈继会、王又平、周水涛等学者试图清理"乡土小说"与"农村题材小说"这一对文学史范畴，对其"革命性"话语转换的意识形态动机进行发生学考察，对概念嬗变在文学研究中的意义进行学术反思，从而使批评概念的历史嬗变从话语实践的批判中凸显出来。

目前对"乡土小说"这一概念的游移态度主要在于其内涵的多重性和不确定性，所以必须经过层层过滤方可剥露其有效内核。首先，中国现代文学史上的"乡土文学"和美国内战之后兴起的"乡土文学"（Local Color Literature——译为"地方色彩文学"或许更准确）并非一一对应、严丝合缝的概念复制；其次，中国现代文学史上的"乡土文学"流派也有别于作为一种文学潮流、创作传统的乡土文学，后者绵延长久、内涵趋于延展泛化，最后，中国内地乡土文学的概念也不同于中国台湾地区乡土文学。

从世界文学史看，乡土文学的兴起是工业化的产物。19世纪初的欧洲文学即显示出注重地域性和地方色彩的理论自觉，仿佛对抗工业化整齐划一的钢铁逻辑、机械化似的，小说越来越偏爱地域差异，且往往将故事背景定位于偏远乡村、边地。美国南北战争后不久兴起"乡土文学运动"（Local Color Movement），高张乡土文学大旗，风行近 30 年且余韵不绝。按照美国文学史对美国乡土文学的界定，它着重描绘某一地域的特色，即方言土语、社会风尚、生活习俗、民间传说、性格人物以及地方独特景色，常见形式是短篇小说，其中可见浪漫主义与现实主义的双重影响：从日常普通生活反顾边地奇俗或异域风景，又通过细节描写保持真实性与准确性。其特点与弱点均在于依恋过去黄金时代的浓浓乡愁（怀乡病）与感伤。叙述者多为受过教育的外来观察者，对乡村生活保持或同情或讽刺的距离，是乡民和城市人（预期读者）之间的中介。美国乡土文学似乎试图重获往昔岁月的迷人魅力，然而按照地域差异分别描写国家各个部分，客观上促进了联邦的再次统一和国家身份的铸造。在英语文学中，与 Local Color 相近、涵盖地域差异的更宽泛概念是 Regional Novel（或 Regional Literature，Regionalism）——地域小说（文学），强调特殊地理背景并集中于一地之历史、传统习俗的描写，以此为人物生活和行为发生的主要因素。它与 Local Color 的区别在于作者常常从文化人类学角度出发，更强调基本的哲学和社会学差别而非古怪的方言、服饰和习性。其中一种主要形式是 20 世纪 20 年代和 30 年代兴起于美国南方的地方文学，这些小说大部分生动描写了严重经济衰退带来或加深贫困和堕落，旨在抵抗北方对南方的工业化而支持土地（农耕）经济，主要作家如威廉·福克纳、厄斯金·考德威尔、约翰·斯坦贝克等。应当说，美国所谓 Local Color Literature 或 Regional Literature 都是注重乡土与城市之地域差异和文化比较的，这也是它们被译为"乡土文学"

的根本原因。

在中国现代文学的开端，鲁迅归纳蹇先艾、王鲁彦、许钦文等文研会青年作家 20 世纪 20 年代小说创作的共同特点，指认其为"乡土文学"。鲁迅关于乡土小说的定义着重于三点：一是作家身份特征：离开故乡的都市"侨寓者"；二是内容："回忆故乡"——由此获得某种"异域情调"——即地方色彩、乡土风情；三是情感基调："隐现着乡愁"——进入城市的现代知识分子在乡村文化与都市文化冲突中体验到的怀乡与漂泊意识。这一定义与美国"乡土文学"的概念颇多意义重合。同时，鲁迅与他所指认的中国乡土文学作家以人道主义等现代观念揭示乡间悲剧、批判国民性的思想理路也顺应中国现代化的社会发展趋势，殊途同归，与美国乡土文学一样也发挥了整合民族性格的文化作用——尽管中国特定的时代主题和社会现状（现代化的滞后）决定了此"乡土"迥异于美国的现代性内涵——这表明中国现代文学史上的乡土文学一开始就孕育了自己独立的品格。另外，由鲁迅的命名开始，中国现代小说一股绵延不绝的强劲创作潮流进入现当代文学研究者的视野，"乡土文学"成为现代文学的一个重要批评概念，丁帆、陈继会、杨剑龙、赵学勇等多位学者都曾用"乡土文学"（"乡土小说"）概念来梳理现代文学史中的这一重要文学现象，把它视为底气深厚、不断更新文化蕴涵的一种具有特定题材取向的创作潮流、小说类型和文体。从这一批评概念出发才可以得出这样的结论：以农村生活为题材、具有浓厚乡土气息和地方色彩的乡土小说是中国 20 世纪小说创作的主流。

然而作为一种潮流、文学类型、小说文体，中国乡土小说的发展并没有局限于鲁迅理论归纳的统一道路，而是各辟蹊径分道扬镳。或把乡土推向文化理想和生命境界的极致而成为不可逾越的精神审美高峰，如沈从文；或立足于单一政治视角、凸显乡土中国和谐秩序表面下的阶级矛盾——从左翼到解放区文学，再到新中国"农村题材小说"，这一路遥遥领先，最终一枝独秀，压倒了沈从文等人苦心经营的文化乡土。由于政治化模式化的"农村题材小说"最终难以归拢于"乡土小说"的传统界说，就留下"乡土小说"观念变异的历史疑案，因为"农村题材小说"（社会政治学批评术语）和"乡土小说"（文学——文化批评概念）在风格、内涵和美学意味方面均相去甚远。新时期以来寻根文学回归乡土，意图在乡土深层进行文化考古和发掘。由于其文化意识受制于明确的深度思维模式，寻根文学把乡土推出切身感受的温暖怀抱，把它变成神秘遥远的过去。20 世纪 90 年代以来，乡土展开多角度多层面的叙述可能，在深层历史考察的思想天空下，现实乡土社会的庸常人生也在平静上演那些习见的"村里的事"。童话世界、诗意盎然的乡土想象，反衬着揭露社会不公、吏治腐败、乡民病苦的焦灼义愤。意境优美的乡土牧歌虽未绝唱，但冷漠戏谑的鬼脸频频出镜，已使乡土面目可憎。这种多样化景观再次胀破鲁迅界定的"乡土文学"的工艺草编，使批评陷入命名的困惑。然而，只要把鲁迅指认的特定时期"乡土文学"流派和此后成为文学类型与文体的"乡土文学"区分开来，上述疑惑也就风流云散了。作为一个蕴涵丰富的批评概念，"乡土文学"固然注重"乡土"地域色彩和"乡愁"，但绝非排斥阶级斗争等政治内容——后者也是观照乡村生活的一个重要角度。

最后需要甄别的是中国大陆与中国台湾地区"乡土文学"的概念差异。大陆乡土文学一开始就确定了地域乡土（区别于城市）的题材范畴，在此后的曲折发展中也始终坚守这一底线。

中国台湾地区对乡土小说的界定则接近鲁迅当年，更注重乡土小说的叙事动力、美学自觉和叙事策略。王德威曾用"原乡神话"讨论乡土小说的内涵，他指出：第一，原乡小说基本沿袭了传统写实主义的模拟信条，但也同时夸张或戏剧化其内蕴的矛盾。故乡之成为"故乡"，亦必须透露出似近实远、既亲且疏的浪漫想象力。当作家津津乐道家乡可歌可记的人事时，其所贯注的不只是念兹在兹的写实心愿，也更是一种偷天换日式的"异乡"情调（exoticism）。第二，原乡作品的叙述过程以及"乡愁"的形成，都隐含时间介入的要素。究其极，原乡主题其实不只是述说时间流逝的故事而已；由过去找寻现在，就回忆敷衍现实，"时序错置"（anachronism）成为乡愁文学的一大关目。第三，由此，"空间位移"（displacement）也启动了作家本人回望故乡的地理位置，以及捕捉、置换（不断退回的）原乡的叙事策略。第四，"故乡"的人事风华，不论悲欢美丑，毕竟透露着作者寻找乌托邦的寄托，也难逃政治、文化乃至经济的意识形态兴味。因此，原乡作品展现了"时空交错"（chronotopical）的复杂人文关系，"故乡"的召唤也极可视为一有效的政治文化神话，不断激荡左右着我们的文学想象。① 20 世纪 70 年代中国台湾地区发生的"乡土文学论战"把乡土上升为文化精神——对立于"现代"的"传统"文化，王德威指认的"故乡"所隐藏的社会和历史动机更加显豁，这就使乡土小说进一步逸出地域题材范畴而成为广义的"本土小说"。关于二者之间的差异，丁帆的《中国大陆与台湾乡土小说比较史论》和陈继会的《中国乡土小

---

① 王德威：《想象中国的方法》，生活·读书·新知三联书店 1998 年版，第226 页。

说史》均有详论，此不赘述。

综合"乡土文学"的外来移植，鲁迅对 20 世纪 20 年代中国特定文学流派的归纳界定，以及中国现当代文学史研究和文学批评赋予它的宽泛内涵，所谓"乡土文学"（"乡土小说"），大概包含几个基本意义层面：首先是题材规定性，即乡土题材创作；其次，现代意义上的乡土小说往往凸显乡土意识，以及审美上的自觉、独立意识。所谓"乡土"总是相对"城市"而言的，二者相辅相成。只有在"城市"的整体观照、反衬下，"乡土"才能作为一个独立的文化意象被凸显出来，反之亦然。如果说"城市"这个意象往往意蕴着城市文明、工业文明、现代文化，那么"乡土"就相应地往往成为乡村文明、农业文明、传统文化的载体。可以说，地域范围（相对于城市的乡土题材）、地域文化（审美特征）及乡土精神（传统文化内涵或其他从乡土生发出来的文化理想、价值追求及其伴随的感伤情调）聚合为乡土小说的立体形象。

在乡土小说的界定视阈中，地域（题材取向）范围——乡土小说共同的叙述对象是它的稳定核心。新文学运动以来的中国乡土小说一开始就从题材上阈定了它必然是以地域乡土（与"城市"相对）为疆界，从而使乡土作为一种约定俗成的区分概念而成为乡土小说的特定内涵，从事乡土文学研究的学者们也惯于沿用这一地域性概念来切入对象。但是，对这个划分不能作绝对化的理解。与"城市"相对的乡土，本身是一个相对的地域概念，并且随着城市化历史进程而不断后退。对于北京、上海这样的国际大都市，边地小城也可能是"乡土"；而对于偏僻闭塞的山区，一个保留许多农业文化遗迹的小镇也可能是"大城市"。而在几十年后回顾 20 世纪初的中国，则它的大部分地区刚刚从前现代文明的迷梦中苏醒，那些睡眼蒙眬的旧式中国小城镇，正是"乡土中国"的绝妙写照，自然当属"乡土"无疑。在这个层面上，"乡土"已经显示出它的象征意义，它不仅是一个地理上的位置，更是作家想象的疆界。它代表着一个逃离、背弃与回归、再造的时空交会，代表着作家追溯或向往的生命意义的源头，以及乡土小说叙事动机的发源地。这意味着被城市背弃的"乡土"一开始就决定了乡土小说永恒的叙事模式：今昔对比，传统与现代的冲突，故乡的失落与再造等等。因此，与"城市"相对的地域"乡土"并非乡土小说的紧箍咒，而是本身包含触发乡土想象的全部活力。至于乡土小说的其他内涵——地域文化和乡土精神则是乡土小说重要的审美追求和价值取向。乡土小说研究专家丁帆认为：乡土小说的地域文化色彩应是它构成的重要内涵，除语言运用的因素外，更重要的是由"风俗画"、"风情画"、"风景画"三画合成的"风土人情"的描摹，后者是乡土小说不可或缺的本质意义内容，构成乡土小说作为地域文化的审美差异性。地域性以其地域人种（由大到小的地理意义上的居群集团分类）、地域自然（由域区划分的自然环境景观）和地域文化（由表层的政治、经济、历史、风俗等社会结构而形成的特有的民族、地域的文化心理）形成中国地域文化乡土小说的美学特征，使乡土小说成为包容多种艺术形式的地域文化特征的小说。① 丁帆的理论是当代文学研究中的代表性观点，理论支点与英美所谓"乡土文学"一致，许多中国现当代文学研究者的理论大致是在此基础上的加减运算。然而强调地域文化的

---

① 丁帆：《中国大陆与台湾乡土小说比较史论》，南京大学出版社 2001 年版，第 17—21 页。

"乡土"（regionalism）往往泛指地方特色，而城市甚至都市也有
自己丰富而独特的民风民俗地域色彩——范伯群据此提出"都
市乡土小说"，更不用说数目众多的中小城镇——目前小城镇题
材小说正在引起越来越多的关注，因此把此类小说称为"地域
文化小说"或更恰当。而且问题的另一面是，强调"风土人情"
等地域文化审美差异性，往往可能使乡土小说的题材阈定失效。
因为许多乡土小说以揭露社会问题、批判现实为旨归，且倾心于
淡化情感态度、客观呈示等现代叙事方法，往往忽视乡土色彩、
乡土气息的渲染，如鬼子、东西等人的乡土小说。而且随着乡村
生活的变化，"离土农民"、乡镇干部、扶贫工作者进入乡土世
界，农裔城籍作家远离乡村生活而把重心移向自己更熟悉的城镇
生活，主客体两方面的原因都造成乡土小说"乡土风味"的淡
化。在很多情况下，"乡土"往往隐身于城市的楼群、街道、人
流，沉没在遥远的地平线下，变成城市生活不在场的远景，比如
近年大量的打工文学。因此，地域文化特征虽然是乡土小说的审
美追求和风格要素，但不应作为绝对的标准。至于乡土精神——
某种作为价值取向的"乡土"，其内涵伴随现代文明的历史进程
而演变，并没有一个终极的、一劳永逸的、如同《圣经》一样
高高在上的乡土小说的意义源泉。在现代文明的整体氛围中，乡
土小说的存在本身就是一种文化象征，它的在场与不在场均折射
现代文化，无论采取何种姿态，总能很容易形成一种文化批判、
文化比较或文化超越的视角。伴随乡土村社隐退、消失的现代化
过程，乡土将逐渐升华为一种文化精神，即乡土精神或精神乡
土——与"现代"相对立的"传统"文化或人类永恒的价值理
想，将生生不息的大地力量与一以贯之的人伦信念相融合、作为
人类诗意栖居的"大地"的乡土，超越时空、地域限制的文化

乡土——人类某种可能的存在方式。这是中国港台地区和海外乡土小说的重要主题，也是当代大陆乡土小说正在蓬勃兴起的一个重要主题。但如果以此匡正中国大陆所有的乡土小说，并因为没有从中找到久远温情的乡土魂魄、农工文明的矛盾冲突、濒危的乡土价值和梦幻、感伤、失落的情调而无所适从，则又往往堕入本质论的怪圈。毕竟乡土是不同作家体验、想象和叙述的多彩世界，它的内涵绝不会局限于文化哲学、生命哲学、人本哲学、生态哲学等种种西方时髦的思想藩篱。关注中国当代社会现实和乡土历史变迁，表现时代或社会的主题（政治文化是其中一个至关重要的主题），这也是自鲁迅以来中国乡土小说的传统之一。在当下远离底层生活、趋向浮浅琐屑个人欲望的文学氛围中，这一传统恰恰显示出现实主义历久弥新的力量。何况中国大陆漫长的农耕文明历史、至今依然广袤存在的地域乡土空间和正在经历的巨大社会变革均迥异于西方和中国港、台地区，必然要求独特的"乡土精神"的表达。

综上所述，考虑到从鲁迅到"农村题材小说"的演变，以及文学研究的历史沿袭，目前以地域乡土（所谓"乡村"、"农村"）为中国现代乡土小说的最后分野是可行的。尽管差强人意，但是，在"城市文学"、"都市小说"大兴的今天，这应当是一个简明易行的标准。作为传统文体，乡土小说自身就是一个在历史中不断演变的概念，这一点美国文学、中国大陆和台湾地区文学的发展都能证明。如果非要给乡土小说套上某种先在的美学风格和意蕴，则恐怕只能用它指称特定文学流派或类型小说了。当然，地域乡土并不会阻挡文学走向所谓"人类性"的精神之旅，无论文学从哪里出发，它都通达人类共同的心灵世界——只要作家葆有美的心灵。

随着地域乡土的城市化，乡村与城市的差距会越来越小，乡土的"异乡"情调也会逐渐消退。而全球化时代的世界公民也将逐渐适应四海为家的时尚生活，大量移民移居海外，"乡土"也可能在异国他乡被置换为"故国"。在这个宏大社会工程缓慢的历史进程中，乡土小说的蕴涵也会随之发生变化。乡土之美作为家园的美好想象将进一步强化，那种包含故乡、故土、大地的精神实体，将成为现代人恋土和回归家园的冲动本源。作为价值追求、意义重构的精神乡土、神性乡土、诗性乡土，将成为乡土小说越来越强劲雄浑的原动力，推动乡土小说走向神话。我想，这大概就是乡土小说未来的走向。

现时代是话语膨胀的时代，后现代的复制模仿加快语言的消费和损耗，造成不必要的浪费和重复。而理论研究自当本着严谨的学术精神，以不随波逐流的坚持引领人类文化的悠久历史。今天，种种概括同一研究对象的批评术语——如"乡村小说"、"农村小说"、"农村题材小说"等——在语义和语用方面都与"乡土文学"（"乡土小说"）相通甚至完全一致，并非新的思维创造，也没有带来文学观念与批评范式的变革。在这种情况下，五花八门的术语错杂反而容易造成批评的混乱，不利于维护文学批评的"公序良俗"。而且，"乡土文学"（"乡土小说"）自身的历史演变并不能构成更名的依据，如上所述，"乡土文学"（"乡土小说"）在近一个世纪的批评实践中走过了起伏消长的曲折路途（从鲁迅时代的"乡土文学"到新中国成立后"农村题材"的一元化，到新时期"乡土文学"复出），在此过程中其内涵与外延均得到大力拓展，其弹性和涵盖力始终保持强势话语的竞争能力，完全可以沿用来概括当代小说的同类文本——后者并未脱出"乡土小说"文体的传统规范。故本书研究 20 世纪 90

年代以来的此类小说仍将沿袭"乡土小说"的提法。

二　20世纪90年代以来乡土小说发展概况

　　中国目前社会结构依然城乡差别分明，这种工业化低级阶段的广阔现实，注定中国当代小说还不能如同美国乡村歌手那样，以缅怀旧梦的深情吟唱什么"村路带我回家"。但另一方面，20世纪90年代以来，城市化浪潮使中国现代小说的一大题材聚集点——乡村生活渐渐远去，越来越经常地被演化为城市人一瞥而过的"旅游景点"。

　　20世纪90年代以来，随着城市化进程加快，城市生活越来越多地占据叙事空间，乡土似乎渐行渐远地淡出消费社会的文学热卖场，最明显的表征是：乡土小说在文学期刊中所占版面大幅度下降，在长篇小说界出版数目锐减。针对这种崇尚安逸享乐、自闭而又自私的城市心态，文学界似乎受反作用力推动而更加顽强地坚守乡土小说这块传统阵地。20世纪80年代末以来批评界指认了所谓"新乡土小说"，《山西文学》、《飞天》等文学刊物大力推介乡土小说作家作品，1996年《山西文学》还举办三期"乡村小说特辑"。历届文学奖很多奖项被乡土小说摘走，以致有人竟得出一个误导性的结论：当代小说中的乡土叙事比城市叙事更容易被认可——尽管事实正好相反，或许物以稀为贵的经济规律倒是更有权威解释这一文学现象。在这个商女不知亡国恨的商业时代，莫言、贾平凹、阎连科、赵德发、李佩甫、刘醒龙、迟子建、刘庆邦等致力于乡土小说的作家，的确更有资格领受发自人类良知、责任与激情的赞赏，尤其是考虑到被幸运的大多数视而不见的弱势群体——农民的沉默存在。要求文学承担社会责任并非歪曲文学，任何一种人类创造、商业产品都必须承担对全人类发展的责任，何况直指人心的精神产品、文化创造。

面对文学通俗化潮流，乡土小说的发展主要依靠期刊、学术、奖励等政府管理与调节因素的引导和保障，在导向性文学层面，历史悠久的"乡土"并没有丧失活力。目前从事乡土小说创作的作家很多，还有不少军旅、都市题材小说家也不时涉足乡土，包括一些新生代、新活力作家也悄然进入乡土领域，韩东、毕飞宇、红柯、李洱、魏微等向乡土叙事转型，并且在乡土叙事上获得重大突破。比如韩东的《扎根》、毕飞宇的《玉米》和《平原》、魏微的《一个人的微湖闸》、李洱的《石榴树上结樱桃》等都自出机杼，别开生面。林白也走出女性写作的私人空间，用乡间口语连缀《妇女闲聊录》，在《万物花开》中写出一个别样的乡村世界。粗粗扫描，在乡土小说创作领域用力较多、成绩显著的作家大致有：甘肃的雪漠、和军校、柏原、邵振国、王新军；宁夏的漠月、石舒清、陈继明、张学东、郭文斌等；河南的乔典运、田中禾、张宇、周大新、李佩甫、阎连科、刘庆邦、刘震云、侯钰鑫等；陕西的贾平凹、陈忠实、杨争光、黄建国、红柯等；北京的刘恒、凸凹；河北的关仁山、何申、贾兴安等；山西的曹乃谦、谭文峰、李锐、王祥夫、葛水平等；山东的张炜、莫言、赵德发、李贯通、刘玉堂、尤凤伟、陈占敏、张继、王方晨、刘玉栋、鲁雁等；湖北的刘醒龙、陈应松；湖南的韩少功、彭见明、向本贵等；四川的李一清、白连春；江浙的余华、苏童、毕飞宇、阙迪伟、彭瑞高、艾伟等；广西的鬼子、东西；云南的夏天敏；东北的迟子建、孙惠芬等。这些作家中，有20世纪40年代的老作家，有20世纪70年代的新生代，中坚力量是 20 世纪 50—60 年代的少壮派。

这些作家以北方居多，因此出现了乡土小说发展南北不平衡的现象。之所以如此，有历史与现实等多方面共同因素的作用。一个主要历史原因是，当代文学发展过程中逐步形成了北方文化优势。而经济发展的地区性不平衡，则是形成乡土小说南北差异的直接作用力。因为目前的状况是，北方的城市化进程远远落后于南方，北方农村因而得以保持更多农业社会的文化遗迹，也面对更多的社会矛盾和社会问题，便于文学发现和开掘。因此在北方乡土小说中，我们可以找到较多满足乡土小说审美期待的审美发现，诸如农耕文明的悠久历史、乡土中国的伦理道德传统、贫穷自由的生活方式、古老神秘的风俗礼仪、令人心驰神往的乡村景色、落后蒙昧中的罪恶悲剧、无望的生存困境以及现实社会弊端等等。而在率先开放的南方，在股份制公司代替乡村社会组织的特区，乡土小说的叙述对象已然消失，变成梦幻想象中的虚拟世界，乡土小说的写作恐怕要攀升到精神乡土的抽象层面才可以应对新的现实图景。这种虚拟化、寓言化、主观化的乡土想象与叙述方式，已经出现在一些非主流南方作家的小说文本中。把他们的乡土小说与西北、中原、山东等地作家的小说比较，差异是明显的。他们的小说虽写乡土，却并没有多少土气息、泥滋味，或许这也正是其叙事策略。

当代乡土小说的重心依然是中短篇小说，因为长篇小说更容易受市场因素的左右，而市民文化消费不能营造有利于乡土小说发展的精神生态。相对而言，乡土小说的中短篇创作还是比较丰富的，但因为主要刊登在文学期刊上，影响反倒不如长篇来得显著。以上作家中，谭文峰、刘醒龙、刘庆邦、迟子建、王新军、红柯、刘玉堂、张继、何申、陈应松、鬼子等人均以中短篇取胜，其乡土小说有写实、抒情与幽默等几类比较醒目的美学倾向，长于客观写实者如谭文峰、刘醒龙、关仁山；以抒情取胜者如刘庆邦、迟子建、王新军；重幽默趣味者如张继、刘玉堂、何申。自然，这几种倾向又是相互交融的，较以往更自由、更自觉地追求多样化的叙述方式、叙述语言和情感基调，以激发复杂的阅读感受，这是当代小说的一个普遍趋向。乡土小说的长篇虽然数量不多，质量参差不齐，但颇有一些厚重之作。陈忠实《白鹿原》，莫言《丰乳肥臀》，贾平凹《秦腔》，韩少功《马桥词典》，张炜《九月寓言》，赵德发"农民三部曲"，李佩甫《羊的门》，阎连科《日光流年》、《受活》，余华《活着》等，都堪称当代长篇小说的经典。

就主题意蕴而言，20世纪90年代以来乡土小说的想象域主要在以下四个方向拓展：直面现实、文化批判、历史反思和家园守望。以下将分章论述四个想象域，在具体解读作家作品的基础上整体把握20世纪90年代以来乡土小说的发展状态，探讨叙事行为背后的动力机制，以及目前存在的三大问题。

最后，关于本书的研究方法略作说明。鉴于当代文学研究中广泛存在用理论阐释代替审美感悟、以中国文学为西方理论张目的流弊，本书特重文本细读、个人感悟和中国传统诗学精神。首先，本书结论在广博的阅读经验中得出，有足够强大的实证支持。著者先后评述20余位作家，对每个作家作品的解读，一律放在作家整体创作情况和特定社会历史背景中发现其意义，以免断章取义，以偏赅全。由于研究对象是乡土小说，所以著者主要依据作家在乡土小说创作方面的实绩选择批评对象，确定他们的位置。其次，本书所作阐释均自出机杼，渗透著者的美感追求、政治/文化批判和文字乐趣。著者希望文学研究能够更多纳入评说者的灵感妙悟、人生境界和历史意识，而不是一味图解西方理论的"微言大义"。第三，著者相信美国当代批评理论家弗雷德里克·詹姆逊的观点：政治视角是一切阅读和一切阐释的绝对视阈。社会历史研究方法、广义的政治视角是本书解读文本的基本立场。据此，本书对乡土小说的解读不注重形式研究，而是在文明转型、社会变革的大环境中考察作家作品的价值和意义，绝不轻视乡土小说干预社会历史进程的巨大象征作用。此外，20世纪中国乡土小说发展轨迹也是本书讨论20世纪90年代以来乡土小说的重要语境，著者希望自己的研究视野纳入20世纪20年代以来中国乡土小说历史演变的整体风貌。本书对乡土小说四个想象域的具体分析，均放在乡土小说的历史发展背景中，努力贯通乡土小说的历时性演进过程，勾勒中国乡土小说近一个世纪的发展轨迹。第四，对于其他西方文艺理论和方法著者并不排斥，而是尽量融会贯通，以有效解读文本与相关文学现象，发现文学与人生、社会、文化的互动关系为目的，力避过多引用。

第一章

直面现实

　　1992 年 10 月，党的十四大明确提出：我国经济体制改革的目标是建立社会主义市场经济体制。这是一个带有全局性的重大突破。这标志着党对社会主义经济发展规律的认识有了一个新的突破和飞跃，标志着我国的经济体制改革进入了一个新的阶段。1993 年 11 月，党的十四届三中全会做出了《中共中央关于建立社会主义市场经济体制若干问题的决定》，勾画了社会主义市场经济体制的基本框架，制订了继续深化改革的总体蓝图。我国的经济体制改革从此进入了全局性整体推进的新阶段。随着社会主义市场经济改革深化，"三农"问题逐渐显露，1989—1991 年出现了改革以来首次农民收入连续 3 年增长速度为负数的情况，1997 年再次出现"卖粮难"。1992 年邓小平南方讲话后，数千万农民工进城，农村劳动力流动的问题也凸显出来。1996 年秋季，温铁军博士在《战略与管理》上发表《制约三农问题的两个基本矛盾》，综合以往政策试验的研究成果，提出人地关系高度紧张的基本国情矛盾和城乡二元结构的基本体制矛盾是两个制约三农问题的关键。从此，三农问题作为一个概念频频见诸报刊。2000 年初，湖北李昌平给国务院朱镕基总理写了一封信，把三农问题形象概括为三句话："农民真苦，农村真穷，农业真危险。"近年来，我国三农问题凸显三大问题：耕地面积和粮食播种面积大量减少；粮食产量连年下降；农民增收缓慢，城乡人均收入差距扩大。实际上，三农问题不仅是中国经济体制改革的难题，还牵涉广泛的政治、文化等层面的变革。在传统农业向现代农业转变、自然农业向市场农业转变的过程中，农民的利益能否得到保护，农民的合法权益能否得到保障既是一个经济问题，又是一个政治问题。同时，从传统农业文明进入工业文明，也是一次文化大换血，必然伴随着各种排异反应，引发剧烈的社会心理振荡。这些都是当代乡土小说面对的乡土现实。进入 21 世纪之后，三农问题不仅引起决策层的重视，也引起社会广泛关注。党的十六届五中全会通过的《中共中央关于制定国民经济和社会发展第十一个五年规划的建议》，明确了今后五年我国经济社会发展的奋斗目标和行动纲领，提出了建设社会主义新农村的重大历史任务，为做好当前和今后一个时期的"三农"工作指明了方向，也为乡土小说的发展营造了有利的社会环境。

纵览 20 世纪 90 年代以来的乡土小说，应当说，当代作家并不缺乏直面现实、讥刺政治的批判精神和敏锐的问题意识。对于农村现实境况他们有深刻的认识，他们清楚：土地政策、户籍制度、税收制度、行政制度是导致农村发展缓慢的主要原因。在他们的乡土快照中，有"三乱"（乱收费、乱摊派、乱集资）、干部腐败、政策不稳定等体制弊病，有生产萎缩、田地荒芜、经济凋敝、环境污染的乡村画面，有"进城青壮工，收禾童与姑"，"城市像欧洲，农村像非洲"的叹息与愤慨；有岌岌可危的农村教育，有攻坚战式的计划生育；有假种子坑农事件，有官僚主义扶贫工作；有农民与基层政府的冲突，有村民自治的民主化进程；有勇于反抗的新型农民，有挣扎于艰辛屈辱之中、精神无所归依的城市打工者。这些问题往往吸引众多作家同时关注，出现同类主题同义反复的现象。在一个时期里，这些集束出现的小说往往呈现某种"新闻"色彩，因而为人诟病，甚至被讥为"社会学材料"。然而，自中国现代文学开创时期就已经形成了关注社会的现实主义传统，追求社会功利的小说固然有很多技术或美学瑕疵，但它们快捷地传达社会良知，呼唤民主精神，作为一种文化质疑、政治批判，它们是推动社会的精神力量。对此，当代"问题小说家"有清醒的认识，并坚定不移于文学的介入功能。王祥夫自称是关注农村的"城市的儿子"，他说："我对'问题小说'始终保持着一份崇敬。因为，有些人都没有谈问题的勇气。怀疑、问题、质问，是一个作家形成自己独立的艺术世界的必要前提。我也知道，只有让心沉到底处，让灵魂静到极处，才有可能体悟生活和从整体上把握人，使自己的小说摆脱头疼医头脚疼医脚的滑稽状态。……我当然知道，社会作为历史的一个横断面，它的内容是一个时代的生活，而大文化的概念则应包括现实在内，是一种久远的历史沉积。我的认识是，如果我们现在连盛饭的饭碗都没有，那么，我们大可不必去挖掘远古的陶罐。所以，我特别关注现实中的农村。既然上升不到经典的水准，我想，做社会学材料也不错，起码不是在自欺欺人。"① 事实证明，在这个文学退居边缘的时代，"问题小说"依然保有介入与改变的力量，尽管这种力量比过去微弱了许多，且由于传媒的多样化而难以确定。1997 年鬼子发表《被雨淋湿的河》而获第二届鲁迅文学奖，那个时候，他的声音还显得孤独刺耳。可是进入 21世纪以来，消除对民工的各种歧视政策，保障民工平等权益已经

---

① 王祥夫：《小说与农村》，载《山西文学》1996 年第 10 期。

成为全社会的共识，这其中自然体现了文学改变现实的力量。因此，对于这一类乡土小说，敏锐的问题意识是它们确立自身文学性的要素。只有跳出浅薄的纯艺术审美观，展开宏观的社会历史眼光，才能发现涌动在时代潮流中的文学的诗性品格——社会责任感和批判欲望恰恰源于诗性的乌托邦追求。

20 世纪 90 年代中期，被称为"现实主义回归潮"、"现实主义冲击波"、"新社会问题小说"、"新现实主义"的文学现象，引起了巨大的反响。代表性的是河北"三驾马车"——何申、谈歌、关仁山，以及刘醒龙、阙迪伟、彭瑞高等人的创作。他们直面转型期危机丛生的社会现实，关注底层人民的生存困境，揭示企事业单位改革过程的艰难曲折，揭露官场争斗、贪污腐败等不良风气，对直接影响民众生活的社会矛盾与社会问题做出迅速及时的反应。这些小说强调贴近生活，描述日常生活俗事，多运用冷静客观的写实笔法，采取全知视角、顺时序叙事和枝丫式的结构，语言质朴幽默，高度生活化、世俗化，格调沉郁而不乏温馨，展现出独特的艺术风格。

"新现实主义"小说纠正了实验创新、内倾等贵族化文学倾向，把广阔实际的现实生活推向台前，使文学回归现实主义传统和平民阅读。但是，由于作家秉持传统的家国情怀，他们对社会问题、政治弊病的揭露和批判缺乏理性深度、情感力度和思想空间，表现出一种委曲求全、调和矛盾甚至藏污纳垢、同流合污的平民心态。而热衷于故事发展的平实叙写，过分倚重情节推演，使这些小说大都停留于事件与行动的表面，不能深入文化层面，失去了历史眼光和思想深度。由于重事不重人，人物性格显得随意牵强、模糊不清。而且叙述琐碎平淡，语言少个性欠锤炼，存在模式化定型化等惰性隐忧。

在刘醒龙、何申、关仁山等人的新现实主义乡土小说中，官场争权夺利钩心斗角是必不可少的拿手好戏，其中自然牵涉官场腐败，改革—官场—反腐总是三位一体的相互关联。随着国民收入达到一定数量，中国社会也进入了腐败高发期。一方面党的反腐力度在不断加大，另一方面反腐文学也成为新的创作时尚，官场小说形成 20 世纪 90 年代以来的创作大潮，在乡土小说领域亦如此。这说明政治体制弊端已经暴露无遗，是万众瞩目、千夫所指的社会现实。姑且不论贾兴安的《黄土青天》、侯钰鑫的《好爹好娘》之类以紧张故事演绎官场斗争的通俗化传奇化长篇小说，在中短篇小说领域，基层乡村干部也自然成为很多乡土小说的主角，从村民小组长、治保主任、村长助理、村长（村主任）、村支书到乡长（镇长）、书记，乡村基本行政建制应有尽有，可以编一部乡村干部人事大全。乡村干部之所以成为乡土小说主角，主要原因在于：首先，这些作家大都有过基层乡村工作的经验，比较熟悉这个群体的生活、工作和思想动态。其次，中国社会的法制进程举步维艰，"吏治"依然是最重要的乡村现实。正如刘醒龙所说："我很想用我的作品告诉读者，时下的乡村并不是他们记忆中的日出而作，日落而息，真正代表乡村，决定着乡村进程的是活跃在那里的各级村干部。"[①]

作为个中高手，何申、刘醒龙的乡村干部系列影响了大批后来者，张继、彭瑞高、阙迪伟、和军校等人的同类题材小说也都产生了一定反响。这些乡村干部有一些是坚持理想、无私奉献的，如刘醒龙以身殉职的村支书（《村支书》），向本贵的《栗坡

---

① 周满珍、刘醒龙：《乡土小说法国找知音》，http://www.cnhan.com/gb/content/2004—04/01/content_ 348331. htm，2004—04—01。

纪事》中坚持原则的吴支书，和军校正气凛然的村支书老那（《老那》），敢作敢当的"村长太太"马月亮（《村长太太》）。而大多数则是处于上下夹缝之中左右为难，出力不讨好的尴尬人。他们必须落实上面的指令，完成工作计划、指标、税收等硬性任务，还要搞好与上级领导的关系，这决定着仕途升迁，个人"进步"；同时，出于朴素的正义感、责任心，他们也愿意顾全下层村民的利益，而这利益经常与上面的指令、与不良社会风气下的晋升之路龃龉不合。因此，这些基层乡村干部通常会陷入良知与贪欲、上与下的内外交困中。矛盾的解决只能是运用权术谋略，甚至欺上瞒下的诡诈之术；或消极逃避消极对抗，委曲求全，违心逢迎。刘醒龙的《路上有雪》中的安乐书记与高乡长为了把握下属动态，像地下工作者一样明察暗访，而村干部则如同双料间谍阳奉阴违，两下里展开了侦察与反侦察的"惊险"斗争。《挑担茶叶上北京》的村长为完成镇、县压下来的采冬茶任务，只好欺骗老父采自家茶完事。何申的《年前年后》，乡长李德林在春节前后忙碌不堪，一方面找关系张罗调动，一方面为本乡争取发展项目；奔波于请客送礼的官场游戏，还得忍受妻子的背叛，倍感无奈与尴尬。这种对基层干部超道德、"人性化"的宽容理解也同样见于彭瑞高的《多事之村》。女村长为经营村办企业不惜出卖色相，行贿事发后英雄般随检察院而去，全村人为之求情下跪。张继写有"村长系列"和"乡长系列"。《买车》、《到小桥村喝酒去》、《杀羊》、《村长与鱼》等小说塑造了处境尴尬，但心计颇多的四平村长。他周旋于乡、村之间，为了保护村民利益，屡出奇招怪招，弄出令人啼笑皆非的滑稽场面。这位狡黠中不乏厚道的村长带着来自土地的亲切人情味，应付权力的方式也表现出农民式的智慧，很有赵树理笔下中间人物诙谐可爱的韵致。

揭露基层乡村干部横行乡里、鱼肉百姓、贪污腐化的劣迹是这类小说的另一主旨。张继的《村长的玉米》中，村长睡了平四的兄弟媳妇，还若无其事，反倒吓跑平四。平四要报复村长，最终却被利益驱动而与村长结成同盟，丧失了最起码的尊严。小说揭示村长的专横霸权，同时又通过平四的报复，揭示平四麻木健忘、自私猥琐、奴性十足的国民性。同是山东作家的王方晨在《乡村火焰》中塑造了一个阴险弄权的村长，他听说村人要暗中到镇政府告他，便杀鸡给猴看，点自家柴垛，让公安抓走无辜村民，回头又把受害者拉进村委会班子，称之为"这场大火炼出来的金子"。乡村土皇帝无所不在的淫威被描写得入木三分。阙迪伟的《乡村行动》和《村长有事》都是关于村长霸权的。《乡村行动》的熊家四兄弟恶霸一样把持上街村领导权，村民敢怒不敢言。车老板叶光荣与镇长密谋多日，组织一次乡村政变打击村霸，然而这场正义的斗争实际上也是乡一级权力层斗争的辐射。事件结果歪打正着，熊家弟兄被抓，不过村长一职落在叛逃者身上。一场失败而又功德圆满的乡村政变，影射出"人治"下扭曲的权力机制、世态人情。《村长有事》写富裕的太平村村长因受贿被检察院收审，村民竟然争相探望，因为村长比副村长更有能耐，给村人的工资福利高。后来镇书记交给新村长一封只有一句话的信："为什么太平村的腐败分子比劳模还光荣？"阙迪伟的乡村在经济相对发达的浙江，他的村长显然比不发达地区的村长更有权势，更显财大气粗的恶霸气质。相对于何申等人塑造的"尴尬人"类型的乡村干部，这些小说侧重揭露与批判，少了心平气和的同情与宽容。

扶贫救灾也是 20 世纪 90 年代以来备受关注的乡土现实。谭文峰的《扶贫纪事》，夏天敏的《好大一对羊》、《随水而去》，陈应松的《火烧云》，陈世旭的《救灾记》，石舒清的《恩典》都是反映这一问题的力作。扶贫工作中的形式主义与官僚作风，扶贫暴露的农民"等、靠、要"的保守思维习惯和生活态度，是这类小说批判锋芒所指。夏天敏的《好大一对羊》和《随水而去》对农民贫困生活的描写真实精确，令人惊叹。云南高寒山区农民生存环境极为艰苦，饥寒交迫。而扶贫工作却脱离实际，急功近利，演变为各级领导的政绩工程，从而给当地农民带来比天灾更恶劣的人祸。羊吃人，拔麦子种烤烟，扶贫带给农民的是一次次欺骗、伤害甚至死亡。陈世旭的《救灾记》也批判了这种对上不对下的官僚主义作风。城门镇镇长宋财火布置救灾工作干脆明白："救灾的任务讲起来有四条：一个是摸清灾情，二个是赈济灾民，三个是恢复生产，四个是安定人心。其实要下死力对付的就是最后一条。说好听些叫'安定人心'，说难听些就是防止坏人鼓动闹事上访。今天在座的，工作组领导也好，各位难兄难弟也好，就是要铁了心抓这一件事。只要不让上面怪罪，就算万事大吉。"灾民衣食无着，还得承担干部消费和变相搜刮，正当要求被视为寻衅闹事。目睹官场怪现状，一向循规蹈矩的古板文人秦友三只能慨叹社会的悲哀。

随着近几年国家政策对三农问题的倾斜，打工文学持续升温。这两届中央领导集体在三农问题上都有明确的政策思路，民工问题是其中的一项重点工作。按照统筹城乡经济、和谐发展的目标，在继续推进城镇化进程的同时，要逐步统一城乡劳动力市场，为农民创造更多的就业机会，这将促进我国从二元经济结构到现代社会经济结构的根本转变。因此必须破除一切限制和障碍，使进城的农民工得到公正待遇。"十五"计划提出"以人为本"，提出每年转移农民工进城的具体目标，2004 年国办一号文件提出取消一切限制农民工进城的歧视性政策，各地也都做出了相应的调整和改革，给农民工以国民待遇的问题正在通过打工政策得到体现。可以预料，打工文学或"农民工"问题小说和知青文学一样是一种过渡性、阶段性的现象。但是，正如雷达所言："'打工文学'在现代转型和城市化进程中的中国社会是极其重要的，这个方向的文学可以包含现阶段中国社会几乎所有的政治、经济、道德、伦理矛盾，充满了劳动与资本，生存与灵魂，金钱与尊严，人性与兽性的冲突，表现了农民突然遭遇城市环境引发的紧张感，异化感，漂泊感，因而不容忽视。"① 大批离乡又离土、向城市迁徙的农民，他们需要的不仅是身份确认、利益保障，更需要灵魂的安妥。在城市化大潮中大举进城的农民工，意味着一个新的异乡漂泊者、"侨寓者"群体进入乡土小说，为乡土小说注入新的"乡愁"，也成为乡土小说新的对象和作者。表现这些游走于城乡之间的新型"城市异乡者"、"城市游牧者"、"乡土移民"、"候鸟群"的生存状态，是乡土小说的老问题——20 世纪 20 年代中国乡土小说发轫之作就出自当时的都市"侨寓者"；同时也是当代乡土小说家们不可回避而又缺乏经验、难以把握的新问题——因为他们已经不再是与农民工身份等同的"侨寓者"了。一个时期以来，打工文学受到广泛关注，很多作家加入合唱，尤凤伟的长篇小说《泥鳅》、贾平凹的长篇小说《高兴》、孙慧芬的中篇小说《民工》、王安忆的短篇小说《民工刘建华》等都受到好评。然而由于阶层差距与隔膜，很多

---

① 雷达：《民族灵魂与精神生态——2005 年中国小说一瞥》，载《光明日报》2006 年 1 月 20 日。

应时之作大都停留于先验的人性和道德批判立场，不能深入农民工生活与心灵的底层真实，往往成为浮光掠影式的印象化写作和苦难写作，在真实性、心理深度、情感投注方面很不充分，对城乡文化所持价值尺度也有失偏颇。比较起来，还是几年前王祥夫的《雇工歌谣》、鬼子的《被雨淋湿的河》、刘庆邦的《神木》、尤凤伟 2002 年长篇小说《泥鳅》和陈应松 2005 年中篇小说《太平狗》更有思想力度。《被雨淋湿的河》仍然是鬼子一贯的苦难写作，个人命运被推向极端。晓雷身上集中了农民工可能遭受的最大欺侮与不公，最后被人暗害。鬼子没有具体描写晓雷的形象，但他的言行中自有一股顶天立地的胆气。他坚信人格不可以侮辱，劳动所得不可以被人剥削，无论外国老板还是政府，他都敢于反抗，不像逆来顺受的父亲，只剩下弯曲的脊梁和满头白发。死于抗争的晓雷以不屈的反抗精神照亮社会底层，追问人类良知。在刘庆邦的酷烈小说中，《神木》因迫近现实生活、时代潮流而倍增批判的力度。同样是期待致富的打工农民，奸诈毒辣者竟把同类当作"点子"，牺牲他人性命诈取赔偿，差点让父子两人都变成地下冤鬼。农民工，不仅仅是城市压迫的苦难承受者，也可能是丧心病狂的暴力实施者，危险的社会不安定因素。尤凤伟长篇《泥鳅》基本上是不动声色地讲述了国瑞和他的民工伙伴们被城市毁灭的过程。"泥鳅"无疑是尤凤伟为农民工悲惨境遇精心营造的象征。在小齐讲给国瑞的民间传说中，泥鳅衔砂石堵坝救人，被村人当作神鱼、吉祥鱼而养着。可是在三阿哥等锦衣玉食的特权阶层眼里，它不过是他们餍足美味佳肴之后又一道做法新鲜的壮阳菜。民间传说代表的传统文化，就这样被城市消费文化给"消费"了，而国瑞和他那些一起进城的农民兄弟姐妹则以他们悲惨的命运诠释着泥鳅的生存境遇，他们或死或伤，或卖身或发疯，还有一些铤而走险走上犯罪道路。《泥鳅》是一部沉痛的小说，通过国瑞们的悲惨命运，作者表达了对农民工命运的深切忧虑，小说的叙事逻辑引向一个必然的结论：这些人的命运不是由个性、际遇等主观性或偶然性的因素决定的，而是由社会结构、社会制度这些个人无法撼动、无从抗御、不可逆转的因素决定的。以三阿哥为代表的上流社会、特权阶层主宰社会经济甚至司法机构，"清水捞银子，空手套白狼"，最后还用国瑞的鲜血，遮蔽了一件令人震惊的诈骗国有资产案。尤凤伟并没有美化他笔下的农民，他也剖视他们自身的性格缺陷和心灵隐疾。在叙事方法上，《泥鳅》坚持传统又有所创新，全知叙事中夹以公安局审讯笔录和作家艾阳的小说文本，而构成主体的全知叙事往往从人物角度进行限制叙事（主要是国瑞），从而构成互文性的对照阅读，追求复调效果，形成多重性、多样化的阐释空间，给人复杂的况味。缺陷是有些地方刻意迎合时尚，夹杂以流行段子、新闻事件等，显得有些俗套。同时，整体的叙述语言过于直白流利，尽是大白话和熟语，不够个性化。对农民工悲剧命运的揭示，也有极端化之弊，没有顾及事物发展的多样性，体现了作者思想认识的局限性。显然，农民工问题绝非单纯的社会义愤、理性关注可以简单把握，只有在深广的社会历史视野中全盘思考，深入生活探究心灵隐秘，才可能展现文学作为人学的全部生命内蕴与历史意义。

　　与打工文学相关，另外一些描写"空心村"里的留守女人、空巢老人的小说，因为切入心灵，渗透乡村生活方式、伦理秩序和文化形态的变迁，反而写得真实感人，意味深长。比如谭文峰的《仲夏的秋》，曹乃谦的《最后的村庄》，石舒清的《留守》、《旱年》，王祥夫的《上边》、《滨下》等等。乡村正在变成越来越多打工者、城里人短期度假的落脚点，且地盘在逐渐缩小。留在乡村的女人过着守活寡的日子，经受肉体与道德交战的折磨，心灵无所寄托，乡村原有的家庭伦理和社会秩序面临崩溃。被忙碌的现代农民和新兴"城里人"抛弃在家里的老人，则独自度过生命中最后的时光，怀念中国传统的天伦之乐，呼唤时代的人性关怀。

生态写作近年来渐成气候，很多乡土小说也开始表现出自觉的生态意识。令人欣慰的是甘肃作家王新军、雪漠都写出了有明确生态旨归的小说（王新军的"三滩"，雪漠的长篇《猎原》），表达他们对这一问题的忧虑和思考。当然，这些作品往往停留于灾害写作或环保理念宣讲的层面，未能逼近生态学的精神底蕴。

当代农村是社会不公正的最大渊薮，20 世纪 90 年代以来，乡土小说对热点问题的揭露、批判非常广泛。除以上各个热点主题，还有许多针砭现实、关注农村改革的好作品，比如周大新获第七届茅盾文学奖的《湖光山色》，在新一代产业农民命运沉浮中探索中国城市化与农村生态化发展的新路，渗透作者对农村未来前景高瞻远瞩的思考。这些小说展现了当代农村纷繁错杂的社会现实，尽管在艺术层面存在形形色色的不足和缺陷，但仍然凭借尖锐的问题意识引起关注。

总览这些直面当下社会现实的乡土小说，它们展现了一幅令人沮丧的乡村图景，那就是乡土的沉没。在官场弊政、市场经济和生态危机等多重压力下，落后地区农村经济破产，农民生活贫困，面临生存问题；相对发达地区的农村经济也举步维艰，在产业化道路上趔趄而行。同时，随着市场经济改革深化，现代工业文明对古老农耕文明的冲击加剧，村庄不可能提供更多资源和机会，已经丧失了经济上的重要意义，不再是一个可以终身依托的锚地，人与土地之间依存关系日益淡化、疏离。处在这样的文明蜕变进程中，困守土地只能是一种历史的悲剧。于是做着发财美梦的新一代农民逃离村庄，成为游走于城乡之间的新的精神漂泊者。这一背井离乡、离乡离土的迁徙成为中国乡土社会解体、家族中心丧失、集体理性转换为个人本位主义的合法性开始。思想观念的变化、生活方式的断裂、文化模式的撞击所导致的"文化失根"，给农民带来巨大的心灵震撼。土地意识淡化，乡村情感越来越稀薄，传统乡土生活发生诸多变化，乡土之美正在急遽消逝。农耕文明向现代工业文明迈进是人类社会发展不可逆转的趋势，这意味着目前中国正在进行的社会改造工程势在必行，农村现代化转型的巨大痛苦以及由此带来的人心变动，是改革必须付出的代价。由此产生的问题构成乡土小说着力表现的乡土现实，是推动社会进步、推动乡土小说发展的重要动因。但同时，我们也不得不承认：乡土的沉没的确是当下乡土小说呈现的乡土现实。在刘醒龙、陈应松、王祥夫、谭文峰、夏天敏等优秀作家的问题视阈中，农村经济、政治、人性、道德、文化全面崩溃，乡土的沉没是不争的事实。然而，对当前重大社会问题的揭露，亦是再造乡土的必需——不仅是社会学意义上的新型农村，也是乡土美学意义上的新的"乡土"。

第一节　刘醒龙、陈应松：批判的激情

20 世纪 90 年代以来，文学回归社会批判，问题小说风起云涌，声势空前。但在诸多关注现实生活的小说家中，湖北的刘醒龙、陈应松表现出炽热的批判激情，因而相继成为直面现实乡土

小说的领军人物。荆楚文化的浪漫情怀和绚烂文采、楚人激切执著的性格特征，成就了刘醒龙和陈应松的乡土小说。

刘醒龙堪称问题小说第一人，他的视线总能迅速捕捉中国农村错综复杂的社会矛盾，并用细密和缓又激情涌动的叙述把它们清晰地展现出来，因而他的小说引领潮流，屡屡获奖，产生了巨大的社会影响。从 20 世纪 80 年代至今，刘醒龙用大量独具特色的作品，建立起独立不羁的个人化审美叙事，并始终保持锐利的批判锋芒。对时代主题——改革进程的近距离把握、多角度扫描，家国情怀、平民意识与传统价值交融的批判立场，高昂的道德情感与客观写实的叙述张力，以及平中求奇、朴中见色，充满细节魅力与平民趣味的叙事格调，是刘醒龙的风格。

刘醒龙对时代主题的敏锐反应和宽阔的题材选择使他成为一名高产高效作家，他抓住转型期困难重重的社会现实，从多个突破口切入时代大潮，呼应不可逆转的改革大趋势，同时也对新出现的社会问题、不良风气投以怀疑的目光，在貌似冷静的写实笔法中隐现批判抨击的激情。他的小说取材广泛，有文化馆系列、工厂系列、乡土系列等等，既有紧跟现实的中篇小说，也有反思历史的长篇小说，尤其农村乡镇题材中篇小说曾经激起巨大反响。1992 年前后，刘醒龙在《青年文学》发表的《威风凛凛》、《村支书》和《凤凰琴》，引起文坛瞩目。《威风凛凛》与后来的长篇小说《弥天》、《圣天门口》一脉相承，是刘醒龙对历史暴力、政治欺骗的深刻省思。其他两部中篇小说都是现实题材，《村支书》塑造了一个任劳任怨、忠诚于党和人民事业的基层干部形象。刘醒龙削弱了这个形象的理想色彩，使之不同于前 30 年文学中的先进人物，而更多表现出无力应对新形势的木讷、窝囊和可怜。在此后的《白雪满地》、《蛙歌如鼓》等篇中，刘醒龙延续了对乡村基层干部无奈处境的微讽，进一步放大他们作为普通人可怜可笑的世俗性。《凤凰琴》真实感人地描写了山区教育的艰难处境和教师们平凡而高尚的心灵，批判不合理的教育体制，展现山区生活的艰辛和执著向上的人生追求。这篇小说对乡村教育困境的真实再现，触动了全社会的关注，也成为此后一大批乡村教育题材小说的滥觞，比如王新军的小说《民教小香》、《一头花奶牛》。此后，刘醒龙在《黄昏放牛》中几乎集中了当代乡村所有的矛盾冲突，使之差点胀裂文本叙述结构。小说写不愿在城里养老的老劳模回家种地，却发现重税薄利之下农事难以维持，田地荒芜。村支书带人搜刮村民，恰似逼租逼债的伪保长。村中世风日下，男盗女娼，《翻身谣》所歌唱的天下已不再有了！黄昏放牛的田园牧歌被改革开放的残酷现实毁灭，受到全方位伤害、满目疮痍的乡村不再是宁静的心灵归宿。刘醒龙对乡村沦落、家园失落的激切抨击，在这篇小说中已无法自抑，几近失控。

《黄昏放牛》之后的《分享艰难》显然缓和了许多，虽然西河镇同样矛盾交错，天灾人祸，忧患相继，但处在矛盾集结点上的孔太平使尽浑身解数，终能化险为夷。而各个利益群体也都能护持"分享艰难"的改革大义，促成矛盾平衡化解，共同承担改革的艰难。然而为保护西河镇经济利益，孔太平包庇违法乱纪的养殖场老板洪塔山；官场斗争也止于"分享艰难"的调和，未能深入问题核心，进行进一步的思考和批判，这使《分享艰难》受到责难。不过，问题的关键在于：小说究竟能否为现实开出切实可行的药方？孔太平所作所为，恐怕比现实生活中的乡镇干部们还要低调许多吧。与其指斥"分享艰难"批判意识匮乏，不如客观分析和认识社会主义初级阶段的可悲现实。在发展经济的过程中，官场中已然形成了新规则新风俗，即利益至上原则，这种官场文化用无形的魔掌制约着官场中人的行动和思维。正是出于对这一畸形现实的体认，何申、关仁山、谈歌等人在同类作品中与刘醒龙达成共识。关仁山《大雪无乡》的陈凤珍镇长也和孔太平一样周旋于"企业家"、同僚之间来实现自己的政治作为。为了应对批评的"误读"，刘醒龙把《分享艰难》拓展为长篇小说《痛失》，让原本宦海沉浮谋求政治有为的孔太平，在大染缸中变色变质，彻底堕落，不仅丧失党员干部的崇高信仰和政治理想，还丧失了人格尊严、人性的良知和正直。通过孔太平的灵魂拷问，刘醒龙完成了对政治体制的深度批判，使之抵达生命核心。此后，刘醒龙的《大树还小》、《路上有雪》和《挑担茶叶上北京》继续保持大胆针砭社会问题的锐利锋芒，受到广泛关注。《大树还小》的批判直指20世纪80年代的知青神话，农民秦四爹因为跟女知青谈恋爱入狱三年，而知青却可以肆意让农民女儿为他们流产再抛弃她们。二十多年后自命不凡的知青依然趾高气扬地骑在农民脖子上，农民女儿因为贫困还得充当他们的玩物，这就是知青对救命恩人的报答，也是城市对农村的暴行。刘醒龙一如既往，毫不掩饰他的偏激。《路上有雪》写公开考干上任的乡党委书记安乐，试图落实县委副书记关于各村都要建学校、办企业，一两年内发生根本性变化的方案，而村干部们却心有余悸，因为以前政绩工程留下的沙砾场赫赫在目，与村民的利益冲突也使他们对"上面"心存抵触。结果全乡九个村的村支书集体大逃亡，名为打工，实则抗上。村小学坍塌，集资建校引发村民冲突，前任乡书记的债主围攻乡政府大院。这就是当代农村的政治现实：上与下、政策与民情、计划与效果的矛盾形成可怕内耗。《挑担茶叶上北京》的内容与《分享艰难》有些瓜葛，《分享艰难》的结尾写到东河镇段书记以冬茶上贡被退回，茶叶盒中有纸条曰："有权喝此茶者请三思，如此半斤茶叶可使一亩茶树冻死。"《挑担茶叶上北京》中这个令人愤慨的伤农之举让村长头疼不已，最后违心欺骗了老父亲对北京老干部的爱戴之情才得以完成。看着父亲和媳妇在白茫茫的雪坡上一点一点地游动，"石得宝仿佛看见寒冷正从他们的指尖往心里侵蚀，他自己亦在同一时刻里感到周身寒彻。"这是怎样的悲哀呢！

刘醒龙对腐败现实的质问，表现出家国情怀、平民意识和传统价值观交融的中庸立场。他从民间生活看到国家的发展变迁，思考着民族的前途，家国忧患是他审视时代的大视野。所以他始终坚持书写小人物的大命运，小地方的大历史。他把自己融入农民本位、工人本位，讴歌底层民众的高尚品质，抨击任何形式的特权与不公，甚至包括知识分子精英意识和知青情结。他热情礼赞劳动、仁慈、信义、奉献、敦厚、纯洁等民间传统价值观、道德观，对那些秉持传统价值，用辛勤工作推动社会发展的平凡的工人农民、劳动模范，他总是给予真诚的敬意。他的小说中经常出现作为正义和美德化身的老人形象，如《威风凛凛》中的"爷爷"，《挑担茶叶上北京》中的石望山，《分享艰难》中的孔太平的"舅舅"，《黄昏放牛》中的胡长升，《生命是劳动与仁慈》中的陈二佰、高天白以及"父亲"等。他们乐于助人，重义轻利，热爱劳动，自尊自爱，有着淳朴真挚的爱国心和平凡人生的责任感。他们身上表现出回归乡土、回归农业文明的精神取向，代表着刘醒龙对城市文明、工业文明的质疑。这当然并非救赎之路，现代社会的价值危机不是单纯复古可以解决。刘醒龙只是指点历史的来路，把它的去路和来路连接起来。这种传统与现代文明的无言对照深入心灵，让人在真切痛感中思考文明的歧途，体味"生命是劳动与仁慈"的终极意义。他的批判虽然有失偏激，但并不剑拔弩张，而是弥散着民间的温情和肉欲。他惯用貌似轻嘲的语气遮掩忧虑与愤怒，故事进展中随手插入私生活的细节描写，不乏世俗化的娱乐幽默情调，从而使深蕴的道德情感与客观冷静的写实笔法形成内在张力，获得震撼心灵的力量。

2000年以来，陈应松发表超越自我的"神农架系列"，它们大都是中篇，且标题中都有一个象征性的意象，如：《豹子最后的舞蹈》、《松鸦为什么鸣叫》、《狂犬事件》、《望粮山》、《云彩擦过悬崖》、《独摇草》、《火烧云》、《马嘶岭血案》、《太平狗》等，暗示了从现实层面向哲理层面提升的可能。这些小说几乎每一篇都很成功，写得意蕴丰富，形象饱满，文采富丽。由于在情节安排、意象营造、思想表达等方面为象征、寓言留下广阔的空间，大大深化了小说的审美意蕴，其象征性、隐喻性、寓言性也被多方指认。然而在当下社会现实与文学现实的视阈中看陈应松神农架小说的地位和意义，所谓时代精神、历史寓言等普遍性层面都不是最重要的，应当承认：陈应松小说震撼心灵的第一层面是扑面而来的山野气息，它裹挟着乡土社会无比强烈的生命体验滚滚而来，淹没道貌岸然、养尊处优的"消费文化"或"中产文化"，显示出"文学的第三世界"那种从压迫下绚烂迸发的原始激情和力量。所以，毋宁说是那种一头扎进底层生活核心的现实主义（可比张炜）、那种贴近自然呈现自然的生态主义（"惊彩艳艳"的自然物象和自然景观，依然可比张炜），让陈应松创造了跳出时尚的奇异世界，唤醒庸常麻木之下的鲜活痛感，从而大获成功。当然，隐喻、象征、寓言等意义聚合手法锦上添花，深化了陈应松小说的现实批判，为之拓展了广阔的阐释空间。

揭示现代文明对乡土社会生存方式与价值体系的冲击，是神农架系列小说的一个主要旨归。《松鸦为什么鸣叫》中，热爱公路的伯纬因为修路而致残，而一诺千金，被松鸦一路跟随，翻山越岭把王皋的尸体背回家。从此他与死亡结下不解之缘：随着公路的延伸，神农架山区的参天大树被次第砍光，山矮了，车祸也多了起来。无数夜晚，松鸦的叫声把他从嗜血的梦中惊醒，引向车祸发生的悲恸之地。多年来，他自愿担当义务抢险员，真诚面对城里人的冷漠或感激，孤独的心灵从来没有怀疑过公路和它所代表的掠夺性文明，喝着自己酿造的包谷酒已足够体验幸福的滋味。陈应松就这样打开了神农架无限丰富的心灵：贫困孤独中对现代文明的向往，和这种向往对工业文明破坏力的蒙昧无知；古道热肠在商品经济时代被无辜挫伤的隐痛，和这种过时的道德情感引发的怀旧温馨。一辈子背死人的伯纬，似乎并没有意识到自己和大山宿命的伤感就镌刻在神秘莫测的天书上，他用孤独的奉献抚慰大山激怒的灵魂，照料着自然与人、传统与现代、乡村与城市之间无法弥合的流血的伤口。一部中篇小说凝聚了如许繁缛丰厚的乡土意蕴，的确难能可贵，其他神农架小说可以说都是这些主题的分别展开和深化。

《望粮山》、《独摇草》、《木材采购员的女儿》都是农民走出传统生活方式的欲望表达，这条不得不走的路危机丛生，步履维艰。金贵生活的山区是"寒冷，荒凉，不近情理的地方"，"一个遍地虚妄、神经错乱的地方"，那里只能种苦荞麦，疯狂的人们抢夺冰雹里的虫子、把人当野兽打，金贵宁肯"去天边寻死"也要离开，于是他奔向娘所在的外面的世界。然而城市根本不是他想象的美好世界，母亲几千块钱买断亲情，卑微的城市底层也对他报以怀疑和侮辱。他到哪里可以逃脱野兽环伺的人间困境呢？只有跳下悬崖，印证"天边的麦子"所预示的欲望黑洞。村民组长王老民比金贵的梦想现实得多，他计划挖开落水孔，把山谷变成良田。这个计划被新上任的村长改变了方向，但王老民还是毅然支持村长的旅游开发项目。然而所谓度假村不过是肮脏的现代化鸡窝，王老民无法容忍，纵火烧毁度假村。当小小回到她想念的山谷，空荡荡的山谷只剩下傻子和一群牛，还有一片独摇草，"都在那儿羞怯地、静静地、怡然自在地摇动着，仿佛是在为自己顽强美丽的生命而陶醉。"但是也有成功者：木材采购员的女儿没有在恶劣环境中沉沦下去，她有胆有识、坚忍不拔地改变生活处境，带领家人走出贫困，最终找到了"这一辈子最真实的感觉"。《马嘶岭血案》惊心动魄、层次清晰地演示了现代社会里由分配不公导致社会地位的巨大差异，使农民和知识阶层相互隔膜、相互戒备，从农民中走出的知识分子以剥削者态度对待农民，他们的藐视、冷漠和残酷最终激起农民被压抑的金钱欲望和血腥杀戮。面对最后审判，杀人者和被杀者谁能说自己不是罪人呢？这是继《人生》之后表现城乡对立、社会不公的最激愤最尖锐最深刻的中篇小说。《火烧云》是热门的扶贫故事，但它不同于常见的扶贫题材小说，陈应松不仅着力描绘山区弱肉强食的社会生存结构，表现山民的懦弱、愚昧、短视、依赖，以及他们优柔暧昧的反抗方式，同时还形象地刻画了扶贫干部龙义海从无奈犹疑到坚定勇敢的心理变化。这个亲身感受愚昧和压迫的知识分子决心为这些蝼蚁一样活着的人讨回正义与秩序，然而问题最终没有解决，龙义海被村民求雨引发的山火烧死，留下绵绵遗恨和西天壮丽的火烧云。村民的懦弱与反抗，龙义海的无奈、犹疑和坚定，都在一场山火中被烧毁，也被升华，昭示着改造不合理社会现实的坚定信念。《太平狗》写民工凄惨悲怆的绝境，令人不忍卒读，是打工题材小说中最感人的至情之作。进城农民程大种的命运和那条忠心耿耿、九死一生的神农架赶山狗相互映照，构成互文性的叙述机制，充满激情地完成了魂归故乡的人生悲剧。表现农民工的悲惨遭遇，这是大多数打工文学的题中应有之义。然而没有人像陈应松那样从灵魂深处发出悲愤的呐喊，他的悲悯使一条叫做太平的狗焕发人性光辉，刺痛城市麻木的神经。

陈应松小说现实与魔幻的自然交融、奇崛的故事情节、鲜活的人物性格、"惊彩艳艳"的文笔广受赞誉。然而在当代小说整体审美倾向和潮流中考察他的小说，或许最醒目的特征还是异常丰富的自然物象和自然景观的呈现。神农架神秘瑰丽的风景、山民独特的劳动生活，只有陈应松的生花妙笔才可以描写得轻松自如。《云彩擦过悬崖》用几千字写山上的各种云彩，《望粮山》写各种不同木质把的锄头，固然可见语言操练的基本功，但更应归功于长期细致的观察积累。当代作家很少有人愿意像陈应松这样在大地上汲取营养，他们往往躲进"想象力"编织的舒适家居，闭门造车，把消费欲望投射在灯红酒绿的都市场景或钩心斗角的情节链条中。因而自然物象和自然景观的缺乏已经成为当代乡土小说的一大缺憾，它标志着当代人的感官残疾。而陈应松凭借扎实的生活积累恢复人与自然的审美关系，本身就是积极的反抗——一种来自乡土精神的审美反抗。

第二节　何申、关仁山："新"的发现

河北"三驾马车"中的何申、关仁山二位的主要阵地是农村，不同于西北、西南、中原、中南等地乡土作家，何申、关仁

山对市场经济时代农村正在发生的新变化表现出特别浓厚的兴趣，这或许是由于他们所处环境本身的地域特点的缘故。在遍地是钱的黄金海岸和产业化进程较快、文化先进的京畿地区，新旧变革表现得更加突出，作家本人的思想视野也更加活跃。何申在长篇小说《多彩的乡村》中多次申述以下观点："如今是农村发展到了一定的阶段，各类矛盾冒出来了，你当干部的没有新的招子，你就把握不住局面，你就面临种种危机。"而这种新形势下的新招术正是何申故事结构的基本套路，同样的情节模式几乎包含在他所有的小说中，已经固定为解决问题的公式化思路。关仁山也多次阐述他对当代农村改革的认识，他认为新时期农村生活的变化是异常迅速的、复杂的、多变的，市场经济对温馨闲适、古老和谐的农业文明氛围的冲击和破坏，使乡村正在经历着一场从没有过的震荡。这就要求作家从客观上把握农村发展的总动向和总趋势，同时还要从微观上分析农民和土地的具体事情，特别是人与土地、人与人之间关系的微妙变化，以及心灵上的冲击和命运上的起落。在新的躁动、分化和聚合中，正孕育着一种新的生活方式和思维方式，这种"新"的诱惑是他写作《天高地厚》的动因。与何申不同，关仁山的新发现主要在心灵的变迁。

何申的乡土小说中很大一部分是乡镇干部题材，从长篇《多彩的乡村》到中篇《武家坡》、《一县之长》、《七品县令和办公室主任》、《穷县》、《乡镇干部》、《年前年后》、《乡干部老秦》、《信访办主任》、《村长》等，他的笔触涉猎县、乡镇、村各级干部。《村民组长》、《村民财旺的从政生涯》、《乡村无眠》、《来年还种荞麦》等篇，则进入村民自治、民主意识觉醒等底层政治。表现农民日常生活和文化心态的小说不多，有《富起来的于四》、《穷人》、《老汉与叫驴》、《榜完头遍地》等。

可以说，政治是何申乡土小说的切入点和兴奋点，他的乡村视野是政治化的。但更重要的是何申的立场，他总是自觉保持与政策精神一致，对行政弊端、阴暗面的暴露经由喜剧化处理而天高云淡，玉宇澄清。因此，他的"新现实主义"乡土小说缺乏从社会底层批判现实的问题尖锐性，而多了一份执政党的自信和行政助理的谨慎逢迎。

何申所写的基层干部均处于错综复杂的关系网中，上下级与家人、公事私事、内忧外患层层扭结，推动人物奔波忙碌。他总是选择一个事态发生转折、矛盾充分暴露的关头，比如年关、换届、重组班子等重要时刻，以便人物迅速展开行动。何申乐此不疲地表现官场规则和周旋官场的圆滑手腕、非常手段，视之为新形势下的新招数，而并不质疑此种官场文化的正义性合法性。作为乡镇干部，何申的人物总是勉力维持各种关系的平衡，在处理政务和人际关系方面表现协调能力和弹性策略。何申强调他们作为普通人的私心杂念、欲望追求，这些平庸世俗的人性层面使他们有时显得窝囊狼狈，可怜可笑。但是何申似乎更愿意强调他们作为基层干部的责任心和奉献精神，面对误解、竞争、政治风险和仕途挫折，他们尚能顾全大局，坚持原则，有时甚至可以牺牲某些个人利益。《年前年后》的李德林，《穷县》的郑德海都是如此。对于《多彩的乡村》中那位带领三将村走共同富裕道路的主人公赵国强，何申更是呵护有加。何申对基层干部给予更多的宽容理解，而不是挑剔指责。这也意味着他对政治体制、行政作为的肯定态度。

事实上，这种积极的政治立场始终如一，贯彻在他所有的小说中。即使那些以普通农民为主人公的乡土小说，也都表现出与政策导向良性互动的主观愿望。且不说财旺、黄禄等村民组长在行使职责过程中政治觉悟、民主意识、行政策略提高，即使没有任何行政职务的普通村民也一致表现出积极乐观的政治信念。《来年还种荞麦》的赵老六，年年站在路边耍嘴蒙当官的，为村里要救济，一向自封为村里的功臣。后来他偶然露馅说了真话，要去接受调查"听候发落"，忽然就认识到自己的错误，发了一通高论来批判这种撒谎摆屁的不良风气。《乡村无眠》的德山老汉，莫名其妙地成为保护村民生存权利的环保运动领导人，随着村、乡、县各级领导和媒体的介入，原本偶然的闹剧变成了一场反响巨大的村民自发的民主运动，而德山老汉也逐渐理清思路，认识到科学发展观的重要性和平民百姓的民主权利。

　　何申的小说以轻松的喜剧性取胜，河北方言的谐谑幽默被发挥到极致，村夫民妇打闹吵架、撒泼闹事等典型化的乡村生活场景精彩呈现，人物的行动方式充满民间智慧和闹剧色彩，经常流露的自私心理可笑又可爱，这些都保障了喜闻乐见的乡土气息。如同赵树理的喜剧一样，何申小说的喜剧性也发挥了使政策法规合理化的功能，批判质疑的民间立场混合并消散于热闹轻松、笑料迭出的故事情节。

　　1992—1994年后，关仁山发表"雪莲湾风情录"系列小说《苦雪》、《蓝脉》、《红旱船》、《风潮如诉》、《醉鼓》等。首先，这些小说显示出鲜明的地域特征，如同渔村民俗风情的文化备忘录。对于有着深厚农耕文化传统的中国乡土小说，关仁山的"雪莲湾"系列无疑是新鲜的地域传奇。区别于内陆乡村的神奇传说、风俗节日、民间崇拜、民间艺术、生活习惯等等，展开一幅幅奇异的风情画卷，本身就具有独立的民俗学价值和审美意义，散发着隽永的民俗文化馨香。其次，这些小说的风情描写贯彻了作家鲜明的主体性思考，因而大大丰富了审美蕴涵。虽然情节各异，但关仁山通过这些小说集中思考一个问题，反复强调一个主题：时代变革压力下农民价值观的分化与破裂，现代商品意识对传统文化价值观的冲击。对这一主题，关仁山的情感态度是复杂的，审美批判现代性和启蒙现代性纠结在他的乡土想象中。他悲叹传统消逝留下的精神裂缝，发现"乡村的月亮嵌在废墟的断垣残壁间"；他也赞美迎接挑战的时代性格，看到烧掉红旱船带来的新希望。由于这种新旧时代变革中的精神裂变通常表现为两代人的代际冲突，这也就成为关仁山结构布局的常见模式。《蓝脉》中黄老爷子出身大船师家族，与孟家有世仇。可是儿子为争取投资，竟出卖黄家船给孟家后人祭祖，黄老爷子得知真相，面对老坟气死在海滩；《醉鼓》中老鼓信奉老祖正直为人的鼓王尊严，一心赚钱的儿子却把家传木鼓变成广告牌、赌桌，老鼓抓赌交钱，不仅受到儿子的冷落，还遭到村人议论。《闰年灯》中单家灯传人单五爷怀念抗日战争年代英勇献身的老水令，儿子却瞒着他给仇人的后代做灯守坟，在他看来，那不过是一笔轻松赚钱的好买卖，没什么大惊小怪的。这些小说表现出明显的继承性，从乡土小说的发轫期到新时期小说都有很多类似的构思模式。关仁山的不同凡响，是风情描写中的诗意象征、主体思考和时代精神。

在雪莲湾系列小说之后，关仁山将笔触伸向冀东平原，写了《大雪无乡》、《九月还乡》、《太极地》、《天壤》、《裸岸》等，平实记录乡村变革，更多关注表层社会问题。《大雪无乡》和刘醒龙、何申的同类改革文学一样，在年关将近的时候展开福镇的各种矛盾，叙述陈凤珍镇长冲破层层关卡推行股份制的工作。相对而言，《太极地》和《裸岸》表现出更尖锐的批判意识。引进外商开发太极地的举措，发展了地方经济，却引发村民与日商的冲突，也彻底改变了太极地的模样。一心出人头地的邱满子在如愿以偿之后，望着被破坏的太极地惶惶不安。另一方面，经济行为牵涉干部的政绩和仕途发展，拔出萝卜带出泥，暴露出种种令人担忧的体制弊端。《裸岸》构思巧妙，由七奶奶的故事，扯出全县爱国主义教育和政绩工程。领导们为挖大铁锅不惜毁林，把树林保护着的泥岸变成裸岸。同时吕支书宁可买车泡妞也不修学校，结果破败的小学校被泥石流冲毁，造成房塌人亡的大事故。从《九月还乡》、《天壤》到长篇《天高地厚》，关仁山大力抨击不稳定的土地政策和政治腐败对农村经济发展的制约，揭示土地与农民命运、产业化进程与农民自身素质的关系，呼唤新型产业农民在不可抗拒的时代潮流中艰难蜕变、破土诞生。《天高地厚》试图全面反映当代农村改革，表现当代中国农民精神历程。小说围绕三个家族、三代农民近三十年的生活历程展开全方位描写，但是主题先行未能保证故事叙述的审美效果，所写农民的爱恨情仇、坎坷人生缺乏艺术感染力和主题凝聚力，人物性格与命运留下主观操纵的粗暴划痕。按照作者本来的设想，他的这部鸿篇巨制要记录中国勤劳勇敢的传统农民最后消失的悲壮一幕。但遗憾的是，此种"悲壮"未能通过生动感人的艺术形象得以实现。相对于意象丰富、思情充沛的雪莲湾系列，关仁山向平原乡土的转向，显得黯然失色。在贴近现实的"冲击波"中，他的个性被销蚀磨平。

第三节　谭文峰、王祥夫：人性的质疑

　　山西作家有着密切关注现实问题的优良传统，赵树理的忧患

感、使命感和人民性始终是他们无法释怀的信仰之梦，牵引着他们向下的视线。但是，随着时代的推移和审美风尚的变化，作家们也在自觉调整创作方向，寻找更加契合时代的乡土表达。20世纪 90 年代以来，山西涌现了谭文峰、王祥夫、曹乃谦、葛水平等乡土小说新秀，尽管每个人都有各自的创作追求，但他们又都表现出一些比较明显的趋同性，比如：贴近底层乡土现实，针砭社会的道德感与人性立场，含蓄忧伤的审美风格等等。其中取得重大成就的谭文峰、王祥夫，在各自不同的创作取向中也表现出以上共通之处。

谭文峰的《扶贫纪事》是较早引起反响的扶贫题材小说。它的谋篇布局简洁自然，经济有效，实现了艺术形式与主题传达的完美结合。这部短篇小说如同一份简洁有力的扶贫试验报告，但是，报告中却交融了作者与村民两种截然不同的视点，借以造成反讽的意义阐释空间。三个扶贫干部进村后表现各异，在村民眼中不免有些滑稽变形；他们的不同表现引起村民的不同反应，结果恰恰暴露出存在于政策和农民之间的扶贫误区。张主任百事不问，顾自保养身体，村民对他肃然起敬；李主任要来 5000 块钱给村里安装自来水管，村民感恩戴德，为之树碑立传，使他得到上级重用；小林调查论证，因地制宜提出烟草脱贫，引导村民生产自救，结果大败而还，不仅受村民唾弃捶打，还被领导批评为不切实际、劳民伤财、极左作风。在批判性的全知掌控和陌生化的农民视角之间，谭文峰不动声色地输入他的思考，对扶贫所暴露出的落后农民性、形式主义等问题提出委婉的批判。此后谭文峰有《窝头故事》和《乡殇》，与刘醒龙《村支书》的写作路向基本一致，但更加突出乡村干部人性的复杂和动摇。

1995 年谭文峰发表《走过乡村》，如同刘醒龙的《黄昏放牛》一样，他用这部中篇小说集中表达了对经济利益主宰下的乡村现实的深切忧虑。小说以离家十八年的作家回乡之后的所见所闻展开故事，平实的叙述中流露着沉郁的情感，乡村景观在叙述者审视批判的目光中呈现出可怕的阴影。虽然十八年前的山乡也并非桃花源，也充斥着苦难与仇恨，令人苦涩惘然，但今天的山乡显然更令人难以忍受，因为，"工业社会辛辣的气息，已经深深渗入我古朴的乡村"。十七岁的天真少女倪豆豆被村支书兼村企业公司总经理倪土改强奸怀孕，家人亲族竟以三条补偿方案"私了"，还跪倒在倪土改面前感激涕零；豆豆坚持告官，触犯众怒，惊动刘副县长亲自主持"秘密"协议，帮助倪土改用高价买断倪豆豆父兄们的灵魂。作为乡镇企业家，倪土改把握着村、乡、县的经济效益，受到上上下下的拥戴和保护。与之相比，倪豆豆的人身权益、身心健康自然是微不足道的小事。作为主线的背景，小说还为普遍陷入道德沦亡境地的村民们拍摄快照，他们办骗人公司，盗墓，借婚姻索要赔偿金，为追逐金钱殚精竭虑。对于经济发展与道德沦丧这一对无法解答的社会矛盾、历史悖论，谭文峰表达了深沉的忧虑。这种检视人性、质疑文明的道德立场，在礼崩乐坏的市场经济时代，显示出价值反拨的力量，并指向终极关怀。

王祥夫称自己的很多小说为"问题小说"。事实上，他的小说杂色纷呈，他的艺术手腕也是多样化的。段崇轩的《乡土上的"人文关怀"》曾分析王祥夫文人情致和关注现实相结合的"人文关怀"内涵。一方面，王祥夫有浓郁的文人情致，熟谙中国古典文学、民间文化和充满人道主义情怀的苏俄文学，这构成他独特人文精神的思想文化背景。他创作的《好岽杂录》、《油饼洼纪事》、《扁村笔记》、《棉花》等散文化的笔记体小说，描写晋北乡村古老的房舍、悠久的传说、古怪的村名、奇特的风俗，展现村民们世代如斯的生存状态。点染在历史、民俗、文化中的，是浓郁的文人情致。另一方面，在《早春》、《雇工歌谣》、《太阳下的村庄》、《找啊找》等小说中，他忧国忧民，入世近俗，多取社会底层的市民、农民为表现对象，关注官场腐败、人性扭曲、弱势群体等现实问题，表现出当代知识分子的社会良知和人间情怀。考察王祥夫近期的小说，这种感性与理性、文人情致与现实关怀的融合更加柔美，产生了《上边》、《滨下》、《喜筵》等佳作名篇。

发表于 1996 年的《早春》和《雇工歌谣》用冷峻客观的语言讲述冰冷的人间惨剧，极富张力的叙述使故事突破社会问题的平面展示，而抵达拷问灵魂的人性深度。《雇工歌谣》是雇工张美军的奋斗史。为了把户口迁到富裕的矿区刘庄，自己当东家，张美军煞费苦心，使尽各种卑鄙猥琐的手法，付出了身体和心灵的巨大代价。尽管最后他如愿以偿，但屈辱的心灵却时时被仇恨嚼食而不得安宁。王祥夫着力表现张美军改变命运的阴冷心机，以及心机背后灵魂扭曲的折磨，使小说对社会不公正的批判逼近生命体验，获得深刻的人性洞察力和理性思考的深度。《早春》所写的是一个实际发生过的重大社会事件，即假种子坑农事件。但是，王祥夫并未直接描写事件发生的始末，他有意回避农民与粮站、与政府冲突的戏剧高潮，而把镜头聚焦于事件之后承担暴徒罪名的一户普通农民。当县公安局来抓人的时候，刘玉山并没有对此提出质疑，他和他的儿子们平静地接受了苦难，如同接受命运的安排。他们唯一的努力是在家庭内部尽可能减轻打击，于是大儿子哑巴为三儿子顶罪，家人为他安排第一次的鱼水之乐，然后就送他投案自首，等待严厉的法律惩处。谷雨过后，樱桃花开，坑农事件消散在早春田园风光之中，掩盖了刘玉山家的悲剧。王祥夫用简练的对话和场景点染描写乡间无声的悲剧，批判的笔触超越具体问题，触及农民的生存之道，由政治层面进入人性层面，表现出深广的文化视阈。发表于 2004 年的中篇小说《找啊找》是王祥夫探询农民工命运之作。在石墨窑上打工的顾小波失踪后，他即将临盆的妻子王淑民踏上寻夫之路，在一次次艰难笨拙的寻找中，等待她的是或虚伪或冷漠或粗暴的拒绝与欺骗。在故事结尾处作者揭露了事件的真相：原来顾小波早在一次塌方事故中死去，而且正是与他一起打工的乡亲在金钱驱动下掩埋了他的尸体，并向他的妻子隐瞒其死讯。小说不仅展现了农民工危险悲惨的处境，还展现了淳朴的乡间伦理在市场经济冲击下轰然坍塌的深层悲剧。

王祥夫近年创作的《上边》、《滨下》、《婚筵》等短篇小说，仍然关注当下农村现实，但更加注意传达人物内心情感的波澜，展现丰厚的人性内涵。这些小说都属于小开口深挖掘的写作方式：养子归家，母亲手足无措，无以表达心中满漾的母爱；老人吞针，唤起儿女的孝心，得以重温儿孙满堂的家庭温馨；勤劳父子无力娶亲，目睹办阴婚的豪华排场黯然神伤，不辞而别。在这些小说中，王祥夫追踪人物视角，轻松自然地切入心灵世界，用细腻感人的细节、朴实无华的叙述搭建艺术的玲珑宝塔，实现了"在特定的社会制约中，表现超越制约的生命情致"① 的审美理想。通过人物的心灵投射，当下乡土社会沉默的悲剧被转化为隽永的审美精神。

---

① 王祥夫：《小说与农村》，载《山西文学》1996 年第 10 期。

第四节　夏天敏、雪漠：边地的关怀

　　夏天敏和雪漠是近年来引起关注的乡土作家，二人在文学上都经历过漫长的积累磨炼，依靠长期不懈的努力而进入文坛核心。由于二人所处地域均为偏远边地，写作上也表现出一些共同点，比如，关注底层农民苦难深重的生存困境，揭发边地农民保守落后的性格弱点，精心刻画乡僻之地保存完整的民俗风情和生活细节等等。但是，二人的区别也是显而易见的。夏天敏对农民苦难生存的呈现触目惊心，具象化为一个个令人喘不过气来的丰赡的细节描写。而且他使苦难的呈现紧紧围绕主体性思考层层展开，从而通过叙述过程自然完成主题呈现，情节与主题的结合圆满无间，气韵充沛。另外，夏天敏对农民苦难的思考，固然也纳入了自然环境和文化性格的因素，但更偏重对政治弊病的揭露，从体制批判视角切入，表现上与下、政策与对策、规划与落实、意图与效果的巨大反差，从而说明农民苦难在很大程度上正是漏洞百出的政治管理体制酿造的苦果。苛政猛于虎，人祸大于天灾。相对而言，雪漠的两部长篇《大漠祭》和《猎原》似乎更加倚重有关西部风情的审美期待，他完全按照文学惯例培育的大众想象，亦步亦趋地生发叙事空间。因而西部农民的生活实际上被传奇化、他者化，契合长期以来大多数甘青宁作家们笔下集体创造的西部标准形象——神话西部。换句话说，雪漠有意识地踏进西部文化画地为牢的审美陷阱，使自己成为西部风情小说的集大成者，这是他的成功，也是他的失败。另外，雪漠试图在生活场景、民俗活动描写中渗透哲理，从农民日常生活习惯和思维方式切入，探索生命的终极意义。但由于在讲述故事、组织情节方面力有未逮，从而导致形而下与形而上的意蕴合成缺乏充分的因果逻辑，有说教之嫌。最后，雪漠的两部小说之所以引起较大反响，另一重要原因还在于灌注于小说文本的现实关怀。如同《大漠祭》编后记所言：这是一部"直接反映当今农民生活、将农民的疾苦挂在心上的长篇小说"。西部恶劣的生态环境，农民贫困的生活，压抑的心灵，这些与民俗风情画面漫漶交融的底层生存问题为小说敞开批判性视阈。

夏天敏的小说定格于云南乌蒙高原上最荒凉最偏僻的地方，他的笔墨铁画银钩，把当地恶劣的生存环境和农民赤贫的生活勾勒得清清楚楚，触目惊心。在那块贫瘠的土地上，除了破败的村庄，还有面色如土的村民。这些被现代文明抛弃的农民过着饥寒交迫的生活，吃的是野菜洋芋，烧的是海垡，睡的是茅草窝，穿的是破衣烂衫，什么都匮乏，唯一不缺的是时间。长期贫穷而又慵懒的日子，使他们对什么都失去了激情。他们不愿意接受教育，因为那会引人胡思乱想，从而无法忍耐麻木无望的日子；他们也早已忽略了美的存在，沉重的生存把美变成了太过高级的奢侈，变成了遥远虚幻的海市蜃楼。尽管广袤高原也时常展现上帝之手创造的美丽画面，它是如此祥和、宁静，以致世界珍禽黑颈鹤把这里当作自由栖息的美丽家园。毫不奇怪，这种远离尘嚣的自然之美丝毫唤不起望云村人的美感，困苦的生活早已磨灭了他们潜在的审美感觉，生存的艰难压倒了精神的生长。这就是进入"全球化语境"的当代中国另一面的真实（《徘徊望云湖》）：前现代的生存危机与后现代的生态主义理想形成反讽。

夏天敏刻画农民卑微、麻木、愚昧、无望之后浑浑噩噩的灵魂，其入木三分不下于鲁迅，但他的笔调更多的是哀其不幸的悲悯，而非怒其不争的愤怒。在他看来，既然农民的精神病态主要起因于"贫穷"，则改变贫困状态才是唯一的救赎之路，然而这是一个任重而道远的社会改造、人性改造工程。《土里的鱼》批判弥漫于乡村的鬼魅迷信，为争夺父亲所谓的"阴福"，愚昧的两兄弟走火入魔大打出手，只有教书的老三认识到教育的意义，用微薄的力量守护山村的未来。在《飞来的村庄》中，夏天敏让望云村从苦寒山区"飞"到富庶之地，以此考察长久贫困留给山民的心灵缺失。结果部分望云村人过惯了贫穷而平均、靠救济而慵懒的生活，不能忍受勤奋劳作，也无法认同贫富差距，最终又回到苦寒的山村。这些幽闭在生存困境中的灵魂，必须经历漫长的精神治疗方能融入现代文明，接受科技进步提供的多样化生活选择。

夏天敏善于编织故事，提炼主题。他常常以急功近利、脱离实际的政绩工程为叙事动力，推动情节走向匪夷所思的荒谬，暴露官僚主义、形式主义等腐败纰政对底层民众造成的巨大伤害。他巧妙勾连，使矛盾集结凸显，归结为极具冲击力和震撼力的对立冲突：羊吃人，拔麦子种烤烟，嗷嗷待哺的村民与受保护的黑颈鹤争食……这种高度集中高度凝练的矛盾冲突，有利于增强批判抨击的力度，如同一个意蕴丰满的象征，因为容纳了多个意义而效力倍增。夏天敏的高明之处正在于此：多层次的批判角度，多层次的意义交融，多层次的主题呈现。大多数读者熟悉夏天敏这个名字，是因为《好大一对羊》在2000年获得《当代》文学拉力赛冠军，后被改编成电视剧、电影，并获加拿大维多利亚国际电影节最高奖——"最佳故事片奖"、法国维苏儿电影节"最佳亚洲电影促进奖"等奖，后又获第三届鲁迅文学奖。这部中篇小说叙述平稳舒缓，步步为营，丝丝入扣，推进矛盾冲突自然演化为羊吃人的悲剧。刘副专员与高寒山区的德山老汉结成帮扶对子，为帮助德山脱贫而送来一对外国羊。然而刘副专员为德山设计的致富之路一开始就没有经过科学论证，完全是一相情愿想当然的，注定了失败流产的后果。接着各级官员推波助澜，都想从中捞取政治利益。结果原本应该相互平等的人际交流扶助，被指认为"政治任务"。这个任务落实到德山身上，就变成了不堪忍受的重负。德山的处境是生存困难，全家人一顿炒面都吃不上，女儿有病都没钱救治。可是为了伺候好专员的羊，他们一家人倾尽全力，给羊吃炒面、烤火，租马驮羊去吃草，比对待祖宗还孝敬。由于外国羊在高寒山区不适应，德山还得给羊吃鸡蛋、黄豆等稀罕东西催情，以便实现专员"一个鸡蛋"的发财梦想。最后，德山可怜的女儿为了给羊割草而被沼泽吞没，所谓扶贫计划以羊吃人告终。但是，刘副专员扶贫的宣传报道，正在沉寂的高原掀起轰轰烈烈的扶贫高潮，不切实际、花架子式的政绩工程、政治运动正在愈演愈烈，不知道又会演出多少羊吃人的悲剧。难能可贵的是，由于深入剖析德山老汉的精神世界，这个小说对官僚政治的批判鞭辟入里，极大地丰富了它的思想意蕴。在悲剧一步步演进的过程中，作为受害人的德山大叔感恩戴德，战战兢兢，被政治任务的压力和刘副专员的恩典完全压垮，失去自主生活的能力，女儿晕过去都不舍得给她吃枚鸡蛋，不自觉地参与了这场人和羊相互异化的政治荒诞剧。铭刻在农民灵魂中的卑贱顺从愚昧落后，也是促成悲剧发生的内因。夏天敏就是这样通过错综的情节、准确的心理刻画完成复合意义的传达。《洞穿黑夜》也是多层意义合成的一个成功例证，小说把农民对科技文明的向往，争强好胜斗气逞能的狭隘，裹挟在卑鄙的权钱交易和官场斗争中，凝聚为坟头上的电灯，代表农民走向山外的悲怆渴望，和轻率盲动的政治决策导致的几十万元经济损失。

夏天敏秉持读书人的良知，揭露弊政不遗余力。《随水而去》写乡里为了搞邱专员的烤烟联片种植样板烟田，必须拔掉肖家冲人即将成熟的麦子。乡党委书记钟凯带领七所八站的公家人与老弱妇幼的农民打起了游击战，简直把农民当成了对立面的仇敌。钟凯面对如此尴尬的情景百感交集，回想下乡以来所有的工作任务大都是通过成立小分队完成的，不论搞计划生育，还是催粮派款、刮宫引产，要钱要命基本上都是沿用这个办法，否则就完不成上面的任务。这样的政治体制，如何保证依法行政！通过基层领导干部自身的反省，夏天敏强烈抨击了目前的政治管理体制。

夏天敏注重揭示场景背后的象征意蕴，对那些蕴涵深刻的场景总是大力渲染，用充满感染力的抒情描写来营造深远的意境。比如对德山老汉的这段描写："德山老汉直起软耷耷的腰，他的腰似乎永远没有直起过。他举起手来罩住眼睛，定定地看着远方，看得眼睛酸涩了，渐行渐远直到空无的山地边上什么也没有，他莫名其妙地叹了口气。高原上的荒原太空寂了，有一棵树就会有一棵树的絮语，有一棵草就会有一棵草的叹息。但荒原上只有绵绵不绝的连接远天的卵石，卵石会叹息么？当一阵阵轰隆隆的响声自黄土地的另一端传来时，德山老汉就会莫名其妙地兴奋，当这样的声音渐渐消失时，德山老汉就会莫名其妙地叹息。"在他的笔下，土里的鱼、洞穿黑夜的电灯、望云湖的黑颈鹤都变成意味深长的象征意象。而他也非常熟悉农民的方言口语，且善于用对话描摹性情，三言两语之间个性毕现。既有诗意的描写，又有泼辣的口语，形象与心灵、结构与节奏融合无间，叙述语言百转千回，生动多彩，富有弹性，在乡土小说创作中独领风骚。

相比而言，雪漠的小说缺乏引人入胜的故事，它的情节恬淡稀松，差不多可以用一句话来概括大要。《大漠祭》写腾格里沙漠边缘上一家农民和一个村庄一年间的生活琐事：驯兔鹰、捉野兔、打狐狸、打井、捋黄柴，吃山芋、喧谎儿、劳作、偷情、吵架、看病，捉鬼、祭神、发丧，缴公粮、收地税、躲计划生育等等。照作者说的，不过是生之艰辛，爱之甜蜜，病之痛苦，死之无奈而已。《猎原》的故事虽然比《大漠祭》略微紧凑集中一些，也加强了传奇色彩，但雪漠的讲述依然沿用松散的结构。经验丰富的老猎人孟八爷与情欲旺盛的青年猎手猛子，受派出所的委派进入大漠深处的猪肚井，与神出鬼没的偷猎者在茫茫大漠里明争暗斗。但是，他们与偷猎者不多的几次交锋被猪肚井、沙湾和南山大量的日常生活细节消融稀释，七零八落，根本无法聚集情节推进的紧张感。作为长篇小说，这种写法的长处是利于展现多个人物性格和广阔的社会画面，短处是容易流于琐屑平淡，因而是一种冒险的写法。而雪漠的创作也恰恰表现出这种写法的魅力与缺陷。

雪漠的小说最抓人的是西部独特的地域风情、民俗描写，《大漠祭》中所描述的沙湾，属于甘肃武威，是典型的农业地区，老顺上粮、乡上催粮队抢粮等情节就是佐证。在当地，狩猎其实只是一部分农民的业余爱好和家庭副业，绝非重要的生产方式。可是，在作品的前五章，作家却泼洒笔墨细致描绘沙漠狩猎。其中以老顺"按鹰"和孟八爷猎狐为主要内容，有关知识讲解详尽，狩猎场面写得惊心动魄，饶有兴味。除狩猎民俗，雪漠还用大量篇幅描写了祭神、燎病、打醋弹等民间信仰，以及西部落后的婚俗、独特的饮食习惯以及风情万种的民歌——"花儿"等，构建了一个相当完整的民俗世界。此外，雪漠还用充满诗意和画面感的语言描写了苍凉壮丽的大漠景观，骆驼、驼铃、旭日、梭梭、柴棵和衣着鲜艳的少女，构成了一幅奇妙的画；还有篝火映照下静谧清凉的沙漠之夜等等。在人物形象的塑造上，雪漠虽然希望注入生命意义的探索，增加人物心理构成的厚度，但是他显然更愿意描写偷情、强奸、乱伦等动物性本能诱发的情欲纠葛。以上这些民俗风情、地域景观、欲望化性爱描写，组合为西部的整体形象。这个文学想象中的西部形象似曾相识，如果参照此前甘肃、青海、宁夏等西部作家的大量西部风情小说、乡土小说、地域文化小说，大概可以认定：雪漠的大漠叙事是有一个既定蓝本的，这个蓝本就是西部作家集体创造的有关西部的文学想象。在有关西部的想象视阈中，西部是落后的，神秘的，粗犷的，阳刚的，苍凉的，是上演着"花儿"式的缠绵热烈的爱情传奇的地方。这种想象通过西部文学传播蔓延，并逐渐定型，扎根在广大读者的心中，变成了一种强烈的审美期待。而雪漠的成功，很大程度上在于他恰如其分地迎合了读者想象。为了最大限度地展现西部形象的方方面面，他放弃了头绪简洁、脉络分明的故事情节，选择了更有利于展示民俗风情的松散的叙事方式。而且为了合乎想象地展现西部民俗文化的原始、阳刚、粗犷，他也放弃了对西部农民其他日常生活层面的忠实描写，所谓原生态叙事不过是踏着先行者的脚印，再次把西部传奇化。当然，在一部长篇小说中如此全面地描绘西部文化形象，这毕竟还是一个创举，说雪漠是西部风情小说的集大成者应该是确当的。

雪漠的另一成功之处是直面苦难的现实关怀。西部农民受恶劣的自然环境、滞后的经济发展、不合理的行政制度、保守的文化性格等外因内因的制约，难以摆脱贫困落后的生存状态，面对无法抵御的天灾人祸，人生无奈的命运感油然而生。于是雪漠的人物才会有那些神神鬼鬼的信仰寄托，才会借爆发的性欲宣泄过剩的生命力，才会在极度悲怆之际质问苍天。雪漠描写了老顺上粮遭受的欺辱，催粮队登门夺粮的凶狠，以及贷款收水费、计划生育罚款等苛捐杂税对农民的压榨。他描写了瘸五爷、憨头等因为无钱救治而放弃生命的惨烈，也描写了贫困生活戕害下灵魂的痛苦呻吟，压抑的生命似乎只剩下性宣泄一条出路。西部农民就那样一代代坚忍又卑微、强悍又粗鄙、豁达又苍凉地活着，像大漠那样在沉寂中涌动着深不可测的原始生命力。雪漠没有讲述全须全尾的精彩故事，但他刻画了西部农民在生存困境中的精神状况：绝望时的扭动，逆境里的突围，困厄中的抗争……在《猎原》中，雪漠试图进一步逼近现实，他的视线转向生态问题，以之为解开西部农民生存困境的钥匙。通过孟八爷、瘸阿卡、黑羔子、猛子等人的思考，他寻找西部衰落的原因和新生的可能，其间夹杂了很多说教式的议论。由于这些思想表达未能从故事情节中自然流露，显得生硬浮浅。孟八爷的形象在《猎原》中益发高大，他坚定了对沙漠生态危机的认识后就义无反顾，为实践这一信念而出生入死，百折不挠。最后，沟北沟南牧羊人争夺沙漠中的猪肚井，两败俱伤，人亡羊死，水井被填，孟八爷在熊熊火焰中烧毁猎枪谢过猎神，带领牧羊人走出掩埋了希望的沙漠，寻找新的生活。雪漠以抒情的笔调结束他的西部传奇："那洋溢着生命原动力的猎神呀，那充满无穷阳刚的精魂呀，那雄突突盛载着历史沧桑的图腾呀，别了！"

　　雪漠小说使用了很多西部方言俗语和习惯用语，这些生动独特的语言表达构成其小说鲜明的地域文化特征。然而他似乎过于倚重方言俗语的共性、普遍性，而未能使之融入性格塑造，变成个人特有的言语。每个人物都是一口地道的方言俗语，但语言使用中并没有表现个性差异。另外，雪漠的文人情怀依附在灵官和莹儿身上表现出来，那种《红楼梦》式的女儿心在整体氛围中显得很不自然。最后，雪漠始终坚持小说哲理思考的深度梦想，可惜由于思想积累有限、意义传达笨拙，这些议论和感悟都漂浮在表面。

第五节　《沙尘暴》：西部精神的正气歌

　　甘肃作家唐达天 2007 年出版的长篇小说《沙尘暴》继承路遥《平凡的世界》之余韵，提炼顽强拼搏、乐观向上的西部精神，抒写西部农民艰苦卓绝、慷慨壮丽的人生画卷，堪称西部农民的生活史，西部精神的正气歌，建构起真正意义上的西部小说。

　　《沙尘暴》的成就主要体现在以下几个方面：其一，重释西部精神，赞美西部人吃苦耐劳、坚忍不拔、宽容豁达、乐天知命等传统美德，更大力张扬同舟共济、团结协作、锐意创新的时代精神；其二，塑造民族脊梁式的农民形象，探索农民向现代性转化之路；其三，激情写作超越零度写作，重振情感冲击力与理想主义精神。其四，地域色彩、风俗描写渗透文化精神，追求深厚的文化底蕴。下面将分别探讨《沙尘暴》的这些艺术特征。

　　其一，薪尽火传的西部精神。

　　西部精神是什么？自 20 世纪 80 年代西部文学被《当代文艺思潮》正式推上文坛，人们就不断框定西部文学和西部精神的边界。基于独特的生存环境，西部人养成独特的思维方式、精神品质和人格特征，构成西部精神的民间基础。然而，作为言语的西部精神并不是一个涵盖西部的同质化概念，而是一个在不断言说中成长、发展、变化、丰富的词语，不存在一个坚固凝定的内涵。与此相应，以西部地域文化特征为基础、以西部精神为核心的西部文学也不是一个同质化的概念，而是在想象、虚构和叙述中不断建构的镜像世界。新时期以来，西部文学对西部精神的言说主要表现为三种倾向：原始主义倾向、反思农民文化（国民性批判）倾向与苦难写作倾向。但是，在中国现代化历史进程中，农民如何建构自我，完成现代性的转化，这是乡土小说应当着力探索的核心主题。就西部文学而言，所谓西部精神的建构，更应当注重传统的转化、现代观念的融入，而不是停留于对原始生命力和淳朴道德风尚的追慕与歌颂。尊重历史、慎终追远是中国文化传统，面向未来、开拓进取更是中华民族实现伟大复兴的必然要求，也是我们民族生生不息的生命底色。

　　正是在这一点上，《沙尘暴》突破传统模式，完成了一次新的飞跃。《沙尘暴》是一部描述民勤人民战天斗地奋斗史的鸿篇巨制。民勤是中国四大沙尘暴的发源地之一，地处沙漠边缘，曾经因为"人进沙退"而名扬世界，目前正面临前所未有的生态危机。正是在这块生存维艰的土地上，在与自然的顽强抗争中，民勤人民养成了善良勤劳、坚忍顽强的传统美德，以及博大宽容、积极向上的人格精神。唐达天从父辈们的身上提炼并升华了这种不屈不挠、蓬勃向上的精神。它是西部精神，也是人类创造历史、使社会向前发展的原动力，是时代、是人类迫切呼唤的精神资源。

　　《沙尘暴》写了两代农民几十年的奋斗史，其间穿插两个农民之间的恩怨情仇。两代农民经历了生产方式和经营方式的巨变，他们的思想性格、生活方式也截然不同。但《沙尘暴》所瞩目的，是西部精神的传承与发展。这种西部精神的传承，首先表现为两代农民优秀品质的继承与发展，其次则表现为两个农民之间邪不压正的矛盾纠葛。以红沙窝村支书老奎为代表的老一代农民从 20 世纪 50 年代开始治沙造林，一干就是几十年。他们身上，充分体现了西部农民坚忍不拔、吃苦耐劳、豁达乐观的精神，这种精神在毛泽东时代具体化为自力更生，艰苦奋斗，战天斗地，建设社会主义新农村的豪情壮志。尽管他们生活在贫困线上，打平伙吃一顿羊肉就让他们像过年一样喜庆；但在繁重的劳动中他们你追我赶，干劲冲天。他们中，有累死在治沙大战中的于秀娥，有爱社如家的好羊倌胡老大，更有身先士卒勇挑重担的村支书老奎。喊着人退沙进，人进沙退的口号，他们硬是在黑风口上造起一片黑压压的防护林带。新一代农民以天旺、石头、富生、开顺、锁阳等为代表。他们中有走出农村、回报乡里的领导干部开顺、富生，还有带领农民走产业化道路、用科技改造农村生活方式的新一代村支书石头，更有创办农副产品深加工厂、拉动一方经济的乡镇企业家天旺。他们是市场经济中成长起来的新一代，他们继承了父辈的优秀品质，又为传统精神增添了新的活力。那就是：开拓进取，改革创新，团结奋斗。石头聪明能干，既有科学文化知识，又有社交能力。担任村支书之后实施的几项改革改变了村人的生活：搞工程队，办合作社，两条战线两不误。上下沟通争取资金，为村里修成沼气灶工程和节水灌溉工程。尽管在开垦荒地时决策失误，造成生态环境恶化的严重后果，但作为新一代村支书，石头无疑是称职的，顺应潮流的，他的锐意创新使老奎自愧不如。另一位村里的带头人是天旺，也是具备科学知识和开阔视野的年轻人。与《平凡的世界》中的孙少平一样，他曾经逃离农村四处漂泊，变成了远离农村的旁观者。然而在流浪途中，他始终没有忘记寻找改变农村面貌的可行途径，并且"在路上"完成了对生命意义的思考。学成技术之后，他义无反顾地回归家乡，办起村里第一个食品加工厂，推动农村经济向产业化发展。应当说，天旺的走出去又走回来，比之孙少平是一个大进步。石头、天旺等年轻人的所作所为，充分表现了新一代农民的改革创新精神，这是一种面向未来迎接挑战的时代精神。难能可贵的是，在推动农村改革的行动中，他们继续发扬老一辈团结奋斗的精神，相互协作，相互扶持，共建和谐美好的新农村。而老奎则以无比宽广的胸怀，对新一代的改革给予无私帮助。他不仅向石头主动请缨，挨门逐户地说服群众；还捐弃前嫌，让儿子挽救天旺的工厂。正是这位老支书的宽阔胸怀，护持着新一代别开生面再创辉煌。可以说，老奎是彰显精神传承意味的形象化载体。

　　两代农民的奋斗史，是面对不同时代、不同要求递交的两份不同的答卷，贯穿其中的是薪尽火传的西部精神。这精神从老奎传给石头，传给天旺，保留了吃苦耐劳、坚忍不拔、宽容豁达、乐天知命等传统美德，更大力张扬了同舟共济、团结协作、锐意创新的时代精神。红沙窝村的农民之所以能够祖祖辈辈坚守在风沙第一线上，在极度艰难的生存环境下乐观地生活着，主要的原因就在于有这种积极向上、与时俱进、永不言败的精神在支撑着他们。他们承担起时代赋予的使命，用自己的生命书写了一部大写的历史——人民的历史。因此，《沙尘暴》所张扬的，是西部精神，更是民族精神，同时也是全人类生生不息的生命意志。

　　另外，《沙尘暴》还通过老奎与杨二宝几十年的恩怨情仇，展现了正气压倒邪气的西部精神的胜利。老奎大公无私，胸怀坦荡，一身正气无愧天地鬼神，因此可以坦然面对杨二宝的误解和仇视，最终以宽容之心感化杨二宝。而杨二宝损人利己，以邻为壑，走歪门邪道，发不义之财，最终落得债台高筑，一无所有。其间的价值判断泾渭分明，判若鸿沟。邪不压正，正气长存，这是唐达天对西部精神、对人类道德精神的坚定信念。

其二，民族脊梁式的农民形象。

新时期以来，乡土小说在历史反思、现实批判、文化批判、家园守望等方面同时出击，构成乡土小说的主题性想象系统，形成一个结构合理，充满活力的良性文学生态系统，足以展现当代乡土小说深厚宽广的多层面人文关怀。应当说，这些作品中不乏民族脊梁式的形象，比如《白鹿原》中的朱先生和白嘉轩。他们傲立于波谲云诡的历史烟云，显示了儒家文化作为民族精神底蕴的强大生命力。但是，建国后，中国民众接受的是毛泽东思想的哺育。毛泽东思想以政治灌输的方式影响民众，把一种现代思想体系植入民间。人定胜天的自然观、大公无私的道德观、社会主义的政治理想，曾经鼓舞一代人筚路蓝缕，坚苦创业，并作为一种精神遗产，留在历史前行的脚印里。尽管毛泽东思想不可能剔除、取消或代替中国传统文化的集体无意识，但它对传统文化的覆盖、变易、濡染、化合是毋庸置疑的，它已经彻底改变了传统文化的存在方式。当时间进入 20 世纪 80 年代，又进入 90 年代，中国市场经济改革全面展开，以儒家文化为代表的传统文化，和被扬弃的毛泽东思想，还能应对时代新浪潮的冲击吗？这是时代摆在我们面前的文化难题，对此，新时期以来的乡土小说没有给出满意的答案。表现当下经济体制改革的现实题材乡土小说，或在故事情节的演进中揭露社会问题，或在人际关系的变化重组中透视改革带来的精神冲击，或以漫画化、欲望化描写手法展现民族劣根性，均未能塑造出一个继往开来、具有丰富精神内涵和高度人格魅力的民族脊梁式的艺术形象，而《沙尘暴》试图完成这样一个形象。

《沙尘暴》塑造了一个由胡老大、于秀娥、天旺、石头、开顺等人组成的先进人物群像，这些人在中国现代化进程中默默担负起历史重任，都称得上民族脊梁式的人物。但就人物本身的思想内涵、社会意义和艺术价值而言，老骥伏枥、烈士暮年的老奎才是一个当之无愧的民族脊梁式的农民形象。从毛泽东时代的带头人，到改革时代的坚强后盾，在中国几十年现代化历史进程中，老奎始终是风云变幻中一棵不老松，是潮起潮落中一枚定海神针，是西部精神传承的关键环节，是农民完成现代性转化的中心枢纽。他以正大光明、坦荡无私的胸怀，以建设家园的责任感和关怀大众的忧患意识，担起带领村人建设社会主义新农村的重任，也就肩负起民族复兴、国家强盛的历史重任。中华民族的伟大复兴，正因为有老奎这些在底层默默无言夯实基础的人物，才充满希望。而且，老奎也是全书塑造最成功、艺术性最高的人物形象。他的高风亮节、伟大人格与普通西部农民质朴真实的心灵世界融合在一起，没有丝毫人为拔高、主观化的痕迹，是近年来难得一见的典型化的艺术形象。所以，老奎这个人物，是唐达天奉献给文坛的一个民族脊梁式的农民形象。

什么样的人物才堪称民族的脊梁？换句话说，民族的脊梁应当具备怎样的品行操守？鲁迅先生说过："中国自古有埋头苦干的人，有拼命硬干的人，有为民请命的人，有舍身求法的人——这就是民族的脊梁。"民族脊梁，不在于封建统治阶级所谓南面为王、裂土分茅、封侯拜相等丰功伟绩、千秋大业，而在于一个人拥有为人民、为国家、为民族敢于担当、勇于奉献的高尚德行，并因而做出巨大贡献。其高山景行，足以为万世师表，民族楷模。所以，民族的脊梁，首先须具备对民族、对人民、对国家负责的责任感、使命感，也就是以天下为己任的忧患意识。其次，他还应当是一个胸怀坦荡、光明磊落、高风亮节、勇于奉献的正人君子。自古至今，从封建时代到毛泽东时代，名垂青史、被称为民族脊梁的优秀人物，大抵都具备这样的精神品质。

老奎虽然是一个小小的村支书，管辖着西部一个小小的村落，并非达官显贵，政界要人，主宰不了国家大事，民族大业。但是他的身上，恰恰表现出庄严崇高的责任感、使命感和忧患意识。身在草野，胸怀天下；先天下之忧而忧，后天下之乐而乐。对他而言，这并不是唱高调，耍花枪，而是实实在在流淌在血液里的价值追求、生命意义。这种精神境界，是受党教育多年的结果，也未尝不是民族优秀精神价值、高尚道德品质的传承。他的正直坦荡、无私奉献的高风亮节，继承了毛泽东时代大公无私、全心全意为人民服务、严于律己宽以待人等道德准则，也隐现着善良敦厚、仁者爱人、恕己量人等传统文化的民间教养。

作为红沙窝村三十年的带头人，老奎无愧于村民，无愧于党，无愧于天地良心。他的心中始终装着红沙窝村的未来，充满建设家园、建设祖国的决心和勇气。年轻的时候，他响应党的号召，带领大家治沙造林，兴修水库，在风沙线上在艰苦奋斗，自强不息。下台后，他胸无芥蒂，不求回报，依然如故地关注村里的改革。多年干部生涯使他具备一般农民所欠缺的眼界与胸怀，尽管不理解市场经济形势下某些新的社会现象，但他绝无故步自封、保守落后之嫌。他支持新支书石头的各项新举措，还帮助天旺恢复生产，笃行植树造林的百年大计，推进农村的现代化进程。他的一生是奉献和牺牲的一生：为保卫祖国他献出长子，还毅然拒绝国家给予任何照顾或补偿；为工作他得罪了杨二宝，使女儿含冤受屈意外丧生；为保护扎根未稳的小树苗，他死在沙尘暴中，定格为风沙线上西部精神的一个象征。

可贵的是，老奎的高尚情操并不给人虚假拔高的感觉。相反，他是如此真实，就像我们常常见到的西部农民一样，就像我们心中普通的农民父亲一样。这些年来，小说不再重视人物形象的塑造，让人过目不忘的艺术形象基本绝迹，《沙尘暴》却集中笔力塑造人物形象。作者擅长细腻的心理描写、生动的细节刻画，尤其注重在矛盾冲突中展现人物的性格特点、精神风貌。在老奎这个艺术形象中，作者显然寄托了对农民父亲深厚的爱戴之情。因而体察入微，下笔如神，把一个平凡而伟大的村支书——农民父亲的形象塑造得真实感人，栩栩如生。

老奎形象的真实性，最重要是因为作者既没有把人物的心灵世界简单化，也没有欲望化。新时期以来，呈现人性的复杂和阴暗变成了衡量艺术形象真实性的主要标准，本能欲望的描写也就成为展现人性真实面的重要手段。伴随而来的，是人物形象变得猥琐、下流、阴险、恶毒。能够代表民族伟大生命力、健康心灵的人物寥寥无几。唐达天塑造的老奎却拥有丰富而美好的心灵，普通人的世俗情感、性格弱点与共产党员的高风亮节、仁者的光风霁月融合无间，造就了人物心灵世界的深度美。这种心灵世界的深度美尤其鲜明地表现在与杨二宝的矛盾纠葛中。小说精心设计了前后呼应的场景，如同聚焦镜头一样集中展现老奎复杂难言的心理活动：马踏泉边与杨二宝的两次相遇，送儿子上学的马车/儿子的轿车与杨二宝轿车的两次相遇。老奎的坦荡与硬气、倔强与自责、仇恨与宽恕、不平与满足，在颠倒变幻的世事中展露无疑。正因为有仇，有恨，有报复心，老奎后来的宽恕、原谅与帮助才显得真实可信，其人格也更显高大伟岸。另一个充分展现老奎心灵的事件，是女儿的死。基于乡村生活人言可畏的传统，老奎毒打女儿，导致叶叶出走，在沙尘暴中迷路丧生。无限悔恨的老奎斩断手指惩罚自己，把父亲的霸道与悔恨、刚烈与柔情表现得淋漓尽致。此外，老奎心灵的深度美，还表现在党性原则与传统观念、与独立思考的辩证统一中。一方面，老奎坚决执行党的政策，尽管对分田到户有抵触情绪，落实起来还是不折不扣。另一方面，他对政策失误、对新时代新政策也有自己的独立思考和困惑，比如奖励万元户、开荒种地、金钱价值观等等。而根深蒂固的迷信思想、传统的光宗耀祖观念和西部汉子的大男子主义，则使他的形象格外真实。这个人，对党赤胆忠心，鞠躬尽瘁，死而后已；为人堂堂正正，光明磊落，如日月经天，江河行地；同时，他也是西部常见的铁骨铮铮，冻死迎风站，饿死不弯腰的硬汉，耿直、粗暴、死要面子活受罪。

概言之，老奎这个形象整合了传统美德、西部精神与革命情操，不愧为民族的脊梁。同时，他又充分展现了一个西部汉子的真性情、真心灵，是一个有血有肉、光彩照人的艺术形象。

当然，除了老奎，《沙尘暴》其他人物的刻画也都很精彩。杨二宝、胡老大、胡六儿、田大脚、新疆三爷、三奶，包括哑女等人，均有可圈可点之处。就连县长李得胜、银杏、队长保得、大儿子开德等人，也都能做到寥寥几笔而活灵活现。这自然得益于作家对生活的熟悉和对人物的热爱。

其三，激情写作的诗性力量。

激情写作是与零度写作相对的写作方式。零度写作源于罗兰·巴特《写作的零度》，表现了法国人高歌猛进的艺术创新精神，与新小说派同声相应，是后现代理论支撑下的叙事哲学。在罗兰·巴特看来，零度写作是一种文学言语方式，可以借此摆脱历史文化、主流意识形态与现代神话在人们心理中投下的迷恋与迷思。他说："零度的写作实际上是一种直陈式的写作，或者说是一种非语式的写作；或者准确地讲，新闻体裁一般并不产生表示愿望的形式或表示命令的形式（也就是说感人的形式），那么完全可以说这是一种记者的写作。"① 这是一种纯洁的写作，它找到了古典艺术的最首要的条件：工具性。它没有风格，没有主观色彩，是一种透明的言语，开端于加缪的《局外人》。"在这种方式中，一种言语活动的社会特征或神话特征为了形式的一种中性状态或无活力状态而自我消除；这样一来，思想便保持着它的全部的责任性，而无需在不属于它的历史中为自己加上形式的一种附属义务。"② 但是，对于这种超越意识形态的写作，罗兰·巴特本人也疑虑重重。在一番天花乱坠的展望后，他说："不幸的是，没有什么比一种白色写作更不忠实的了；规律性就产生于首先有自由的地方，由变得明显的形式构成的网系越来越紧抱话语的最初的清新状态，一种写作因取代一种无限的言语活动而复生。作家由于进入古典派作家之列而成为其原始创作的追随者，社会则使其写作变成一种方式并使其重新成为自己形式神话的俘虏。"③ 显然，罗兰·巴特对于文学言语活动的这种摆脱性努力是持怀疑态度的。然而，零度写作这一富有冲击力和创新性的概念，却伴随着新小说派、黑色幽默等后现代艺术在中国的影响扩大而泛滥开来，变成了中国式的先锋探索，并进一步庸俗

---

① 《罗兰·巴特随笔选》，百花文艺出版社1995年版，第38—40页。
② 同上。
③ 同上。

化、欲望化为新写实小说标志性的话语方式。

作为对意识形态化写作的反拨，零度写作的确有革命意义。自建国以后，至 20 世纪 80 年代初期，文学以政治功利性为旨归，要求国家意识形态话语必须在作品中占绝对控制权，因而政治主题的明晰表达成为几十年来文学艺术的共同追求。零度写作针对这种话语霸权，试图通过控制情感流露和主观倾向，以一种极度冷漠的客观化叙述态度敞开阐释空间。然而矫枉过正，零度写作蔓延开来，变成新的意识形态化写作。零度写作回避激情，避免主观介入，放弃价值判断，实际上恰恰反映了商品经济时代普遍的世界观危机。即：在金钱拜物教、物质主义、消费主义等观念的支配下，人变得情感空虚，价值悬置，主体性思维萎缩。零度写作的主题意蕴更多的是表现现实的荒诞、丑恶、灰暗与无奈，令人沮丧消沉，失去对生活、对人类、对未来的憧憬与信念。一个民族的文学镜像如果不能提供正面的价值支援，没有理想主义的精神支撑，只有消极的甚至负面的事象描摹，那不仅意味着文学的堕落，还意味着这个民族已经出现严重的精神病症状，急需文化自救。

因此，今天的文坛，迫切需要一种充满激情、充满主体精神冲击力、焕发理想主义光辉的写作来冲决零度写作的迷障，一扫个人写作、身体写作的阴郁之气。我们呼唤一种新文风新文体，它应该是健康、率真、沁人心脾的，充满丰富热烈的情感内容与积极向上的价值导向，充满善心、爱意与祝福感，如春阳暖照、清风入怀般感染人、打动人，给人以道德支持、生命感悟和精神力量。或许有人说，这是对传统浪漫主义与现实主义的回归，但如果说它是一种回归，那也是经过现代主义乃至后现代主义历练之后的回归，因而必定是一种扬弃，必定是开放性的，不断成长的，生机勃勃的，充满希望的。这就是我所谓的激情写作，它朴实而亲切，充满强大的道德诗意和美感力量，拥有我们这个时代奇缺的精神感染力。自路遥之后，激情写作几成绝响，而《沙尘暴》让我重温这种叙述态度感人至深的艺术魅力，令我倍感欣慰。

《沙尘暴》的激情写作表现为：首先，通过人物形象的塑造（主要是老奎与天旺），肯定并歌颂一种拼搏奋进、勇于奉献、蓬勃向上的人生观、价值观，打造积极进取的民族精神。这一点前面已有详论，不再赘述。其次，叙述描写饱含感情，不故作高深，不作秀扮酷，不放弃主体介入的机会，该议论就议论，该评判就评判，该抒情就抒情。一般而言，《沙尘暴》的议论评说都是夹杂在心理、对话与动作描写之中，适可而止。唐达天尤其善于把握情节发展的高潮，集中笔墨大力抒情，发起感天动地的情感攻势。《沙尘暴》有几节非常精彩的抒情高潮，比如：叶叶之死，老奎、六叔之死，叶叶与天旺树林约会，银杏与天旺雪地话别等等。每一次抒情，均切入人物内心世界，展现不同的情感波澜，营造不同的情感氛围，渲染不同的情感色调：或悲凉，或壮烈；或温馨，或感伤；或婉约，或激昂。这些色彩浓烈的抒情片断，有助于形成长篇小说跌宕起伏、荡气回肠的叙述节奏，和大起大落、大开大阖的叙述结构。

同时，唐达天善于揣摩人物心理活动，往往通过展现人物在矛盾冲突时激烈的心理交锋，使彼此不同的思想境界充分暴露，高低上下判若云泥。这样，既避免了叙述主体的硬性介入，又能恰如其分地剖析人物心灵，使其美丑自现。比如：老奎与杨二宝在马踏泉边两次相遇是小说精心安排的特写镜头。第一次话不投机，误会加深。老奎的耿直、倔强、真诚，杨二宝的委屈、仇恨和狭隘，在激烈的心理交战中展露无遗，最终使二人分道扬镳，按着各自的人生轨迹走了下去。第二次相遇是二十多年后。杨二宝发财致富，风光无限，转眼又跌落尘埃，债务缠身；老奎失去了一对儿女，但发挥余热造福乡里，加上开顺仕途平坦，因而依然是村里受人尊重的长者。二人短短几句交谈，却渗透了岁月流逝中无限的人生感喟。老奎不计前嫌的高尚人格最终感化了杨二宝，使他向老奎真诚道歉；而杨二宝载满悔恨与凄怆的眼睛，则使老奎的眼里也盛满泪水。老奎以宽宏大度的人生态度完善了内心的和谐，杨二宝也因知错悔过完成了人格的最后升华。两位老人的和解，再次奏响了一曲荡气回肠的正气歌。

其四，民俗风情中的文化底蕴。

如同一般乡土小说一样，《沙尘暴》着力打造风情浓郁的地域特色。苍茫奇丽的沙漠景象，变幻莫测的沙漠气候；独特的生活习惯，独特的风情民俗；朴实有力、明白晓畅，而又不失方言表现力的语言。这些因素糅合在一起，形成小说鲜明的地域色彩。更重要的是，《沙尘暴》的地域文化描写突破乡土小说和西部文学常见的风俗化写作模式，将民情风俗、地域色彩融合在情节发展与人物形象的塑造中，并使之指向事象背后的文化底蕴，达到民俗事象与文化精神的统一。

自西部文学成为西部作家和评论家确立身份的标签之后，西部文学就呈现出一种过分追求地域特色的民俗化倾向。同时，这也是当代乡土小说普遍存在的一种不良倾向。西部/乡土作家往往固守乡土小说的审美惰性，满足于民俗风情的诉说，边地风光的描绘，却往往忽视对风俗民情、事象描写背后的文化精神进行深度揭示。《沙尘暴》的地域风情始终紧扣主题表达，凝聚在西部精神的理想言说中，形成小说独特的艺术魅力。在《沙尘暴》

中，沙漠的雄浑壮丽照应着西部人的粗犷豪放、阳刚之气，沙漠的恬静温和象征着西部人的宽阔胸怀、侠骨柔肠，而沙漠的诡谲阴险、暴戾无常，适足以展现西部人不可战胜的生命意志和不屈不挠的奋斗精神。小说开头和结尾对两场沙尘暴泼墨山水式的描写，奠定了全书张扬西部精神的宏伟基调。此外，《沙尘暴》也包含许多西部独特民俗风情、生活方式的描写，如花儿、裕固族婚礼、打平伙、挖龙眼、三十晚上装仓等等。但这些描写都融化在故事情节中，且注意挖掘深层文化底蕴，是叙述的有机组成部分。比如：天旺等待叶叶来赴约，唱起一首表达相思之情的花儿。唱得凄入肝脾，哀感顽艳。叶叶听了，勾起女儿家细致敏感的情思，又想到父辈们结下的仇怨使自己不能光明正大谈恋爱，不觉悲从中来，怆然泪下。在这段描写中，花儿是叶叶与天旺热烈爱情的文本阐释，它融化在热恋情人奔涌的情感中，变成了西部爱情抒情诗中最优美的一句诗眼。高亢奔放、挺拔明快、激越动听的花儿，就这样融入生活，成为西部人精神世界最感人的一个音符。

《沙尘暴》的地域文化描写是成功的，它突破乡土小说/西部文学惰性写作的成规，穿透已被固化的民俗风情、地域特色的表层色调，开掘西部文化丰富多彩的精神价值，展现了乡土小说/西部文学不断自主创新的强旺的生命力。

最后，还应当指出，尽管《沙尘暴》的主题表达强健有力，但并不浮浅。小说对中国农村的历史与现实展开多层面、多角度的思考，并通过人物的心灵世界探索人生价值、生命意义，开拓了现实关怀与终极关怀的多重意蕴空间。小说信息量大，所关注的问题也很广泛。诸如生产力的发展，生产方式、生活方式与价值观的改变，人与自然的关系，政策导向的失误等等，都在曲折动人的故事叙述中悄然绽放，引导读者去深入思考。

当然，作为一部弘扬正气和理想的小说，《沙尘暴》也有一些粗率之处。下部侧重叙述新一代的开拓创新，未免有些得鱼忘筌，重事不重人，对石头这位新支书形象的塑造有些乏力。另外，某些心理活动的描写略显繁缛，一些抒情议论有失空泛。尤其是对社会阴暗面、政治弊端的揭露与批判缺乏力度与深度，损害了小说的现实主义精神，有过于理想化之嫌。

第二章

文化批判

国民性批判是"五四"启蒙主义知识分子面对西方强势文化的压迫而采取的文化立场，是在历史断裂的时代重组民族文化的自主选择，是一种知耻而后勇的自省姿态。然而不可否认，"五四"国民性批判存在根本性的历史失误。首先，这种洗心革面的文化认同蔑视本民族特殊历史、地理、生活方式、传统观念构成的文化基因，在本土文化与外来文化的冲突融合过程中一边倒，未能坚持本土核心文化特性，保持民族文化生成的自主能力、创造活力和个性特征。以至于在经济全球化的今天，"五四"文化选择失当造成的恶果暴露无遗，那就是文化认同危机的凸显。在多元文化架构和全球文化快速流转之中，中国文化迷失自我，由于失去主体而变得个性消泯，似是而非；民族文化的个性特点和优势特征荡然无存，使我们在多元文化并存竞争的世界文化格局中沦为一个无根的族群，甚至要靠"韩流"为我们反哺中华民族传统文化的精髓。其次，把国家、民族的赢弱归结为落后的国民性，未免失之偏颇。问题在于：有铁板一块匀质不变的国民性吗？这样的国民性又源于何处？国民性在社会历史进程中发挥怎样的作用？对于"五四"国民性批判的批判，可以举出很多事实论据。比如，新中国成立之后，农民与社会其他阶层一道，接受了无数次强化社会主义教育，然而几十年思想改造的结果是，知识分子依然在当代农民身上找到那么多应该彻底摒弃的劣根性，来说明改革的艰难。难道以现代化为目标的社会主义实践反而在加深国民精神奴役的创伤吗？如果是这样，则顺理成章的推论是，与其说是传统文化在潜移默化地决定国民性的同一性，倒不如说国家权力机制、统治体系及其相应的社会政治经济文化状况，才是影响国民性形成与变化的直接原因。如果说几十年来中国农民的精神性格没有发生大的变化，那么同样严峻的事实上，几十年来中国农民的生活条件、生存环境、社会地位也没有发生根本性的变化。换句话说，他们几十年如一日地处于没有权力、平等、自由甚至温饱的生存状态之中，为现代化承担沉重的成本代价，所谓天翻地覆慨而慷不过是苍白的精神安慰。

因此有关农民劣根性的发现与批判，如果不追溯其政治经济根源，而仅仅归因于含糊空泛的文化传统，则可能导致问题的简单化、抽象化、普泛化、骑墙观望，削弱批判的锋芒。同时，要实现民族的自救和新生，过分和单一地强调"改造国民性"而忽视制度设计和宪政建设，也是偏颇和危险的。

剖析国民性，首先需要厘清它的历史成因，其中最不应忘记的一个事实是：在中国工业化、城市化的历史进程中，正是农村、农民承担了现代化的巨大成本代价。新中国成立初期，为了解决优先发展重工业资金不足的问题，中国共产党采取了增加轻工业和农业生产，对主要农产品实行统购统销，在工农业产品交换价格上保持一定剪刀差等办法来扩大内部积累，从农村汲取资金，投向工业化和城市发展。进入20世纪90年代后，虽然国家工业化资本原始积累阶段已告结束，并已进入中期发展阶段，但是国家从农村中汲取发展资金的政策并未改变，其中一项重大收益来自征用农民集体所有土地。过去 10 年中，大约 2000 万农民在现代化进程中失去了土地。中国现代化历史建立在城乡二元结构这一基本体制矛盾基础上，是导致农民素质低下的根本原因。此外，农民权益受损不仅表现在经济利益上，还表现在国民权力上。一直以来，以身份管理为特征的城乡户籍制度使农民沦为下等人，无法享受平等的国民待遇和民主权益。目前，三农问题引起政府与公众的高度重视，工业反哺农业，以城市支持农村，统筹城乡经济社会发展，加快城乡一体化进程，建立和谐社会已经成为社会共识，制约农民精神发育的社会因素正在逐步改善，针对农民所代表的"国民性"、"民族性格"的文化批判，应该也会有新的转向。

事实的确如此：随着改革开放的历史进程，过去铁板一块的国民性正在被市场经济的大当量梯恩梯（TNT）炸裂轰毁，强烈的振荡外烁为道德危机、人文精神缺失、田园诗梦想破裂等精神文明问题，并成为当代乡土小说关注的又一主题走向。同时，由于我国农村地域广大，许多老少边穷地区农民仍然处于可悲可怜的生存境遇、生存状态中，改变贫穷面貌依然任重而道远，所以国民性批判依然是乡土小说一个重要的问题视角。

实际上，表现转型期国民精神裂变是改革开放以来文学想象的一个重要方向。随着改革深化，这种趋势也逐渐清晰，并从立足改革导向、批判保守落后的传统观念，转向质疑现代理念、怀恋濒危乡土价值的审美批判现代性和文化多元主义。如果说，20世纪 80 年代以前社会思潮的主流是启蒙现代性——对自然科学及其带给社会的发展进步充分肯定，那么，进入 20 世纪 90 年代以后，对这种发展进步观的批判蔚然成风，这就是审美批判现代性。它和启蒙现代性共同构成现代性的两个方面，二者相互对立、相互补充。从文学继承上讲，这也是回归沈从文 20 世纪 30 年代的文化反思之路。20 世纪 90 年代是市场经济全面展开的大转型时期，随着市场规则在社会运行机制中发挥越来越重要的作用，与之互为表里的实用主义、物质主义价值观亦风靡华夏。传统中国文化与后起的社会主义精神文明全都陷于困境，而这些本是组成中国人文化价值观的基本精神资源。在加速发展的时代背景中，文化认同问题日益凸显出来。对此，学者有精彩分析："现代性的发展使社会文化出现多样性展示、流变性呈现和断裂性改变，所有这些都促使人们产生文化上的焦虑和自觉。越来越多的人进行越来越深入的思考：我们应该选择和创造什么样的文化，而这种文化能否与我们自身的生成相得益彰？现代化进程和理性主义所产生的理想化的生活形态和生存方式使认同成为人们自觉的需要。根据语义学的观点，现代性意味着象征与它所指的东西的分离。符码、范式、语义学这些文化观念正是现代认同的产物。我们不能再被动、消极地依赖自然、传统和家族，我们必须在符号和意义上做出自己的选择。"[1] 不断变化的现代社会迫使人们思考自己的文化归宿和价值观选择，这种寻求归属感、寻求文化一致性或同一性的文化认同，反映着不同权力、利益、欲望、追求的动力和意志，因此呈现多重话语形式，显得斑驳陆离，令人无所适从。价值观的失重，造成社会成员道德素质整体下降，人文精神衰落。此外，市场经济的快速增长也引发了一系列社会问题，改革开放初期已现端倪的种种隐患开花结果：城乡差距、贫富差距扩大，加剧社会不公，增加不安定因素。这种社

---

[1] 韩震、曲瑞华：《文化认同问题的凸显及其效应》，载《学习时报》2005 年 11 月 2 日。

会转型与文化转型带来的价值混乱，在文学中得到了迅速而深切的反应，改革初期对新时期的乐观想象、情感认同被自行其是的现实轰毁，在物质主义、消费主义文化洪流的喧嚣中，忧虑、怀疑、愤怒、抗议等不和谐的声音也渐渐高昂，宣告着物欲时代的文化抵抗。

捕捉变革时代的精神裂变，为伤痕累累的传统文化价值观唱挽歌，这种精神取向在 20 世纪 90 年代势头强劲。现实社会的道德欠缺激起对乡土中国道德精神的眷恋回顾，逝去的岁月脱尽苦难，剩下对乡村情感、道德操守的美好坚持；触目惊心的道德危机使愤怒谴责变得无力，似乎只有同样冷酷无情的反讽才能传达批判的坚定；过去有关乡土恋情的淳朴想象，被市场经济冲刷得支离破碎，面目全非，不再唤起浪漫的情愫。这些就是当代乡土小说展现的精神画面，它是色彩斑驳的，散发着焦虑不安的气息。

因此，20 世纪 90 年代以来，作为新文学传统的国民性批判、文化批判已经发生了变异，对启蒙现代性的反思构成文化批判的一个重要向度。不同于 20 世纪 80 年代精英知识分子对现代化未来的乌托邦激情，以及从"新启蒙主义"思潮出发对国民性的批判，20 世纪 90 年代以来，文化界、学术界对现代性、现代化的质疑与反思渐成气候。此种批判立足于民族主义、文化多元主义、生态学、后殖民主义、后现代主义等不同理论视阈，针对现代化进程在中国频频制造的历史噩梦发出警告的鸮鸣。文学界自然是"春江水暖鸭先知"，虽然对传统文化"寻根"式的批判依然是乡土文学不绝如缕的现代性思考，但跳出社会实践的历史限制和现代化理论、科学话语的文化霸权，追随乡土中国的经验感知并逐渐走向理论自觉，对现代性方案的弊端予以揭露，这种反思现代性的批判视角更有活力。这意味着，当前文化批判的视角不再是单向度的，不是在城乡之间、现代文明与传统农业文明之间选择单纯二元对立的立场，而是在相互映照相互比较中提出问题，开放性地思考文明进程中的历史悖论。在这种情况下，生存状态的客观呈现成为许多作家摆脱主题先行的叙事策略。

韩少功和贾平凹的长篇小说立意高远，构思宏大，是20世纪90年代文化乡土小说的重量级作品。他们用全球化时代超越性的文化视野审视乡土，在农耕文明与现代工业文明的相互碰撞、交互作用中辩证分析，探询传统文化的宿命和人类的宿命，并反思"落后"文化被遮蔽的价值和意义。着眼于国民性批判、文化批判的乡土小说中短篇佳作很多，黄建国、杨争光、乔典运、李佩甫、阎连科、贾平凹、李贯通、尤凤伟、赵德发等中老年作家均有创作。有些作家把鲁迅式的冷峻白描推向极致，以致过犹不及；另一些作家则更加注重在历史背景、生存境遇、权力文化、人性等更宽阔的视野中立体把握农民性。新生代作家东西、毕飞宇对国民性的审视则更有现代意味。东西的《目光愈拉愈长》仿佛一则寓言，在变形夸张的叙事想象中，农民保守懒惰又相互伤害、可悲又可憎的生活方式暴露无遗。毕飞宇的《玉米》意在"捉鬼"——在"被侮辱与被损害的"身上，同样存在着"人在人上"的权力之梦。这煎心之梦让玉米姐妹演出一场场摧残灵魂的无聊争斗，青春、爱情、亲情，人生所有的幸福全都被它毁灭。毕飞宇体察入微的心理剖析，无情地打开弱者灵魂深处的病灶。长篇小说《平原》仍然执著描写20世纪70年代历史对人性的摧残和异化，似乎更进一步回归传统现实主义叙事模式。

表现商品经济对乡土文化的毁灭性打击、展示物欲时代人性恶的爆发也是 20 世纪 90 年代以来乡土小说的一个重要想象域。在市场经济体制作用下，整个社会被纳入资本运作的永动机，每个人都无法逃避金钱的诱惑。当代乡土小说发现的"黑风景"，不仅存在于原始暴力本能中，更存在于金钱诱发的罪恶欲望中。谭文峰的《走过乡村》、周大新的《步出密林》和阎连科的《黄金洞》都描写被金钱异化的人性恶的爆发。在物欲腐蚀下，人不仅奴役动物，还相互奴役，殊死争斗。传统乡土社会的伦理亲情、仁心厚德、淳朴民风荡然无存，被金钱欲望侵蚀的现代人性，仿佛复活了密林生活残存的兽性，又仿佛堕入了黄金组成的巨大黑洞——这使他们的叙事更像一则可怕的现代寓言。

尽管对乡土道德沦亡的忧虑是很多作家的情感认同，但正面揄扬乡土道德的作品并不多，似乎乡土并不能提供坚实有力的精神资源、道德支持。20 世纪 90 年代初引起较大反响的有张宇的《乡村情感》、赵德发的《通腿儿》，表现相濡以沫、患难与共、不是亲人胜似亲人的乡村道德、人际友爱，但坚守这种道德情感的主人公都是老一辈农民。1999 年，周大新的《金色的麦田》、李西岳的《农民父亲》及其后发表的续篇《人活在世》，都以乡土为道德情感的归宿。《金色的麦田》描写种麦能手天夫一生坚守信念，敬重土地和麦子，最终实现了自身价值，也证明了土地最基本的价值，这是现代社会正在遗忘的事实。李西岳则通过父亲与叔叔的故事，展示乡村道德与城市欲望的对抗，立场鲜明地揄扬父亲所代表的道德归宿。

相对于 20 世纪 80 年代以前的乡土小说，这十几年来，乡土爱情在乡土小说中的分量明显减弱，这恐怕要归因于文学整体想象中欲望升级、爱情隐退的大环境。当下时尚流行的是小资情调、西方模式的爱情表演，乡土不再是激活爱情想象的浪漫之地。因此呈现在乡土小说中的爱情，多是年代久远的发黄的旧照片，比如贾平凹的爱情传奇《美穴地》，以及曹文轩一系列抒写少儿懵懂性欲的古典浪漫主义唯美小说。关仁山的《九月还乡》、《天高地厚》虽然努力描写农村新一代农民的爱情生活，但总是无法深入心灵真实，缺乏感人的力量。孙慧芬试图捕捉当代农村女性细腻而又肉欲蓬勃的性爱追求，在《歇马山庄》、《保姆》、《一树槐香》中大力书写女性为爱痴迷为性疯狂的现代感性，那种在身体本能中建构女性尊严、爱情想象的思想理路，把乡土爱情进一步推入欲望叙事。

　　总结 20 世纪 90 年代以来乡土小说国民性批判、文化批判的主题性想象，可以看出：面对传统农业文明、村社文化在现代工业文明冲击下急遽崩溃的历史境遇，乡土作家陷入两难困境：一方面，目睹现代性带来的人性异化、精神失落、道德沦丧、生态危机等现代病，他们沮丧失望，怀旧情绪油然而生，乡土成为寄托精神的最后家园。因此面对礼崩乐坏、人心颓圮、精神沦陷的乡土现实，面对濒危的乡土价值和没落的农耕文明，他们无限痛惜无限忧郁；另一方面，在先进的物质文明、现代理念的观照下，他们不能无视农耕文明对人、对生产力发展的制约，更不能无视广大农民对城市物质文明的热切向往。对于那些不适应现代文明进程的落后农民性，他们也有清醒认识，能够从现代理性出发给予激烈抨击。李泽厚曾反复申说"历史的悲剧性质"——不可解决的悲剧性的历史二律背反，即历史在文明与道德、进步与剥削、物质与精神、欢乐与苦难的二律背反和严重冲突中前行。目前中国社会正处于多种文明冲突的矛盾高发期，因此毫不奇怪，乡土小说无力整合复杂的乡土经验，在价值取向上犹疑不决。尽管一些作家试图以世界性的眼光跳出两难，谋求第三条道路的有效解决，但摇摆于传统与现代的两端，在文化冲突中无力突围，却是大多数乡土小说普遍的精神困境。显然，在文化批判乡土想象中凸显的，依然是沉没与再造的张力对抗。面对农工文明的冲突和矛盾，乡土作家或者感情失控，或者冷面扮酷，无力营造沈从文和谐感人的"乡愁"情调。对于保守落后的农民性，对于传统乡土伦理道德、公序良俗的全面崩溃，除了批判叹惋、痛心疾首、长歌当哭，还必须担负起文化再造的责任。对此，当代乡土小说似乎尚未找到可以依赖的精神资源和可行的解决方案。相反，面对前现代、现代、后现代三种文化模态共时性存在的中国社会复杂现实，乡土作家大都陷入价值困惑，无法在文化冲突中确立理性平衡的文化批判价值体系。他们或者流连乡村道德、乡村情感不能自拔，陷于不切实际的幻想和非理性的情感宣泄；或者采用客观呈现、零度叙事等叙事策略，使道德质疑、价值评判悬搁，从而削弱批判的思想深度，导致现象描述的低水平重复。

第一节 杨争光、黄建国：国民性批判的二度空间

杨争光和黄建国两位陕西作家有着共同的写作兴趣，那就是对农民劣根性和村社文化的批判。二人的文风都是冷峻的，多用动作、行为、对话描写完成叙事，以反讽批判开掘喜剧性内涵。但是，杨争光显然更激进一些，他的叙述风格是超然冷酷且尖刻的，他讲述残酷凄惨的故事、描写农民的粗鄙猥琐毫不动容，直接挑战读者的神经，令人难以忍受。他所专注者，在于农民被压抑的、冲动的、非理性的破坏性攻击性本能。为了突出表现这种

爆发性的原欲，他常常省略故事发生的背景、行为动机等阐释行动、使行动合理化的叙述，因而显得诡异荒诞酷烈。比较而言，黄建国更加注意叙事的简洁含蓄，隽永绵长。他的目光长久地驻留在农民那些不适应现代文明的性格缺陷上，他描写农民无聊的生、无谓的死，透视琐细纠葛之中可笑可悲的心理动因，因而他的叙述显得更加真实生动，饶有韵味。

杨争光在 20 世纪 90 年代初发表的小说继续他从 1986 年《鬼地上的月光》开始的艺术探索，执著剖析农民劣根性的宿命存在，其中引起关注的是几部中篇：《黑风景》、《赌徒》、《棺材铺》、《老旦是一棵树》等。这些小说经过高度抽象化，略去具体的故事时间，相关的社会历史背景，人物的心理活动和行为动机，抛开社会政治、历史事件、家庭环境对人的影响，直指终极叙事——元生存叙事的寓言情境，展开对人类总体生存境遇和人性的终极思考。

在这种情形下，杨争光的小说依然被称为"乡土小说"就有些不伦不类了。他的乡土想象是主观化的，变形的，荒诞的，存在主义的。构成叙事动力的，是暴力、仇恨、报复、死亡，是动物人残忍的非理性攻击性本能。在蒙太奇式动作画面连缀中，不受质疑的恶自动生长，最终使人物妖魔化。如果说这种冷酷的人性恶的大揭秘有什么深邃的历史文化或哲学底蕴，那么勉强可以认同以下这些自圆其说的评论：杨争光这些小说是对构成中国传统文化特点之一的村社文化的批判；它们表现了历史的不确定性和人生无奈的命运感；它们传达了现代人精神的压抑和巨大的孤独感；它们留有康德的"物自体"、胡赛尔的"现象学"以及老庄哲学的胎记等等。显然，这些论点很多是远离传统乡土小说题旨的，即使所谓村社文化批判也让人觉得有些牵强。究其原因，自然还在于杨争光过于干净地拆除了深度模式的解释性因果链，砍掉乡土小说常规的细腻的肌质，只剩下枯瘦突兀的情节构架支撑故事发展。按照杨争光本人在《我的简历及其它》中的说法，这种写法其实和电影有某种关系，当时他正在西安电影制片厂任专业编剧。如此一来，他的小说少了许多乡土小说的审美意蕴，相应的也多了许多现代哲理思想的阐释空间。但是，如果综合考虑杨争光其他小说所表现的审美特征，对杨争光小说就可以得到一种相对平衡的认识。最早关于杨争光小说的评论认为他的小说是"陕北农村的镶嵌画"，还有人指出其"木刻画似的色彩感"。他的语言、生活细节和简练的自然景观描写都保留着陕北农村的地域特征，即使从某些小说的题目，也能看出它们与陕北的关系。如：《从沙坪镇到顶天峁》、《打糜子的》、《盖佬》、《干沟》、《黄尘》等等。而杨争光自己也说："我迄今为止的小说，多以农村为背景。我这样做是基于两方面的原因：一是我熟悉他们；其次，我以为中国是一个农民国家，中国的城市是都市村庄。中国农民最原始、最顽固的品性和方式渗透在我们的各个方面。"① 因此，杨争光的小说虽然有些变异，仍然不失为一种个性显著的乡土小说。

　　杨争光最痴迷于讲述杀戮和死亡的故事，对此他总是津津乐道，始终能够保持超越的距离，经常表现出黑色幽默的残忍冷酷。《黑风景》写连环杀戮，由一系列谋杀导致谋杀、报复引来报复构成：种瓜人与土匪发生冲突，村子必须送钱和女人平息事端；来米爹同意牺牲女儿，收受了村人大量粮食，因而被村人暗算；鳖娃杀了土匪，又被村人杀死，但村子终究未能逃脱土匪的

---

① 　杨争光：《老旦是一棵树》，中国社会科学出版社 1993 年版，第 338 页。

洗劫。一连串的杀戮在轻松简洁甚至无意识的行动描写中完成，看不到行动背后的思想情感，而行为动机也可以简化为生存和自我保护本能。与之相关则是人的暴力倾向，一股黑色的攻击性本能执拗地流动，把它丑恶的印痕留在黄土地上，成为黄土地上的黑风景，如同鳖娃那"能像箭一样往外射，还能像蛇一样在地上往前爬"的血。《棺材铺》依然是关于杀戮的寓言：金盆洗手的土匪杨明远在镇上开了棺材铺，为推销产品，他利用人们的相互猜忌煽动两家大户仇杀，酿成血流成河的大屠杀，把新镇变成空镇，同时也害死了自己的儿子。《死刑犯》的社会历史背景和心理动因相对明确：一个经历了太多人生不顺利的山里农民搭车进城卖花生，碰上一个快活自在扬扬得意的城里人，言语之间略有争执，憋屈的怒火就突然爆发，一砖头拍死对方而成为死刑犯。这篇小说透露出杨争光对农民处境的现实关怀，也为那些抽象化的暴力描写提供了可信可靠的文化背景。

农民偏执、愚顽、盲动等文化性格，闭塞单调的乡村生活中那些无事生非的"几乎无事的悲剧"，也受到杨争光无情的批判。《老旦是一棵树》把莫名的、非理性的仇恨写得丝丝入扣。老旦对赵镇的仇恨毫无来由，纯粹是为了给生活增添点"意思"。这仇恨一经认定，就不可遏止地自行生长，烧得他失去理智，甚至期待、策划儿媳和仇人通奸。可是老旦遭遇了一个强大的敌人，屡战屡败。最后无计可施，他索性把自己变成了赵镇家粪堆上的一棵树，"他感到他的脚纹正在开裂，从里面长出许多胡须一样的东西，一点一点往粪堆里扎进去，头发则往上伸展着，如果他是一棵树，它们就会分成树杈或者树枝条儿。"《光滑的和粗糙的木橛子》则写两个乡村男人之间精心设计的无聊报复。为了一两句口角，天泰削了一个光滑的木橛子塞进了白乞

家的猪屁股。白乞发现后也如法炮制，削了一堆粗糙的木橛子钉
在天泰家萝卜地里。两人找村长评理，"村长笑得连喉咙里的痰
也喷了出来"。《赌徒》表面是两个男人与一个女人的三角情感
纠葛，脚夫骆驼爱甘草，而甘草只爱刀客兼赌徒八墩；其实这篇
小说写的是人的宿命悲剧：骆驼以他的方式追求甘草，鞠躬尽瘁
死而后已，可他一次也没能成功地让甘草为他松过裤腰带；甘草
对八墩那么迁就、宽容、眷恋，可八墩对马的喜爱、对赌博的痴
迷永远超过他对甘草的关心；而八墩在赌场上始终无法摆脱失败
的命运。每个人都执迷不悟于自己的命运，糊里糊涂、冥顽不化
地走向毁灭。杨争光笔下这些愚昧、麻木、固执、野蛮的农民，
这些退化为野兽退化为植物的人，这些不知不觉走向自毁悲剧的
人，很难说就是当代陕北农民的真实写照，这种"民族性格"
被抽离它们赖以生存的客观环境，与地域色彩（方言与生活图
景）形成对抗，从而使自身虚幻化、抽象化。在这个意义上，
杨争光的主观化乡土叙事并不成功，它显得过于偏颇自负，未能
避免知识分子写作的理念化硬伤。

　　黄建国的两部短篇小说集《蔫头耷脑的太阳》、《谁先看见
村庄》都紧紧围绕国民性批判的主题。他的小说很多是小小说，
主要写陕西关中平原的当代乡村，力图在简约的人物和事件叙述
中，抵达人性深层，揭示乡村生活方式的无聊麻木、落后愚昧。
对于固执、愚昧、狭隘、嫉妒、仇富等丑陋的农民性，对于消解
个人主体性的村社文化，对于消磨在面子、闲话、无谓争斗中的
无价值无意义的生命形态，黄建国能够用最为经济的白描写出韵
味，每一篇都含蓄精致，极尽笔墨结构之工巧，颇得鲁迅之神
韵。他非常熟悉关中地区农村生活，了解农民的心理状态、行为
方式、现实境遇和人生追求，同时又能保持距离，以冷静的心态

观照其笔下的人物和事件。因此他对人物及其相互关系的描写显得十分得心应手，给人以身临其境之感；同时又能洞穿人物的性格痼疾，在短兵相接的叙事中逼近村社文化的本质。黄建国非常注重叙述的状态，很多故事情节都是断面展现，留有空白的情节、暗示性的语言构成了较大的想象回味的空间，充分发扬了小小说简练含蓄的美感。

黄建国有《谁先看见村庄》、《回家》、《从四月到十月》、《教育诗》、《从梅庄到保当村》等比较温情与伤感的小说，但绝大多数小说是冷峻甚至怪异的，对农民性的冷峻批判是其最密集的主题呈现。他写农民无聊的生：丑陋肮脏的婆婆焙干精老鼠蘸盐吃，而梆子婆娘一边耐心拌鼠药，同婆婆吵嘴，一边从身体上渴念丈夫（《梆子他妈和梆子婆娘》）；城里当干部的三成开着局长的小卧车来看父亲，因为把车停在二成门口，大成两口就觉得受了冤屈，非要把车停在自家门口，闹得人仰马翻（《蔫头耷脑的太阳》）；马奎打跑了老婆，调戏坤坤的婆娘，被人家喂吃猪屎（《坤坤的猪》）；杨凡本在选举中做了违心地选择，事后又捡石头砸人家的窗户（《杨凡本》）。他写农民无谓的死：回娘家的小两口为一点琐事在路上打得忘情，把月娃子放在雪地里活活冻死（《雪地》）；因为听了别人的话堕胎而失去了梦寐以求的男孩，赵托娃一气之下砸死了人家的儿子（《干冬》）；梆子夹在母亲与媳妇之间左右为难，为了报复她们而兔子一样轻轻地蹦下崖沟（《北陵》）；康水厂为了夺取马索的茶色石头镜，诬陷他和自己婆娘有染，气得婆娘服毒自尽（《马索的眼镜》）；瘫痪的杨菜花肆无忌惮折腾役使儿女，逼他们行不孝之事（《瘫痪》）。

黄建国的后一部小说集更着力写出乡土社会在经济时代的缓

慢变化，以及变化的表象下静静流淌的悠长岁月。农民在商品经济大潮中学会了把握商机，竟然想出用一树蝴蝶赚钱的绝妙点子，挣钱挣得走火入魔（《一树蝴蝶》）；他们也得默默承受破产的打击，用变态的行为宣泄精神压力（《最后一只红富士》）。他们仍然是"恨人有，笑人无"，喜欢相互较劲打赌，爬墙头看邻居的笑话。虽然农民们正在市场经济推动下走出乡村，走向城市，但沉重的文化惰性仍然制约着他们的心灵。而在外打工的农村儿女，又是付出了多少艰辛、忍受了多少酸楚才踏上回乡探亲之路，可他们的心灵隐痛，对于乡土来说却是不能面对的耻辱。《谁先看见村庄》和《梅二亚回到梅庄》写梅二亚和同伴从南方回家过年，兴奋之余，又担忧村里人可能会怀疑自己的清白，进村之前用唾沫擦掉化的妆，弄得脸上五麻六道。两个女孩满心回家的喜悦和急切，约定比赛："咱们快爬吧，看谁先看见村庄。"可是现实并不像她们想象的那样，梅二亚刚回来，村人就开始相互传递一些隐秘的消息，传言说梅二亚拎回了一大兜钱。于是各色人等纷纷上门，亲戚、同学、校长、村长都谋算着那些钱。人们一方面算计借钱要钱，一方面又大肆诋毁二亚，说她的钱来路不知，是凭脸蛋坐台得来的。这就是二亚在南方日思夜想的梅庄，于是伤心的二亚在新年的爆竹声中走出了梅庄。黄建国用二亚消失之前回望梅庄的最后姿态，宣告乡愁的破灭。近乡情怯，其实本来就划出了乡土小说表现乡愁的时空界线，只有在不断后退的回忆中，只有背对失落的故乡，才能重建故乡的神话，使之在虚拟和想象中再生。

　　《梅庄的某一个夜晚》是黄建国的代表作。小说选取发生在梅庄同一夜晚的六个相互联系的故事片断，考察权力、欲望、金钱、前途、信仰、生死等人类精神追求在梅庄的乡土表现形态。

由于回村的梅二亚没来觐见，村主任马堂享受权力的快感遭到破坏，要发文件处理这事；张百胜挣了钱看花碟，让老婆陪练新招式，老婆不从便弃之而去，撂下一句"你不愿意，会有人愿意的"；梅大头两口被女儿拿来的钱弄得想入非非，心神不定，把钱和屎尿埋起来，希望它生根发芽；梅开民刮改了儿子的大学录取通知书，因为很多大官是学机械制造的；孩子用冥票买糖，吓得梅二全家跳火堆辟邪；等死的麻子六想忘掉肚子里一生积攒的烂脏事，要求儿女给他喝"迷魂汤"。各个段落如同一扇扇落地长窗，透过它们，梅庄混沌的生存状态悄然显露。在叙事分段进行的时候，有一个声音始终伴随故事进程，彻夜笼罩梅庄没有月亮的黑夜，那就是老光棍张广满唱"乱台戏"的声音，"像给梅庄唱的安魂曲"，且戏文与故事严丝合缝，使小说整个浸润在悠长的历史感中。这部少见的中篇小说可谓黄建国所有小说的集大成之作，比之以往，对国民性的解剖虽然锋利依旧，但显然多了一份悲悯情怀。

第二节　张继、王方晨：权力文化与国民性（上）

与何申、刘醒龙一起汇入"新现实主义"潮流的还有山东作家张继。他以朴素、明朗、幽默的喜剧小说创作，成为现实主义冲击波及乡村现实主义小说代表作家。张继同样写有"村长系列"和"乡长系列"，而且是他的代表作，包括《杀羊》、《村长与鱼》、《村长的玉米》、《黄坡秋景》、《一个乡长的来信》、《遍地羊群》、《掌声不息》、《清白的红生》、《村长的耳朵》等。张继瞩目于乡村权力体系的反人性本质，一方面揭开社会转型期的乡村政治黑幕，包括官场腐败、基层干部专横跋扈践踏人权等怪现状；另一方面剖析人治、专制体制对人性的戕害——无论鱼肉百姓的乡长还是阿Q式的村民都是同一政治体制的受害者，无不成为国民性解剖的对象。因此，张继对乡村权力体系的反讽就与转型期政治体制改革面临的困境紧密联系，并直抵国民性改造、文化批判的现代启蒙主题。另外，张继擅长尺水兴波、见缝插针的喜剧笔法，因而段崇轩称其小说为"历史转型期的乡村喜剧"，这是他后来应赵本山之邀创作一系列农村题材影视喜剧的基础。

山东作家历来关注现有政治体制下以权力争夺为中心的乡村政治。在上世纪80年代，王兆军《拂晓前的葬礼》、张炜《古船》等均以一个村庄十几年甚至几十年的历史变革为背景，描写错综复杂的权力争斗、政治较量中的恩怨情仇，表现出关心政治、积极入世的儒家遗风。张继对乡村政治、官场争斗的表现，重在通过极端的荒诞性来揭露这种体制的不合理性、腐朽性，表面的喜剧和骨子里的批判形成有力的反讽。《杀羊》中为了应付计划生育教育检查，四平村长只好以喝羊肉汤为诱惑，连续三天假杀羊来吸引村民开会学习，最后还是弄巧成拙。《一个乡长的来信》更是列举了官场争斗的种种黑幕：吮痈舐痔地巴结领导（不惜挖祖坟寻宝贿赂县长、改户口帮强奸犯脱罪），设计陷害竞争对手（写诬告信、跟踪捉奸、买劣质农膜，甚至念咒盼人家出事），拉选票（贿选）等等。做乡长之后的信条是五字方针："让上面高兴"。为此不惜损害人民利益，乃至于背叛亲情、爱情，背叛良心。《遍地羊群》是一篇和《杀羊》相媲美的佳作。皮条村村民的致富梦如同一个美丽的肥皂泡，在镇长与书记之间的权力争斗中被吹来吹去，无声无息地破灭于风中。而不知情的村民还披着化肥袋装羊应付检查，帮白书记掩饰错误，为他铺平高升的道路。最终，二大爷装羊不慎摔死，灯泡厂项目刚开张就遭淘汰，玉朴被镇长儿子气死，皮条村一个又一个悲剧次第展开，最终消解了遍地羊群的荒诞喜剧，入木三分地揭露了所谓官场斗争的反人民性。《掌声不息》又是一出逢迎上级的荒诞喜剧。为迎接市领导来村里看当年栽种的一棵芙蓉树，村长答应给傻子五好小汽车，让他为苍老的欢迎队伍增添活力。没想到种下祸端，傻子五好追着村长要小汽车，否则就白天黑夜鼓掌不息。于是村长只好嫁祸于乡长，乡长又嫁祸于外地小车，这场匪夷所思、令人忍俊不禁的闹剧，充分暴露了官僚体制、官场文化的荒谬性、腐朽性。

与官场斗争、权力秩序相关的是文化与人性。一个基本的人类学命题是这样表述的："社会制度的实施与延续，既是文化濡化的过程（传递特定的文化系统），同时也是社会化过程。社会化（socialization）指的是社会成员通过学习社会文化，扮演社会角色、参与社会活动，与社会相整合的过程。"① 也就是说，社会制度的推行总是伴随着相关的文化传递和群体人格塑造。现行政治体制依然延续传统的官本位文化，从而导致每一个社会成员分享其模式化的人性与人格特点，这就是鲁迅先生早就批判过的"羊与凶兽"、"奴才与主子"的双重性格。张继小说正是指向这种被官本位文化熏染、训练、扭曲的人性。《一个乡长的来信》以自述方式剖露官人心态，真实而残酷地呈现出一个人在官场爬升过程中灵魂可怕的蜕变。当年因为没有权力而无法满足亲情、爱情、自我尊严等需要，使孙中右萌生当官的欲望。而伴随着他

---

① 庄孔韶：《人类学概论》，中国人民大学出版社 2006 年版，第 288 页。

的步步高升，不知不觉间，目的与手段相互颠倒位置，继续升官
成为唯一的人生目标，为巴结领导干出挖祖坟、包庇强奸犯等伤
天害理的事情，彻底背叛了自己当初许下的诺言。道德堕落与官
场高升相辅相成，构成对孙中右官场人生的辛辣反讽。这个在权
力诱惑下无法自拔又不断反省的精神分裂者、阴阳人，可谓权力
异化人格的典型。

张继笔下同类人物还有《黄坡秋景》中的黄大发，《遍地羊
群》中的文远、白书记等，不过没有孙中右那么极端，大都是
处于上下夹缝之中左右为难，出力不讨好的尴尬人。他们必须落
实上面的指令，完成工作计划、指标、税收等硬性任务，还要搞
好与上级领导的关系，这决定着仕途升迁，个人"进步"；同
时，出于朴素的正义感、责任心，他们也愿意顾全下层村民的利
益，而这利益经常与上面的指令、与不良社会风气下的晋升之路
龃龉不合。因此，这些基层乡村干部通常会陷入良知与贪欲、上
与下的内外交困中。矛盾的解决只能是运用权术谋略，甚至欺上
瞒下的诡诈之术；或消极逃避消极对抗，委曲求全，违心逢迎；
更有甚者，则因为上级压力和个人利益而违背良心，危害地方，
最终被权力彻底异化——如孙中右。在《买车》、《到小桥村喝
酒去》、《杀羊》、《村长与鱼》等小说中，张继塑造了处境尴尬，
但心计颇多的四平村长。他周旋于乡、村之间，为了保护村民利
益，屡出奇招怪招，弄出令人啼笑皆非的滑稽场面。这位狡黠中
不乏厚道的村长带着来自土地的亲切人情味，应付权力的方式也
表现出农民式的智慧，很有赵树理笔下中间人物诙谐可爱的
韵致。

处于同一个权力体系、但位于底层的农民，同样受到官本位
文化的熏染而人格异化。张继《村长的玉米》、《清白的红生》、

《村长的耳朵》、《人样》、《牛全部》、《乡村侦探》等篇，就侧重对普通农民人格缺陷的剖析。其中固然描写了村干部专横跋扈、仗势欺人、作风糜烂等劣迹，但细致剖析农民身上的主/奴、羊/兽的双重性格，展现官本位文化的深刻影响，是这类小说的主旨。《村长的玉米》中，村长睡了平四的兄弟媳妇还若无其事，反倒吓跑平四。平四要报复村长，最终却被利益驱动而与村长结成同盟，丧失了起码的尊严。小说揭示村长的专横霸权，同时又通过平四的报复，揭示平四麻木健忘、自私猥琐、奴性十足的国民性。其他如红生、朱七等也都是同一类型的农民形象，可谓阿Q形象的再现。张继善于通过人物在当权者面前瞻前顾后、犹豫不决、瞬息万变的心理活动，怯懦笨拙、战战兢兢、令人发笑的行为举止塑造这种喜剧性的人物性格，游刃有余、鞭辟入里的细节描写透露出作家对这类乡村人物的熟悉和某种精神优越感。在这些小说中，《牛全部》是特殊的一篇。小说开篇，屠夫牛全部大闹村、镇两级政府，搞得一镇之长无可奈何，猪肉都买不到，只好托人求情与之讲和。然而机缘巧合，因其淫威，屠宰站站长一职无人敢干，镇长借机收编。牛全部穿上制服，由此情节发生了大逆转。土霸王尝到当官人的好处之后，立刻俯首听命，变成了一只温顺的猫咪，唯恐主人不给这口饭吃，权力体系就这样驯化了一个桀骜不驯的地头蛇。这一形象清新不俗，深刻阐释了权力改造人性的巨大威力。

张继小说的喜剧性是其特色。他的故事情节总是一波三折，匪夷所思，令人拍案惊奇，但又无不合情合理，似乎是事件本身的荒诞性、超现实性的自然发展，适足以暴露官僚体制和官本位文化的荒诞性、腐朽性，体现了反讽的巨大张力。像假杀羊、人扮羊群、掌声不息、狗咬村长耳朵这类情节，荒诞不经却又合乎情理，蓄积了丰厚的讽刺力量，令人惊叹张继发掘、敷衍讽刺喜剧的能力。但这种喜剧化努力在张继 2004 年的长篇小说《去城里受苦吧》中消解权力与悲剧，使小说完全丧失了指向体制的批判性。故事以村长霸权逼走贵祥始，以他衣锦还乡收束，形成一个有意味的圆圈结构。贵祥进城告状不成，被李春接纳，过上了城里人的日子，接妻子进城做生意，告状的意志彻底消失。衣锦还乡之后再见村长李木，扬眉吐气找回尊严。有论者（见孙书文《回不去的乡村——张继〈去城里受苦吧〉的寓意分析》）称：《去城里受苦吧》通过农民贵祥与村长关系的颠覆，展示了乡村权力秩序的动摇；又通过城里女人李春与贵祥的关系，展示了城市对乡村的进逼与消融。最终，乡下人告状的意志被城里人釜底抽薪，乡下人所看重的乡下人的尊严在城里人的蔑视中消失殆尽。从而说明乡村的溃败是历史性的，城市化进程势不可挡。这样的寓意分析当然很深刻很巧妙，然而却忽视了小说情节与人物的现实性、逻辑性，因此犹如沙上造屋。《去城里受苦吧》毕竟不是像卡夫卡《城堡》一样的寓言体小说，张继的写法是完全写实的，甚至不再有《掌声不息》的荒诞色彩、超现实意味，因此对其寓意的分析恐怕不能不顾及小说的真实性。正是在这一点上，张继使他的人物走上了一条过于平坦，平坦得令人羡慕的反现实的道路。贵祥的进城之路由于李春莫名的爱情而畅通无阻，可是在小说的开头，贵祥以他在村长面前的卑怯充分暴露了作为男人的无能，如此小男人究竟凭借什么赢得李春的爱情呢？难道精明强干的城市女人李春偏偏喜欢这种被权力去势的男人吗？搭上身子不够还要搭上钱财，真是富有献身精神啊。这个疑问固然出于思维定式，但要在现实生活中举出反对的例子怕也困难。因此，《去城里受苦吧》在整体的情节设置、人物命运发展上都存在严重的问题，处理得过于轻率粗疏，大概是追求喜剧化的结果吧。

张继小说创作的最大问题在于缺乏创新意识，表现出一种模式化的惰性写作倾向，很少突破原有的主题、人物形象和情节架构。他的语言简洁、朴实，貌似稚拙，实则冷静老到。或许是一种写作策略，他有意识地回避方言俗语、风俗描写，抹去小说的地方特色。这样做有助于小说象征寓意的延展，但也放弃了乡土小说民俗风情描写中蕴含的丰富色调。

王方晨是山东青年作家中最富有创新精神的一位，他总是努力拓展表现领域，尝试运用新方法，突破原有的写作资源，开创新的局面。因此，乡土小说不过是王方晨创作的一部分，除了乡土小说，他还写有大量都市小说、历史题材小说、童话小说等，著有长篇家族小说《榆树灵》。上世纪 90 年代末到 20 世纪初，王方晨的乡土小说呈井喷式凸显文坛，集中发表了《无助的豆苗》、《乡村火焰》、《歌逝》、《说着玩儿的》、《咱家的月宫》、《跑吧，兔子》、《桃桃之役》、《兔子回来了》、《扑满》、《村长的原则》、《生命是一只香油瓶》、《樱桃园》、《麻烦你跟我走一趟》、《八月之光》等一系列作品，结集为《王树的大叫》、《祭奠清水》。他行文激切、暴烈、倔强、悲凉，主观想象与原生态描写混杂，形成冷峻奇崛而又尖利直截、内敛而又恣肆的个性风格，把老态龙钟的乡土小说变得血脉贲张，英勇、刚烈甚至疯狂，呈现令人惊骇的另类风采。

关于王方晨小说的思想意蕴，赵月斌在《大地上的梦魇——王方晨论》一文中总结为："善恶斗争、强弱对比。"① 他

---

① 赵月斌：《大地上的梦魇——王方晨论》，载吴义勤《山东青年作家论》，山东文艺出版社 2005 年版，第 136 页。

引用李敬泽对王方晨的评价来阐释这一主题："他的原则是'斗争'，几乎所有作品中都贯彻着紧张的、不死不休的对峙。这种对峙不仅在情节的层面上、在人物关系中展开，在更多的情况下还是灵魂的对峙，灵魂在对峙中释放令人惊骇的能量。"他认为王方晨小说的矛盾最后往往归结于"村长的原则"或"乡村式复仇"，而"王方晨的可贵之处就在于，他在'村长'身上挖掘到了一种'共性'，通过对'村长'这类权力符号的反复涂写，摸到了后极权时代的后脑勺，从而赋予'村长'以典型的象征意义。"① 在对王方晨小说内涵的解读中，赵月斌的论述是深中肯綮的。尽管王方晨小说向生活探索的触角四面伸展，但他的代表作无疑都指向对强权势力的揭露和批判，着力表现"强霸集团"、"精神暴政"对弱势群体、底层民众的欺压、折磨与迫害。就当前中国的实际情况而言，中国社会的非现代性和伪现代性仍然是普遍问题。因此当下对抗性文化批判的一个基本命题是：现代性在中国仍然是一个未竟的课题，依然需要强调。② 王方晨以乡村为主要载体，寓象征于写实，描写现代制度下权力体系对底层民众的巨大威慑力，正是为了继续推进中国的现代性事业，这使他阴暗暴戾的叙述具有思想启蒙的深度。

　　王方晨的乡村世界以"塔镇"为中心。根据政治人类学理论，小规模的权威结构是与更大的、更具包容性的权力网络

① 赵月斌：《大地上的梦魇——王方晨论》，载吴义勤《山东青年作家论》，山东文艺出版社 2005 年版，第 128 页。
② 徐贲：《什么是中国的"后新时期"和"后现代"——"现代性"在当今中国的政治文化意义》，http：//www. 360doc. com/content/070504/07/24133 _ 480839. html，2007－05－04。

（如国家—社会关系）相联结的，想必这正是王方晨营造"塔镇小说"的出发点。在塔镇世界里，国家通过村长这一基层领导施行社会控制，村长是国家权威的底层代言人，而村庄则是组成庞大政治组织的一个细胞。村长的权威得以树立，依靠的是来自上级权力机关的合法化授权和国家机器（包括武力）的支持，由公共舆论、社会压力和长期濡化形成的文化控制，以及村长运用奖惩制度、政治谋略的能力。在这个以村长为最高权威的乡村世界中，村长时刻保持一种让人无法对抗、只能服从的强制力、压迫感，他俨然是权力的象征。王方晨在《麻烦你跟我走一趟》中这样描写村长刁金豆令人软弱无力的绝对权威："他看了人们一眼，躺在藤椅上不动了，连呼吸都没有似的，完全成了一种威严的村长符号。他是这样一个人，从上到下，头颅，脖子，胳膊，躯干，下肢，还有隐藏在大裤衩儿里面的睾丸鸡巴，与在场的人到底有什么不同呢？可以说，除了肚子里的油水多了一些，绝对没有什么根本的不同。/但他又不仅仅是一个人！他是土地，是空气，是树木，也是街上乱窜的狗，议论纷纷的母鸡，出力流汗的驴马，随地打滚的猪，钻洞打眼的老鼠；是那些生命所必需的粮食，也是村里所有人拉下的臭屎；他甚至还是天气，是季节，总之他是村里人所能够想像到的一切。他包围着每一个人，又渗透进每一个人，从口腔，鼻孔，耳朵，眼睛，肛门，尿道，从每一个大小不均的毛孔。面对着这样一种处在有形无形之间的事物，即使那些性情鲁莽的冒失鬼，也不禁瞻前顾后起来，就像翘着小手指，捏起了一根细细的绣花针。"乡村土皇帝无所不在的淫威正体现了现代专制的特点——彻底全面的社会控制。

村长的权威不容置疑。当村长感觉他的独裁地位受到威胁，哪怕是轻微的藐视甚至言语不逊，他都会给予沉重打击，直到对

方驯服为止。王方晨讲述了各种各样村长维护权威，惩治、打击
"不法"村民的故事，手段花样繁多。在《乡村火焰》中阴险弄
权的村长王光乐听说村人要暗中到镇政府告他，便杀鸡给猴看，
点燃自家柴垛，让公安抓走无辜村民，回头又把受害者拉进村委
会班子，称之为"这场大火炼出来的金子"。《说着玩儿的》写
刘树礼因为说了一句牢骚话"统统枪毙"，就招来村长乔尚七的
不满，村长发动村人搞群众斗争，整得刘树礼百口莫辩，唯有一
死了之。《跑吧，兔子》、《兔子回来了》同样因为凤琪老人出言
不逊，村长杀鸡给猴看，硬是冤枉来继持枪杀人，逼他向凤琪老
人当面认错。《樱桃园》里村长瘸腿之后对权力更加敏感，紧紧
掌握村里妇女去樱桃园挣外快的分配权。因为小木匠不许妻子金
小仙到外面招摇挣钱，村长便设计侮辱金小仙，逼得小木匠愤而
杀妻。《麻烦你跟我走一趟》里，范思德不走大款毕百顺修的桥
和路，不和大家一样感恩戴德，村长一想到在他亲自领导下的桃
源村还生活着这么一个刁蛮之徒就气不打一处来，睡梦里都在大
叫"拉出去毙了!"他多次去镇上"借枪"，最终借助派出所铲
除了这个异己分子。

令人沮丧的是，在村庄这个微型世界里，几乎所有的人都是
权力秩序的自觉维护者。之所以如此，一方面是由于村长施行奖
惩制度形成了外化控制，另一方面也是社会规范经过长期濡化形
成了内化控制，其中公共舆论、社会压力是人们不愿意违反社会
规范的最主要的强制性原因。由于乡村社会的相对封闭性，村人
更加顾及他人有关自身行为的看法，更容易形成从众心理。在自
觉维护村长权威、打击异端的活动中，大家不仅体验向权威效
忠、依附于权力和集体的归属感、自豪感（"感到与村长心心相
印的快意"），还间接满足了自己的偷窥癖、好奇心，在看热闹

的过程中弥补乡村生活的枯燥乏味，有滋有味地消磨掉乡村凝滞平静的时光，这就是王方晨小说中大部分村民的精神状态。他们在《说着玩儿的》里运用集体合力，逼得刘树礼无路可走，在《麻烦你跟我走一趟》里则同仇敌忾对付不愿从众的范思德。村里一有风吹草动，他们就一窝蜂地飞奔而去看热闹，无孔不入地打探消息，散布谣言，煽风点火，扩大事端。王方晨对村民群体性格的刻画，显然继承了鲁迅关于中国人看客心理的认识。

对于威权压制下萎缩堕落的人性，王方晨同样给予鲁迅式的批判。基于对乡村全面深刻的认识，王方晨痛心疾首地写道："我不止一次地对自己说，我恨你，土地！从你的底里，没有生产出自由，没有生产出富裕，没有生产出尊严和高贵。你只会消耗人的生命，你只会让一个人的心灵，跟长年累月地承受无边重负的脊背一样扭曲。你无疑是一种无与伦比的谎言和幻象，你欺骗了很多人，而且还在耍弄着很多人。"（《榆树灵》，中国文联出版公司1999年版）人性在权钱压迫下的软弱萎缩、卑鄙无耻、自私残忍，始终是他浓墨书写的焦点。《生命是一只香油瓶》写巴碧芬不满买卖婚姻而服毒自尽，尸体又以买卖婚姻的形式另配阴婚。结果她幸运地死而复生，父亲却逼她再次自杀："她父亲说，我仔细想过了，碧芬。巴相三说，碧芬，你还得死。/巴相三停顿了一下，你也别怪我狠心，你嫁了个好女婿，也该知足了。好事不能独占。以下的话巴相三就说得比较顺当了。你女婿不在了，你死也有了名堂。女人殉节的事自古就有。再说二旦还要娶亲，桑家要是突然反悔起来，岂不又是一场空？桑家跟孟家又有不同，孟家都快让我吓过去了。想来想去，只有这条路最为稳妥。你爹妈也老了，请你替爹妈想想，可怜他们一回。你就是让我给你披麻戴孝捧老盆我都愿意。"而刀绣兰和麻彩桂两个村妇则把巴碧芬自杀事件视为不可多得的出风头机会，争相登台表演，由相互忌妒到相互挤兑，演出了一场无聊而又愚昧的乡村闹剧。在整个闹剧中，巴碧芬生命的价值被换算成一笔笔金钱交易。当她被刀绣兰和麻桂彩架着与死人亲嘴而发疯后，徜徉于街巷的疯子巴碧芬在刀绣兰眼里就是一只走动的香油瓶。如果说巴相三是在金钱面前丧失人格，来继（《无助的豆苗》、《跑吧，兔子》、《兔子回来了》）、王贵锋（《乡村火焰》）、凤普（《桃桃之役》、《咱家的月宫》）则是在权力面前软弱无力、奴颜婢膝、逆来顺受，丧失了人的尊严和价值。比如王贵锋，本来是村长敲山震虎把戏的蒙冤受屈者，可是刚刚被派出所放出来，就和村长气氛融洽地攀谈起来，对村长的提携感恩戴德。又如凤普，为了保住房子居然让未出嫁的女儿陪合同民警乙领睡觉，后来又报复乙领，诬陷他是女儿私生子的父亲，还抱着婴儿满街转，借以报复全村人给予他的羞辱。

王方晨笔下也有反抗者形象，比如《乡村火焰》中的耿玉珍，《跑吧，兔子》、《兔子回来了》中的凤琪老人，《八月之光》中的老成，《麻烦你跟我走一趟》中的范思德等。但这些人物的反抗总是显得执拗而笨拙，顶多是想象一把大火、一声震耳欲聋的兔子枪响，或者每天行走在去塔镇的路上。范思德是反抗最坚决的，然而他的反抗却表现为一种令人无法理解的偏执——宁愿溜墙根、趟河水，也不踏上失"道"的路，缺"德"的桥半步。最后他在自家和毕百顺家之间铺上干草，放火表达他决不妥协的意志。不过，这把看上去无比壮观的火只是烧掉了街上四处堆积的烂柴火，街道反倒显得十分宽敞起来。显然，这种简单、愚昧、暴力的反抗根本无力应对来自权力与金钱的压迫，如赵月斌所说："这些'强大'常常是一种虚张声势的自以为是，内心里仍然很空虚，本质上仍然很怯懦，所谓'不服输'常常沦为夸张的象征性动作，在王方晨的小说中，真正'强大'的人物尚在酝酿中。"①

　　当然，王方晨的乡土小说绝不止于单一的权力书写，他也有抒情的、优美的一面。比如《霜晨月》写得颇有屠格涅夫之风，如同一首优美的抒情诗。《歌逝》则颇具哲理色彩，写时光流逝中无法回头再来的无奈，痛苦中夹杂着诗意和温暖。《祭奠清水》、《正午的气息》、《牛为什么会哭》则充满乡野之间的鬼魅之气，即施占军所谓"魅性"。近来他的乡土小说似乎更多引入神奇古怪、鬼怪精灵，使得小说变得玄虚空灵。

　　有论者指出：王方晨小说充满大量变形、夸张的描写，他把真实和幻觉糅合在一起，完全突破自我经验与超自我经验的界限，写实与寓言合而为一，体现了先锋性追求。但笔者认为，这种先锋性付出的代价也是沉痛的。和张继一样，王方晨同样忽视了乡土小说的地域色彩，使他的小说缺乏浓郁独特的乡土气息。

第三节　乔典运、李佩甫：权力文化与国民性（下）

　　河南作家大都热衷于权力书写。正如鲁枢元所分析的，中原在历史上是东南西北征战劫掠的对象，所谓兵家必争之地。中原大地又多半无险可守，交战双方你进我退，你来我往，犬牙交错，拉锯不已。中原百姓不得不在夹缝中求生存，日积月累便形

　　① 赵月斌：《大地上的梦魇——王方晨论》，载吴义勤《山东青年作家论》，山东文艺出版社 2005 年版，第 138 页。

成一种基于自我防卫的文化心态：内心封闭，消极竞争，随风摇摆，违心应变。但这种瞬息万变、反复无常的严酷斗争环境又锤炼出一批批机权多变、折冲樽俎、运筹帷幄、纵横捭阖的政治精英，并形成极为兴盛的"权力文化"①，反过来深刻影响河南人的性格塑造。姚晓雷的博士论文曾用一个有失尊重的词——"傻子性"来指称这种表现在河南乡土小说中的民间性格，而在河南作家的创作中，权力文化的传承和河南人的个性特点确实清晰可见。比如，张一弓、二月河、刘震云、阎连科、李佩甫都热衷于权力写作，而且他们的权力写作也总是与国民性批判纠缠不休，二者本来就是一母双生。

　　老农民作家乔典运1994年出版的小说集《问天》多拷问国民性之作，乡间小人物、城市小市民懵懵懂懂上演着无事的悲剧，常见的情节模式是小民在权力挤压下的尴尬无奈。20世纪90年代的代表作《问天》中，一贯通晓世事、明哲保身的三爷遇上了头疼事：王支书说要开村民大会，搞差额选举选村长。这可难坏了他，因为他从来没有用过自己的脑子，总是以领导满意为准的。他去问支书，人家也不说明自己的意愿。于是三爷伤心了，觉得领导不和自己贴心，委屈得很，索性不参加选举了。像三爷这样一辈子唯唯诺诺看领导眼色说话，四季保平安的"良民"、"顺民"，怎么能够作为责任主体，承担民主政治赋予的权力与义务呢？然而农民在历史教训中习得的，恰恰是这种温顺圆滑的性格，这是他们保存弱小生命的生存智慧。即便如此，作为底层百姓，他们也必须时刻准备承受"天意难测"的无妄之灾。比如《换笑》中刘十一找别司令告状，始而得意，终而断腿，

---

　　①　鲁枢元：《生态文艺学》，陕西人民教育出版社2000年版，第329—330页。

是非功过，皆在当权者一笑一怒之间。《没事》写何老六露骨地巴结小王支书，不料言语间伤了老王支书的面子，惹得二王大打出手，他自己也被椅子砸到，自作自受。

对于村社文化形成的平均主义、从众心理等不合乎现代文明的思维方式，乔典运体悟切身，写来得心应手，鞭辟入里。《遗风》如同一则民间"忠义"文化的寓言故事，深山小村汉王城住着刘备君臣的后代，亲如一家，什么都要平分。然而这种醇厚的遗风余韵也是对个人权利和自由的堂皇侵犯，它逼得关老二忍无可忍，切齿痛恨，只有选择逃离那个可恶的文化区域。《香与香》通过五爷之子爱社的报复，透视村社文化影响下农民的仇富心态、从众心理、势利人情。墙倒众人推，运来大家捧，所谓道德伦常、公理正义，不过是当权者用来规驯百姓的意识形态，不仅无法抵御村人丑恶狭隘的忌妒心，还被当权者阴险利用，充当整人、泄愤、示威、满足私欲的工具。五爷被支书李老三诬陷入狱之时，村人没有谁伸出援手，说句公道话；爱社发财致富成为乡村新权贵之后，村人立刻低眉折腰，对五爷曲意逢迎，反过来去踩失势的村支书李老三。"五爷香过。/后来，五爷哭了。/五爷又香了。"乔典运用最精练的话语方式，揭秘乡土社会所谓的"淳朴民风"。年轻的爱社对村人性格洞若观火，依靠变幻莫测的权谋之术为父亲洗脱冤情、赢来尊重，把一村人耍弄于股掌之间，但内心深处的痛苦无法消除，使他在成功之后潸然泪下。乔典运在巧设骗局、迅疾推进情节发展的同时，没有忽视人物心理的深度剖析，以简练的白描手法勾勒出一颗被村社文化严重伤害、痛苦扭曲的心灵。

如果说每个作家都有激发写作激情的敏感区，或某个需要在写作中不断宣泄纾解的情结，那么，权力与乡村道德就是李佩甫写作的两个情结，他总是无法克制地发表激情评说，在几乎所有的小说中留下自己对这些问题的思考。从《无边无际的早晨》、《金屋》到《败节草》、《李氏家族》、《羊的门》、《城的灯》，李佩甫的小说世界始终缠绕在权力的轴线上，权力文化被他的智慧和想象打磨得油光水滑，令人望洋兴叹。这些小说大都包含一个共同的情节模式：一个在乡村苦难中懂得权力，领悟败中求生、小中求活的"生命艺术"的男孩，长大后运用他的聪明才智一步步攫取权力，登上高位。然而，他对乡村的道德情感亦从此断绝，进入城市的他与生养自己的土地恩断义绝。这个"他"有不同的名字：李治国、李金魁、冯家昌，但他们其实是一个人。

在这些小说中，《羊的门》把权力文化与国民性批判紧密结合，显得格外厚重。它的叙事在呼国庆和呼天成之间交错行进，穿梭于县城和呼家堡两个权力场。呼国庆的官场斗智虽然精彩，但他不过是呼天成放出去的风筝，他的失败是呼天成"传奇"业绩的又一证明，因此小说的真正主角是苦心经营独立王国呼家堡的土皇帝/教父呼天成。小说详细描写了呼天成在呼家堡建立绝对权威的过程，首先摧毁自尊——征服人心的第一步，然后制造等级感，斗私批修，推翻宗族制度，制定"呼家堡法则"，修建地上、地下"新村"，把活人死人全都纳入整齐划一、铁板一块的呼家堡。当所有人都消融在集体中的时候，呼天成登峰造极的权术造就了"一个立在平原上的谜语"、"一个孤立的奇迹"。这奇迹，既是国民性的产物，也是国民性的成因。借呼国庆和谢丽娟之口，李佩甫多次在小说中探讨权力与国民性问题，在他看来，平原是无骨的绵羊地，这里的人无所依凭，活的是一口气。这气，可以靠仇恨的滋养而变成奋斗的力量；同时它也是一口窝囊气，它用"忍"和"韧"维持绵绵不绝的生命存在。它可以表现为大智若愚，成就大业；但它也磨人，吞吃人的灵性。当呼天成玩弄权术志得意满之时，他同时也丧失了生命本能；当黑暗中的呼家堡传出一片震耳欲聋的"狗咬声"（人叫），这些臣服于权威之下丧失自我的人们还是人吗？这种集体性格是生长权威的天然土壤，在这里，生命辐射力的大小是靠权力来界定的，每个人都渴望借助权力摆脱奴役而成为人上人；而在被权威征服的过程中，这种性格又会强化其奴性的一面，心甘情愿把领袖的声音化作自己的呼吸。回顾中国历史，尤其是20世纪中国革命历史，无数的事实都在印证权力文化、人治社会与国民性这种互为因果的复杂关系，在李佩甫独特的艺术发现中这种关系得到深刻揭示，这是《羊的门》产生巨大反响的主要原因。还有一个现实社会背景值得关注：在河南，改革开放以来出现了一些集体经济高速增长的典型，比如闻名遐迩的中原大地四朵金花。其中南街村被誉为"中州大地的一方净土"，他们的口号就是"高举毛泽东思想旗帜、坚持走集体化道路"，其权力运作方式、管理模式、社会风貌等各个方面都与虚构的呼家堡惊人相似，或许这种相似并非偶然吧，由此可见李佩甫批判现实的过人胆识。

比较20世纪80年代，20世纪90年代的确是一个充满骚动，兴奋又惶惑的时代。在八九十年代之交，李佩甫用散点透视的手法抓拍纷乱动荡的乡村生活场景，发现心灵裂变的轨迹。《画匠王》、《乡村蒙太奇》、《金屋》都是这样的作品。在《画匠王》的引子部分，李佩甫清楚地表达了对于乡土社会变化的忧虑："画匠王，一个小小的村。百十户人家，被一段细细的颍河绕着。人是很善的，水也很清。秋红柿叶，夏绿芦苇，那沾了水音儿的棒槌响得很遥远。很久很久了，人们像是活在梦里。"这里曾经有过庙，有过"请示台"，有过神汉五爷，先后都去了。现在画匠王有了生意红火的蓬布厂，可它是靠性贿赂起家的；金钱把兄弟变成嫖客，把老人变成儿女们推来搡去的"蛋儿"；夫妻情疏，邻里生隙；唯一的教师跑调动"日弄"出去了，"业务员"二拐子玩麻将死在牌桌上，乡里县上送的挽联赫然写着："以身殉职，鞠躬尽瘁"。这幅礼崩乐坏的场景，在《乡村蒙太奇》和《金屋》中变得更加惨烈。保松的果园被嫉妒难耐的村民哄抢，他上吊后留下遗言，要求村人来看看他挂在树上的尸体。于是村人看见：保松定定地看着他们，保松在晨风中轻轻荡着，脸上带着令人魂飞魄散的笑……暴发户杨如意为了报复童年所受的屈辱，在扁担杨村盖起一座金屋，从此村里原有的秩序被打乱，所有的人都被搅得心境不宁，精神崩溃。金屋象征什么呢？是那黑云压顶般降临的市场经济时代的新权威吗？它威力无穷，无论长于治人的老村长，还是精神领袖瘌爷都被它挑下马来，年轻一代也在它的挑逗下出走、自杀、精神失常、赌博敲诈，不一而足，变乱和灾难笼罩了扁担杨村。《金屋》是李佩甫关于市场经济时代精神困境的谶语。

与这种末世忧虑相辅相成的，是李佩甫对于乡村道德的忧伤赞美。《黑蜻蜓》有力的细节描写杂以抒情议论，塑造了一个勤劳善良、刚强自尊、奉献一生的农村女性，表达了对这种人生意义的尊重，同时也感叹于它的必然沦落——背叛土地是二姐的儿子们坚决选择的人生道路。《无边无际的早晨》、《邨魂》也都浓墨重彩书写乡土社会醇厚人情。写到农民重情义、坚韧、乐观、宽容、善良、自尊、忠贞等传统精神品质，李佩甫的笔端总是饱蘸情感，尤其乡村女性，最是让他激情澎湃。他的小说几乎每一篇都有一个拥有母亲情怀的传统女性，她们美丽温柔，坚贞善良，勇于奉献。在 2003 年的长篇小说《城的灯》中，农村女儿刘汉香与路遥《人生》中的巧珍一样，被进城的男人无情抛弃。但她从情感折磨中站立起来，带领村人种树种花，把上梁村变成了月亮镇——花镇，以自己的心点亮了城的灯。这位农村女性超越农村对城市的仇恨，走出了农村城市化的新路，她的胜利无疑是乡村道德精神的胜利。然而由于李佩甫对人物过分溺爱，刘汉香的精神内涵被理想化抽象化，未能得到真实深刻的表现。

第四节　《马桥词典》：词语的生命

20 世纪 90 年代以来，反思历史和文化的潮流汹涌澎湃，汇合成文学文化的大型景观。改革的深化带来更加开放的理论视野，20 世纪 90 年代的反思比 80 年代递进一步。在所有的反思性写作中，韩少功的《马桥词典》显然是理论开掘最深入的。他直接践行阐释人类学代表人物吉尔兹的"地方性知识"这一观点，为"边缘"、"少数"编词典，用地方性词汇串起许多极富本土特色的风土人情故事。可以说，《马桥词典》是一种从内容到形式都有鲜明人类学特点的新的文学样式。韩少功的反思从词语入手，也就是说，从言语视角透视马桥人的生存现象和生命意蕴，勾勒文化秩序的边界，揭示马桥人的生存观念和价值尺度，借助马桥这一特殊的文化标本完成对中国历史、社会、政治的反思和感悟。当然，对言语的发掘最终可以到达语言学的抽象普遍性。不过，韩少功对马桥言语所作的考证是文学性的，因其具体的社会历史、民族文化背景而保有文学的感性魅力。事实上，《马桥词典》的可读性胜于韩少功的成名作《爸爸爸》，就证明了这种词典式写作的成功。

有人说，20 世纪是语言学的时代。确实如此，20 世纪的大思想家和人文学者几乎全都深切关注语言。从俄国形式主义到结构主义、解构主义，从海德格尔、洪堡到福柯、德里达，语言学视角是文学理论和文化研究的一大突破点。韩少功精通中国思想史和当代西方哲学思潮，他创作不多，但总能占据潮头浪尖，一个原因就是他深厚的理论素养。在 20 世纪 80 年代掀起寻根热之后，韩少功不改初衷，将寻根进行到底。虽然从整一性寓言结构转向词典式的散点透视，规模扩大，人物增多，描写更接近生活本相而少变形，叙述态度或"表情"也显得更宽厚深沉——不再是焦灼不安的末世心绪；但韩少功对民族文化心理的质询、对民族语言—文化秩序的透视一如既往。只是《马桥词典》更注重马桥人作为弱势群体、马桥文化作为民间文化的特殊性，和由这种特殊性所决定的异质性、对抗性。相对于强权政治、统治文化和史官历史，马桥人的思维和感受方式、马桥人的生命意识及其语言表达就变成了革命性的力量，一缕反讽的微笑，一片永远无法逃离的土地。在语言与现实扭结、剥离、对抗之处，韩少功思想的触须伸向启蒙现代性的历史神话，揭开了另一面的乡土事实。所以，这部词典式的小说不是削弱而是增加了文化反思的力度。

《马桥词典》的文化反思，首先从小说文体的破坏开始。在词条"枫鬼"中韩少功宣告了自己反对"主线霸权"意识形态的小说美学，可谓《马桥词典》的编码程序。他说："我写了十多年的小说，但越来越不爱读小说，不爱编写小说——当然是指那种情节性很强的传统小说。那种小说里，主导性人物，主导性情节，主导性情绪，一手遮天地独霸了作者和读者的视野，让人们无法旁顾。即使有一些偶作的闲笔，也不过是对主线的零星点缀，是主线专制下的一点点君恩。必须承认，这种小说充当了接近真实的一个视角，没有什么不可以。但只要稍微想一想，在更多的时候，实际生活不是这样，不符合这种主线因果导控的模式。一个人常常处在两个、三个、四个乃至更多更多的因果线索交叉之中，每一线因果之外还有大量其他的物事和物相呈现，成为了我们生活不可缺少的一部分。在这样万端纷纭的因果网络里，小说的主线霸权（人物的、情节的、情绪的）有什么合法性呢？／不能进入传统小说的东西，通常是'没有意义'的东西。但是，在神权独大的时候，科学是没有意义的；在人类独大的时候，自然是没有意义的；在政治独大的时候，爱情是没有意义的；在金钱独大的时候，唯美也是没有意义的了。我怀疑世上的万物其实在意义上具有完全同格的地位，之所以有时候一部分事物显得'没有意义'，只不过是被作者的意义观所筛弃，也被读者的意义观所抵制，不能进入人们趣味的兴奋区。显然，意义观不是与生俱来一成不变的本能，恰恰相反，它们只是一时的时尚、习惯以及文化倾向——通常体现为小说本身对我们的定型塑造。也就是说，隐藏在小说传统中的意识形态，正在通过我们才不断完成着它的自我复制。／我的记忆和想象，不是专门为传统准备的。"客观而言，韩少功批判传统小说主线因果导控模式及其相关的意识形态偏见，仍然是强调了问题的另一面。因为小说美学必然是不同理解的聚合，通向悖论的两极。人必须生活在自我编织的因果链条、意识形态中才可能沉淀心灵，内心安定地走完人生，这是理性发展的必然；再者，即使对因果思维方式、意识形态控制的怀疑，也仍然是理性的果实，且始终是一股暗流涌动的美学精神，这正是艺术超越各个时代照亮人类精神的原因所在。但是，韩少功的词典小说无疑是当代中国小说的一大创举——尽管已经有人指出它的西方渊源。它的确打破了主导人物、主导情节、主导情绪等意识形态霸权，把小说变成了可以随时翻阅的"词典"。这种似乎只破不立的文体革命，与其说还原了马桥人原生态的生存状态，不如说粉碎了习以为常的意识形态桎梏，揭示被光明所遮蔽的社会历史存在的"阴暗"角落，发现另一种始终默默存在的"意义"秩序。

《马桥词典》的文化反思就这样从逸出小说成规的形式革命入手，向语言背后的生命感觉穿刺。这种反思有似曾相识的一面：即与现代启蒙思潮接壤的国民性批判视角。马桥人虽居穷乡僻壤，但从来有一种位居中心的感觉，有一种深藏内心的自大和自信。他们把穷村寨之外的地方看作"夷边"，在语言延续中暴露了中国人的文化自大感。基于此，他们嫌恶科学，嫌恶一切新玩意，嫌恶来自现代都市的机械怪兽。在他们看来，所谓现代都市不过是一大群科学亦即懒惰的人。这些人只喝"颜茶"而不知道喝"擂茶"，也不懂得纺纱织布，没有布做裤子，一条短裤只有一巴掌大，岂不可怜可笑？他们宁肯在马桥吃腌菜喝擂茶烤火塘睡懒觉，也不去城市过"晕街"的日子。他们的语言延续着对女性的性别歧视（"小哥"、"懒"）、对性爱行为的道德偏见（"下"、"打车子"），顽强地保留着愚昧、狭隘、野蛮而又不乏魔幻色彩的习俗与思维方式（"放藤"、"放锅"、"背钉"、"亏元"、"汉奸"、"梦婆"），以及承受苦难的麻木和随波逐流的势利心态（"贵生"、"贱"、"根"、"格"），这些都是自"五四"启蒙运动以来一直为知识界所诟病的落后民族性格。

然而，这一次韩少功的批判并没有简单停留于现代性的"科学"、"理性"等似乎不容置疑的立足点，而是悬置强势话语的合法性预设，对启蒙现代性理论和马桥观念做平等对照，分别以对方为参照物反观自身，打开全新的思想空间。这一转换敞开了民间生活形态和生存方式充满活力与奥妙的深度真实，那里有马桥人认识和应付强势权力压迫的民间智慧（"栀子花，茉莉花"、"模范"、"话份"、"神仙府"），有他们对科学、理性、美的毁灭性潜能的本能恐惧（"怪器""狠"、"醒"、"不和气"、"怜相"），还有泛灵论的诗性情感和宗教式道德敬畏（"肯"、"嘴煞"）。通过这些被忽视或遮蔽的层面，韩少功提出了一个问题：强者的思想就是正确的思想吗？这是"一个我不能回答的问题，犹疑两难的问题。因为我既希望自己强大，也希望自己一次又一次回到弱小的童年，回到树根的梦和森林的阴谋"。今天，社会发展的历史已经证明：关于启蒙现代性的强势话语并不具有不容置疑的合法性，它们正面对越来越多的质疑，其中就包括来自蒙昧时代的思想资源。

当然，韩少功的文化反思更多着眼于政治权力书写的历史，因为它们对马桥人的生存状态施加决定性的影响。这悠久的历史从春秋时代"罗家蛮"的沦落，到清朝乾隆五十八年的"莲匪"之乱；从20世纪30年代新学"启蒙者"希大杆子带来的"乡气"，到两个村子的农会为打土豪"洪老板"而发生械斗，以及跟着土匪"马疤子""打起发"和所谓"规劝会暴乱"错案；从土改的"解放台湾"到"办食堂"那一年的饥饿逃亡；从"文革"恶性膨胀的政治废话和血腥武斗的"语言迷狂"，到改革开放之后暴富者盐午修建"天安门"的恶俗心态，以及魁元踏入词义蜕变中所谓"新"观念的误区。韩少功通过词语的清理发现了与史官历史截然不同的民间历史，它是分散的、感性的、含混的，存活在马桥人特殊的言语系统和生存智慧中，流淌在马桥人无意识的生命体验里，以"事实胜于雄辩"的姿态戳穿语言集权的假面，道破权力的语言品格。最会"打玄讲"的老贫农罗伯是马桥历史的民间代言人之一，他总是情不自禁地说些"反动话"，暴露自己对虚假政治的清醒认识；但一看到公社干部，他又能灵机应变，出口成章，把政治套话说得头头是道。这就是马桥人在强势话语统治下流行的生存方式，有时这种适应变成了习惯性反应，即使在罗伯的追悼会上代表党支部发言，本义也习惯性地冠以"金猴奋起千钧棒，玉宇澄清万里埃。……在全国革命生产一片大好形势下……"等一系列"文革"套话，而在场群众并不认为这样有什么不妥，因为此种语言早已被人们充耳不闻，变成了隐形的赘疣和残骸，不会影响他们对真实的认识或与世界的关系。但是，强大的话语控制权必然使生命活力受到压抑，并且不知不觉地改变人的感觉——以前的维持会长、地主汉奸茂公之子盐早，不幸成为语言暴力的受害者。他被阶级斗争的话语权力打倒、摧毁，确定了哑巴身份，在艰难的生存中被挤压成可悲的畸形人格。而作为马桥的最高执政者，本义的话语变成金科玉律，一言九鼎的真理。在这样的情形下，弱者对话语霸权的反抗就显得格外可贵：倾心于"觉觉歌"（情歌）的万玉、擅长打全套"双狮滚绣球"锣鼓点子的"宝气"（傻气）志煌，宁可压抑自己对民间艺术的热爱，也坚决拒绝关于锄头的艺术，因为所谓新戏在他们看来简直"丑绝了"！至于为马桥人所不齿的"烂杆子"马鸣等人，由于他们以拒绝社会的"宁死不劳"取消了作为人的资格，当大跃进、反右倾、"文革"等一幕幕辛辛苦苦的人间闹剧终结之后，只有他们保持一身清白，两手没有沾染血迹。或许这些又硬又痴又蠢活得像一条狗的人，其实比大多数常人都活得快活、自由、潇洒。本义、盐午、马鸣，当年外来者希大杆子留下的三个"隔锅兄弟"，或代表语言最高统治权，或彰显聪明才智（"怪器"），或"神仙"般拒绝社会，他们的不同人生大概就是历史书写多面性的形象阐释吧。作为正史的参考文献，马桥词典揭示了话语的权力本质，语言对人的塑造，语言迷狂等文明病，语言的盲感区位，语言的自否和篡改，言过其实言不符实言实分离的可能，词义错接、词义短路等理解问题，指点着隐藏在密密语言丛林中的历史歧途，文化悖论，人生命运的患得患失，展现社会历史难以言说的复杂意味。

韩少功追寻词语的意义，从马桥人的"白话"开始，最终隐没于文化传统遥远的生命之源。如其所言："它的每一颗微粒，都在确证着永恒。它永远不息的流水，喧哗着千万万年以前的声音；而千万万年以前的露珠，现在还挂在路边的草叶上，千万万年以前的阳光，现在还照得我们睁不开眼睛——前面一片嗡嗡而来的白炽。"借助自己编纂的词典，韩少功使语言回归最初的功能：描述事实，寻求真理，传达个人的生命体验或生命感受。

第五节　贾平凹：文化的宿命

能够把握时代精神，同时又能将意蕴深藏于混沌的形象背后，并以浓厚的地域文化眩人耳目的，是贾平凹。贾平凹的小说总有一层文化底色，从 20 世纪 80 年代至今，他从未放弃对商州民间传统文化和西安官方传统文化的书写热情。这种文化炫奇已经成为贾平凹的写作风格，构成其小说最重要的艺术魅力，甚至掩盖了同样强烈的入世情怀和内里的文化精神。贾平凹多次表达了关注社会现实，忧患时下中国的写作责任，他的小说也始终追随改革进程。20 世纪 90 年代以来，从《废都》、《白夜》、《土门》、《高老庄》、《怀念狼》到《秦腔》、《高兴》，贾平凹开始了对城市和乡村的双重批判，对时代、对人类、对世界的失望与幻灭萦绕在字里行间，世纪末的情绪笼罩了所有的创作。当然，乡土仍然是贾平凹小说想象的主要领地。他看到城市化剥夺土地，失地又失业的农民被迫进城，变成农不农工不工乡不乡城不城的可疑身份。他们无所归依，成了丧失故乡的精神漂泊者，没根没底像池塘里的浮萍。他看到工业化掠夺资源，破坏生态环境，少数人敛财暴富，怨恨愤懑的社会情绪正在悄然集聚。他看到生态危机正在威胁人的生存，没有对手的人丧失了生命活力，变成狼而相互攻击。至《秦腔》，贾平凹更明确更全面地表达了对 20 世纪 90 年代以来乡土现实的迷惘和辛酸。由乡土现实的变化态势，管窥乡土中国的渐渐衰亡，痛惜中国传统文化的末路，这是贾平凹建构想象的写作路径。从《土门》到《秦腔》，贾平凹展示了乡土文化衰变的趋势，为逐渐消逝的农耕文明唱挽歌。把握时代情绪的敏锐眼光，立足乡村生存状态的文化视角，忧患社会、守护家园、瞩望文明的知识分子情怀，使贾平凹的写作始终紧扣现实又超越现实，其丰厚的文化底蕴，留下诗一般的感喟和韵味。

相对而言，《土门》是贾平凹小说中理念化较强的一部。它选择仁厚村的知识分子梅梅为叙述人，叙述过程渗透着梅梅的思想情感、生命体验，借以传达失地农民的情绪郁积。由于这个关西大儒的后裔孤芳自赏，性情古怪，她的个人命运和个性化叙述显得缺乏亲和力，未能有效化解现实与虚构、特殊与一般的距离。这个问题在《高老庄》、《秦腔》中同样存在，或许可以解释为叙事策略，但更可能是贾平凹小说的败笔，因为这些叙述者往往在第一层面阻隔读者的情感认同。尽管如此，《土门》仍然是表现中国城市化进程最有力的小说文本。在西京城改造旧城扩大新城的建设规划下，仁厚村这个"城中村"时刻面临被拆迁的危险。为了保卫家园，仁厚村全民动员，同仇敌忾，选飞天大盗成义为村长。这个亦邪亦正的人物胸中颇有韬略，他翻修整理墓地场院，成立大药房，修造市长题字的村牌楼，整顿村巷村道，搞宣传定村规，决心自己改造仁厚村，在西京城保留最后一块田园。为了实现理想，他变得偏执疯狂，独断专行，悲剧性地带领村人走向末路。由于他设计的保守之路注定不可行，回天无力之后他只能杀身成仁，把自己的血肉化作消费城市的一道快餐传奇。被仁厚村视为"汉奸"的眉子，则代表乡土社会趋新求变的另一种欲望。她一心想在城里发展，抛弃了土地家园等传统精神归属，投身商海市场，似乎全然忘却了故土乡情，却仍然不能释怀于村人的鄙弃排斥。乡土社会的这两股势力显然都不能解决仁厚村的困境，它不可挽回地变成了废墟。虽然那位学农业的小说家范景全提出了建企业、发展产品经济的乡村改造方案，但这第三条道路即便保住家园，这家园恐怕也不复往日光景了。唯一的安慰似乎是云林爷，他用医术普度众生，治疗肆虐于城市的肝病，似乎在指点城市的自我救赎之路。然而这个承载象征寓意的人物更像是慈爱无边的佛祖、圣人，因此他的救赎之路显得虚无缥缈。贾平凹在小说中散落很多颓废凶险的意象，如警察杀狗、祖先的石碑、清初的紫檀木罗汉床、复活的臭虫、被民工煮食的明朝老龟等等，预示着城市化进程中乡土文化无处容身无路可走的困境。

《高老庄》被视为文化寓言、文化转型中的精神突围，有人

甚至画出了作者文化追寻和文化建构的象征图式。但是所谓文化
转型的理论评说，似乎无一例外地忽视了小说尖锐的社会问题意
识。虽然现代工业侵略乡土社会引发的矛盾冲突根本上属于文化
冲突，但不应忽视现实问题的紧迫性。从《高老庄》开始，贾
平凹也开始转变自己的文学观念和审美趣味。他放弃往昔的优美
清新华丽，追求整体、浑然、元气淋漓而又鲜活流动的生活原生
态，以实写虚，体无证有，把原先擅长的局部意象处理成情节性
的整体意象。这种不分章节，无序而来苍茫而去，汤汤水水黏黏
糊糊的琐碎叙事，至《秦腔》"密实的流年式的叙写"（贾平凹
《秦腔》后记），终于发展为巨大的阅读障碍。《高老庄》从古汉
语教授子路与年轻漂亮的后妻西夏回家探亲开始，由他们一家的
乡村生活牵出一场逐渐酝酿成熟猝然爆发的骚乱，展现现实乡土
激烈的社会矛盾。应当说，子路和西夏都没有真正进入高老庄的
生存现实，他们旁观高老庄严峻事态所寓示的乡土文化困境，未
能承担精神突围的文化责任。农裔城籍、短腿矮体的子路希望借
西夏"换种"，还乡后又沉溺于前妻旧情，言行中时刻流露出一
妻一妾左拥右抱的陈腐生活观念和审美情调。他所代表的封建士
大夫文化在当今时代徒具学术价值，并没有任何创新转化的活
力。因此回到高老庄，他不仅在具体事件中无所作为，其精神无
能还以性能力衰减的方式彻底显现。西夏显然是现代文化、城市
文明的代表，她对高老庄的神秘传说、文化遗迹极为关注，但并
不关心高老庄正在发生的历史变革，对于蔡老黑的支持也完全出
于浪漫的爱情幻想。在她的眼中，高老庄是发思古之幽情的审美
与文化研究对象，反过来，在高老庄人眼里她不过是欲望的对
象。她的在场揭示了城市文化对乡土文化的冷漠误读，错位对
接。三角关系中的另一边菊娃，则周旋于三个男人之间，属于一

个没有文化立场的性投机者，无力建构乡土文化的精神品质。因此，葡萄园主蔡老黑和地板厂老板王文龙抢夺地盘的斗争才是关涉乡土文化未来走向的主要因素。这是一场无法分别善恶正邪的斗争，尽管蔡老黑的绿色产业客观上优于王文龙破坏生态的经济增长方式，但他的出发点仍然是狭隘的农民意识。其他村民则是一群乌合之众，受制于集体无意识的从众心理，很容易被煽动起来而陷于群情激愤的"气场"效应，变成哄抢树林、轰砸木板场、侮辱妇女的野兽。显然，这样的国民性是无法适应现代文明的。面对商品经济诱惑，乡土文化愈发暴露出腐败落后的一面，这是《高老庄》琐细生活叙述之后挖掘鞭挞的文化劣根，也是子路西夏冷漠关照的乡土现实，它与外来文化视角共同构成乡土文化困境的完整叙事空间。内外交困的文化处境，预示着乡土家园树倒猢狲散的结局，高老庄只能是现代猪八戒们在想象中眷恋回顾而又不得不背弃超越的往昔旧梦。

《怀念狼》仍旧是不分章节的混沌结构，但篇幅较短，情节诡异魔幻，叙述者相对可靠，因而大大增强了可读性。尽管生态理念作为《怀念狼》的重要主题并未得到合乎逻辑的象征表现，但贾平凹舒展举重若轻的高超叙事，尽力使文本形成一个密集意象包围之中的多义辐射圈。"我"为商州仅存的十五只狼拍照，本义是保护这些人类恐惧与活力的象征，结果却适得其反，导致人对狼的大肆捕杀。狼绝迹了，舅舅与雄耳川那些英勇的猎人却变成了"人狼"。在贾平凹看来，人与狼的相互幻化，是人类在现代文明中的生存境遇和文化境遇，除了怀念，救赎的路似乎无迹可寻。在人与狼、人与自然的主题纠葛中，贾平凹一如既往地安排了一个还乡者，这一次他是叙述者。寻找狼的过程，也是"我"文化寻根的过程。然而"我"回归传说中的故乡，却不得不仓皇而逃。因为多年之后，"我"和故乡已经相互隔绝，共同跌入现代文明设置的文化怪圈。家园没有了狼灾，可记忆犹新的村人仍然同仇敌忾消灭了最后一只狼，虽然他们和"我"一样需要狼来完成生命的圆满和强壮。雄耳川的人狼事变标志着家园的丧失，无论"我"这个城市人，还是商州的山里人，都失去了传说中那个危险而又强悍的生命家园。以上这些过于复杂混乱的意蕴集结，不免在小说中留下理念化的硬伤，尤其是象征意象"狼"所承载的意义显然已经超重失衡，从而严重损害小说的整体意蕴。

获第七届茅盾文学奖《秦腔》是考验耐力的小说，贾平凹浑然一体的混沌结构显然已超出小说艺术的承受力。《秦腔》叙事琐碎沉重，节奏缓慢，充满日常生活细节，又取消了长篇小说惯常的叙事元素，如连续性的情节，加以秦腔曲谱的直接插入，造成极大的阅读困难。但是，这部长篇小说也更加贴近现实，它以贾平凹生长于斯的故乡棣花街为原型，通过一个叫清风街的地方近二十年来的演变和街上芸芸众生的生老病死、悲欢离合，表现历史转型给农村带来的震荡和变化，全面反映20世纪90年代乡村社会的没落颓败。小说以疯子引生为叙述视角并不成功，因为疯子的痴恋似乎不能引起同情。不过，疯子的叙述却缓缓展开了乡土沉没的全部细节：乡村权力争斗，村民与政府的矛盾对抗，贫困生活，拜金主义，欲望泛滥，道德沦丧，传统家族伦理、村落文化消亡，农民抛弃土地背井离乡。作为中国最古老的剧种之一的秦腔，在小说里既是一种民间文化的载体，也是传统文化的表征。回荡在叙述中的秦腔面临衰亡的历史命运，正如传统文化、农耕文明在现代化、城市化浪潮的冲击下宿命地走向衰败。贾平凹称"我决心以这本书为故乡树起一块碑子"，的确，

《秦腔》敏感地捕捉到了转型期农村巨变过程中的时代情绪，为正在消逝的千年乡村唱了一曲挽歌，这是《秦腔》唯一的可取之处，它的成功正在于此。

《秦腔》之后，贾平凹又有正面反映进城农民日常生活及其情感经历的长篇小说《高兴》，这是作者写得最艰难的一部作品。尽管小说以农民工自述的方式切入他们不为人知的心灵世界，但主人公刘高兴过于精致细腻的审美化生活态度，还是留下了作者自况的影子。而且叙事方式采用碎屑缓慢的生活流，也影响了小说的可读性。不过，贾平凹原本的写作态度就是"把自己的作品写成一份份社会记录而留给历史"①，《高兴》达到了这个目的。

---

① 贾平凹：《高兴》，人民文学出版社 2008 年版，第 352 页。

第三章

历史反思

　　在历史中展示人的命运，以人的命运阐释历史的意义，这是长篇小说最传统、也最具生命力的形式——此类小说的鸿篇巨制经常被誉为"史诗"——一个蕴涵深厚文化价值的批评概念。然而自新中国成立以来，史诗性长篇小说的写作逐渐被僵化的意识形态及其相应的美学规范驯化，呈现出整齐划一的政治化、服务性的恭顺态度，失去了现代小说主体性思考的思想深度和个人独特的审美体验与表达。总体而言，当代文学前 30 年的史诗性长篇小说大致有这样一些特点：（1）宏阔的革命历史背景，这决定了史诗的规模、体积和重量，往往包含较大的时空跨度。（2）作为情节中心的英雄人物，他们是创造历史的人民群众的优秀代表，应体现民族精神，即一个民族在整个历史阶段的意识方式——主要是阶级意识、斗争性、革命性，也包括其他契合主导意识形态需要的民族美德。（3）历史本质的统摄性，在叙事中明确揭示历史必然性法则，提供总括性的历史预言。（4）严肃崇高的史诗风格和英雄主义基调，以区别于传奇故事等娱乐性更强的体裁和批判现实主义的悲观。冯雪峰指出了当代史诗中破旧立新的区别性因素："这种对于事件的正确掌握以及战斗性的歌颂态度，就是英雄史诗所必需的精神。"① 无论革命历史小说还是歌颂社会主义改造的农村题材小说，其史诗性追求的内在规范都是完全一致的。这种史诗规范在 20 世纪 80 年代以后受到质疑，虽然仍有类似战争史诗续出，但已属秋蝉哀鸣，蓬勃而出的是异彩纷呈的个性化、多样化历史思考与历史叙述。其标志性的现象，是新历史主义文学思潮的兴起。

在中国这个有着悠久史传传统的国家，历史观念的变革往往是现实变革的前奏。历史观念中新的思想资源，会直接推动文学乃至文化思想的变革。因此，作为历史观念变革的标志，20 世纪 80 年代后期兴起的新历史主义文学思潮，几乎影响了此后所有优秀的文学作品。当代西方新历史主义思潮是在历史领域内反权力、反知识专制的"左派"思想，作为一种理论形态，它在中国的出现是 20 世纪 90 年代的事。但是，作为"新历史主义"的方法论基础的结构主义和后结构主义的出现，却早在 20 世纪 80 年代。如果分析中国新历史主义的缘起，那么可以说，中国新历史主义文学思潮是在国内外多种批评理论和创作实践所构成的复杂语境中形成并发展起来的，这个语境包括国外新历史主义批评理论、后现代主义文化氛围、新时期思想解放运动和文学试验活动等等。其中至关重要的是两个文化因素：一是 20 世纪 80 年代后期，身处社会转型期的中国知识分子对启蒙现代性历程展开深刻反思，使新历史主义文学思潮成为这种反思的一个组成部分；二是源远流长的中国历史/文学实践，本身就积累了很多与西方新历史主义理念相通的文化精神、历史观念，这是接受、转化外来思潮的文化基因。比如：非主流或反正统的历史构造理

---

① 杜鹏程：《保卫延安》，人民文学出版社 1954 年版，第 6 页。

念，历史诗学理念，解构主义理念，对历史必然性、终极性和绝对真实性等观念的质疑等等，都与新历史主义理念暗合。在经历了政治化历史叙事独霸天下的时代之后，思想解放的潮流必然会在民间传统和古典美学中寻找化腐朽为神奇的"新"的触媒。因此，中国新历史主义文学思潮既是"外生继起"的，又是"内生原发"的。20 世纪 80 年代后期，先锋派、寻根文学和新写实等汇聚而成新历史主义文学思潮，扎西达娃、莫言、乔良、余华、苏童、格非、叶兆言等人被划入这一写作阵营。然而实际上，在创作中表现出新历史主义倾向的作家不限于此。作为一种文学思潮，新历史主义的思想内涵和基本特点主要表现在以下几个方面：关于"文本的历史性与历史的文本性"的定义，形成了历史阐释者与"讲述话语的年代"和"话语讲述的年代"之间双向辩证对话的动力场；针对单线大写的正史，采撷复线小写的历史细部；怀疑历史的客观存在和历史必然性，强调历史阐释的主体化，凸显历史的偶然性；通过边缘化策略，揭示文本与社会秩序和主导意识形态之间的巩固关系或破坏关系等等。尽管这些新历史主义理念并没有在哪一部小说中得到完全的贯彻或体现，但可以肯定的是，新历史主义反正统历史和反暴力修辞的"历史编纂学"理念和批判性历史反思精神，渗透在 20 世纪 90 年代前后几乎所有重要的文学作品中，成就了历史叙事的多元化景观。比如，张炜的《古船》（1986）把历史反思的探头钻入曾经铁板一块的"革命"起源的正义性、真理性，以消解阶级仇恨，为走进新时代举行思想洗礼。通过隋抱朴近于迂阔的沉重思考，《古船》完成了从一元化向多元化历史叙述的转换，其间不乏新历史主义的质疑与批判。当然，源于新历史主义的二元对立思维方式和批判原则，也使历史叙事陷于新的悖论性处境。比如：历史真实被悬置，历史叙事弥散、沉沦于历史碎片；历史相对主义、不可知论代替历史本质论、必然论成为新的主流意识形态，从而使激进的批判最终消逝于话语的嬉戏。幸运的是，在乡土小说领域，新历史主义的主体化阐释仍然较多关注历史文化的客观存在，大多数作家执著于民间历史经验的挖掘，力图恢复被遮蔽的历史事实，他们的批判表现出寻找历史真相的历史理性和追求历史正义的历史信念。

20 世纪 90 年代以来，反思历史的乡土小说出现了多部厚重的长篇巨著。陈忠实的《白鹿原》、莫言的《丰乳肥臀》、赵德发的"农民三部曲"、阎连科的《日光流年》等乃翘楚之作。此外，刘震云的"故乡"系列、刘庆邦的《平原上的歌谣》、刘玉堂的《乡村温柔》、刘醒龙的《弥天》、杨争光的《从两个蛋开始》等都引起较大反响。对于长篇小说而言，把握社会历史的整体面貌和发展趋势的大叙事似乎始终是中外作家共有的情结。从茅盾式的社会分析小说，到前 17 年或 27 年的史诗性小说，直到 20 世纪 90 年代方兴未艾的寓言写作、历史解构，长篇小说一揽子工程的文化野心虽然扮相不同，底里却别无二致。至于中短篇小说，则往往截取历史瞬间，以意蕴丰富的事件和场景照亮幽深昏暗的历史隧道。历史叙述的多元化使这些小说呈现出不同于 20 世纪 80 年代的面貌，政治批判性、问题尖锐性大大增强，艺术形式也更加多样化。大致而言，当代乡土小说历史反思主要有四种叙述类型：

1. 史诗。比如陈忠实的《白鹿原》、赵德发的"农民三部曲"等，均为史诗性长篇小说。当代史诗性长篇小说不再受制于前 30 年的史诗规范，不仅砸碎革命、阶级斗争等意识形态桎梏，且冲破雅俗界线，用独特的历史思考和历史叙述，展开个人不同的历史想象。在不同作家的笔下，同一历史阶段显现出不同的历史景观，包含不同的文化意蕴，承载不同的个人生命体验。陈忠实用儒家文化的衰落填补历史叙述的文化断层，赵德发则提炼乡土中国社会变革的关键问题，历时性、专题性地考察社会发展的轨迹。

2. 寓言。代表作如阎连科的《日光流年》、《受活》，刘震云的故乡系列小说，艾伟的《越野赛跑》等。特点是：构筑一个具有整体象征性的叙事结构，通过叙事逻辑完成历史隐喻。这些小说充分发挥想象的作用，精心设计一个象征情境以放大现实的荒诞，均能颠覆烂熟的历史文本，翻出历史叙述的新意，印证当代小说倚重"虚构"的叙事学理论自觉。阎连科用生存危机中徒劳的挣扎隐喻混乱荒诞的历史，艾伟用越野赛跑象征欲望推动下的历史进程。刘震云的《故乡天下黄花》把历史简化为血腥杀戮与"吃夜草"的不断重复，此后的《故乡相处流传》、《故乡面和花朵》则极尽荒诞讽刺之能事，醉心于故乡寓言中的权力质疑。

3. 传奇。历史传奇曾经在 17 年小说创作中盛极一时。新时期以来，尤其是 20 世纪 90 年代以来，乡土传奇越来越失去生存的现实土壤。当历史的血腥使英雄主义黯然失色，乡土历史传奇似乎已经无家可归。除了贾平凹、尤凤伟等人的土匪小说还保留一鳞半爪的传奇色彩，就只有莫言还在只手擎天。20 世纪 90 年代以来，莫言有《丰乳肥臀》和《檀香刑》、《生死疲劳》等历史大戏，想象奇诡，行文瑰丽，复活了中国古典侠义小说、历史演义的传奇风格，自成一派。然而，莫言关于奇风异俗、欲望男女、酒神精神、狂欢化场景、民间闹剧、暴力血腥、丑怪荒诞的叛逆性美学追求，在民族性、本土化的表象下，暗暗投合西方审美趣味，印证西方对于东方的想象（神秘野蛮、非理性等），有"他者化"之嫌，很容易被误读；同时，莫言过于主观偏激的批判姿态和历史想象，使他在历史真实与艺术真实的把握上违背正统叙事，因此受到激烈批判。

4. 喜剧。刘玉堂的长篇《乡村温柔》和反思历史的中短篇小说，杨争光的《从两个蛋开始》等都属于此类。杨争光采撷喜剧性的民间生活场景，用凡人琐事、野史村言反观新中国成立以来历史的荒诞。饱满、质感、生动的细节，活色生香、智慧谐趣的语言，各自独立的三十六节开放式结构，把符驮村的各色民众以各种有趣的姿态，串在五十年的时间之绳上，实现宏大叙事与个人叙事的整合。小说从符驮村民的日常生活出发，审视民族精神价值的变迁。乡村各色人物的志异传奇，使历史充满"食色性也"的民间欢乐。刘玉堂的新乡土小说不同于流行的话语模式，而更多保持赵树理式的民间幽默，把荒诞的历史悲剧、农民生活的苦难贫穷，全都浸渍在知足常乐的欢乐氛围中，与历史事实的悲剧性形成巨大反差。这种极富张力的喜剧性历史叙述与历史真实、悲剧性历史叙述（比如余华的苦难写作）构成反讽，并且体现了中国传统文化的一个特质：发达的民间社会与朝野、官府界线分明，农民用他们无所不在的生存智慧与生命活力，乐观地应对波谲云诡的政治历史，书写他们自己善良、执著、快乐的生命历史、民间历史。

纵观20世纪90年代以来反思历史的乡土小说，其历史反思从20世纪中国现代史开始，涵盖中国共产党领导的革命史和新中国建设史，直至当下现实。作家对中国现当代史的"重构"热情显示出反思中国现代性历程的强烈冲动。这些小说描写了中国农民在将近一个世纪的历史长河中艰难的生存处境、家族命运和个人命运，对现代化神话、革命乌托邦、权力话语的真理性提出全面质疑，把当代历史叙事引向一个以民间、个人、主体性、多元化为基本框架与价值标尺的时代。但是与其他历史母题小说相比，乡土小说的历史反思更加关注历史的核心部分，从时间长度和跨度、展现的生活面看多属宏大叙事，表现出介入社会批判的现实主义情怀，少见游戏历史之作，余华式的从个人苦难切入历史的写法亦属罕见。如果说，现在是全部过去的产物，那么反之亦然，过去也是全部现在的产物。历史的延续性和历史的现实性是同一问题的两面。强调历史的延续性，是为了消除恐惧——那是过去一个世纪的噩梦留在记忆中的根深蒂固的恐惧，因此战争、政治运动、饥饿、贫困总是盘旋在 20 世纪 90 年代的乡土想象中；另一方面，我们关于过去的想象的图景，我们意识中形成的历史概念，很大程度上正是出于当前的目的和需要。过去就像一块屏幕，我们在它上面投射下今天的反抗和未来的幻想。所以，20 世纪 90 年代以来的历史反思，以多样化的形式和色彩，反映了我们时代个人自由的信念和个性解放的欲力，也投射着知识分子对现实的批判、对未来的恐惧和希望。陈忠实、赵德发试图钩沉那些以前被遮蔽的历史层面，用史诗笔法、写实手腕创造性地再现保存在传统文化、家族命运中的历史事实；阎连科、刘震云则建构寓言化场景，通过隐喻、象征、反讽等主观变形，彰显对历史与现实的主体性思考和批判；而刘玉堂、莫言、杨争光则瞩目民间，还原强旺的个体生命和人类历史本原，使历史叙述回归民间传奇。扫视 20 世纪 90 年代以来乡土小说的历史想象，沉没与再造的叙述动机格外显豁。作家们争相打捞渐行渐远的乡土中国，表现出急切的整合历史与现实的"再造"欲望。在这个纷至沓来、急速流动的时代，那个已然沉没于时间之流的乡土世界，带着全部的恐惧与欢乐进入个人记忆和想象，变成被个人化修辞重构、改写、再造的历史叙述，表达对当下社会现实的把握和态度，寄托对未来社会的忧思和信念。由于这些多样化的历史叙述包蕴着当代最激进的意识形态批判和最活跃的思想对抗，因此受到敏感的关注和批评。

第一节　《白鹿原》：史诗的标高

1993 年《白鹿原》的出版再次证明历史依然是长篇小说茁壮成长的沃土，再次使史诗写作大放异彩。《白鹿原》的时间跨度很长，从清末到解放，在几十年急遽变化的政治风云中交织起白鹿原上白、鹿两个家族三代人的恩怨情仇。以两个家族的明争暗斗、家族命运的消长变迁毫发毕现地微缩一部中国现代史，其历史叙述的起点似乎并未超越《红旗谱》、《三家巷》、《古船》等当代长篇小说依循的传统家族小说的叙事模式。然而高瞻远瞩的文化视角却为《白鹿原》的历史叙述打开崭新的思想空间，从而在天翻地覆的革命斗争中发现了历史与文化令人兴叹不已的恒久品质，同时也以雅俗共赏的艺术魅力展现了当代史诗顽强的生命力。关于《白鹿原》的思想艺术成就，前人的评论连篇累牍，公认它为不可多得的中国现代小说经典。因此这里不再赘述，只是从宏观视角，提要说明《白鹿原》如何为史诗性写作确立了新标准。作为乡土小说的大叙事，《白鹿原》至少在三个方向上为当代乡土小说的史诗性写作树立了难以企及的标高：

第一，是文化意识的自觉和道德精神的高扬。在事件、事实等历史表象层面，《白鹿原》所写内容并未超出革命历史小说之外。从清朝改中华民国、中华民国到解放的近40年时间里，白鹿原历经政治斗争的风云变幻：督抚课税引起"交农"事件，奉系镇嵩军与国民革命军的争斗，国共分裂与对抗、滋水县解放等等皆顺序而来，斗争的紧张刺激和戏剧性较革命历史小说还略胜一筹。然而不同于革命历史小说的是，《白鹿原》在过去所谓正邪善恶、阶级阵线分明之处抽身而出，以一双超越政治功利的睿智的眼睛剥离现代中国历史纷争变迁的迷雾，发现了积淀于民族心理深层的中国传统文化——儒家文化那生生不息的精神血脉。换言之，这一独特的历史发现实际上正是源于独立不倚的文化立场——一种在当代文学的前30年被政治意识排斥在外、更开放更全面更深刻地认识社会生活的方式。尽管婚丧嫁娶、祭神求雨、驱鬼祛邪等乡风民俗的描写是不可或缺的丰润肌理，《白鹿原》的文化视角却并未停留于关中地域文化独特性的民俗学展示，而是由具体的家族—村社切入中国传统文化——儒家文化的精髓，通过渗透文化精神的人格代表来观照和探究中华民族的历史命运。《白鹿原》创新性的最显著表现是塑造了传统文化的人格化身——朱先生和白嘉轩。关中大儒朱先生高风亮节、铁肩担道义，睿智完美如同圣人，是儒家文化的人格理想，他为中国现代历史的变迁提供了一个稳定的参照系和价值尺度。而位于叙述中心位置的族长白嘉轩，则穷一生之力进德修业，按照儒家人格理想完善自我。他经历政治风云、家庭变故，任凭敌人的打击、受助者的恩将仇报、儿女的背叛，始终坚守自己的生命哲学和君子的为人信条，以残缺的肉体挺立于时代激流，看大浪淘沙，潮起潮落，白鹿原如"鏊子"一样翻来翻去演出一幕幕政治斗争的闹剧。虽然礼崩乐坏的社会巨变时代使他胸怀抱负无用武之地，因而没有什么实质性的功业和建树，但他刚正顽强、不失坚忍的强大人格却成就了某种文化的辉煌。应当看到，朱先生和白嘉轩所代表的，是凝定的、静止的农业文化立场，这注定了他们终将被历史抛在身后的命运悲剧。但文化的衰败绝不意味着文化的湮灭，经历自"五四"开始的文化激进和一次次断裂式的社会革命，重新审视中国现当代历史过程的血腥与动乱，朱先生和白嘉轩就以其卓尔不群的人格精神、道义情怀成为动荡历史的客观观照物，打开了历史阐释的另一种可能，也为民族复兴开启了一条寻找精神家园的道义回归之路。

　　从形象塑造的角度看，朱先生和白嘉轩也是现代文学史上未曾有过的完美的文学典型。这并不是说以前没有人写过儒家知识分子，而是说没有用陈忠实对待人物的态度和方式写过他们。不可否认的客观事实是，自鲁迅以降，儒家文化被视为阻碍社会进步的落后思想体系，因而备受冷遇、讽刺和批判。儒士经常与酸秀才等同，且往往被形容为满嘴仁义道德，一肚子男盗女娼的伪君子、假道学，在鲁迅、张天翼等人的小说中不乏这样的例子。或许只有老舍《四世同堂》塑造了中国传统知识分子的正面形象，那是因为抵御外侮的危急时刻需要挖掘和弘扬民族性，以增强民族自信心。新中国成立后，这种对传统文化的积极吸纳再次中断，直至寻根文学也没有出现类似形象。《白鹿原》令人耳目一新的地方很多，但最引人注目的，还是关中大儒朱先生和儒学信徒白嘉轩两个形象。不同于以往意识形态的丑化，陈忠实以崇敬仰慕之情想象和描写他心中的儒士，他们是有坚定信仰、睿智思想、高尚品德、果敢行为的精英人物。强大的人格力量使他们有资格傲视群雄，俯瞰历史。在儒学已成明日黄花的时代，他们注定不是呼风唤雨的弄潮儿，也不是未来时代的幸运儿。然而正因为此，他们却成为见证历史、评判历史的冷静的书记员和批评家。当鹿兆鹏与岳维山、白孝文在白鹿书院短兵相接，陈忠实这样描写："朱先生没有动身，用铁钎儿拨一拨油灯捻子，站起身背着手说：'看来都不是君子！'"那种睥睨天下的智者风范跃然纸上。在陈忠实无限爱戴的叙述中，朱先生不仅能预言生死，甚至还预言了几十年后"人作孽，不可活"的"折腾"。他不仅是农人心中知晓天机的神，也是带来幸福安康太平盛世的白鹿化身。而白嘉轩经历大浪淘沙幸存下来，逐渐表现出"哲人的气度"，脸上"现出世事洞达者的平和与超脱"。这里，陈忠实对这两个人物的态度是明显的，他把他们放在党政派系之上。他们高于政治斗争——这意味着价值观的颠覆，也意味着由此敞开新的历史观。

第二，《白鹿原》是历史观的全面刷新。《白鹿原》将政治变革与文化衰落、个人命运与家族兴衰都集中于白鹿原数十年的历史变迁，最后归结为一个让人类世代感喟的主题，那就是无法逃脱的"历史的诡计"——即个人意图与历史效果的反差。朱先生和白嘉轩所谓的"鏊子"说，是这种历史观的形象概括。在跳脱政治集团争斗的旁观者眼中，历史总是利用个人抱负，达到与人所意识到的目的没有任何关系、甚至截然相反的结果。换句话说，人在创造历史的过程中往往会被历史耍弄而成为历史的笑柄。然而一直以来，中国现代小说被视为革命和启蒙的载体，史诗性小说投射的有机、前进的时间向度，与现代化进程的大叙事相互呼应，也与中国现代历史叙述的"官史"定本相一致。这一进化论的历史观在新历史主义小说中已经被拆解，但苏童、余华、格非、叶兆言等人的先锋新历史主义写作努力回避历史的正面，试图在历史的角落里找寻碎片，以实现边缘突破；而《白鹿原》的史诗性写作正面进攻历史的核心部分，以超越性的文化视角掀翻国家化、政治化的历史叙述，复归和找寻历史本原。通过陈忠实的史诗性改写，革命与启蒙的非理性暴露出历史的非理性层面。各怀抱负与心机的历史中人，在骰子落定，大幕关闭之后，只能怅然兴叹：一场游戏一场梦！而能够气定神闲伫立逝水之滨者，唯儒家传人朱先生与白嘉轩而已。陈忠实对历史进化论的批判，对传统文化的心灵归依，由此可见。至于那些不同阵营党派中的人物，陈忠实大都让他们品尝历史的苦酒。黑娃和田福贤在"戏楼"上你来我往，最后却被押上同一座戏台执行死刑，谁又是最后的胜利者呢？黑娃"学为好人"起义投诚，却被白孝文暗中诬陷惨遭镇压；阴险狡诈、在潦倒中精通生存之道的白孝文反倒春风得意，光宗耀祖当上了县长。纯洁美丽的白灵一片赤诚投身革命，却被诬为潜伏特务而活埋；国民革命军营长鹿兆海进犯边区身亡，却被当成抗日烈士厚礼安葬。朱先生投笔从戎赴潼关抗日，却发现报国无门，最高当局仍在鼓动一场窝里咬的战争。这种"诡计论"历史观并非否定人类改造社会、创造历史的理性和创造力，而是试图更清醒地认识人的思想和力量的有限性。对于自柏拉图、黑格尔到马克思等人的那种预言历史的历史主义倾向，这种不免悲观的历史观具有摧枯拉朽的破坏力。因此《白鹿原》标志着当代文学凝定的历史本质论已全面消解，史诗完全可以跳出革命史、社会发展史的绝对价值理念而焕发鲜活的青春。

另一方面，《白鹿原》以一种高于政治的视角考察历史，实际上也就完全颠覆了历史课本上的正史叙述，暴露出一向被回避、被遮掩、被篡改的政治谬误、冤假错案。如上所述，陈忠实把朱先生凌驾于历史之上，使之睿智的眼光穿透历史的尘埃，如同看戏一样，看破轮番上演的政治闹剧。这样的历史观似乎否定了有关历史正义性的公式定理，抽空了评判历史的理论根基。但是，对于一部史诗性小说而言，一个超越政治的宽阔文化视野，显然要比狭隘的政治视角更客观，也更真实。单一政治视角会有意遮蔽那些不符合意识形态表达的历史层面，而超越政治的文化视角，则展开了人性的质疑，道德的审判，民间的言说等文化的广阔视阈，正好为《白鹿原》赢得了绚丽多彩、意蕴丰富的文化魅力。尽管朱先生代表的是即将被历史潮流淹没的"落后"文化，但是，由于"进步"文化必须从"落后"文化中产生，来自文化母体的批判恰恰是最容易切中要害的，因此朱先生与陈忠实才能保有一份面对历史、把握历史的自信。当然，朱先生超越政治的视野，毕竟立足于过去，带有他所代表的旧传统的意识形态桎梏，这也是毋庸讳言的。作为历史叙述者，陈忠实不仅要跳出党派政治的意识形态框定，还必须与朱先生及其所代表的传统文化保持距离，才能真正实现超越性的历史反思。陈忠实对这一层面亦有所觉悟，但他把批判落实在白嘉轩身上。白嘉轩惩治小娥、孝文的手段，已然暴露了传统文化腐朽的一面。不过，或许出于对朱先生这个理想人物的钟爱，陈忠实没能把客观超越的文化批判立场坚持到底。当朱先生仅凭青天白日旗算出"天下注定是朱毛的"，尽管他的确有些"耍笑"的意味，但陈忠实如此描写其神机妙算恐怕还是有些不妥。毕竟，在超越性的文化视野中，还应该为历史正义性的永恒信念安排一个位置，否则就真的堕入历史虚无主义的陷阱了。而朱先生对于历史，并非没有自己坚持的理想和信念，否则，他那份指点江山的从容淡定从何而来呢。

　　第三，《白鹿原》熔铸独特的史诗品格，开辟了史诗创造的新路径。《白鹿原》立足于坚实的现实主义，同时又以象征主义、生命意识、魔幻现实主义等西方现代艺术来开掘东方文化的神秘感、性禁忌和生死观，从而使小说意蕴丰富、色彩绚丽，充分体现史诗包蕴历史的广阔性。《白鹿原》把品质并不纯粹、善恶参半但不乏道德理想的凡人白嘉轩推上史诗的历史舞台，恢复了近代以来史诗性小说演绎普通人物命运，以他们的命运见证历史更迭兴衰的这一现实主义传统。逼真的细节描写、个性化的语言、全知视角、典型性格、情节的传奇性和故事性等体现了现实主义的特点，同时贯穿始终的白鹿意象，人鬼相通的魔幻之境，以及大胆的性描写——与历史文化纠结在一起因而成为透视传统文化的窗口，这些因素又超越传统现实主义，并打通中西方、精英文化与大众文化的隔离，从而使史诗回归它的初始之地：历史记录与娱乐故事的统一。

由于陈忠实将凝重的历史思考与传奇的故事叙述水乳交融，《白鹿原》既承载了厚重的审美意蕴，显得深沉而凝练，酣畅而严谨；同时又非常抓人，可读性极强，能够引起普遍的阅读兴趣。回顾《白鹿原》之前的史诗性小说，能够做到这一点的几乎没有。自茅盾以来，追求史诗品格的长篇巨著为数不少，但大都遵循同样的模式，即：宏大的时空跨度、英雄人物、历史本质的统摄性、严肃崇高的史诗风格和英雄主义基调等等，以至陷于模式化而丧失活力。当史诗性小说面临绝境渐趋灭亡之时，《白鹿原》横空出世，展现出史诗性小说的全部艺术感召力，这不能不说是一个奇迹。这个奇迹的实现，当然首先归功于文本表层的吸引力。《白鹿原》的第一句话就非常惹眼，能够一下子抓住注意力："白嘉轩后来引以为豪壮的是一生里娶过七房女人。"一句话，包容了无限丰富的传奇故事，暗含的情色意味更是不言而喻的刺激。小说以后的发展也不会让人失望：文学修养高的研究者可以从中发现丰富的审美意蕴，从民族秘史到文化危机，从史诗风格到叙述方法，从人物形象到景物描写；文学修养低的普通读者也可以从中看到跌宕起伏的故事情节，诡谲多舛的人物命运，曲折缠绵的爱情悲剧，机敏睿智的幽默反讽。总之，这是一部雅俗共赏、经得起时间考验的旷世经典，它为史诗性小说的写作开拓了新的道路，同时，它的完美又为后来者挖好了陷阱。

第二节　莫言：民间立场与自由精神

莫言大概是当代中国作家中被阐释最多且争议最大的一位。对于这样一位被过度阐释云遮雾绕的作家，我感到自己的论述无处落脚。但是，莫言作品无疑是中国现当代文学史不可忽视的杰作，一次次惊心动魄的阅读经验使我确信：莫言是最具独创性、想象力、艺术概括力的当代小说家，他的多部小说均达到当代文学的顶尖水平，如果一定要在其中分出高下，我同意张清华的看法："《丰乳肥臀》是莫言迄今最好和最重要的一部小说"，"它是新文学诞生以来迄今出现的最伟大的汉语小说之一———至少它已经具备了某些这样的品质。就思想的深度和艺术的容量而言，不管是在当代，还是在整个二十世纪的新文学中，能够和它相媲美的作品可以说寥寥无几。"[1]

莫言因 1985 年《透明的红萝卜》、1986 年《红高粱》而成为新时期探索小说、新潮小说的代表作家，此后的创作始终保持

---

[1]　张清华：《叙述的极限——论莫言》，载杨扬《莫言研究资料》，天津人民出版社 2005 年版，第 382 页。

长盛不衰的探索激情，先后被划入现代派、寻根文学、新历史小说等不同的流派。对这种贴标签的做法，莫言有些无奈，他以幽默的笔调表达了自己的意见："大多数所谓的文学思潮，与用自己的作品代表着这思潮的作家没有什么关系。小说是作家创作的，思潮是批评家发明的。批评家发明思潮的过程就是编织袋子的过程。他们手里提着贴有各种标签的思潮袋子，把符合自己需要的作家或是作品装进去，根本不征求作家的意见，这叫做'装你没商量'。我经常给装进不同评论家的贴着不同标签的袋子里。有现实主义的袋子，有浪漫主义的袋子，有新感觉主义的袋子，有魔幻现实主义的袋子。有的袋子里气味美好，待在里边感到很舒服，有的袋子里气味龌龊，待在里边很不舒服。""其实事情真的没有那么复杂和深刻，我想起了一个诗人的话：蚕吐丝时没想到会吐出一条丝绸之路。"① 总体而言，莫言的创作有一个连续而又变化的轨迹。从 1985 年的短篇《透明的红萝卜》、1986 年的长篇《红高粱》到 1993 年（完成于 1987—1989 年间）的长篇《食草家族》，莫言的创作立足于家族（种族）的文化思考，凸显狂放不羁的生命意识、独特的艺术感觉和奇幻的想象力，贴近"寻根"的文化思路。其中，《天堂蒜薹之歌》（1988年，取材于震惊全国的"苍山蒜苔事件"）和《酒国》（1993）是莫言迫近改革现实的另类之作。面对官逼民反、官僚腐败的社会现实，莫言发出了孟子式的裂帛之音："一个政党，一个政府，如果不为人民群众谋利益，人民就有权推翻他；一个党的负责干部，一个政府的官员，如果由人民的公仆变成了人民的主

① 莫言：《我与新历史主义文学思潮》，载莫言《小说的气味》，春风文艺出版社 2003 年版，第 97—103 页。

人，变成了骑在人民头上的官老爷，人民就有权利打倒他！"
1995 年的《丰乳肥臀》、2001 年的《檀香刑》、2003 年的《四
十一炮》和 2006 年的《生死疲劳》如果与 10 年前的《红高粱》
合起来，就构成一部完整的中国现代史。在这个阶段，莫言关于
人性、种族的思考被纳入百年历史变迁的宏大史诗，在语言、结
构方面的先锋探索更加注重融合传统文化和民间资源，感觉画面
有机融入情节进展，强化了传奇性、故事性和喜剧性，呈现为举
重若轻的"轻逸"之美。

在 20 多年的创作中，农村生活始终是莫言叙述的中心，他
以自己的创作建构了"高密东北乡"这样一个具有象征意味的
乡土世界。在《超越故乡》、《故乡·梦幻·传说·现实》、《我
的故乡与我的小说》等创作谈中，莫言多次谈到"故乡"对于
作家、对于他自己的意义："放眼世界文学史，大凡有独特风格
的作家，都有自己的一个文学共和国。威廉·福克纳有他的
'约克纳帕塔法县'，加西亚·马尔克斯有他的'马孔多'小镇，
鲁迅有他的'鲁镇'，沈从文有他的'边城'。而这些的文学的
共和国，无一不是在它们的君主的真正的故乡的基础上创建起来
的。"有作家说："莫言的小说都是从高密东北乡这条破麻袋里
摸出来的"，这一讥讽被莫言视为最高嘉奖。"回到了故乡我如
鱼得水，离开了故乡我举步艰难。"在他看来，写作是寻找失去
的故乡，而作家的故乡并不仅仅是指父母之邦，而是指童年乃至
青年时代生活过的地方。这地方有母亲生你时流出的血，这地方
埋葬着你的祖先，因此它是你的"血地"。莫言认为，故乡情
结、故乡记忆毫无疑问是一个作家的宝库，原因在于：第一，故
乡与母亲紧密相连；第二，故乡与童年紧密相连；第三，故乡与
大自然紧密相连。在 1976 年参军离开农村以前，莫言在高密东

北乡贫瘠的土地上辛勤劳作了二十年。这二十年正处于极左政治路线下民生艰难的时代，留在莫言童年记忆中最难忘的，是饥饿，神鬼体验，母亲的叹息——"这日子没法活了"，还有洪水和青蛙的大合唱。莫言十岁就辍学回家当农民，没有接受多少学校教育，但亲近泥土的乡间生活却培养了他与大自然的亲密联系，培养了他的历史观、道德观，更重要的是培养了他无与伦比的想象力和保持不懈的童心。当他开始创作，曾经不幸的童年、曾经仇恨的故乡就变成了刻骨记忆，给予莫言汹涌澎湃的想象、灵感与激情。莫言小说那千奇百怪的故事/梦境，敏锐、丰富、奇特的感觉，对自然、社会、人生惊世骇俗的看法，都来自那与母亲、童年、大自然紧密相连的故乡。当然，莫言深刻认识到故乡对作家的制约，他无意做一名忠实记录故乡风物的具有地方色彩的作家，他的理想是冲出地区走向世界，成为全球性的作家。如何以崭新的思想去洞察生活，从故乡挖掘具有普遍意义的地方性体验，使故乡的梦境超越特殊性、区域性，成为贯通人类普世性价值的纽带，这是莫言乡土小说的志向。他以无比丰富的细节和流光溢彩的传奇故事描写农村生活，同时又把这种乡土生活经验化作透视人类生活的一个视角，从而使自己的创作基于乡土又超越乡土，具有人类学的超越性、包容性、宏观性，能够容纳普遍性的经验和想象，真正体现了乡土叙事的历史－文化大视野。

为了阐释莫言创作的艺术特色，评论界运用了多种理论视角。有人讨论外国作家作品对莫言创作的影响（主要是马尔克斯和福克纳在艺术观念方面启迪了莫言强烈的悲剧意识、乡土意识和艺术上的反叛精神），也有人讨论齐文化对莫言的滋养（道墨互渗为主的齐文化具有放任自由、坚忍仁侠的特征，使之更具想象力、创造力和生命力）；有人关注莫言创作的生命意识、原始冲动，有人总结莫言创作体现的民族精神、文化传统；还有对莫言的感觉、意象、审丑以及独特文体的探讨，可谓各有所长。但是，如果要在莫言20余年不断创新的变化轨迹中找出始终如一的恒常因素，我认为还是民间立场和自由精神能够更准确地捕捉莫言创作的神韵。

关于民间的理论由陈思和提出后，很多学者都参与了它的理论建设。陈思和在《莫言近年小说的民间叙述》一文中引用王光东在《民间与启蒙》一文中的提法，把"民间"分为"现实的自在的民间文化空间"、"具有审美意义的民间文化空间"和"知识分子的民间价值立场"三个层次。① 或许我们可以这样理解：知识分子在自由活泼的民间状态中获得独立、自由、不受外在规范制约的个性精神，并通过文学性的想象，把民间的审美形态完整地表达出来，这就体现为文学的"民间性"和作家的"民间立场"。陈思和说："许多传统的民间审美形态都与民间面对现实苦难及其长期抗争有关，只是它不是知识分子所理解所描绘的那种形态。在文学创作中所谓的'国家权利控制相对薄弱的领域'常常是相对而言的，国家/私人、城市/农村、社会/个人、男性/女性、成人/儿童、强势民族/弱势民族，甚至在人/畜等对立范畴中，民间总是自觉体现为后者，它常常是在前者堂而皇之的遮蔽和压抑之下求得生存，这也是为什么在莫言的艺术世界里表现得最多的叙述就是有关普通农民、城市贫民、被遗弃的女性和懵里懵懂的孩子，甚至是被毁灭的动物的故事。这些弱小生命构成了莫言艺术世界的特殊的叙述单位，其所面对的苦难往

---

① 陈思和：《莫言近年小说的民间叙述》，载杨扬《莫言研究资料》，天津人民出版社2005年版，第341、343—344页。

往是通过其叙事主体的理解被叙述出来。莫言的民间叙事的可贵性就在于他从来不曾站在上述二元对立范畴中的前者立场上嘲笑、鄙视和企图遮蔽后者，这就是我认为的莫言创作中的民间立场。"① 陈思和认为，一方面是莫言对民间形态艺术风格的自觉、理性的追求，一方面是莫言的小说艺术与民间的文化形态紧密关联，并与现代小说的西方形态相对立，由此建立起一套自成一家的现代小说叙述体系，这就是莫言的民间立场和民间叙述。而在莫言看来，"民间"是一个巨大的话题，可以把它简化为作家的创作心态问题，其中的一个方面就是为什么写作。针对功利化的庙堂写作（文学为政治、为人民服务）和准庙堂写作（"为老百姓的写作"），莫言打出的旗号是"作为老百姓写作"，这是一种低调写作，淡薄功利，不把作家自己抬举到一个不合适的位置上，不去担当道德的评判者、教化者，放弃居高临下、高调批判的知识分子立场，保持民间心态，保持老百姓的立场、思维和方法。因此，"真正的民间写作，'作为老百姓的写作'，也就是写自我的自我写作。"② "民间写作，我认为实际上就是一种强调个性化的写作，什么人的写作特别张扬自己个人鲜明的个性，就是真正的民间写作。"③ 显然，陈思和与莫言的论述有重合也有抵牾之处，为了坚持"民间立场"，莫言显然有意忽视知识分子思想的独立性、超越性，更反感知识分子精英立场。在《以低调

① 陈思和：《莫言近年小说的民间叙述》，载杨扬《莫言研究资料》，天津人民出版社 2005 年版，第 341—344 页。
② 莫言：《我与新历史主义文学思潮》，载莫言《小说的气味》，春风文艺出版社 2003 年版，第 13 页。
③ 莫言、王尧：《从〈红高粱〉到〈檀香刑〉》，载杨扬《莫言研究资料》，天津人民出版社 2005 年版，第 94 页。

写作贴近生活——关于〈四十一炮〉的对话》中他说：写几篇小说算不上知识分子，比那些乡村中会讲故事的老人，无非是多认识几个字而已。

概括起来，莫言民间立场的内涵应该包括内容与形式两个方面（也可以划分为民间立场和民间叙述两个方面）：首先，站在弱小生命和自由人性的立场上描写民间的苦难与抗争，摆脱国家意识形态和知识分子思想启蒙的双重制约，张扬个性自我；其次，自觉运用民间艺术资源，在小说的语言、故事、结构等方面全面复活民间文学、民间艺术的活力，追求文学的民族化、本土化。考察莫言前后二十多年的创作历程，这种民间立场可以说是始终如一的，不过有一个不断深化的自觉探索、自觉创造的过程。莫言的成名作《透明的红萝卜》和《红高粱》曾被纳入"魔幻现实主义"的行列，事实上，莫言写作的1984年马尔克斯的《百年孤独》汉译本还没有在中国出版，毋宁说是故乡民间文化的生命元气成就了莫言小说奇异瑰丽丰沛恢宏的艺术世界。当然，莫言毫无疑问受到西方文学的影响，并于不知不觉间把某个作家的创作方式转移到自己的作品中去。但是，这样的借鉴学习恰恰帮助他打开储藏在记忆中的民间创作源泉。正如陈思和所言，在90年代以后，莫言呼应着文艺创作中的民间化倾向，开始更加自觉地探索自己创作的民间性。《天堂蒜薹之歌》不仅直击80年代末苛政猛于虎的社会黑暗，还在叙述中掺和三种话语：公文报告的庙堂话语、辩护者的知识分子话语（青年军官的辩护词）和农民自己的叙述（民间说唱艺人瞎子张扣的演唱），于冲撞矛盾的叙述中传达激愤正义的民声。《丰乳肥臀》以大地母亲为主题，通过上官家族的命运建构民间传奇化、象征化的现代中国百年史。《四十一炮》融合写实与象征，以孩童夸张的想象与情感、喋喋不休缠绕不前的诉说追怀逝去的少年时光，亦真亦幻的传奇故事、煞有介事的叙述腔调，显露不解世事的童真与懵懂，埋伏着作者对我们充满原始积累色彩的市场经济时代的深刻反讽。《檀香刑》把山东地方小戏"猫腔"的戏文化入叙述语言，使用"一个女人和她的三个爹"的人物关系设置，"斗须"、"比脚"等戏剧化的叙事手段和凤头、猪肚、豹尾的传统结构，制造流畅、浅显、夸张、华丽的叙事效果，大步贴近民间说唱艺术，再次使写作的"民间资源"成为一个话题。由于站在"作为老百姓写作"的民间立场，莫言对酷刑文化的发掘也超越了鲁迅的思想启蒙。《檀香刑》不仅揭示了酷刑制度、看客心理遮蔽下中国传统文化的反人性本质，还写出老百姓反向利用这种暴力统治手段的可能：本来统治阶级是借酷刑达到惩罚与震慑的效果，受刑者孙丙却视酷刑为展现自己英雄本色的人生大舞台，观刑百姓则把酷刑的实施当作自己的狂欢节，他们配合孙丙上演了一出大戏，以猫腔的慷慨悲歌表达他们对强权压迫的誓死反抗。《生死疲劳》灵活转换动物与人的双重视角，别开生面地讲述共和国半个多世纪的政治经济发展史，塑造了一个坚持小生产者私有制的朴素真理、与公社化运动背道而驰的农民——蓝脸形象，他以单干20余年的创举成为当代文学中又一经典人物。

民间立场本身就蕴含着冲破官方立场的自由精神，这种自由精神与个性解放紧密相关——但它不是来自西方现代思想的外在启蒙，而是来自民间、来自生命内在的反叛激情，这正是文学艺术的本质。正如王学谦所说："文学美感不是别的，它是一种根植于生命自由的文学自由精神。文学自由作为生命自由的呈现是非规范性的自由，独立性和超越性，它所凭依的是生命自我无限性的自由体验。文学自由固然有与社会理性自由相一致的地方，但是，也同样存在着巨大的差异和冲突。而且，这一面所产生的美感往往更丰富、充沛，更具有创造性美学价值。因而，不能用社会理性自由去规范这种生命自由。如果我们按照社会理性自由去规定文学，文学就永远逃脱不掉社会理性的陷阱，它也只能变成历史教科书和道德教科书。……文学自由经常表现出一种桀骜不驯的特点，甚至对社会稳定的道德原则构成一种激烈的挑战，超越社会道德原则。"① 生命的自由精神是许多文学经典得以流传的根源，自然也是衡量文学美感的基本尺度。天马行空、洒脱不羁、变幻莫测的文风是莫言独有的创造，其灵光四射的想象力、睥睨权威的反叛精神和永无止境的独创性，充分体现了文学的自由精神。如果要在现当代文学中寻找与莫言一样充分体现文学自由品质的作家，我想只有王小波了。尽管二者的立场并不相同——王小波是一位具有清明理性的自由主义者，他的知识分子立场显然不同于莫言"作为老百姓写作"的民间立场，但他们都以自己个性化的创作追寻人类精神永恒的呼唤——生命的自由，他们都同样元气充沛地体现了独创性、想象力和反叛精神——这三者是文学自由精神的主要层面。

先说独创性。莫言小说是当代文学中最具有挑战性、阐释空间最大的文本，就是因为他对外国文学、中国传统文学、民间文艺的借鉴，从来都被强大的创新性包容化解，变成他自己独特的创造。他厌恶重复、趋同，总在探索新的叙述视角、新的语言和新的结构，几乎每一篇、每一部都有不同于前人、不同于自己的创新。《红高粱》发明了"我爷爷"、"我奶奶"这一独特的视

① 王学谦：《左翼传统与儒家诗教——李建军文学批评的理论误区》，载《吉林省教育学院学报》2007年第3期。

角，既是第一人称视角又是全知视角，打通了历史与现在之间的障碍，收放自如，运用方便，体现了莫言在叙事方法上的独创性，很快就风靡一时，被竞相模仿。在《红高粱》之后，有人认为莫言已经患上了感觉疲软症，灵性衰竭，难以为继。但莫言此后一部又一部元气淋漓、异彩纷呈的大作，无言地反驳了这种批评。关于莫言小说叙述模式的创新性，孙东在《怪才莫言》一文中从四个方面进行了分析：一、叙述主体的分化。二、叙述视角的更迭。三、叙述结构的复合。四、叙述基调的对立。① 论述比较全面，此不赘述。由于乡土小说在悠久历史中积累了现实主义传统，它的发展变革也就格外艰难。莫言把西方多种现代派、后现代派手法与坚实的现实主义写实手法相结合，展现象征化、主观化的乡村世界，塑造具有深厚文化意蕴和生命光辉的人物形象，既保持了乡土小说的本土化、民族化，又因为艺术样式、表现手法上的革命而具有新鲜的现代感，使乡土小说走出传统限制，呈现多样化、开放性发展的可能。

至于莫言的想象力，更是无人匹敌。莫言具有杰出的同化生活的能力，能够用自己的感情和想象力设身处地去体验非亲历生活，在写作过程中调动视觉、听觉、味觉、触觉等全部的感觉和想象力，借助准确而优美的语言，铺陈色彩与画面、声音与旋律、苦辣酸甜、软硬凉热等丰富的可感受性描写，给读者营造身临其境的感觉。另外，莫言钟情于民间传说和英雄传奇，笔下多妖魔鬼怪、奇人异事，总有匪夷所思的情节给人意外惊喜，比如飞翔的鸟仙、上树的猪、四十一炮等想象，均体现了卡尔维诺所

---

① 陈吉德：《穿越高粱地——莫言研究综述》，载杨扬《莫言研究资料》，天津人民出版社 2005 年版，第 254—255 页。

谓"轻逸"的美感。

反叛精神是莫言自由精神的另一层面，这首先体现为他笔下人物的精神本质——余占鳌、我奶奶、张扣、上官鲁氏、司马库司马粮父子、罗通、孙丙、蓝脸，他们的共同点是桀骜不驯、狂放不羁、敢爱敢恨、坚忍不拔的个性。他们身上的个性解放精神源于内在的生命体验，因此具有一种原始而强悍的力量。其次，莫言的反叛精神还体现在他超越意识形态制约的历史观和道德观上。在《红高粱》里他展现了农民自发抗日的懵懂与血腥，对国共两党抗日队伍的描写打破了传统的正反对比。在《丰乳肥臀》中他笔下的英雄是地方乡绅、国民党还乡团头目司马库，而共产党爆炸大队政委鲁立人则是一个更名改姓的阴谋家、投机分子。对于共产党领导的革命，莫言并不隐恶扬善，没有回避阴谋与罪恶、暴行与破坏。正是由于其反叛性，这部当代文学的经典之作受到政治化的批判，没有得到公正的评价。在《生死疲劳》中，莫言正面塑造了一个反叛潮流的农民英雄——蓝脸，而勾连历史的叙述者——地主西门闹也是一个在阴曹地府里身受酷刑绝不改悔的硬汉子，他一次次轮回于畜生道，一定要申雪自己在土改中被无辜枪毙的冤屈。最后，莫言在叙事方法、小说结构、语言等方面求新求变，大胆超越思维定式和审美习惯，力求与众不同，也体现出他在艺术上的反叛精神。在《红蝗》中，莫言借人物之口说："总有一天，我要编导一部真正的戏剧，在这部戏里，梦幻与现实、科学与童话、上帝与魔鬼、爱情与卖淫、高贵与卑贱、美女与大便、过去与现在、金奖牌与避孕套……互相掺和、紧密团结、环环相连，构成一个完整的世界。"莫言的写作最大限度地打破成规，达到了随心所欲、无拘无束的自由境界。在他的笔下，美与丑，新与旧，雅与俗，真与幻，实与虚，人与兽，内与外，形而上与形而下等二元对立的区分都失去了意义，它们极具张力的并置、共存于莫言的艺术世界，使之充满生命的粗野、率真、热辣、强健、奔放与狂欢。莫言的语言更是不忌生冷，不避俚俗，跟随人物、故事与背景而变声转调，却总是妙语连珠，娓娓动听，绵延千里，流转无碍。

90 年代以后，莫言最重要的乡土小说是《丰乳肥臀》和《生死疲劳》。

《丰乳肥臀》于 1996 年获《大家》"红河"十万元文学奖，但很快就引起总政文化部的批评，认为"作者观点褊狭，情绪消沉，没有能够以唯物史观看待历史。作品写到中国共产党领导的抗日斗争，其调子大多是灰冷的，混淆了我党、我军和人民政府与日本侵略者、国民党反动派的根本区别；作品以偏概全，没有客观、积极地反映生活，充斥着浓厚的悲观情调，从解放前到解放后，作品中的劳动人民始终生活在水深火热之中，且几乎所有人物命运都是不幸的，结局都是悲惨的；伟大的革命战争和历次政治运动在作者笔下成了一场场闹剧，党员干部的形象被扭曲，土匪头子却成了讲人性、重义气的'好男人'……"① 显然，当时对《丰乳肥臀》的批判完全依据过时的政治批评话语，预设了正确的中国革命史、共产党员英雄形象和光明幸福的社会主义生活场景，并以此作为"倾向性"和"真实性"统一的衡量标准。无疑，《丰乳肥臀》彻底打碎了这一意识形态的魔障——这正是莫言民间立场、自由精神的体现。所幸的是，时代的进步谁也无法阻挡，很多学者、批评家秉持良知，对《丰乳肥臀》做出公正客观的评价。在诸多评论文章中，张清华《叙

---

① 苏策：《直言〈大家〉评奖》，载《文艺理论与批评》1998 年第 1 期。

述的极限——论莫言》立论确当、论述坚实，对《丰乳肥臀》做出了权威的阐释。他说："可以简单地说，一部书写历史的小说，是不是在体现作者的'历史良知'的时候体现了最大的勇气，在接近民间的真实和人民的意志、'老百姓'的意识方面，达到了'最大的限度'，这是判断其品质高下的首要标准。《丰乳肥臀》对二十世纪中国历史的充满血泪和诗意的波澜壮阔的书写是无人可比的；它对人民和知识分子命运的深切关注和感人描写，它的秉笔直书的勇毅与遍及毛孔的锐利，在所有当代文学叙事中堪称是首屈一指的；它在把历史的主体交还人民、把历史的价值还原于民间、在书写人民对苦难的承受与消化的历史悲剧方面，体现出了最大的智慧。"① 张清华还分析了《丰乳肥臀》在人物塑造方面的巨大成功：上官鲁氏作为大地、人民和民间理念的化身，上官金童作为 20 世纪中国知识分子的化身，这两大前无古人的形象造就了《丰乳肥臀》的伟大品质。另外，《丰乳肥臀》还具有宏伟的空间结构：循环的叙述顺序和以母亲为核心的星座式结构模式。总之，张清华认为，《丰乳肥臀》的主题、人物和叙事结构完整地融合在一起，创造了一个朴素的奇迹，很少有哪一部作品能够与它相比，它是 20 世纪汉语小说史上一个不可逾越的高峰。

我完全赞同张清华的观点，《丰乳肥臀》的成就首先体现在超越意识形态规范性的民间立场，它波澜壮阔地展现了民间世界不断遭受外部力量侵犯、损害的血色历史。忍受人间所有痛苦而顽强生活、哺育生命的上官鲁氏及其丰乳肥臀无疑是大地母亲的

---

① 张清华：《叙述的极限——论莫言》，载杨扬《莫言研究资料》，天津人民出版社 2005 年版，第 383 页。

伟大象征，她以默默隐忍、承受、吸纳苦难的方式负载历史，见证并反讽血雨腥风、错综复杂的人间争斗。"梦里依稀慈母泪，城头变幻大王旗。"鲁迅诗句是这位民间母亲代表的民间立场的真实写照。而上官金童则象征东西方文化剧烈冲突中诞生的中国现代知识分子，他们善良而无能，被自己的文化混血"去势"，在风雷激荡、泥沙俱下的历史洪流中无所作为。此外，在我看来，写实与象征完美结合的史诗风格也是《丰乳肥臀》的一大亮点。莫言认为："一个好的情节，确实应该具有象征的意义，但这象征着的意义，作家在写作时往往是意识不到的，即便是意识到了，也不应该是很清楚的，否则，小说就失去了弹性和丰富性。"① 尽管母亲与金童是意蕴丰厚的象征形象，但他们的象征意味是建立在扎实的写实基础上的，他们都是血肉丰满、栩栩如生的典型形象。另一方面，恢宏壮阔的政治风云在母亲和她的女儿女婿、孙子孙女们传奇般的命运中展开，使历史充满生命的质感和热度。母亲的女儿们一个个义无反顾地选择爱情，同时也把母亲和她的家庭卷入日军、土匪、国民党、共产党等不同政治力量的拉锯战。莫言不仅以母亲的慈爱、宽恕、悲悯（如同上帝）来对抗僵硬残酷的政权斗争，还恶作剧地安排上官女儿们不合时宜的"色情表演"来消解斗争的意义。当哑巴因强奸三姐被判处死刑，三姐却鬼魅般飘然来到枪毙现场，色眯眯握住哑巴的生殖器，以简单直白的方式打乱了统治力量对人性的强制规范；而在枪毙司马凤、司马凰的批斗大会上，大姐以她美丽的裸体堵住了哑巴的枪口——尽管最终她没能阻止这个反人性的暴行（"大

---

① 莫言：《是什么支撑着〈檀香刑〉》，载莫言《小说的气味》，春风文艺出版社 2003 年版，第 117 页。

人物"的保镖杀害了两个无辜的孩子）。为人称道的小说开头同样是写实与象征结合的大手笔，上官鲁氏的生产和驴的生产、日本侵略者的屠镇、司马库与沙月亮的桥头御敌同时展开，人与畜生等量齐观，生与死相对相生，国仇家恨联袂而来，人间生死场血气蒸腾，呈现出前所未有的纷乱、惨烈、悲壮。即便写景，也多有感觉和寓意相统一的神来之笔："和平年代的第一场大雪遮盖了死人的尸骨，饥饿的野鸽子在雪地上蹒跚，它们不愉快的叫声，宛如寡妇们含义模糊的抽泣。"能够把写实与象征如此完美的结合在一起，非旷世天才之大手笔不可。

与这一点相关的，是《丰乳肥臀》故事情节的丰富性、生动性、传奇性和节奏感。莫言源源不断地编织密集而又新鲜的故事情节，其丰富性、生动性、传奇性无与伦比；细节描写准确而又独特，如同信手拈来，却又无不妥帖；整体格局恢宏壮阔，细节处理细密如发，大起大落又步步为营，有一种跌宕起伏酣畅淋漓的节奏感。《丰乳肥臀》充分体现了莫言绵密的文思和讲故事的才华，庞大繁杂的信息纷至沓来，如同雨季的河流，泥沙俱下，波涛滚滚，一泻千里，气象万千，令人感慨莫言深厚的生活积累、毫发毕现的想象力和滔滔不绝辗转繁丽的词锋。

最后，《丰乳肥臀》在叙事方法和技巧上也值得称道。如同莫言其他小说一样，《丰乳肥臀》也灵活转换视角。第一卷是全知视角，写母亲在炮火硝烟中生下金童玉女。第二卷到第五卷是上官金童的限制视角，但在第五章最后已经转换为全知视角。第六卷先是全知视角后是金童视角，第七卷以全知视角倒叙母亲幼年失怙、婚后借种生子的悲惨经历。这样，小说就形成一个完整的环形结构，主体部分的金童视角暗合歌颂母亲的主题。另外，反讽、戏仿、魔幻、荒诞、陌生化、狂化化等手法的娴熟运用，也使

《丰乳肥臀》呈现浓郁的现代感。令人惊讶的是，这部将近60万字的长篇巨著是莫言用三个月时间一气呵成的。相比阎连科苦心经营的生硬、余华精雕细琢的狭窄和诸多作家执著内心、无病呻吟的单薄，莫言是如此丰赡、饱满、高迈、自然，如同一棵枝繁叶茂、充盈着生命汁液的参天大树，下接地气，上达天庭，枝叶婆娑，随风而歌，将美妙的天籁之音洒向人间。尽管结尾有些草率，部分情节有生硬之处，但整体而言，"大行不拘细谨，大礼不辞小让"，小的败笔无损于《丰乳肥臀》的光彩，反倒使之显出粗犷豪放的气质。

《生死疲劳》是莫言的又一部历史叙述。这部用43天完成的将近50万字的小说，最引人注目的是它的叙述策略。小说分五部，每一部采用传统的章回体形式，但在叙述者、叙述视角的选择上独辟蹊径。莫言一向善于创造性的使用叙述视角，在《生死疲劳》中，他再次完成了一个视角创新——轮回视角。在土改中冤死的西门闹怒气难消，鸣冤叫屈，先后被阎王投入驴、牛、猪、狗、猴、人等生命轮回，从1950年轮回到新千年，最终转生为大头儿蓝千岁。小说以蓝千岁／西门闹、蓝解放和莫言三个叙述者之间对话的方式讲述，但主要章节和内容是由蓝千岁、蓝解放分别讲述（蓝千岁讲述第一部、第三部，蓝解放讲述第二部，第四部由二人交叉讲述），第五部由莫言讲述"结局与开端"，"到了蓝千岁五周岁生日那天，他把我的朋友叫到面前，摆开一副朗读长篇小说的架势，对我的朋友说：'我的故事，从1950年1月1日那天讲起……'"莫言是小说中的人物，在前四部中，莫言写作的文本穿插在蓝千岁和蓝解放的讲述中，包括《黑驴记》、《养猪记》、《杏花烂漫》、《撑杆跳月》等，成为小说的引文，与正文叙述构成文本互涉。另外，三个叙述者还经常相互攻击。这一方面是元小说的叙事策略，一方面则起到补充、缝合叙事疏漏，丰富叙述肌理的作用。而叙述主体蓝千岁（即西门闹）又在轮回中化身为驴、牛、猪、狗等动物，这样，作为人的叙述主体就与作为动物的经验主体合而为一。一个视角就是一个世界，当莫言把这副透视历史风云的哈哈镜递给读者时，他就为读者敞开了一个全新的世界。通过动物与人的复合视角，从合作社、人民公社、大跃进、"四清"、"文革"到包产到户、招商引资等一系列历史事件呈现为荒诞怪异的景象，令人惊讶于历史的非理性和人的渺小可悲。这些动物都有魔幻式的惊人异秉——西门驴勇斗恶狼，西门牛杀身成仁，西门猪上树发警报，狗小四保镖送学童。因为它们前世是人，更因为莫言必须借助它们穿梭行走于历史之中。这种动物叙述偶尔也会露出捉襟见肘的窘迫，比如西门猪逃到沙洲后无法继续历史叙事，作者只好安排它在离开五年后"思旧探故里"，重回西门屯，见证新时期开端的乡村变革。莫言精心安排西门闹先后转生为驴、牛、猪、狗、猴，对应人与土地的关系从亲密到疏离的过程。动物的历史和人的历史相互交错又相对独立，即使独立的时候也以反讽、隐喻、戏拟的方式映照人的世界，比如狗小四组织的月圆之夜狗族聚会。这甚至体现在章回的名目上，比如"现场会高官发宏论　杏树梢奇猪炫异能"、"猪十六大战刁小三　草帽歌伴奏忠字舞"等等。人的世界和动物世界的互涉性形成小说整体的复调与狂化化效果，更加凸显莫言不避戏谑、油滑与怪诞的恣肆文笔。当然，小说也不乏悲凉惨烈的片断：西门闹死后无法消除的怒气，蓝脸月夜劳作的孤独，西门牛被西门金龙活活打死的惨烈，蓝解放与庞春苗不合时宜的苦恋等，但莫言过于轻逸的叙述大大消解了历史的残酷。

　　小说后部集中叙述蓝解放的婚外恋，与前面的乡村叙事不太协调，但莫言的本意仍然是针对时代的变化。90年代以来，我们生活在物质消费、肉欲横流的世界里，爱情已经成为奢侈品，甚至不见容于俗世——金龙就根本不相信爱情的存在，在他看来，男女之间就只有性那么简单。而蓝解放却和他的父亲一样执拗地追随心灵的声音：蓝脸在集体化的时代坚持单干，昼伏夜出，踽踽独行，硬是要给全中国留下这个黑点——一亩六分私有土地。蓝解放则在爱情失落的时代坚持爱情，落得众叛亲离，抛家舍业，流落天涯。在蓝解放与庞春苗那突如其来、不见端倪、蛮不讲理、如痴如狂的爱情风暴中，我们隐约窥见莫言心灵深处爱的缺失与爱的饥渴。莫言说过，在不正常的社会中是没有爱的，环境使人残酷无情。不幸的童年和成人之后的爱情经历，显然影响到莫言小说的爱情表达。从《红高粱》到《生死疲劳》，推动莫言小说情节发展的一个重要动因是爱情，而他写的爱情总是突如其来，猝不及防，离经叛道，轰轰烈烈——甚至有点不自然，有点莫名其妙难以理解。我爷爷和我奶奶的野合，上官鲁氏和瑞典牧师、上官家的女儿们与各路英雄豪杰的爱情——包括蓝解放和庞春苗的爱情，都是如此。正是在这个意义上，莫言在《我的故乡与我的小说》中说："故乡对我来说是一个久远的梦境，是一种伤感的情绪，是一种精神的寄托，也是一个逃避现实生活的巢穴。"蓝脸和蓝解放这一对父子，是《生死疲劳》塑造的逆潮流而动的本色英雄，也是最富有人性内涵的人物形象。他们与时代的对抗，是自由人性与社会、与历史的对抗。因此，他们的存在，如同蓝解放对他爹的评价："既荒诞，又庄严；既令人可怜，又让人尊重。"

然而，莫言似乎无意通过精妙的叙事策略整合他的历史观与生命哲学。小说的叙述动力在生死疲劳的过程中被渐渐消解，西门闹最终平复了他被历史所害的怨气，唯一的单干户蓝脸迎来了历史的认同后回归土地，蓝解放则相继失去爱人、前妻、儿子等亲人。历史/时间以坚硬粗暴的逻辑蛮横前行，人的执拗坚持就算侥幸取胜，最终也无法逃脱命定的悲剧——如果这是莫言传达的历史观、生命哲学，那么，相对于《丰乳肥臀》立足于大地母亲的混沌而厚重的象征意味，《生死疲劳》确实有点"疲劳"了。用张清华的话说："历史被饱胀的叙述稀释了。"①

莫言说过，历史在某种意义上就是一堆传奇故事。他认为小说家笔下的历史是来自民间的传奇化了的历史，是象征化、心灵化的历史而不是真实的历史，是打上作家个性烙印的历史而不是印在教科书上的历史。在民间口述的历史中，没有阶级观念，没有阶级斗争，甚至没有明确的是非观念，但充满了英雄崇拜和命运感。在莫言的历史叙述中，乡土呈现为光怪陆离、精彩纷呈、灵性飞扬、魅力四射的神奇世界，这个民间传奇世界超越于阶级、政治、战争等宏大叙事之上，其原始的自由精神、野性激情迸发生命的活力，令人心驰神往，这是莫言对乡土小说的最大贡献：他使乡土小说插上了来自民间的自由想象的翅膀——尽管这想象有时偏于怪诞。

第三节 "农民三部曲"：思想重构的历史

1996年、1999年、2002年，赵德发系列长篇小说"农民三部曲"《缱绻与决绝》、《天理暨人欲》（原名《君子梦》）、《青

---

① 张清华：《介入、见证、一路同行——莫言与中国当代小说的变革》，载《中国作家》2009年第5期。

烟或白雾》在人民文学出版社出齐，作者毕十年之工完成了对中国近百年农民生活、农村现实的广泛观照和深沉反思，其恢宏气势、阔大视野、文化底蕴和人文情怀在浮躁委靡的当代小说潮流中卓尔不群，无疑是世纪之交乡土小说的厚重之作，足以彪炳文学史册。

赵德发出生于山东莒南，其地接近儒教发祥地曲阜孔府，夙被周公、孔子之化。齐鲁文化熏陶的作家多悲天悯人、以天下为己任的道德情怀，加以赵德发本人偏于理性思辨的个人气质，从而他的创作越来越明显地显示出伦理、政治、哲学思索的轨迹。除"农民三部曲"外他还有很多中短篇和散文作品，其中不少是可以纳入理性写作或智性写作的，如《结丹之旦》、《思想者人说叔》、《魔戒之旅》以及新近问世的长篇《双手合十》等。"农民三部曲"的最大成功也正在于作者独特的历史思考与叙述。三部曲分别聚焦与农民休戚相关的三个问题——土地、道德、权力，围绕这些主题在较长的时间段中展开纷繁错杂的故事叙述，最终完成自己的主体性思考和历史重构。

提出一个巨大的普遍的社会问题，使人的活动围绕该问题结撰历史、探讨解决途径——这并非赵德发独创的长篇小说写作范式。众所周知，茅盾的《子夜》就明白表达了解决重大社会问题的社会学意图。这种小说写作的可行性自新时期以来受到质疑，然而世界文学传统、当代成功的文本实践（比如托尔斯泰、米兰·昆德拉、君特·格拉斯等人的长篇小说）都为体现人类主体性思考的文学想象提供合法性证明。赵德发怀抱儒家传统的济世情怀，坚持现代文学批判社会现实的传统，意欲借助文学想象剖析中国走向现代化的重重阻力和两难困境，其凌云壮志自有过人之处。尤其是对土地、道德、权力的提炼选择，堪称慧眼独具的发现。古老的中华文明体现了农耕文明的最高成就，而土地、道德与权力就是书写在漫长的农业社会发展史中的三个关键词。土地是民生之本，国家之本，自古以来，围绕土地的血腥争斗从未停息。而道德是中华民族立身之本，源远流长，融入民族文化血脉之中。同时，道德与权力结合，又成为统治者驾驭百姓的意识形态工具，与权谋文化一起，形成封建专制制度的政治文化。因此，中国的现代化历程必然是土地、道德与权力的生死锐变，这是赵德发"农民三部曲"重构历史的独特思想发现，体现了赵德发张扬主体性思考的史诗性追求。

　　总体而言，赵德发依然遵循长篇小说的经典叙事方法和结构原则，以大跨度的历时性时间轴，贯串多线索并进的情节网络。这似乎是自茅盾《子夜》以来逐渐成形并凝定于红色史诗的长篇小说范式，但赵德发的叙述显然已跳出彀中。首先，"农民三部曲"并非表象宏大的全景叙述，尽管人物、情节线索多头并进，但基本围绕一两个家族的两三代人结撰故事，叙述始终聚焦于某个固定乡村社会的历史变迁。其次，小说没有经典意义上的史诗英雄，叙述力图保持平视视角，站在农民的立场看时移事迁，同时借叙述逻辑、象征意象暗中输入主体的现代性思考。第三，作者穿透乡村历史变迁的主题性考察，对土地、道德和权力的深度思考，推动个人化历史叙述的完成，其结果当然绝非概念化的政策解读，而毋宁说是对历史的主体性思考与重构叙事。最后，吸取《白鹿原》的双重叙事手法来解决哲理主题与阅读快感的矛盾，铺排耸动视听的民间奇闻趣事、情色故事，象征、魔幻手法运用娴熟，实现了思想性与艺术性的有效整合。

　　整体而言，"农民三部曲"凝聚叙事的主体性思考是精心设计的，至少在三个层面渗透文本。即：（1）故事历时性演进，形成合乎逻辑的历史过程，此历史叙事的因果逻辑本身就揭示了问题所在。（2）贯穿叙事整体的主人公，以其农民本色感受、思考个体经历的人生，从而发现历史的真相。（3）农民神秘崇拜的蔽塞、解蔽和解蔽的反面，作为意蕴生成的象征层面，是交融而又超越叙述的点睛之笔。

自现代以来，中国农村，乃至中国整体社会进程，都无可退避地卷入了土地、道德和权力的旋涡。中国共产党的革命其实是农民革命、土地革命，农民是革命的主要力量，而号召农民革命的现实利益驱动就是土地。土地也的确是现代化必须解决的关键问题：因为现代化历史进程就意味着从传统农业社会转向现代工业社会，把农民及其生产力从土地上解放出来。悠久的传统破碎之时，必然伴随着生活变迁、文化转型的剧烈震荡。在现代化的探索过程中，"土生万物由来远，地载群伦自古尊"的古训仿佛只是阻挡历史潮流的腐儒之论，于是土地必然与血、战争、饥荒、家园紧紧缠绕，演出人世间沉痛悲怆的大悲剧。荀子说："凡人之患，蔽于一曲，而暗于大理。"① 也许只有经受历史的惨痛教训，人类才可能领悟大自然无言的昭示，土地才可能回复它作为人类家园的终极地位。在《缱绻与决绝》中，赵德发让宁学祥、封二、封铁头等几户农民前后四代人经历70多年的土地变革，他们的苦难、奋斗、命运转机无不与土地息息相关。为保土地，宁学祥放弃营救被土匪绑票的女儿，使绣绣惨遭蹂躏。封铁头为争永佃权而闹农会，封大

———

① 荀子：《解蔽》，高长山、荀子译注，黑龙江人民出版社2003年版，第406页。

脚和绣绣在"鳖顶子"开荒累得流产。1946年，铁头的和平土改被腻味领导的"粗风暴雨"代替，招来还乡团的疯狂报复，土地再次为鲜血染红。1955年，合作化运动高潮中天牛庙出现退社风潮，宁学武等人"开黑会"、喝鸡血酒商议闹事，结果被民兵镇压，天牛庙红星高级社经过流血斗争得到巩固。20世纪90年代，农民土地被所谓"非农产业长廊"、"天牛开发区"瓜分、征用，大批农民丧失土地，封大脚的孙子封运垒与圈地警察对抗而判刑入狱，青壮年农民蜂拥踏上外出打工的路途。70多年的沧桑巨变，一个不变的事实是：土地和血总是分不开的，农民永远不能安心拥有属于自己的土地。这是《缱绻与决绝》的叙述逻辑敞露的历史事实，回顾《暴风骤雨》、《太阳照在桑干河上》、《三里湾》、《创业史》、《山乡巨变》有关土改的真理性阐释，以及20世纪80年代初期高晓声、何士光、贾平凹等作家相关作品对改革光明前景的单纯信心，《缱绻与决绝》仿佛是一次对历史的改写——当然不是某种时尚的后现代改写——而毋宁说是回归现场重返事实的现实主义再叙述。赵德发的改写没有过多借用新的表现手法，而是用缤纷多彩的大信息量故事叙述结构小说，其中不乏吸引读者的传奇性情节，且往往节外生枝，很能体现史诗派生枝节、兼容并包的万花筒结构，但总的叙述发展却稳稳地流向农民与土地"缱绻与决绝"的历史悲剧。赵德发穿透性的历史思辨捕捉到一个渊源深厚的历史事实：在人类社会诞生之初，土地就渗透人类献祭的鲜血，也沉淀了农民对土地的深沉情感。但是，原始社会人类以鲜血祭土地乞丰收是出于巫术信仰和对大自然的无名敬畏，而现代中国的土地革命及其后围绕土地的一系列变迁却是发生在人与人之间、政府与农民之间的斗争——从阶级斗争到公有制私有制斗争再到土地承包、"两田制"改革、经济开发区，土地经过流血斗争刚刚分到农民手中，又很快收归公有；30 年不变的土地承包政策刚刚让农民尝到一点甜头，席卷而来的经济开发浪潮又剥夺了农民大量的土地，迫使农民背井离乡进城打工，在城市中艰难打拼。在现代化恶果已经赫然显露的当下，站在贯通古今纵览东西的人类学立场，方可领悟《缱绻与决绝》以血肉丰满的中国农民生存图景和历史命运发出的警示：所谓"现代化"不应当是普遍贫穷，但也绝不意味着高楼大厦进军下土地的流失，也不意味着对农民家园情感漠视不顾。为现代化默默奉献牺牲的农民什么时候才能拥有安宁幸福的生活？如果这一部分人的利益得不到保护，中国的现代化能够顺利进行吗？

《缱绻与决绝》中封大脚形象最能表现传统农民与土地难以割舍的深情。他怀着庄户人扩大土地的发家梦开荒置地，孰料合作化运动将一切席卷而去，收地收牛、管制劳动，气得他索性不再上工干活。即便如此，他对土地的热爱仍然埋在心底。当生产队集体上工无法维持的时候，他用播种时节的喝溜声呼唤人们上工；改革开放年代，他种地致富的梦想复活，劳动热情高涨，然而没想到土地再次被所谓"两田制"改革夺走……小说对大脚老汉喝吆牛号子的抒情描写，以诗化的语言倾诉了农民对土地的缠绵情愫："正是这种没有词儿的唱，越发给人一种神秘莫测的印象，激发起人们的种种联想：有的高亢激越，像一支赞美五谷之神的颂歌；有的缠绵婉转，像是对土地倾吐的心曲；还有的萦回悠远，一唱三叹，像在诉说庄稼人世世代代的悲欢……在这种响遍山野的喝溜声中，则是男女老少挥汗如雨不遗余力的劳作，是让每一个真正的庄稼人看了都会深深激动都会自觉投入的场面！"有论者认为赵德发的农民情结和现代意识构成情与理的冲突，造成叙事文本话语结构的失衡和潜在的悖论式困境。[①] 实际上，历史在悲剧中前行，自庄子始人类就开始思考文明与道德、进步与剥削、物质与精神、欢乐与苦难的二律背反，质疑文明的呼声在文艺史上不绝如缕。他们揭露社会黑暗，描述现实苦难，批判社会不公，对历史的发展客观上发挥了重要的解毒和制衡作用。李泽厚先生曾多次申说历史的悲剧性，他认为这对了解目前中国社会的转型期很有意义。因为"中国现代化道路中的历史主义与伦理主义的二律背反，正以惊心怵目的形态展现在今日人们的面前。"[②] 避免历史前行中的矛盾虽不可能，但传统与现代的良性互动却可以缓解严重的悲剧对抗，这才是历史发展的理性选择。如果当初所谓现代化设计充分体察中国农民在几千年土地文化滋养中形成的深厚的土地情结，中国的现代化实验或许可以减少许多弯路。几十年来，中国抛弃农业文明传统，先后以苏联、美国为现代性样板，盲目追逐现代性，造成资源耗竭、环境破坏、生态危机、文化危机等严重后果，前景堪忧。目前对现代性理论的合法性、工业社会主导范式的反思不仅是人类学、生态学意义上的人文关怀，也是全球化语境下本土思想文化领域新一轮破除愚昧的文化自觉运动。而且目前我国各种社会问题，尤其是占人口多数的农民生存问题往往是决策性失误导致的，比如土地政策缺乏稳定性。《缱绻与决绝》高屋建瓴地透视中国现代化历程中至关重要的土地变迁，同时又能切身体会

---

　　① 　王万森、周志雄：《历史叙事与农民情结——沂蒙文化语境中的赵德发小说》，载《山东师范大学学报》（人文社会科学版）2004 年第 1 期。
　　② 　李泽厚：《己卯五说》，中国电影出版社 1999 年版，第 112 页。

传统农民的恋土情结和创伤记忆，对土地革命（广义上的）的历史进行创造性的改写，无论在社会批判还是文化批判的层面都是意蕴深广的。

《天理暨人欲》（原名《君子梦》）是最能体现赵德发文化素养的作品之一，其深厚文化底蕴不仅见于儒家经典、理学精义的通达运用，还见于人名安排的细微之处，如许瀚义、许正芝、许景行、许景言、许合心等姓名，既合乎儒家教义，又切合各自品行。比较《缱绻与决绝》，《天理暨人欲》线索略有收敛，尤其是第一卷、第二卷相对集中于许正芝和许景行嗣父子整治人心、引人向善的非凡业绩；第三卷写到许家第三代一村之长——许合心，但礼崩乐坏的概况描写分散了大量笔墨，而且许合心一向着力抓经济而无意于精神文明建设，略有警觉后制定的《律条村村规民约》又无法落实，成了一纸空文。因而这一卷结构涣散，正对应于孔子所谓"放于利而行，多怨"的时代风貌（见《论语·里仁》）。从许正芝、许景行到许合心，这实际上是中国从政教合一的千年传统走向现代法治国家的漫长开端。从孔、孟开始，由汉儒到宋明理学绵延而来的中国传统统治体系的特点是："礼""法"交融，儒法互用，宗教、伦理、政治三合一。在这种泛道德主义宰制下，公德与私德往往交融混同。作为法治社会客观要求、公民必须遵守的他律性群体规范，经常以自律性道德"绝对律令"的身份与名义出现。本来是个体追求的心之安宅、道德信仰、最高价值，却最终变成勒在每个社会成员头上的紧箍咒。这种政治法律思想发展为复杂完备的制度规定、理论体系和心理习惯，"从而，一方面它使中国没有独立的社会、政治的法规体系；另一方面它也使中国无独立的宗教心理和追求意识；二者都融合在'伦常道德'之中，这就使一定社会时代的相对法规无法从'普遍、必然'的绝对律令中分化、区别开来。此所以假道学、伪君子、马列主义老太太永远以绝对律令的伦理主义（如'斗私批修'、'灵魂深处爆发革命'之类）而横行天下也。"① 从 1935 年到"文革"，白云苍狗，世事更替，然律条村前两任领头人所行"事功"一也："治心"而已。族长许正芝在世风颓败、"滔滔者天下皆是也"的势利世界，逆水行舟，希冀以儒家修齐治平之道引领"一族人皆善"，使一族一村成为中流砥柱，给社会做个典范。他不忍像前任族长那样以"刑"治礼，伤人性命——虽然"刑"本是礼制的一个部分，孔子也讲"刑罚不中，则民无所措手足"。（《论语·子路》）而是用极端的方法——自残来警醒族众。每一次族人出了非礼之事，他都以烙铁自烙，标记此耻。在他看来，养不教，父之过。责人之心责己。族人有了不对之处，就该先责问族长。这种"尚阴"之道其实是上古氏族首领以自己作牺牲侍奉神明之遗风余韵，早已化为儒家"内圣外王"的道德治世理想。在上古氏族统治体制的时代背景已然消失的情况下，许正芝悲壮的自残怎能带来"有耻且格"的礼制之风呢？他的所作所为只能是复古的空想，正如儒家所谓"内圣"一直未能开出"外王"一样。最后，许正芝面对日寇的暴行，只有再次自残，抱着苞子树弃世而去。这是儒家自宋明理学以来崇尚心性空谈、轻视事功实务的必然结果，由此也暴露了把政治化为道德的伦理主义绝境。当然许正芝自身的道德修养、高风亮节堪称君子，足以自傲；而《缱绻与决绝》中以阐范懿德受人称颂的费左氏，把操纵他人

---

① 李泽厚：《论语今读》，安徽文艺出版社 1998 年版，第 49 页。

命运作为自己博得美誉的棋子，像上帝一样夺人性命，完全是残忍的变态狂，倒是现代启蒙主义者大力揭露批判的"礼教杀人"之典型例证。在《缱绻与决绝》中，费左氏杀婆婆、杀苏苏等事似乎是土地主题之外的闲笔，如果用在专究道德的《天理暨人欲》中似乎更得其位。但是赵德发却选择了忧勤惕厉、孜孜向善的君子典范许正芝，以他悲壮的失败来展示单纯道德教化的软弱无能，这自然比"礼教杀人"的激越老调更得中庸之妙。

时移世变，从半封建半殖民地到社会主义国家，改革开放前，历史竟反讽似的返回当年许正芝的赴死之地。"文化大革命"时期选择的现代化道路是把平等理想具体化为革命和建设的实践原则，所谓合作社、人民公社、"文革"等运动均以此为目的。与此社会正义相关的是全民道德，它们共同构成社会主义理想。这是传统农业国家在欧美资本主义确立后走向现代化过程中经常出现的情况：既渴望资本主义社会的物质财富，又恐惧与资本主义相伴而来的种种灾患，如贫富悬殊、道德堕落、传统沦丧等，故而标举社会正义、道德、宗教以避免资本主义的可怕前景。于是，政治道德化、政教合一的伦理主义再次登堂入室，把现代法治建设挤向边隅。许景行在道德高扬的"文革"时期成了村革委会主任，憬悟"千古圣贤只是治心"，决心和嗣父一样做一番整治人心的大业。斗私批修，背老三篇，早请示、晚汇报，这些都不能让他在"管人心"的道路上止步，他把标杆定在人人君子的标准上，要"管得人心一尘不染，管得人心红而又红"。他搞"无人商店"，取消进城的招工表，为救对岸阶级兄弟而炸大堤淹本村，最终招来村民的一致怨愤，女儿大梗偷钱吃饱后绝望地自杀了。许景行最终发现：想让人人都当君子，在培养君子的同时也会培养伪君子。赵德发为这个道德纯洁的时代留下了一幅意味深长的画面：许景行让儿子抗美帮助他用头发拴门鼻以检查全村人心，他们爬上高高的喊话台，望着曙色中静若止水的村庄，想到被饥饿折磨着的八百多口人都老老实实、规规矩矩地躺在家里，抗美的心被深深感动了。这是多么令人心酸的景象，普遍贫穷下的道德最高律令不正是对生命的戕害吗？庄子说："德荡乎名，知出乎争。名也者，相轧也；知也者，争之器也。二者凶器，非所以尽行也。"① 此论虽有"绝圣弃智"的反文化消极面，但却辩证指出强制性普及道德的恶果。在许景行带领村人惟善是图天天向上的高尚行为背后，难道没有一丝追"名"动机吗？而抗美目睹此情此景，对父亲无限敬佩，立志长大也要当官管人心，这就更是让人不寒而栗了。所幸的是，20多年后当了村支书的许合心（抗美）已经在市场经济浪潮中忘却了儿时的感动，忙于"抓经济"而无暇整治人心了。然而问题总是以悖论的方式出现：当公德与私德逐渐分离，人们可以有个性化多样化的道德标准和信仰选择，不必受多重政治化道德律令约束的时候，社会整体道德水准也就急剧下滑，现代商品经济产生的拜物教造成精神的沙化或真空化。管仲所谓"仓廪实而知礼节，衣食足而知荣辱"的因果论证似乎并不正确，而维系人类总体生存、在漫长历史中积淀为文化心理的道德理性，在任何时代都有它超时空存在的普遍必然性。许合心面对人欲横行、秩序混乱的乡村社会也有所醒悟，制定村规民约、处罚条例监督执行，结果根本无法落实。道

---

①　张耿光：《庄子全译》，贵州人民出版社1991年版，第56页。

德如何才能真正进入人心呢？针对礼崩乐坏、"礼"沦为"仪"的时代潮流，孔子曾多次申说道德的内在伦理情感，即以"仁"为基础的道德主体性的建立。所谓"礼云礼云，玉帛云乎哉？乐云乐云，钟鼓云乎哉？"然而作为"礼之源、教之本"的孔府，在许正芝时代就风气败坏，至1995年孔子文化节时，又变成了文艺演出的舞台。道德沦丧，人欲疯长，如同一年比一年高的莠草。老族长以严厉纲纪怵之，许正芝自咎使知耻，许景行开斗私批修会提纯人心，许合心定条例处罚款整治颓风……到底如何处理道德与人欲、道德与法治的关系才能促进个体人生的幸福、社会群体的和谐，营造良性社会生态体系呢？一个尴尬的问题是：像许景言那样以"人生三件好：吃吃喝喝日个屄"为人生格言的人，一辈子罪恶累累屡教不改，飞蝇逐臭般与恶亲近，让先后担当一村之长的三代亲人丢尽了脸，对他来说，所谓礼教、德育乃至村规民约又有什么作用呢？恐怕法律制裁才是他唯一的出路。对道德伦理进行学理探讨与社会实践，这不是文学的责任。小说通过形象发出自己的声音，《天理暨人欲》以几代律条村领导失败的"治心"史展现无法纾解的道德悖论和难以平衡的社会生态，从一个村庄辐射百年中国以至于几千年中华文明与道德纠结的困厄，就其艺术意蕴而言已功德圆满。

《青烟或白雾》是"农民三部曲"的第三部，这部长篇小说以"权力"为叙事主题，以村姑吕中贞为主人公。这种人物设置是意味深长的，女性加农民的双重弱者身份，有利于揭示农民与新中国政治权力之间的遥远距离。对农民而言，权力是他们百年、千年难圆的梦。封建时代农民是微贱的"草民"，新中国成立后虽然是宪法规定的国家主人，但城乡分割的二元社会结构将他们长期隔绝在城门之外，长期承受"工业化、城市化、现代化"的成本压力，切身利益经常被冠冕堂皇的理由牺牲或损害；且权力重心和主体构成又以城市为依托，农民进入权力层的机会微乎其微。因此农民实际的生活水平、社会地位和政治待遇都远远低于城市人，属于社会下等公民。迟至今日，乡镇体制改革依然举步维艰，农民生活水平没有根本性改变，乡镇民主自治前途渺茫，农民并没有争得同等的公民待遇。如此惨淡的生存现实，加以几千年传统积淀的文化心理结构，以及新瓶装旧酒的等级制度、"官本位"传统，使得地位卑微的农民对权力无限崇拜，祖坟里冒青烟出"官人"是农民世世代代的梦想；同时为民做主的"清官"也受到农民真诚的爱戴。对农民这种由惨痛历史和生活经验滋生的落后观念给予批判，同时也披露中国农民真实的生存现状，这是《青烟或白雾》的主旨所在。小说分上下卷，分别以吕中贞和白昌为主讲述他们在权力场中的经历，以便在个人感性体验中透视权力。由于以二人命运为叙事线索，这部小说比前两部更显简洁，也更多摄入人物内心景观。当然，赵德发式枝节横生、光怪陆离、令人应接不暇的故事泥石流依然如故，比如盲女铃铛痴恋向前进、吕佰杨苦练无为道等；而且还多了神秘的暗示、预兆和象征，比如吕中贞脱落又新生的牙、童年关于表姑夫的记忆、雷公山顶的"宝光"、上任前的大雾与车祸等等。实际上，多穿插、加油添醋引发惊异感是史诗固有的特点，由史诗而来的长篇小说自然也以此见长。亚里士多德说："在扩展篇制方面，史诗有一个很独特的优势。悲剧只能表现演员在戏台上表演的事，而不能表现许多同时发生的事。史诗的模仿通过叙述进行，因而有可能描述许多同时发生的事情——若能编排得体，此类事情可以增加诗的分量。由此可见，史诗在这方面有它的长处，因为有了容量就能表现气势，就有可能调节听众的情趣和接纳内容不同的穿插。"①

《青烟或白雾》不同于前两部的地方在于对吕中贞个人命运的深情惋叹和切入心灵的细腻描写。作为一位长于理性思索和编织故事的作家，赵德发的叙述一向冷静客观，虽然有醒豁主题的思想表述，却少有心理描写和抒情，而吕中贞强烈的情感体验、丰满的内心世界显然糅合了作家真挚充沛的情感。的确，吕中贞的悲惨命运、坚韧生存毋宁说是中国农民屈辱地位和不屈精神的写照。她直上云端又跌落尘埃，不同凡响的一生宛如黄粱一梦，梦醒之后留下的是不堪回首的隐痛。由于陈规陋俗的限制，吕中贞得不到一般农村姑娘可以得到的如意夫婿，婚事一再受挫。正在被婚事煎熬得灰心丧气之时，她得到四清工作组穆专员的扶持，一跃而成为大队长兼副支书，初尝权力给予人的欲望满足，恰可以缓解情场失意的痛苦。从此吕中贞原先被压抑的权力欲开始生长，她按照专员编造的瞎话层层"讲用"，变成了只能发出别人声音的泥哨。也因此而步步高升，先当"贫司"副司令，后又成了地革委常委，地革委副主任。她的个人生活被政治运动裹挟而不能自拔：忍受冯谷南的侮辱，参加武斗，逃亡牤牛山区，为穆逸志生子，去山西找陈永贵评理遭到强奸……如此戏剧化的人生还要加上最后一笔才算定局——爬得高，跌得重，吕中贞在"揭批查"运动中为保穆逸志过关而包揽责任，最终被发还农村参加劳动。吕中贞

① ［古希腊］亚里士多德：《诗学》，陈中梅译，商务印书馆1996年版，第168页。

的悲剧是"人治"社会的必然，在没有科学公正的选拔、任用制度的"运动"年代，缺乏政治资历的农村姑娘吕中贞才可能被穆专员看中而平步青云。而颇有反讽意味的是，毛泽东发动"文革"正是为了通过"不断革命"实现平等理想、社会正义（社会主义），反对"官僚主义者阶级"、"资产阶级法权"，整治"精神贵族"的知识分子。然而"人治"制度随意授予的权力同样也可以随意收回，"其兴也勃焉，其亡也忽焉。"世界上唯一的半文盲国务院副总理、"毛泽东的农民"陈永贵，从大寨铁姑娘队队长到中央候补委员的郭凤莲，他们梦幻似的宦海沉浮不就是一个活生生的例证么！吕中贞又何曾握牢手中的权力呢？可是这圣诞礼物般被赐予她的权力，却夺走了一个农家姑娘朴实的生活理想——稳定的婚姻家庭，使她的心灵伤痕累累如同自己残缺的身体——吕中贞"官人梦"的破碎因为生命体验的痛楚而充满磅礴的情感冲击力。

如果说吕中贞的命运血淋淋揭示了农民在"人治"权力体制下的屈辱和痛苦，白昌则以自觉的斗争迎接法治社会熹微的晨光。白昌是具备了现代法治意识的新一代农民，是农民中最先觉醒的优秀分子。他通过公务员考试进入权力阶层，当了墩庄镇党委书记郭子兴的秘书。然而官场腐败之怪现状，乡级政权与农民的对抗，以及被迫助纣为虐充当"私务员"的愤怒和耻辱，都使他无法沉默。最后他毅然选择辞职回家务农，并向纪检部门写检举信揭发郭子兴等人的腐败行为。虽然自 1993 年以来我国就推行实施了法制化、规范化、科学化的国家公务员制度，在干部人事制度改革方面取得重大突破，但"人治"的沉疴积弊却并没有好转，就腐败而言似乎更严重了。中国特色政治机制中的一个基本特点是处于人治和法治之间的党治，党治在扬弃人治的同时，又将人治发展到极致。党治的实质是党管干部，党管干部的成败得失决定国家的兴衰荣枯。然而党内、政府内的腐败从分子到集体、从基层到高层，层出不穷、步步升级，形成令反腐斗士潜入地下、群众敢怒不敢言、反腐败组织亦步亦趋的势力，暴露出党管干部的致命弱点：领导层的选免没有跳出任人唯亲的窠臼，因而继续造成人才浪费，风气恶化，对社会稳定构成严重危害。作为低级公务员的白昌无法抑制身边的罪恶，逃离染缸后又受到郭子兴的打击报复，辛苦经营的"大地艺术"被强行毁坏，负债累累，陷入绝境。即便如此，他始终坚持清醒的现代民主法治精神，批判支明禄等人建清官庙、祭祖等"清官情结"和"官本位"意识，提议建立农民协会以强化民间权力，还把县公安局、墩庄镇政府告到法院。这样一位法治斗士的确是需要理想色彩来衬托和支持的——因为他代表中国政治体制改革从"人治"走向"法治"的必然趋势。因此白昌一筹莫展的困境最后被新上任的镇委书记一举解决（俨然救世主降临），他决定参加村委会的选举，以积极进取的姿态争取法治社会的光明前景；他的母亲吕中贞苦尽甘来，返老还童，萌生新牙。当然赵德发并没有忘记当下严峻现实：受群众拥戴的"活清官"支明铎，在山邑县人民代表大会上当选为县长后竟被地委贬官。革命尚未成功，同志仍须努力，依然是冷静睿智的现实主义者赵德发。

赵德发说，土地和农民能引起他最为持久、最为深沉的创作冲动，这种创作取向是由他作为农民儿子的血质决定的。面对传统意义上的农民正在消失的历史终结阶段，他萌生野心，"要用三部长篇小说也就是'农民三部曲'的形式，全面而深刻地表现农民在 20 世纪走过的路程，写一写他们的苦难与欢欣、他们的追求与失落。"① 农民三部曲对土地、道德和权力的聚焦确实表现出立足于农民生存现实的"倾向性"，而这些问题又是中国社会的历史症结，是中国摆脱现代性危机、构建和谐社会、走向生态学时代无法回避的障碍。赵德发的思考因而超越农业文明的单向视野，敞开对中国乃至人类生存的历史性考察。

　　由于"农民三部曲"以问题方式结撰故事，人物性格在叙述中的地位相对降低。而且，赵德发对农民的描写贴近农民本色，叙述尽量从农民的视角、体验、思想情感、行为方式和语言出发，因此他笔下的人物很少理想色彩而更多原汁原味农民式的、渗透实用理性的质朴、平凡和幽默，在描写农民眼中的城市人、文化人时这种笔法又有一种妙趣横生的"陌生化"效果。比如，在许景行看来，大谈修齐治平的嗣父的确有种"酸味"；二咣咣看着长头发的作家惠风在支翙墓边忽坐忽躺与先贤神交，觉得他"活像个无家可归的癫汉"。这都是让人忍俊不禁的妙笔，也使人物在保持乡间鲜活性的同时，少了细腻复杂的心理缠绕——后者更多是城市中产阶级的自我观照。

　　在"农民三部曲"众多人物中，封大脚和吕中贞的形象最为鲜明。前者对土地的缱绻与决绝、后者跌宕起伏的命运，均以高度的思想概括、充沛的情感投注和切入生命底蕴的人文关怀而获得独特的艺术魅力。相对而言，许景行、许合心等形象就有点工具化、话筒化，略显逊色。但是，如果考虑到"农民三部曲"严整的主题化布局，恐怕就不能不认同人物作为思想者的特权。小说让人物思考，其实是为了使作者自己的思考自然化。《缱绻与决绝》的封大脚、《天理暨人欲》的许景行、《青烟或白雾》

---

① 赵德发：《赵德发》，人民文学出版社 2002 年版，第 438 页。

的白吕，这些人物对土地、道德、权力的思考其实就是作者思考的折射——当然并非完全一致。在设身处地揣摩人物的态度和思考方法的时候，作者思考得更深更广。人物困惑不解的发问，正是作者思想的开端。由于人物的思考，问题展开其全部的现实性、具体性、复杂性和多向性，客观效果好于直接干预。而且这些思考常常以抒情话语表露，传达人物内心体验和生命激情，构成小说节奏色调的变化。此外，人物思考并没有占据太多故事空间，在整体叙述中份额恰当，并无过分理念化之嫌。在大行其道的主体退隐、价值中立、客观呈现、文本复义、平面化等所谓现代或后现代审美意识背后，是当代中国人思想能力的萎缩退化。"现代愚昧不是意味着无知，而是意味着流行观念的无思想。"①超越日常生活，思考人之为人的根本，以及我们生存世界的根基，这是人类永远的荣耀。对于作家来说，以光芒四射的智慧综合处理小说，让故事集合起全部理性与非理性的、叙述与沉思的意义，来探索人类生存的可能性，这是现代小说的一个重要方向，米兰·昆德拉称为"小说的智慧"。

"农民三部曲"浓郁的地方色彩、深沉的文化底蕴、鲜活而又雅驯的语言是在第一层面就能吸引读者的审美要素，所有民俗风情、神话传说都水乳交融地化入故事叙述，并非民俗学意义上割裂的描写。诸如天牛庙、律条村和支吕官庄的传说，葬礼、婚礼、祭祖，"龙抬头""趸谷仓"，民间恶毒戏法、魇镇法等等，加上许多奇人异事，编织起一个流光溢彩、令人目眩神迷的小说世界。天牛、雹子树和青烟作为主题化象征，是地域文化的有机

---

① 米兰·昆德拉：《小说的艺术》，唐晓源译，作家出版社1992年版，第164页。

组成部分，这些精心设计的象征层面充分体现了赵德发作为"思想的小说家"的智慧。一般而言，小说中的非寓言式象征意象往往与叙述的写实层面互不交流，似乎是和写实层面异质同构的平行存在，如同上帝与人的关系，比如《古船》。而"农民三部曲"却把上帝与人的关系变成了自然与人的关系，体现了中国文化天人合一、一个世界的传统，同时小说意蕴也向天地人和谐共存的生态学理想推进。天牛、鼋子树、青烟都是自然界的神奇之物，在叙述的开端，它们的形象是由神话传说的神秘阐释塑造的，人对它们"敬而远之"，它们与人和谐共处。天牛在土改、农业合作社和土地承包责任制等国家重大土地政策出台时，总会预言式的发出三声吼叫，封大脚对它的敬畏无异于千年中国农业文化对社稷之神的敬畏。鼋子树经鼋子雨打击才发芽才生机盎然，仿佛欲望无穷的人类在道德磨砺中寻找人之为人的根本和主体的尊严。祖坟上的青烟则寄托着世世代代农民摆脱底层生活处境的人生理想。随着叙事进展，科学认识剥露出这些象征物平常的物质存在，同时在解蔽过程中也就层层剥露其繁复的象征意蕴。大脚心中的"神物"天牛被证实是陨石而围了起来，成了经济唱戏、文化塔台的道具。鼋子树被发现有壮阳作用而横遭掳掠。由敬而远之到近而狎之，人欲无法无天不断膨胀，科学理性似乎变成了人欲的帮凶，扼杀传统摧残自然。但自然仍然是一种未知的力量，它蓄势待发，默默警示。天牛还会叫，鼋子树终于迎来了鼋子老爷。大道无言，历史在挫折与谬误中前行。只有青烟例外，由于它原先的神秘面纱是"官本位"文化的折射，因而对它的解蔽意味着人的解放。赵德发的象征在写实和意象象征两个层面的撞击中深化，或可称为"戏剧化的象征意象"，象征意义在解蔽之后又推进一步，显示出作家设计意象经营思想的睿智。由于象征层面的成功设置，赵德发对历史的思考与重构建立起一个丰满而灵动的意蕴空间。

第四节　阎连科：乌托邦的寓言

与刘震云、李佩甫、张宇等许多河南作家一样，阎连科的写作也濡染了浓厚的河南地域文化特征，映现出河南人独特的地域文化性格和对"权力文化"的传承。他所偏好的另一主题是承接鲁迅的国民性批判，入木三分地描写农民的麻木愚昧，以及这些劣根性在商品经济影响下的新发展，同样写得冷酷尖刻。

阎连科对于农民性、民族性格有透辟理解，在散文集《褐色桎梏》中对农民症进行了全面思考。他把农民的屈辱忍耐和忍让称为"辱让"，认为它构成了民族性格的负面。然而在他看来，鲁迅等启蒙知识分子忽视了最关键的一点，面对最大社会不公和压迫，面对日益艰难的生存条件，麻木是农民生活的唯一武器。"农民在历史中扮演的角色，一向都是在不知不觉中被牺牲了的小人物。""他们什么都没有了，权力、自由、平等，甚至温饱，那么，如果再没有了麻木，那他们会有什么？"在这些痛彻骨髓的理性评说中，不难看出阎连科书写农民苦难的情感动力。

1988 年阎连科发表成名作《两程故里》，以乡村权力之争为改革开放的切入口。20 世纪 90 年代，又有《瑶沟人的梦》、《乡间故事》、《耙耧山脉》等中短篇，激烈发泄对权力的仇恨和渴望，对辛苦贫穷低贱的农民生活的憎恨，强烈的情感宣泄显然是作者自己逃离农村的心灵写真，也是农民官本位思想的真切表达。权力是如此令人眷恋，死去的村长每夜都在坟地开会训话，与老支书争公章。为了权力，瑶沟人甘愿付出一切：粮食、女人、尊严。可是枉费许多心机，权力却总是擦身而过。由于这些小说深刻描写了农民生存境遇与权力的紧密联系，农民对权力的渴望被表现得咄咄逼人，震撼心灵。

在《天宫图》、《老屋》、《乡村死亡报告》、《黄金洞》、《小镇蝴蝶铁翅膀》、《三棒槌》、《黑猪毛 白猪毛》、《梁湾儿》等小说中，阎连科入木三分地描写农民的麻木愚昧，以及这些劣根性在商品经济影响下的新发展，写得非常冷酷尖刻。穷途末路的路六命允许自己女人和村长睡，还为他们默默守门（《天宫图》）；镇长压死人找人顶罪，村人争着当镇长恩人，视为好机会、大喜事（《黑猪毛 白猪毛》）；为儿子赔罪的夫妻甘心跪地让人家尿脸，完事后平静如初，坦然接受对方扶持（《小镇蝴蝶铁翅膀》）；为了钱，父子之间反目成仇、人伦丧尽（《黄金洞》）。阎连科总是把情节发展推向悬崖边缘，在极端情境中刻画扭曲变形的性格。应当说，他对农民症的展示足够深刻，阴冷尖锐直逼鲁迅；同时，他也和鲁迅一样，没能在文本中表现出对这种性格成因的理解与宽容——正如他自己所指责的。这或许应当归咎于模糊化的背景处理、极端化的行为表现和冷酷的叙述语调，而这些都是他特有的叙事策略。

在不多几部元生存小说中，阎连科似乎转向农民性的另一面，试图挖掘农民坚韧的生存意志，以此透视人性的伟大。元生存小说是一种寓言写作，它切断叙述内容与现实的直接联系，强调对人类总体生存境遇的终极思考，其理念传达和表现方式都是西化的，是一种西方现代小说样式。阎连科的《年月日》（1997）、《朝着东南走》（1999）、《耙耧天歌》（2000）等虽然以乡土为背景，但并没有具体历史时间，单纯、重复而又超常的情节喻示着对人类生存境遇的理性掌控。先爷与旱灾斗争，保住了唯一的玉蜀黍苗，显示了人在生存困境中坚忍顽强的生命意志，让人想到海明威的《老人与海》。《朝着东南走》写父亲遵命向东南走，而命令就总在不知名的前方等着他，"走"如同一道绝对律令，冥冥之中主宰着人的生命历程，甚至超越俗世所谓幸福。《耙耧天歌》更加惨烈地寓言人类生命延续的艰难历史。尤四婆牺牲自己为儿女疗病，而她的后代也必须以她为榜样牺牲自我，治疗下一代的疯病。这些小说大都包含一个多次重复的行动逻辑，是单纯的寓言式结构——民间故事多用这种结构。按照克劳德·列维—斯特劳斯的说法，神话以及范围更广的口头文学之所以如此热衷于把同样的系列重复两次、三次或者四次，是为了通过重复来显示神话结构，这就是重复的作用。阎连科善于想象细节，充实寓言结构，因此这些元生存小说虽然表现出明显的理念化特征，却仍然不失生活质感。

作为自我奋斗跳出农门的作家，阎连科在城乡之间情感徘徊不定，无所归依，矛盾重重。在他全部的乡土小说中，鲜有乡土诗意的发现和对乡村道德、邻里亲情的认同，而城市也让他厌烦，觉得奋斗来的生活毫无意义，他的经验、情感和才华都不能深入城市生活。1995年出版的长篇小说《最后一名女知青》是这种矛盾情感的表现。知青娅梅与农民天元结婚而留在农村，为了让悬浮的情感有一个闪光的着落点，她与丈夫共同创作《欢乐家园》。后来书稿被大火烧毁，娅梅返城经商，大获成功又惨遭骗婚，痛定思痛，终于在2005年回归乡土社会，而天元却选择与另一女人离开乡村去城市。这种矛盾回归的情感倾向在《受活》中一样激烈，激烈到不惜自残以回归的地步。如他所说，他似乎真的是一个不热爱生活的作家，这个外表宽厚随和、内心剧烈冲突的作家，其小说无疑摆脱了他所憎恶的日常化、庸俗化，且寓意丰富复杂，耐人咀嚼阐释。同时，他的小说欠缺人与人、人与社会之间温暖、真诚的关系，似乎到处是冷漠和残酷，与人、与社会、与历史都构成了一种紧张激烈的关系，阴霾蔽日，压得人喘不过气来。

反思历史是阎连科乡土小说的另一主题，代表作是《日光流年》和《受活》。无论《日光流年》还是《受活》，都是令人痛苦的阅读经验。只有考虑到乡土社会、农民群体在现代化历史进程中付出的巨大牺牲，阎连科所追溯的本原意义、所描写的非人苦难才是真实可信的，尽管那些耀眼的现代或后现代写作技巧很容易诱导出元生存阐释的抽象空间。阎连科的写作，离不开对中国现代化历史进程的思考，离不开农民在一次次社会运动中默默承受的灾难，离不开对农民阶层悲惨命运的义愤。在《日光流年》中"寻找人生原初的意义"固然是题中之意，但这种寻找仍然落实在农民几十年改天换地的社会工程中，落实在活下去的乌托邦梦想中，这些正是中国现代化历史进程的现实写照。而受活庄加入体制后经历的种种灾难，在退出体制的过程中被诱发的贪欲和再一次的灾难，又何尝不是一面映照中国农村历史变迁的哈哈镜呢？

《日光流年》为小说预设了一个虚拟空间：三姓村。这里人因患喉堵症，寿命都活不过四十岁，且无法集体迁徙，只能自成世界地生活在闭塞的楼粑山脉中。这个纯属虚构的环境是写实描写的基础，接下来，阎连科以无限丰富的细节想象堆砌现实主义的宏伟大厦，用现实主义的真实性法则掩盖寓言情境的根本虚假，使叙述抵达"超越主义的现实"（阎连科语）。

在《自序》中，作者自称此书"想寻找人生原初的意义"，为此，整体结构也追随寻找的轨迹，从司马蓝故世到司马蓝出生逆流而上，叙述三姓村在新中国成立后几十年的"抗命"历史。然而，对于抽象人生价值的这种逆向寻找似乎并没有得出令人信服的结论。司马蓝的一生，是为权力奉献的一生，为当村长，他牺牲了父母兄弟和众多村民的利益与生命，包括与蓝四十"惊天动地的乡村情爱"。童年他是孩娃们的村长，指挥他们配对儿、埋死人，谁不愿听他的，他就说你活不过四十就得死，别人也就犹犹豫豫顺从了。想让大家活过百岁的责任感从小使他萌生了当村长的愿望。7岁时父亲对蓝百岁吼嚷，使他意识到村长的权威，"他一生的作为也许就是从这一刻开始的"。16岁他开始谋划夺权，逼蓝四十服侍卢主任。19岁逼死蓝百岁，假传圣旨，当上村长。此后带领村民卖皮卖肉，三次开山修渠，引灵隐水延年益寿。得病后为了做手术活下去，跪求蓝四十卖淫筹钱。心愿完成后，抱着蓝四十的腐尸无疾而终，不知道千辛万苦引来的渠水已经变成被城市污染的臭水。虽然寻找的终点——第五卷有个诗意的标题"家园诗"，有关童年生活的描写不乏温馨甜蜜，不同于此前的残酷现实；但司马蓝们的一切游戏生活，如成亲、听房、亲嘴、摸死人、出殡、跟着羊水的气味寻奶吃等等，都被笼罩在村长杜桑增加生育反抗命运的"政治"决策下，并没有多少令人沉醉的"人之初"的诗意。人生终结没有意义，人生开端也没有意义，虽然当村长"管事"，是为了设法让村人活过四十岁，但权力欲望及其伴随的不择手段都取消了这种勇于担当公共责任的崇高感。这样的人生值得信赖吗？阎连科在序言中说："我们来到人世匆忙一程，原本不是为了争夺，不是为了尔虞，不是为了金钱、权力和欲望。甚至，也不是为了爱情。真、善、美与假、恶、丑都不是我们的目的。我们走来的时候，仅仅是为了我们不能不走来，我们走去的时候，仅仅是因为我们不能不走去。而这来去之间的人事物景，无论多么美好，其实也不是我们模糊的人生目的。"如此决绝地告别意义，似乎洞悟人生，却忘记了人之为人的悲壮，就在于自觉地赋予意义。对于阎连科来说，他得到的只有"对生命原初寻找后的清晰的茫然和茫然的清晰"。

然而，如果从抽象人生的所谓原初意义俯视历史现实，考察三姓村几代领导人按照自己的设想，前赴后继组织的一次次"抗命"社会工程，则中国现代化进程的历史悲剧透过三姓村人无望的奋斗史得到了注释和复现。实际上，除了三姓村人遭到天谴的命运预设，二者之间的历史对应是明显的。杜桑鼓励生育，折射出合作化时期的盲目乐观情绪（迟至1971年才正式开始施行计划生育）；司马笑笑种油菜，触目惊心地再现了大跃进至三年困难时期农民的苦难生存（增加油料作物生产一直是20世纪50年代农业工作的重点）；蓝百岁浩大的换土工程，则是"农业学大寨"的另一种反映（1958年中共中央发布关于深耕和改良土壤的指示，1964年全国人大三届一次会议通过了毛泽东提出的"农业学大寨"的决策）；而司马蓝凿渠引水，试图从外面的世界引进生命之源，则影射改革开放的历史潮流（当然，开展兴修水利运动也是新中国成立后农村工作的一项重要内容）。因此，这个闭塞的三姓村并非被世界抛弃的荒岛，它的虚构性只是为了把现代化历史进程的悲剧性推向极端，用三姓村人极限生存的特例想象来提喻中国农民几十年的生存境遇。小说叙述的思想逻辑是这样的：假如动员民众，牺牲一切个人利益乃至生命而为之奋斗的乌托邦，不过是为了"活下去"——活过四十岁，而且就连如此卑微的生命本能也注定无法满足，那么，这样的乌托邦承诺还有什么意义？三姓村人是祖祖辈辈卖着人皮过来的，他们的孩子从小就要观摩割皮手术，他们的女人同样用肉体换取金钱。虽然商品经济也引发了村人做生意的热情，但作者一意孤行，把三姓村的悲剧命运进行到底——剥夺、征用他们的一切，直至身体。生命的惨烈有过于此吗？然而，反思由土改、大跃进、"文革"等社会运动组成的现代化社会工程带来的巨大生存灾难，三姓村人的苦难并非言过其实。与宏大社会历史共存的，是个人卑微的生命。通过司马蓝等提出集体奋斗目标、设计和实施社会工程的领导人物，通过三姓村麻木顺从沉默的大多数，叙述逻辑也引出这样一个问题：如果没有俗世功名利禄的诱惑，只剩活下去的唯一生存本能，人会怎样？康德说，人是目的。然而以人为目的，依然会迷失在"为人"的途中。三姓村的村长们以身作则，最后都殉于自己的理想，算得上为人民服务的好干部。但另一方面，他们又都那么渴望获得权力，那么精通权谋之术，那么不尊重个体生命的尊严、权力和价值，那么专断固执地集中群众意见、支配群众利益和肉体。无论蓝百岁的懦弱，还是司马蓝的强硬，他们骨子里都是一样的人，是官本位文化培养的畸形人格，他们的"无私奉献"纠缠着不可理喻、不择手段的权力欲，缺乏对个人自由、权利等基本人权的价值信仰，因而丧失人之为人的道德尊严，无法成为真正的悲剧英雄。而自私愚昧而又驯服权威的村人呢，则如同无知的羔羊被人引领着自蹈死路，为延长生命而放弃生命过程的意义追寻。这就是底层社会的生存状态："活着"已经如此艰难，何谈"怎么活"？历史与个人命运的同步追寻，共同绘制出一幅乡土社会主义现代化进程的悲剧图景。

这是一出惨绝人寰的悲剧,它有精确的数字,比如第十三章关于灵隐渠工程的成本核算;它有令人神经崩溃的残酷丑陋的细节,比如司马虎的腿蛆,司马蓝母亲头上的苍蝇,被砸掉的八节手指,吐出来还活着的蚂蚱、蛹虫,乌鸦啄食人尸的暴雨声,割人皮的吱拉——吱拉声……它还有画龙点睛的人物刻画,有声有色的气氛渲染,感官化、意象化、富有质感的语言,以及时间倒流的结构技巧。它们保证小说艺术想象的真实性,有效开拓思想的深度空间。然而最终,阎连科没有给人震撼心灵的感动。因为他的悲剧人物缺乏崇高的精神力量,他们不仅被有限的生命压倒,还毫不羞耻地向权力下跪。这种人性描写的偏执,是中原"权力文化"的反映。

《受活》被称为"狂想现实主义"、"超现实写作"。实际上,它是《日光流年》寓言情境的进一步夸张,它的荒诞表象下依然是对社会发展的焦灼反思,它所描绘的仍然是权力、不朽等个人欲望借助乌托邦承诺动员民众,灾难性地推动激进社会工程的历史悲剧。叙事的基础,依然是一个虚构空间——天下残疾人的聚集之地受活庄,一个政治狂人为领导全县快速致富而提出的惊人设想:购置列宁遗体发展游乐业。受活庄原本是世界以外没人管的一个村落,地处三县交界的楼耙山脉里,数百年未曾给政府交税纳粮,是残疾人的天堂。然而由于红四方面军战士茅枝的闯入,受活庄世外桃源的生存方式被彻底粉碎。茅枝"为了革命"把受活庄带进新社会,成立合作社,过上了集体主义的"天堂日子"。然而丰收之后紧接着却是一场大铁灾(大跃进时期的大炼钢铁),随后又是大劫年(三年困难时期)、黑灾、红难("文革"),受活人一次次遭到"圆全人"、遭到"革命"的祸害(在第十一卷第三章絮言中,"革命"直接用来代指那些造反派），恢复过去那种各种自家田土、不受他人管束的悠闲自在、丰衣足食的日子，成了受活人美好的向往与寄托。经受惨痛历史教训的茅枝意识到自己是受活庄的罪人，为了弥补过错，她把退社、种天堂地、过倒日子当作奋斗一生的目标。与茅枝互为镜像的县长柳鹰雀是中国权力体制、政治文化孕育的怪胎，他把政治名人供奉在自设的敬仰堂里，以他们的发迹史为榜样，鞭策自己不断攫取更高权力。他的政绩是不择手段得来的：巴结逢迎海外归侨，让他们捐款投资；强逼村民外出打工，不管他们是偷窃还是卖淫，只要寄回钱就行。看了残疾人的受活庆他突发奇想，要组织"绝术团"巡回演出来筹措"购列款"，受活庄就这样再次被"上边的"推入时代潮流。小说的叙事动力主要来自县长柳鹰雀的政治狂想和受活庄精神领袖茅枝婆不屈不挠的"退社"要求，二人之间的对立，是传统与现代的对立。同时二人又不无共同之处：都一意孤行要把受活人纳入他们所认定的生存方式，都是骨子里的政治自大狂。茅枝婆的政治积极性因触犯村民利益而中途夭折，但她仍然坚持自己在受活庄的最高地位，绝对不容他人侵犯。一有空闲就为自己精心缝制九层绸寿衣，袍子后背绣着盆子大小的金色"奠"字，金光闪闪，耀人眼目；柳鹰雀呢，发放救济款就要村民向他磕恩德响头，恬不知耻把自己的相片与马列毛并列，还在列宁水晶棺下为自己造水晶棺，镶嵌纯金的九个字"柳鹰雀同志永垂不朽"。疯狂的权力欲望为市场经济时代的物欲膨胀推波助澜，柳鹰雀领导受活人上演了一幕幕狂躁的、非理性的、荒唐不经而又结局悲惨的活报剧。受活人散淡而殷实的旧梦被发财致富的现代乌托邦替代，连茅枝婆都被这股潮流裹胁而去。然而历史再次重演，受活人挣来的血汗钱被"圆全人"劫掠一空。灾难之后受活庄终于退社，茅枝婆实现了毕生的愿望而安然逝去，不过村里年轻人蠢蠢欲动的发财梦如决堤之水，如何遏止呢？至于柳鹰雀，则被上级指斥为"政治疯"，跌落尘埃，万念俱灰，成了受活庄的一员。工业社会的物质欲望激发巨大能量耗散，导致混乱无序的疯狂爆发，最终归于平衡死寂状态。然而我们知道，谁也无法停止被人类"理性"推动的工业或商业巨轮，受活人必须经历下一次走向无序崩溃的变化。这就是现代性的吊诡吧！

古老的乡村社会如何应对现代乃至于后现代的癫狂发作？旧梦新梦，乌托邦理想的更替和转化，是转型期令人困惑的纷乱现实在精神世界的投影。而受活庄残疾人永远无法摆脱的苦难，则凸现了乡村社会在现代化历史进程中"原罪"般的生存困境。对于这些残疾人来说，圆全人就是他们的王法。什么时候他们能够拥有平等、自由、权力呢？什么时候他们不再是被侮辱被损害的下等人呢？这正是中国农民当下的现实处境，它通过强烈的喜剧化叙事情境得以彰显。

《受活》被称为"絮言体"，原因是它发展了前人使用过的注释法，把注释组成独立的章节。作者的原意是使现实、历史、传说方便自如地相互沟通，但似乎并没有多大必要，是一种形式炫奇。倒是阎连科特有的细节想象力令人惊叹，与卡夫卡一样，阎连科能够在荒诞的寓言情境中发挥想象，营造细节的真实性。从《年月日》等元生存小说到《日光流年》，再到《受活》，阎连科越来越轻松地超越了现实和寓言。与《日光流年》不同，《受活》运用一种掺杂了许多感叹词的反讽语调，并且加入了一些幽默的情境描写，乡村生存苦难的沉重主题被叙述的趣味性缓解，不像《日光流年》那么令人难以承受。阎连科说："我一直以为，历史并不是时间的持续，人生也并不是时间的记忆，只有埋了孩子还一路唱着从地上走过的脚印才是真正的人生、命运和田野的诗性。我是这样认为的。"① 在《受活》中，他实现了这一理想。

第五节　刘玉堂：喜剧性的重构

1984 年，刘玉堂就以《钓鱼台纪事》崛起于文坛，从此，沂蒙山钓鱼台这个地域标记就成为刘玉堂生发想象的文化母体。20 世纪 90 年代以来，他的"钓鱼台"系列小说陆续出炉，从《温暖的冬天》、《秋天的错误》、《自家人》、《温柔之乡》到《好人坏人》、《最后一个生产队》、《本乡本土》、《人走形势》等，编年史地再现了 20 世纪 50 年代至 90 年代沂蒙山区的政治历史变迁，并最终集合为长篇《乡村温柔》。一直以来，刘玉堂被评论界称为"赵树理传人"、"新乡土小说代表作家"和"民间歌手"，在"民间"的阐释视野中，他的小说表现了民间话语和国家意识形态、乡村文化与主流文化的戏剧性关系。的确如此，但是，无论为刘玉堂寻找何种真正的"民间"立足点，一个不容忽视的罅隙始终存在：刘玉堂毕竟不同于那些仍然生活在沂蒙山的农民乡亲，他的文本只能是特定叙事策略的产物，其中必然渗透他作为知识分子的文化立场。就文本而言，刘玉堂的小说只能是一种历史的隐喻形式。因此可以说，刘玉堂的叙事是化装假面下的历史重构，在民间话语的滑稽面具之下，是当代知识分子的反讽叙事、历史反思

---

① 阎连科：《褐色桎梏》，百花文艺出版社 1999 年版，第 167 页。

和文化选择。借助喜闻乐见的民间喜剧艺术，刘玉堂戏仿、消解了主流意识形态，也对农民意识、沂蒙山文化发出轻嘲的微笑。这一喜剧性历史叙事主要从语言和人物两个方面得以实现。

刘玉堂的小说无疑是充满农民式的喜剧精神和美学内蕴的，贯穿于对话、细节等生活场景中的农民式幽默在第一时间俘获读者。赵树理在描写叙述过程中经常插进一些新词汇、新术语，大词小用，意在造成一种幽默风趣调侃的艺术效果；如同赵树理的小说一样，刘玉堂的沂蒙山乡亲也喜欢取绰号，调侃起哄，撩嘴呱舌消声怪气胡啰啰儿，尤其喜欢在口语表达中夹杂使用官方话语、政治话语。刘玉堂人物对官方话语的刻意模仿，除了造成语境错位的喜剧效果，还推进一步，蕴涵着对历史的反讽。什么时代说什么话，刘玉堂对农民话语特征的生动模拟，准确再现了意识形态话语一统天下的历史阶段。虽然农民的生活环境、文化背景远离政治中心，但他们无法逃避政治话语无孔不入的侵袭。因为那个时代社会生活是高度统一的，地域、群体和个人之间的差异被最大限度地找平，一切都服从于政治任务、政治运动的需要。存留于民族心理深层的传统文化、民间文化底蕴，在压抑中蓄积的生命本能，只能暗度陈仓寻找变形的、象征的实现。站在时间错置的今天反观历史，这种为政治话语浸泡变形的农民话语自然就显现出无比丰饶的荒诞幽默的喜剧性。农民说官话，这是刘玉堂制造幽默感的基本话语方式。农民从自己的民间语境、文化习得、理解方式出发，接受了意识形态话语的宣传渗透潜移默化（包括夹杂其间的某些知识分子启蒙话语）；出于对话语权力的直觉崇拜，他们立刻把这些生吞活剥"拿来"的话语运用于日常生活，其间自然就暴露了语言能指与所指的错位对接，主流文化与乡村文化的尴尬交汇，喜剧性于焉而起。刘老茄是热衷权力、追求"进步"的官迷，一见上面来人就跟人家探讨那个形势大好表现有三和沂蒙山好原子弹扔到这里白搭吊的问题，说什么"日出江花红似火，沂蒙山区红烂漫"，学公家人先声夺人压倒对方的问话技巧（站好站好！你是哪个单位的？叫什么名字？）。然而他的现实生活处境和他的话语表达形成极端反讽，而且他对官方话语、对政策的理解使用经常驴唇不对马嘴，多属误读误用，因此被鲁同志视为钓鱼台最幽默的人。这正体现了权力文化的非人格性，刘老茄对官方话语的真诚皈依恰恰洞穿了意识形态话语霸权造成的行动与思想、象征和意义脱节的现象。另一个喜剧人物刘玉华是一个喜欢拽词的乡村诗人，他的代表作是"集体劳动好，把爱情来产生。个体劳动则不行，不管你多么有水平。"这里表达了农民看待历史的不同角度和历史运动中独特的人生体验。与此相关，钓鱼台人对划成分、大跃进等政治举措的认识也是雾里看花，他们认为被定成贫农"丢得慌"，而"共产主义最大的特点就是走到哪吃到哪，随便吃，不要钱"。因此演出一系列让人啼笑皆非的喜剧故事，充分暴露了权力政治与日常生活的隔膜。

　　无论叙述语言还是人物语言，刘玉堂都是出色的。他并没有原样照搬沂蒙方言，而是在方言基础上加以过滤提纯，使他的语言通俗晓畅、精练生动，没有丝毫文艺腔、书本气，处处活泛着质朴充实的生命活力。如果说刘玉堂的民间立场是虚拟的，则这个立场在语言层面就已经确立。而且，他的人物对话不仅充满幽默感，制造喜剧气氛，还能准确描摹性格，真正做到闻其声如见其人，这在当代作家中是少有的。

刘玉堂喜剧性历史叙事的另一成功要素是人物。他们多是性格鲜明的类型化人物，通过"互见法"重复出现在各部小说里，每一个人物都像自家人一样活灵活现，给人留下深刻印象：王秀云大家闺秀般持重自爱，张立萍聪明伶俐又知进退守信义，杨秘书自命风流啬皮自私，"半页子"刘乃厚糊里糊涂干坏事，业余诗人刘玉华莫名其妙惹麻烦，等等。每个人物都有标志性的故事确立他们的个性特征，而刘玉堂的历史叙事就建立在人物的喜剧性格上，那就是刘玉堂多次指认的沂蒙山人特点：听说个什么新鲜事儿，绝对要好奇，要激动，并尽力去效仿、响应。尤其对意识形态的东西感兴趣，搞政治运动、文化活动不惜代价，紧跟形势不落后，接受领导很听话，官本位思想严重。因此他们执行正确路线积极，执行错误路线也积极。但另一方面，他们憨厚愚昧又不乏生存智慧，同情弱者，待人热忱，善于理解宽容他人，勇于奉献，重情重义，人情味特别浓厚。

应当说，对解放区人民的这些文化性格，刘玉堂有着清醒的批判意识，作为知识分子，他的历史选择正是以此为契机，敞开另一面的历史图景。在《温暖的冬天》、《秋天的错误》、《最后一个生产队》等中篇小说和其他小说里，刘玉堂从未放弃对沂蒙人政治盲动性、顺民意识及其他保守落后愚昧观念的批判。比如，一个大跃进的电话通知，就鼓动钓鱼台人搞出按需分配的"共产之夜"，大鸣大放摘瓜煮玉米；为了迎合上级，刘曰庆自编落后材料，不惜自毁形象；分田到户的时候，革命老人何永公等人坚持"毛泽东思想深入人心，集体的道路地久天长"，硬是顶着不分，保留了最后一个生产队。刘玉堂也没有回避历史暴力留给平民百姓的伤害，大炼钢铁闹剧中王德宝的眼睛被灼伤，刘玉华抢救"自动化磨坊"被砸掉五个脚趾，都是血淋淋的教训。无知少年牟子铃把日本炮舰上的鬼子背进日照城，一辈子背上了历史反革命的罪名，从而影响了全家人的生活。至于1960年饥荒、"文革"动乱等历史悲剧，刘玉堂也时有触及。通过沂蒙人在政治运动中的盲从和因此受到的伤害，刘玉堂表达了他对老区农民文化性格的批判，把历史的思考推进到民族性格的深层结构。但是，这并非刘玉堂独创性的历史视阈，他的叙事重心也不在此。总体而言，刘玉堂在叙事中表现的情感态度不同寻常，他的批判是轻嘲微讽的，而认同、赞美则是热情洋溢的。虚拟的农民立场使他看到历史喜剧性的一面，看到农民欢乐坚强的生命本能、淳朴善良的人文性格如何把历史变成大型游乐场。而农民正是配合历史设计的游戏坚忍顽强、温情无限地生活了几十年、几百年、几千年。对于这种大智若愚的民间立场、百姓情怀，刘玉堂毫不掩饰他的由衷热爱，在《乡村温柔》中，通过知识分子韩香草下嫁农民企业家牟葛彰，刘玉堂最终选择了沂蒙山文化代表的民间伦理、民间智慧。

在刘玉堂看来，沂蒙人的文化惰性，给他们带来艰辛磨难和挫折，使他们品尝历史的苦酒，对此他们自己也时有自省。若干年后，刘玉华、王德宝们也认识到那个火红的年代是"咱们集体玩了个大家家"。但是尽管他们经历生活的磨难和历史的捉弄，他们总是甘之若饴，始终保持欢乐满足的心态，没有任何自怨自艾。而且在强大的生命原动力的推动下，他们还把所有正经八百的政治运动转化为谈情说爱的温柔乡，在集体活动中寻找人生的归宿。大跃进的集体劳动成全了刘玉华和小调妮儿；大跃进之后的饥荒年里，下放右派杨文彬和要饭知青张立萍受到钓鱼台人的热情接纳，成就姻缘，安家落户；而《乡村温柔》的主人公牟葛彰经历生活的磨难和运动的冲击，生命之火燃烧得格外热烈，先后与四个女性"恋爱"，且一个比一个"档次"高。20世纪60年代出没于山野之间要饭寻食，在他看来是"充实的日子"；在博山陶瓷厂干临时工又苦又累，他却因此而"遭遇温柔"。尽管回忆式自叙借助"时序错置"和"空间位移"得以实现，此时此地对过去历史的塑形作用无疑是巨大的；但牟葛彰的叙述仍然深刻反映了他独特的历史感受，换言之，他用个体生命几十年人生历程反射出一幅别有意味的喜剧性历史图景。由于历史在他的恋爱史中展开，他对历史的体验、感受和认识全部融会在他的生命进程中，因而他的恋爱也就成为历史的象征。这就是存留在民间回忆和想象中的历史的另一副面孔，它表明：农民不仅是历史悲剧的承受者，也是充满生命活力的历史的创造者，他们用永不衰竭的生命力繁衍着欢乐与温柔，嘲弄潮起潮落的历史变迁。因此，当集体的时代远逝，他们依然念念不忘那个情欲激荡的火热年代。刘玉华留在生产队的原因是留恋集体劳动的气氛，韩富裕则是迷恋宣传队的热闹，他们沉醉于青春、爱情的美好回忆，似乎完全忘记了曾经受到的伤害。

刘玉堂不仅在乡村爱情中重构历史，还用传统伦理道德、生存智慧戳穿历史冠冕堂皇的假面，揭露其虚伪的意识形态霸权。在钓鱼台系列小说中，刘乃厚是个让人无法评价的人物。14岁当村长，在八路军、国民党、日伪军的夹缝中迎来送往，左支右绌，是"天下第一大糊涂虫"，勉强算得上政治投机分子。他为了巴结日本鬼子翻译官，让牟子铃媳妇陪酒，导致她受污得了神经病。而牟子铃回家后并不怪罪刘乃厚，反而说：

"一个毛孩子，能造多大孽！"表现出大度宽容的君子风范。"文革"时刘乃厚再次上台，执行上级精神格外主动、格外坚决，可是下台后钓鱼台人还是把他当作弱者而很快原谅了他，并没有什么刻骨仇恨。就连"文革"中你死我活的夺权斗争在钓鱼台也显得平和温情，为了尽可能避免文革暴力，刘曰庆希望和平演变，把权力交到好人手里，因此主动配合刘乃山的夺权革命，还谆谆教诲他：无论什么时候都得讲良心、人品，无论干什么都要以实求实。然而他的告诫被"文革"的污泥浊水冲刷而去，刘乃山终于用自己的堕落印证了他的预言，在这场革命中彻底学坏，还把村庄搞得天怒人怨，最后臭烘烘下台了事。刘玉堂写了无数渗透乡村温情、农民智慧的故事，足以证明：农民虽然没有所谓阶级、阵营、党派、思想等意识形态的清晰界分，也没有支配历史潮流的宏伟政治蓝图，但是，他们从朴素的生活经验和道德良知出发，就足以应对历史的波谲云诡，泰然处之而看破玄机。正因为此，他们才能在艰难困苦中快乐生存，并涌现出那么多成就大业的领军人物，比如农民企业家牟葛彰——刘玉堂的喜剧性叙事当然还体现在好人有好报的信念和情节安排中。

刘玉堂很讲究叙述语气、叙述角度的转换，以造成相互映照的幽默感和节奏感。比如《乡村温柔》以牟葛彰作报告练习演讲展开自述，其间夹杂着一些旁白式的评论、题外话，夹叙夹议，演讲词和旁白议论一严肃一诙谐、一冠冕一粗俗，自然制造出反讽效果，也凸显人物的喜剧性格。这种手法在《温柔之乡》中转化为全知叙事和杨财贸的日记，一个自私小气的城里人、文化人用他的观念和尺度衡量乡村情感，其间反差自然映衬了淳朴乡风民情的可贵可爱。这是刘玉堂避免农民本色化叙事单调性的创新之举。

第六节　余华、艾伟：个人化的历史

　　以苏童为代表的江南才子型作家的一个共同特点是个人化写作方式，这种写作首先表现在作家的小说观念中，他们强调文学的想象性、虚构性、心灵性和世俗性，而轻视文学的现实性、真实性、经验性和超越性。具体到作品，江南才子们的小说显得玲珑精巧，想象瑰丽，文采飞扬，富有形式创新与先锋探索精神，氤氲着食色肉欲的世俗情调和阴柔之美，尤擅女性视角。然而它们往往境界狭窄，缺乏历史的恢弘厚重，也少有真切感人的故事和生活细节，对底层百姓的苦难关注不够，精神格调容易陷于颓废委靡。20世纪90年代以来，余华、艾伟、毕飞宇等江浙青年作家秉承江南才子的文化遗传，同时也开始自我反省，寻求新的突破。几位江南才子的创作轨迹曲线图几乎是一模一样的，即：从先锋探索开始崭露头角，以回归传统确立巩固文坛地位。当然，这里的回归传统并非划圆圈式的回到起点，而是螺旋式的盘旋上升，即找到了使个人才情与现实生活、写实传统相结合的配方，小说的外表更加朴素，以期直接有力地抵达心灵。就乡土小说而言，他们的成功之作有的是在回归之前完成的，比如艾伟；有的则是回归之后完成的，比如余华。因此表现出各自不同的阶段性特点。

　　余华在20世纪90年代开掘出新的写作矿床，那就是苦难。苦难是广泛的人类生存境遇，尤其是社会底层的生存现实，因此自批判现实主义潮流以来，苦难写作始终是小说特有的人性关怀向度。就当下中国国情而言，苦难仍然是广泛的社会存在；回顾中国历史，从古至今，政治统治造成的苦难也是不胜枚举。然而一直以来，苦难是一个意识形态化的概念，它意味着旧社会、阶级压迫、黑暗统治。由于苦难成为旧社会的专利写照，有关新社会的苦难写作就不符合文艺为政治服务的宗旨，因而遭到贬黜，取而代之的是大量歌颂幸福生活的虚假的"革命浪漫主义"或"革命乐观主义"的作品。到了改革开放的20世纪80年代，中国人民在新中国历史阶段经历的苦难不再是禁区雷区，而是作家们努力接近、廓清、再现、剖析的审美对象，但新时期的政治趋同性限制了反思苦难的深度。在伤痕文学和反思文学的苦难阐释中，苦难不过是一时糊涂的爹妈留在儿女身上的伤痕。进入20世纪90年代，苦难最终还原其全部的历史真实、身体感觉和主体性思考，莫言、阎连科、赵德发、刘庆邦、余华、陈应松、鬼子、毕飞宇……在这些作家笔下，苦难展现其无限丰富的意义生长点，每一个作家对苦难都有自己独特的理解和阐释，每个人想象和叙述苦难的方法也各有千秋：苦难是不堪回首的历史悲剧，苦难是确凿不移的社会现实，苦难是肉体和心灵的酷刑，苦难是坚韧的生存信念，苦难是无奈的偶然命运……在消费主义奢靡之风蔓延的时候，文艺领域的苦难写作反倒呈兴盛之势。对于当下底层百姓苦难生存的关注，自然直接地指向现实批判，是零壁垒的反抗；而对于历史反思的小说，苦难表达的则是对现实的感恩、警惕和讽喻。余华在享受先锋作家的美誉之后，很快转向苦难写作，找到了新的文学生长点。

20世纪90年代以来，余华先后有《活着》、《许三观卖血记》、《兄弟》等几部长篇问世。他一改20世纪80年代先锋写作的暴力冷酷、愤世叛逆，以无限宽容无限坚韧的温情抚慰人生，展现了苦难写作巨大的人性内涵。余华的苦难写作从家庭和个人命运切入，充满中国传统文化精神，并最终指向历史反思，因而蕴涵丰富，真实感人。

余华的几部小说都选择线索单薄的家庭叙事，所有的故事都围绕一个家庭的内部成员发生，其中父亲角色往往是故事情节，也是家庭的中心纽结。他们或者是承受痛苦的坚韧的幸存者，或者是用鲜血和生命维持家庭的顶梁柱。在一次次死亡，一次次卖血，一次次侮辱迫害的生存苦难中，福贵、许三观、宋凡平们坚强地活着，他们和家人互相支撑，互相抚慰，共同面对来自外部世界的暴力伤害，面对苦难纷至沓来的悲剧命运。可贵的是，他们的心灵并没有被苦难扭曲，他们依然充满爱，对亲人、对生命、对人生。他们能够宽恕他人的伤害，他们能够为亲人奉献牺牲，他们在苦难的历练中展现普通人精神的崇高和伟大。这样的人性是温暖的，也是以前那些反思性小说未曾写过，至少未曾如此集中描写的。事实上，余华描写的这种面对死亡面对苦难的坚韧乐观，其实体现了中国传统文化精神——乐感文化的内核。因为这些人物都是在家庭中获得无穷的精神力量，也是在亲情中显示了孝悌仁爱的中国传统文化价值。在这几部小说中，每一个家庭都体现了父子恩，夫妇从，兄则友，弟则恭的道德凝聚力。这种道德感已经内化为人物的情感归属，他们对亲人的爱心是融化在血液中的。这正是中国传统文化的巨大感化作用，它可以使一个个的家庭成为抵挡外来风暴的心灵避风港，为社会稳定奠定基础。余华的特出，在于他跟进一步，使许三观、宋凡平比一般的父亲更伟大——他们为之奉献生命的，并非亲生儿子。由此，他们成就了人间大善，他们也成为凡人中的英雄。余华描写这种非亲父子、母子、兄弟之间生死相许的亲情，体现了他对传统中国家庭伦理的维护。那种建立在伦理亲情之上的家庭温情是如此令人眷恋，当它被商品经济大潮撕裂、冲垮（《兄弟》中李光头背叛宋钢而致其自杀，失去了自己在世上唯一的亲人）的时候，余华心痛不已，使他的人物陷于绵绵悔恨。余华的苦难写作证明中国传统文化依然充满活力，在反思民族劣根性的同时，传统依然是民族生存的生命线，它葆有中华民族坚韧无比的生命力。

更重要的是，余华总是给苦难设置一个清晰的时代背景，那就是处于普遍贫穷和斗争暴力中的当代中国——从解放到"文革"的悲剧历史。革命时代的普遍贫困，那个时代的政治运动，那个时代的暴力斗争，是造成个人—家庭苦难的不可抗力。因此，余华写个人苦难，写平常人的命运悲剧，最终指向是历史批判。家庭和个人的命运悲剧，伦理亲情的可贵，生存意志的坚忍，在混乱残酷的历史背景中如同油画一样层次鲜明地凸显出来，是庄严的生命书写，也是文化的感人魅力，更是对历史的质问。余华的苦难写作是绝对的中国经验，用不着人类性等宏大概念来赋予深度。在中国本土的历史变幻中，伦理亲情聚合为不可摧毁的生命活力，昭示着从古至今中华民族绵延不绝的文化底蕴。在《兄弟》中，余华的历史叙述从"文革"进入商品经济时代。欲望摧毁了亲情，金钱价值观腐蚀了伦理道德，兄弟之爱经受两个时代的考验与挑逗，完成了对当代历史的人性化阐释。余华在这部小说中再次走向寓言，试图提纲挈领地把握时代变迁，却暴露了自闭型、想象型写作在实践经验、生活细节方面的匮乏。

余华的苦难写作有一个屡试不爽的模式，那就是重复中变化无穷的单纯结构，这正暗合现代小说艺术之神韵。无数真实感人、贴近乡土中国生活经验的细节充实在重复降临的苦难叙事中，使小说显得纯净有力、韵味深长，是保证苦难写作成功的决定因。余华虽然为人物的苦难命运设定了客观真实的历史背景，但他的叙述始终沿着人物切身体验切身感受行进，并不去描述重大历史事件或宏观历史场景。即使人物本身被卷进历史洪流，余华的叙述也严格圈定在视点人物按照自己的兴趣可能观察到的范围。这样，余华的叙述就避免了外来的同情与矫情，而始终保持个人体验、个人感受的真切自然，新鲜纯粹。所有的细节都是从人物眼睛看到的，心里流出的，身体感觉到的，这样的细节当然感人肺腑，充满人性的力量。不过，余华的这种模式也容易导致模仿和重复，难以超越。他的新作《兄弟》（上部）与获奥斯卡奖的意大利影片《美丽人生》的类似就非常明显，都是坚强伟大的父亲编织美丽谎言，把残酷现实变成趣味游戏，保护儿子幼稚心灵不受荼毒的感人故事。如果不是无数感人的细节充实和推进叙事，余华的苦难写作恐怕很难维系。然而，在不断重复的苦难中制造差异与变化的效果，也是很困难的事，稍不留神，就有可能踏在前面挖的陷阱上。细节是最需要艺术想象力的，在小说创作中，它是考验生活积累，比拼耐力的高难度竞技项目。与余华相比，另一位江南才子毕飞宇同期的乡土小说《平原》，就因为细节表现不真实而暴露出缺乏生活体验的硬伤。余华近期写作之所以如此费劲，或许这也是原因之一吧。从目前创作势头看，余华的苦难写作迫切需要注入新的养分——生活的真实体验与感受，才能保持恒久的活力。

　　后起之秀艾伟的小说在城市与乡村两个方面均有开拓，无论题材如何，从历史纵深透视人性内在的困境与黑暗，始终是他独特的艺术追求；他的另一写作路向是探询人类存在境遇的寓言化写作，以多重隐喻和象征建构人在世界的处境，探索存在的可能性。由于艾伟偏爱原型结构的寓言化倾向，他的小说无所谓具体可感的地域背景，只要一个特定的时代境遇就可以在虚构想象中衍生。因此，艾伟有关乡村的小说如《乡村电影》、《回故乡之路》、《家园》、《小姐们》、《越野赛跑》等都不是传统的乡土小说，而仿佛无心闯入的异类。但这匹无视乡土小说传统规范的黑马，却正好发现了乡土的另一层意蕴——泛化为人类生存状况的广义乡土，即"家园"。

艾伟往往选择儿童视角进入历史，这是没有亲历政治运动的 20 世纪 60 年代生人的聪明选择。受到关注的短篇小说《乡村电影》以儿童萝卜为视点人物，描写 20 世纪 70 年代中国乡村的两场电影，以此映现阶级斗争形势下的暴力与柔情。最有韵味的是小说的最后一笔：施暴者守仁和受暴者滕松都在《卖花姑娘》的悲剧中泪流满面，人性善的光芒如同温柔的月光，刷新了阶级斗争时代僵硬单调的全民共同想象。《回故乡之路》是艾伟最经常触及的成长主题，他再次将意义引向凝重的历史场景，通过内心隐秘的核心，逼进血淋淋的历史本质。解放因父亲株连受到歧视，试图通过抗争、自残得到村人的认可而始终不能，最后只能隐身于废弹壳内寻求安全感，把年幼的生命埋葬在红色英雄梦中。小说的巧妙之处在于废弃炸弹的发现，这是具有特殊功能的物件，是神奇的中介物，如同《乡村电影》的电影、《越野赛跑》的马一样，炸弹使故事中人物和事件之间的联系变得清晰可见，象征现实与乌托邦梦想之间不堪一击的脆弱茧壳。

《家园》和《越野赛跑》代表艾伟的另一条写作道路——寓言写作。比较艾伟的另一类小说，这两部小说，尤其是长篇《越野赛跑》的确存在寓言写作常见的观念化硬伤。艾伟说，

《家园》是一部关于语言、性、宗教、革命的乌托邦的小说，其主题完全是知识分子的。的确如此，《家园》以"三年自然灾害"为历史背景，但意义却扩展至革命乌托邦时代的全部社会现实。艾伟没有像现实主义小说那样直接描绘饥饿引起的灾难性场景，而是把光明村人的饥饿反应转化为狂欢化想象，营造一个由幻觉、想象、激情乃至巫术组成的虚幻世界，这是共产主义豪情万丈许诺的光明前景，也是老百姓抵抗肉体绝望的心灵狂欢。这个作为象征的光明村，充满了图画和诗歌（宣传画和标语口号），万物可以重新命名（意识形态作用下的词汇变化、话语革命），所有事物都长出了翅膀（现实的魔幻化——鲜明例证是1958年的"大跃进"）。而另一面却是：光明村到处是饥饿的鬼魂，青苔、蹦蹦跳跳的娃娃鱼和大蟒蛇；洪水退去了，荒芜的大地长出了蘑菇；哑童古巴攀缘在电线杆上逃离现实，却被洪水围困的村民"无中生有"地当作拯救绝望的天神，在经历磨难中宗教诞生了——这是革命神话的起源还是终结呢？当然，家园图景的核心人物仍然是成长中的少年——亚哥。他的性革命最终被镇压，象征着"革命"与"性"、理想与权力、禁欲与纵欲纠缠不清的历史谜团。《家园》是我们经历过的时代的寓言，在夸张变形、奔放飞扬的想象中，童话的诗性魅力粲然开放。细节和场景描写的真实细腻，尤其是亚哥诗意盎然的生命体验，弱化了观念演绎的僵硬，使叙述获得幻想小说的飞翔能力。

　　《越野赛跑》是艾伟的首部长篇，是一部打通现实和幻想界限的寓言小说。艾伟说："《越野赛跑》叙述了一个由欲望驱动的盲目世界。在这部小说中，我设置了多处人和马赛跑的场景。在我的构想中，这些比赛隐喻着我们时代的特征，也是人类的基本境况，我们总是在这个变动不居的世界中盲目奔跑，其中所呈现的智慧、愚蠢、欲望、激情和创造力令人惊心，所有这一切就像福克纳所说的，'是一场不知道通往何处的越野赛跑'。"① 小说以文革以来三十年的真实历史现实为背景，按时间顺序线性结构小说。为了把历史变成神话，艾伟设计了"我们村"（后来是"我们镇"）和"天柱"——现实与乌托邦这两个象征世界的对照，同时以一匹具有象征意味的神马串联情节，推动叙事。文革开始以神马易主为标志，经济时代神马回归旧主，"我们镇"全体投入人马赛跑。最后马儿驮着小荷花飞向天柱，消失在马儿所由来的那个乌托邦世界。当步年找到天柱的时候，天柱已成了一坐光秃秃的山脉，一切灰飞烟灭——甚至"我们镇"也在地球上消失了，革命乌托邦与商业乌托邦先后消逝，现实与梦想也归于虚无。显然，艾伟在颠覆宏大叙事之后，试图以寓言方式重建宏大叙事。《越野赛跑》的另一叙事创新在于以"我们"的口吻叙述，"我们"有着和声式的众声喧哗的效果，而且自身也是小说中的一个重要角色——集体人格典型，具有"国民性"的种种特征：比如被动盲从，游手好闲，看客嗜好，虚伪道德观等等，同时"我们"作为一个幽暗而又无处不在的大背景，又是一种不变的惰性力量，如同非理性的宿命的历史本身。《越野赛跑》以精辟简洁、冷嘲热讽的书面化叙述语言达到迫近本质的迅疾速度，对于人物众多、时间跨度大的寓言小说，这些手法行之有效。但这种抽象化的叙述如果不注意文笔的生动，用词和句型重复单一，则往往丧失感性描写的丰饶诗意。比较《家园》，《越野赛跑》的语言、意象、描写和想象似乎都有一点落套的

---

① 艾伟：《越野赛跑》，人民文学出版社 2001 年版，第 349 页。

"程式化"、"自动化"，远不及《家园》的细腻富丽。

总体而言，艾伟的乡土小说逸出传统乡土小说的规范。他或者考查意识形态下人性的状况和人的复杂处境；或者通过寓言写作，在多重隐喻和象征关系中揭示人类境况，均以抵达历史本质的大叙事为目标。艾伟小说超越乡土地域而横向扩展，又借助现代小说的超现实手法纵向推进，把"乡土"提升为"家园"，把厚重笨拙的传统现实主义乡土小说变成轻逸的现代小说——这大概预示着乡土小说的一种可能。然而，这种乡土写作也埋藏着重重暗礁：全套西方话语体系的学习型操练固然接近文学的"人类性"标准，却似乎过分轻率地抹杀了中国文化体系的沉默存在，发生"他者化"的自我认同危机。而且这一普遍性、共通性的叙述模式容易忽视地域色彩，排斥复杂多样、具体真实的生活场景，使小说抽象干枯，远离自然，丢弃乡土小说可贵的生态视野。比如《越野赛跑》概括性的叙述、单调乏味的语言、缺乏细节的想象就大大损伤了可读性，即使步年与小荷花天堂般的天柱岁月，也显得平平淡淡，没有丝毫出彩之处，留下了令人遗憾的硬伤。这条道路的乡土写作因而危机四伏，在敞开新视野的同时，如果消解了乡土亲切具象的存在，人类心灵怎能得到踏实的安放、诗意的栖居呢？

第四章

家园守望

乡土是人类农业文明的摇篮，是生命的物质家园和精神家园。在小说的想象世界，乡土总是作为城市和工业的对立面而完成自我形象的塑造。舍勒曾经分析现代人的理念、精神气质和生存样式："这一类型自 13 世纪末以来逐渐形成，在发达资本主义中慢慢成长，它尽管有民族的和其他变异，仍是一种独特的、可以确切描绘的类型：通过'它的体验结构'来描绘。……对这种类型及其生活感来说，世界不再是真实的、有机的'家园'，而是冷静计算的对象和工作进取的对象，世界不再是爱和冥思的对象，而是计算和工作的对象。"① 可见家园是农业文化的一个深层价值，它的衰亡意味着传统文化的衰落。早在 20 世纪 30 年代，由于现代化的殖民侵略，出身荆蛮之地、弱势民族的沈从文，就敏感到工业文明对前工业文明时代传统文化、包括原始生命形式的摧残，用他美轮美奂的文字，展现湘西山民淳朴善良而又蛮悍粗野的性格和他们忠实庄严的坚韧生存，使之与道德沦丧、人性堕落的都市人生形成对照。并且在《边城》、《长

---

① ［德］舍勒：《资本主义的未来》，罗悌伦等译，生活·读书·新知三联书店 1997 年版，第 10 页。

河》等名篇中，满怀深情地描写乡土社会的传统之美，表达自己对人性、对人生理想境界的追求，惋叹封闭、宁静的传统社会被打破的残酷现实。由于紧张的阶级矛盾和民族矛盾，沈从文批判现代文明、追寻精神家园的乡土小说不能继续，被斥为缺乏鲜明的时代感和现实性。至新中国成立后，社会主义新农村成了农民的幸福家园，但这家园却是权力话语塑造的虚幻图景，隔绝于真实生活和情感体验，是官方意识形态化的终极关怀。这种虚假的乐观情绪延续至改革开放初期，对于现代化前景的乐观想象掩盖了丧失家园的隐痛。至20世纪90年代，改革开放不再是新名词新事物，而是社会生活中无所不在的生存现实。由于发展过快，现代化带来的种种文明弊害，未能得到及时的认识和纠正，因而造成环境污染、政治腐败、贫富差距拉大等社会问题，尤其是道德沦丧、文化认同危机等重大精神疾患。值此危机之际，西方各种批判现代性的理论，尤其是海德格尔关于"诗意的栖居"等家园理论，自然就深入人心，唤起人们对精神家园的回忆和寻觅。作为借代、隐喻，"家园"是多重意义的载体。它承载着海德格尔反抗现代性、超越人道主义、回归人在世界之根基性持存、找寻人类根本的拯救之路等诗意致思，在生态危机等世界性困境日益严重的地球村时代，其重大意义日益显现出来，是当代最具活力的文化批判思想。因此，家园乡土小说乃当代最具发展潜力的文学思潮。

　　20世纪90年代，守望家园成为乡土小说中一股强劲的势头。众多小说共同表达了梦牵魂萦无法遏止的家园之思。这种家园之思通常在以下两个方向展开：

　　一是发掘乡土生活的诗意，在传统生活方式中寻找永恒美感，生命价值和文化意义。更有甚者，则进一步在乡土生活中营造美的境界，建构理想家园。铁凝、石舒清、王新军、陈继明、红柯等人充满诗意的中短篇小说，着力展现乡土生存状态中美的一面，在诗意的栖居中寄托超越性的人生理想。这些小说使农村生活方式呈现出审美的性质，上升为形式。那是一种缓慢、曲折、委婉的生活，有着慢慢流淌的自由的形态。相对于格式化的城市生活，这种方式显然更具审美价值。

刘庆邦、迟子建的证美小说更加致力于理想境界的营造。他们瞩目乡土生活的美感挖掘，将人与自然和谐共处、朴素生活、纯洁爱情、童贞心灵等传统道德和现代理想，注入优美的故事叙述，精心建构理想的家园。

二是描绘衰败破落的乡土现实，对乡土文明的衰落发出无奈的哀叹。张炜是这类家园小说的领军人物。张炜的《九月寓言》用充满生命活力的诗性语言书写小村人贫困而快乐的生活，哀悼被工业文明埋葬的田野上的家园和那些辛酸却不失幸福的乡土岁月。贾平凹20世纪90年代的几部长篇小说虽然从文化批判视阈切入，但也强烈表达了家园沦丧的迷惘和伤痛——传统文化沦落的悲剧其实也是家园沦丧的悲剧。

田中禾的短篇《姐姐的村庄》把城市化的乡村景观与童年记忆中诗意盎然的乡村景观叠印呈现，充分表现了故乡作为生命之根、精神家园的终极意义。王祥夫的《城南诗篇》、《上边》更清晰地表达了回归乡土的家园之梦和梦醒之后的无限忧伤。虽然进城是农民孜孜以求的奋斗目标，但进城之后的文化改装并不能安妥心灵，所以朱金莲最终听从故乡的召唤，穿上红袄裤回家。另一方面，古老的乡土正在被工业文明抛弃，如同留不住儿子的母亲，只能保存儿子最后的尿迹，回味曾经拥有的家园的温馨。

　　当下中国正处于从农业文明向工业文明过渡的长期而艰难的历史进程之中，同时，在全球化背景下，前现代、现代和后现代三种文化模态又共生于中国社会地理版图。因此，在现代化历史进程中文明的对峙、冲突、融合格外激烈，与西方走向现代化的同一历史阶段相比，各种文化交锋的情形也要复杂得多。当代守望家园的乡土小说表现出逃离城市、回归乡土等"滞后"、"回顾"的思想情感。然而，如果考虑到夏天敏描写的极度贫困依然是当代中国广泛存在的可悲现实，那么也可以说，这些守望乡土的小说是过分"超前"、"前瞻"的。夏天敏在《徘徊望云湖》中就把前现代的生存危机与后现代的生态理想并置，以二者之间的剧烈冲突揭示中国进入全球化语境遭遇的文化尴尬。但是这并不能否弃家园乡土小说的深远意义，它们用"后"于现代性、质疑现代性的世界眼光，审视当代中国文明转型期杂乱无序的社会状况及其精神困境、文化危机，对社会发展、文化建设具有矫正、警示和启发作用。

　　当代家园小说最大限度地发挥了乡土叙事内蕴的"再造"动机，在吸取西方思想资源的基础上积极创造，营造各自的心灵家园。虽然缺乏海德格尔深刻虔诚的哲理性追问，但都表现出寻找心灵归宿、精神居所的诗意自觉。值得注意的是，这种家园守望情怀经常在传统文化中找到寄托。张炜的《九月寓言》更多融入海德格尔大地、自然的家园理念，他所呼唤的"野地"，不是指已经开始衰落的农业文明，而是指真正具有自然性、原始性的人类家园，在那里"无数的生命在腾跃、繁衍生长"，"泥土滋生一切，人将得到所需的全部"，那是一个真正实现了"天人合一"的自由之境。虽然张炜以宗教般的精神孑然向前、孜孜以求地追寻构筑的"文明的野地"带有强烈的乌托邦色彩，《九月寓言》所描写的"真正的欢乐"在现代人看来难以忍受，但是他对现代文明的质疑，对世俗人生的批判，对人类家园的构想，却有着积极的现实意义和深远的哲学意义。迟子建没有张炜那么恢弘的视野、决绝的勇气、悲壮的情怀，她有的是一支点石成金的神笔。在平凡人的爱欲生死中，她发现了人与自然相互映照的神性的"伤怀之美"。如同安徒生童话一样，迟子建用一根火柴的光亮温暖世界，以和婉的微笑质疑汲汲于富贵名利的俗世人生，那种女性的温柔情怀令人无限感动无限沉醉。刘庆邦失望于浇薄虚伪的城市情感，把美的理想寄托于少年的纯真，在20世纪70年代的乡村生活中找寻人类逝去的童贞。他把繁花似锦的美妙细节连串起来，成就妙不可言的"大妙"美文。还有王新军等人充满诗意的乡土小说，则致力于发现瞬间永恒的乡土美感，在平常的乡土生活场景中敷衍自我诗性情感。

家园乡土小说的最大特点是保存和弘扬乡土诗意、乡土美感，尤其表现在乡村景色、自然环境、民俗景观的诗意描写。十几年来，地域色彩、自然景观、诗性描写在文学表现中悄然隐退，已经是不争的事实。当代作家的艺术想象、写作激情、审美兴奋点似乎都集中于人际关系层面了，权力斗争、社会黑幕、私生活等成为文学主要的生产资源和市场卖点。所谓晚生代、新新人类的写作更是呈现出一派缺乏自然情趣的枯燥凋敝。当代作家大部分已经丧失了描绘天空大地花草树木飞禽走兽的"神笔"。他们生活在现代技术世界的温柔呵护中，原本疏离自然环境，又不愿投身大地汲取营养，擅长的是躲进小楼成一统，发挥想象力编织情色故事，在灯红酒绿的都市场景或钩心斗角的情节链条中投射个人贪欲。其结果是，自然物象、自然景观的贫困已经成为当代文学的一大缺憾，即使一部分乡土小说也在世俗潮流的无形牵引下远离自然，标志着当代人严重的感官残疾。在这样的情况下，能够保存自然生趣的作家就成为珍稀动物，他们对自然生态、自然景观的诗性描写，也就无形间成为审美的反抗。而且，家园乡土小说的自然描写均以人与自然的和谐为理想境界，旨在唤醒并恢复人类失落已久的诗性心灵，找回人生和艺术最初的感动——诗性生命的真谛，这本身就是一种审美的拯救，一种韵味绵长的终极关怀。

家园小说最利于表现沉没与再造的乡土小说原发性叙事动机，强烈的主观化叙事作为这些小说的鲜明特征，是对"沉没"的反抗，也是"再造"的激情。同时，"沉没"与"再造"的张力对抗，在这些小说中也更加显著。张炜、迟子建、刘庆邦等人的家园小说追寻至纯至善至高之美，在物欲横流、世道浇漓的市场经济时代显得既不现实，也不真实——这正是现代人徘徊无地的文化处境。

第一节　张炜：融入野地

《九月寓言》是张炜继《古船》之后又一部引起巨大反响的长篇小说。无论当时还是现在，这部长篇小说都是怪异难解的，它是张炜"融入野地"的叙事策略制造的混沌之谜。张炜通过对文学与文化现代性规范的颠覆，深情呼唤消逝的家园。这一主题，不仅依靠思想倾向的抒情表达等硬性的主体介入，而且在叙事方法的第一层面就悄然完成。

很多人指出《九月寓言》独特的神话时间处理，它没有像史诗性小说或其他情节小说那样设置历时性更替演进的历史时间，而是以绵延不绝生生不息而又凝滞不动共时永恒的物候时间呈现小村人的生存状态。这样的时间背景使小村似乎游离于历史之外，源于历史的意识形态内涵随之隐退，神话—寓言的解释系统敞开了写实背后的深层意蕴。这是《九月寓言》颠覆现代性的起点。因为现代性概念首先是一种时间意识，或者说是一种直线向前、不可重复的历史时间意识，一种与循环的、轮回的或者神话式的时间认识框架完全相反的历史观。这种源于基督教义的西方观念，在 19 世纪至 20 世纪的整个过程中与宗教世界观分离，变成了世俗化进程中的俗世世界观，表达人类自己掌握未来的主体性／理性信念。现代性观念视现在为一个持续的更新过程，一个迈向未来的过渡，在这种历史意识的合法性基础上产生了革命、进步、解放、发展、危机、时代等意识形态化的关键词。然而对于小村人来说，从旧社会到新社会，从"黑暗"到"光明"，从受"压迫"到"解放"，生活的内容和方式并没有什么改变。春去秋来，年复一年，日复一日，他们是野地的生命，遵循单调中见伟大、重复中见丰富的自然节律。这些处于社会底层的"贱民"们，正是凭着坚韧／麻木的生命力量支撑着历史行进的重负。

张炜的时间是象征性的"九月"。秋天永远是小村人渴望而又焦虑的季节，丰收地瓜的喜悦掺杂着秋雨无常的隐患，似乎凝聚了小村人所有的生命本能、活力、欢乐与痛苦。因而九月是破译小村生命密码的时间符号，小说始终徘徊于周而复始的九月，地瓜秧儿在田野上蔓延的九月，淫淫秋雨泡坏瓜干的九月，火一样的千层菊开放的九月，清凉月光下动物们狂欢的九月……在瓜干烧胃的九月，年轻人追逐嬉戏，奔跑在茫茫夜色中，消磨他们无望的青春；金祥走过无尽的秋天，从远方取回鏊子，实现了小

村历史性的"革命";男人痛打女人,哭叫声灌满村巷的每个角
落;刘干挣的造反被叛徒出卖,屠宰手方起倒在地瓜皮一样艳红
的鲜血中;大脚肥肩折磨儿媳,三兰子在雨雾中裸奔。小村人生
活的形形色色、方方面面都在永恒不变的九月一幕幕呈现,如同
火红的地瓜被一一刨出,是野地生机勃勃的原生态。无限重复的
九月跳出历史的进步与更新,无视现代性对变化与差异的承诺,
把小村世界变成一个永恒的乌托邦。这种时间处理决然告别事件
的因果联系和理性驾驭的历史进程,还原乡村生活的丰富感性,
向诗性叙说、寓言情境敞露心灵。对于自己的时间选择,张炜是
这样解释的:"我远投野地的时间选在了九月,一个五谷丰登的
季节。这时候的田野上满是结果。由于丰收和富足,万千生灵都
流露出压抑不住的欢喜,个个与人为善。浓绿的植物、没有衰败
的花、黑土黄沙,无一不是新鲜真切。呆在它们中间,被侵犯和
伤害的忧虑空前减弱,心头泛起的只是依赖和宠幸……"① 借助
万物丰收的九月,张炜营造了一个超越时间、妙迹处处的乡土世
界,抒发了他不可理喻的乡土恋情。

　　张炜感性发达、情感充沛、热爱自然,是一位颇具诗人气质
的小说家。他的《古船》精心设置了很多象征意象,属于明显
的意识形态化写作,但理性思考中处处流露的激情、不连贯的主
体性叙述都表现出张炜小说的诗性品格。在《九月寓言》中,
张炜完全脱出20世纪80年代启蒙意识形态的神话,融入野地,
换位写作,站在小村人的立场写出了真正的乡土诗。自鲁迅以
降,精英知识分子对乡土社会的现代性启蒙始终是一股强大的文
化思潮,已经积淀为乡土小说的重要传统。虽然沈从文等人致力

---

① 张炜:《九月寓言》,上海文艺出版社1993年版,第349页。

于挖掘乡土诗意，但理想化的偏颇往往使乡土之美超脱现实而虚化。张炜却通过转换立场，变理性分析、理性评价为心灵融合、切身感知，放弃获取知识与信息的理性化认知方式，恢复感知器官原本灵敏的应激反应，直接倾听、观察大地生长的躯体，在乡村生活的生命体验中发现蕴涵于天地自然中的强大激情——真正民间的诗。这种回归自然的转向是经过思考的，它是一种明确认知的土地意识和自然哲学。他说："一个人只要归来就会寻找，只要寻找就会如愿。多么奇怪又多么素朴的一条原理，我一弯腰将它拣了起来。匍匐在泥土上，像一棵欲要扎根的树——这种欲求多次被鹦鹉学舌者给弄脏。我要将其还回原来。我心灵里那个需求正像童年一样热切纯洁。"① 这样写的结果，是原本在小村人看来完全正常、真实可靠的写实叙述，在不熟悉乡土社会、或习惯于乡土写作成规的读者看来，却显得怪异陌生，很有些魔幻、神秘色彩。如果说这种叙事策略意在为现代性历史观"祛魅"，那么，它却产生了一个似乎意料之外的审美效应：为自然"复魅"——这是张炜"融入野地"的生命感知，是真实坚定、经得起考验的信仰。在城市视角中，小村人的生活无疑是痛苦艰难、无比辛酸的，他们住着地窖子一样低矮的小屋，常年没有足以蔽体的衣服，美丽的少女没有一双像样的鞋子；他们吃着苦涩烧胃的瓜干，干着累死人的农活。他们的娱乐似乎只有奔跑、打架、拔火罐、听老人忆苦。由于贫困，他们迷惑于工区人的黑面肉馅饼、澡堂、大胶靴、手绢，他们的少女为散发现代气息的工区人轻率地献身，他们的年轻人被跑出去的渴望折磨得心力交瘁。然而他们又是那么善于发现和体验生的欢乐，在苦难生存的

---

① 张炜：《九月寓言》，上海文艺出版社 1993 年版，第 343 页。

眼泪与汗水中，他们深情感叹，心醉神迷。

　　张炜始终保持轻声细语娓娓道来的叙说语调，叙述中除了田野美景的清新描写，还常常插入叙述者或人物的抒情、感叹，有一种老年人讲述往事的细腻动听。《九月寓言》多次描写奔跑和追逐的场景，每一次都充溢着冲决障碍、奔向自由的激情、活力和美感。年轻人无以排遣旺盛的精力，只有在赶鹦的带领下一夜一夜的游荡奔跑。然而，"谁知道夜幕后边藏下了这么多欢乐？……咚咚奔跑的脚步把滴水成冰的天气磨得滚烫，黑漆漆的夜色里掺了蜜糖。跑啊跑啊，庄稼娃儿舍得下金银财宝，舍不下这一个个长夜哩。"少白头龙眼的妈妈不堪忍受病痛和丈夫的暴力，服杀虫药自杀，竟意外痊愈。龙眼暗暗编出一句歌儿反复唱着："妈妈活了，我无比欢欣！"当小村人烦躁郁闷的时候，他们开热腾腾的忆苦会，听金祥一边吃黑煎饼，一边柔声细语讲述自己的苦难史，揭开地主发家的"谜底"。无论老少，全体沉醉于"说书艺术"引发的迷狂宣泄，黯然落泪，如痴如醉。最常见的宣泄，是劳动间隙的厮打，是经常性的夫妻打架。男人把女人打得皮开肉绽，喊叫得满天星星都发抖。然而，"那是充满了谜语的呼叫啊，只有小村人才能从她们不同的音高节奏和嗓门的粗细中，听出那些特别的欢乐和崭新的冲动。啊哟哟小村男人是人间一宝，他们质朴内向其貌不扬，有时不注重打扮，破衣烂衫；可他们才充满了温情和故事，在脏腻的枕边对女人讲下了万千话语，让老婆一会儿欢笑一会儿哭泣。老婆说：俺这辈子是你的，下辈子还来；你只要不嫌弃俺，打死俺俺也死跟着。男人说，我要换根坚硬的皮带，一带子把你抽得吱哇乱叫，像中了铁夹的野物。女的说，怎么不好？中哩中哩！"只有真正进入小村人的生活和心灵，而不是抱定高高在上的人道主义同情心、启蒙主义的国民性批判，才能拨开无形的眼障，发现小村人生命中"真正的"欢乐。这欢乐来自劳动，来自爱情，来自泪水，来自痛苦。谁又能说这不是真正的欢乐呢？这种换位写作显然并不那么容易被人接受，根本的抵触在于：它似乎完全颠倒了人所共知的有关苦难、欢乐、平等、自由、爱情、愚昧等现代性定义。或许这正是张炜的目的，他就是要把小说变成泥沼上空袅袅升腾的水汽，它无法与下面的泥沼分离。在迷离的诗意叙述中，混沌一片的乡村生存状态舒展着、生长着，是真正生命的姿态。因为"那种悲天的情怀来自大自然，来自一个广漠的世界。"①

《九月寓言》是散点式结构，七个气韵饱满的单元合成小村生活的真实场景，每个单元按照独特的主题，把几个相互交错的故事联系在一起，单元之间的人物和故事又勾连交错，整体结构亦如氤氲水汽，飘摇蒸腾，有独特的气韵之美。然而，这七章的地位并不是完全平等的，第一章和第七章有明显的意义涵盖功能，仿佛是小说反思现代性的一个提示。由于小村最后的结局是在这两章揭示的，它们定下了怀念与追忆的调子，使整个叙述沉浸在无法割舍的乡愁中。那个苦乐交加的生命家园，那个缠绵的村庄被矿区捣毁、陷落，消逝在一片荒草下，变成了肥和挺芳凭吊的墓地。现代工业胜利了，城市胜利了，泥土中生长的生命啊，哪里是你们的家园？在写实而又诗意地呈现了乡村生存状态的苦难/欢乐之后，张炜对现代性的质疑是一种生命的追问，它来自对土地的眷恋，这眷恋流淌在每个

---

① 张炜：《九月寓言》，上海文艺出版社 1993 年版，第 354 页。

人的血液里，因为人最初的一切，本能、激动、欲望，都在大
地上萌生，大地是人类的母亲。然而今天，野地即将消失殆
尽，人类似乎早已忘却了自己是大地孕育的生命，他们原本可
以像千奇百怪的动物们一样，在千层菊开放的花地里狂欢，嘶
叫，奔跑，咬架——如同小村人那样。贫穷的乡村孕育了赶鹦
超凡脱俗的美，这美的精灵化作一匹健壮的宝驹，奔驰在晨光
照耀的绿蔓的火海里。在《浮士德》的结尾，死灵为浮士德掘
墓，浮士德还以为听到了群众劳动的声音，对自己填海造地创
建的王国感到满意，高兴地喊道："你真美呀，请停留一下！"
随即倒地逝去。在《九月寓言》的结尾，逃离村庄的肥也发出
了同样的感叹："天哩，一个……精灵！"这个没爹没娘的孩
儿，这个奔向现代化的最先/最后一个小村人，真的可以忘掉
一望无际的红薯地吗？

　　吴义勤说："《九月寓言》被公认为最能体现张炜艺术气质
的一部，也是张炜小说中艺术最完美和成熟的一部，它对于大
地哲学的诗性坚守、对于现实、历史和自然的寓言哲思成为上
世纪 90 年代以来中国文学最重要的母题之一。"[1] 这一评价无
疑是恰当的，在张炜关于小村生活的诗性言说中，历史的荒
诞、现实的疯狂与现代性的悖论得到寓言化的展现。然而，对
于逝去生活的无限眷恋，也恰恰暴露出张炜现代性反思的诗性
局限。张炜以饱蘸情感之笔歌咏小村人"痛并快乐着"的原生
态生存状态，而同时代的农民正在背井离乡，义无反顾地追逐
现代化的富裕之路。源自土地、源自民间、源自自然的叙述视
角，最终显露出与现实、与农民、与未来的隔膜。这层隔膜与

---

　　① 吴义勤：《悲歌与绝唱》，载《山东作家》2007 年第 1 期。

其说是一种批判性的距离，不如说是对于现代性的一种偏见。现代性固然带来人与自然关系恶化、人伦道德毁灭的悲剧，但另一方面，现代性也为贫困中的八亿中国农民带来了切实的希望。而且，对于现代性的反思，本身也是现代性的一部分，它昭示着现代性自我更新的活力与希望。

第二节　迟子建：终极乡土

　　"全球化"的时代已经成功造就了人类生活方式的齐一化、存在的疏离化、心灵的拜物化和精神的沙漠化。在追逐现代化的发展中国家（新的殖民地），急切的物质主义正在无所顾忌地侵蚀不同民族不同地域的文化传统，背叛的快感淹没了清明的理智，现行制度下的生态危机、文化危机、精神危机都被轻飘飘的个人感官享受"超越"，文学充斥着中产阶级的物欲满足和贪婪、算计的资本人格，其穷凶极恶有过于殖民资本的发祥地。今天的中国小说很少让人感动，即使不苟同流俗、批判现实、有独特精神坚守的小说，也往往因其冷静乃至于冷酷的理性态度而排斥温情，只能引发惊悚的震颤——比如阎连科的小说。因而，依然葆有摇荡心襟的乡土温情、令人在泪光中怀想传统之美的作家就格外醒目，虽然寥若晨星，但他们是文艺在一体化时代继续存在的最珍贵的理由。1964 年出生于漠河的迟子建是当代文坛的主力作家。一直以来，迟子建别具一格的精神追求和艺术思想独步文坛，以幽然绽放的馨香、清婉空灵的歌声证明了自己风格卓异的存在。从 20 世纪 80 年代中期初登文坛到现在，迟子建著作颇丰，仅 1997 年的《迟子建文集》就收录了四卷。虽然迟子建已有数部长篇，且长篇小说《伪满洲国》好评如潮，《额尔古纳河右岸》获第七届茅盾文学奖。但总体而言，迟子建的文学成就还是以中短篇为代表，因为这些小说堪称当代文学的传世经典，无愧于那些公认的现代小说精品。而在迟子建的中短篇小说中，最引人注目的一块是乡土叙事，它占据了迟子建最大篇幅的叙事激情。之所以如此，根本原因在于迟子建的美学理想离不开乡土的客观存在。有论者把迟子建的小说创作以 20 世纪 90 年代以前的《北极村童话》为界，划分为"童话世界"和"神话世界"两个阶段，认为从童年生活的纯净追忆到复杂世相、辛酸幸福的呈现，迟子建构筑了一个神话的心灵世界①。这种概括略显粗疏，纵观迟子建的小说创作轨迹，几年之后的今天可以比较清晰地把握她在变化中的追寻之路了。大体而言，到目前为止，迟子建的写作经历了可以辨识的三个时期的变化。

1989 年出版的《北极村童话》多属稚嫩的童年生活体验的回忆，艺术想象的空间是狭窄的，乡土在现代性反衬下显得落后、闭塞、沉闷，是要逃脱才能获得心灵解放的压抑的力量（比如《沉睡的大固其固》、《葫芦街头唱晚》、《到处人间烟火》等），其思想意蕴还没有表现出从主流背景中凸显自我的成熟，这大概可以说是迟子建的创作初期。

从 1990 年到 1994 年，迟子建的小说呈现出相对剧烈的振荡，变换的主题和叙事方式意味着作家正在探索中寻找突破点。寓言、魔幻、女性写作、新历史主义……在《罗索河瘟疫》、《挤奶员失业的日子》、《秧歌》、《向着白夜旅行》、《回溯七峡镇》、《旧时代的磨房》、《东窗》等作品中，文学时代潮流的变

---

① 张红萍：《论迟子建的小说创作》，载《文学评论》1999 年第 2 期。

迁隐约可见，走出个人体验、扩大叙事空间、磨炼艺术技巧、尝试方法实验的努力比初期自觉得多。这是迟子建小说创作的过渡期。虽然有论者赞赏这些所谓更富想象力和传奇性、艺术上更具张力的写作，但它们显然仍未摆脱时代共同体的创作趋同，打着那个时代特有的观念、技巧、方法的印痕。

自 1995 年以来，迟子建转向一种平实而又绚烂的写作路向，她找到了自己独特的意蕴表达，使每一篇小说都焕发着迷人的成熟风韵。如果不考虑今后可能的变数，或许可以大胆宣告：迟子建艺术风格已经完成。在当代中国文坛，有相对稳定的叙事领域、叙事方法的作家为数不少，但能够脱出风气影响、形成鲜明特质的作家却寥寥无几。而像迟子建那样，经营伤怀之美，想象人与自然的美好存在，以自觉意识寻索人类生态学未来的作家更是绝无仅有。有人批评迟子建缺少捕捉社会问题的敏感力和穿透力，展示生活和人生的广度和深度略显不足，太过温情的笔触遮蔽了人生某些残酷的世相，阻遏了对人性恶的更深一层的探究和揭示，等等。这种批评纯属求全责备，因为一个作家的写作不可能穷尽所有的可能，而只能从自己选择的角度切入；同时，由于固有批评模式的限制性视野，这些批评还大大低估了迟子建小说达到的思想艺术高度。如果认同生态学时代必将来临这一人类良知，那么迟子建小说意蕴将呈现出前所未有的丰满厚重、高远卓荦。

从《亲亲土豆》开始，迟子建似乎不再直接依靠自身生活经验或尖锐新颖的意蕴表达，技巧不再生硬外露，叙事朴素自然如天籁，感人至深亦如天籁，如有神助般获得了文学感动心灵的巨大能量。表面看来，她写的都是平凡的小人小事，然而细细品味，它们又绝非庸常的生活故事。她的小说没有城市混沌的烟云，狭窄肮脏的街道，人与人之间的争吵、背信弃义或相互隔绝。迟子建的人物生活在充实执著的内心世界、美丽亲和的大自然和没有经过异化的"自由劳作"之中，他们不为金钱、权力、事业这些世俗生活中诱惑并桎梏人的种种"人生追求"奔波劳碌、明争暗斗。他们超脱这一切为人所累的外物，心中护持着对人间生活不容置疑的生命之爱。这爱是夫妻之爱、家人之爱、乡邻之爱、大自然之爱、创造之爱、劳动之爱……这爱是单纯的、永恒的、执著的，是生命不可割舍的最珍贵最本原的激情与活力。这爱足以超越人生的苦难和忧伤，让人活得安详平和、健康豁达、高贵尊严，它是保存在人类幻想之中、支持人类绵延至今的终极宗教情怀。与如此平凡而又超凡之健康人性相伴的，是生机勃发、与人亲和的大自然（包括和谐的人化自然），迟子建笔下的房屋牛栏、墓园菜地、微风树林、山川河流、日月星辰无不笼罩着神性的光彩，如同生活在自然中的那些焕发生命光彩的人一样。人与自然相得益彰，构成一幅生生不息的和谐生态图景——这是人类经历种种自我制造的灾难，在反思后选择的回归之路，是人类永不衰竭的乌托邦梦想。

　　从 1985 年《沉睡的大固其固》对现代性的向往和对乡土的批判，到《微风如林》、《芳草在沼泽中》、《采浆果的人》等近期小说回归大地融入自然，迟子建从女性、童年个人感受的直接抒发，到淡远诗意的精心营造，笔调越来越从容婉丽，和煦明媚，现实与理想在人类永恒的温情中和解了。这一转向不仅涉及文学想象、叙事技巧、美学风格等层面，更是一种世界观的确立。回归生态和谐的理想终于成长为参天大树，呼风唤雨建构起一个完整的灵性世界，一个超越实体的终极乡土，这是成熟的迟子建贡献给当代文学的最有价值的思想艺术资源。如果说，在故事性较强的《日落碗窑》等篇中这种精神回归还不明显，那么，在《芳草在沼泽中》、《微风如林》等主体象征比较明显的小说中这种回归自然的理念表达就显豁多了。

综观迟子建的发展轨迹，虽然前后变化明显，但沉潜的美学底蕴是不变的，那就是人类永恒的生命动力——梦想。迟子建在随笔《必要的丧失》中总结说：怀旧和憧憬，这是文学家身上必不可少的两个良好素质，它们的产生都伴随着丧失。对迟子建来说，她并不遗憾那些受到非议的"丧失"，当代中国文坛不是有那么多关于暴力、性、官场、商场、消费、苦难的现实平面的写作吗？而迟子建执著于记梦，寻梦，析梦，追梦，造梦和圆梦的过程。这绵绵无尽之梦在童年、在故乡、在大自然中逐渐圆满，构成迟子建灵性飞扬的幻想世界。迟子建说："人类生命之所以能得以顺利延续下来，也许并不仅仅在于生育（它充其量只是诞生人的一种方式和手段），而在于绵绵无尽的幻想。如果问我这世界有什么东西是不朽的，我会毫不犹豫地回答：是幻想。幻想使内心最深切的渴望与现实拉近了距离，它在某种程度上达到了沟通的目的；幻想使你最为看重的价值在瞬间得到了认同；幻想能够融化一座巍峨的冰山，能够使河流出现彩虹般的小舟。幻想在幸福与痛苦夹峙起来的深谷中像鱼一样坚韧地浮游，它在你的双足无法抵达的地方，却将你的心拴上浪漫的丝线牵掣到那里。所以幻想是人生存下去的最有力的支撑和动力。我想21世纪的人类只要还葆有幻想，仍然会充满无限的生机而使文化艺术的源流不致过早枯竭。"① 这是她的理想和信仰。在《芳草在沼泽中》，她明确宣告了自己的美学信念："我不能玷污刚

---

① 迟子建：《迟子建》，人民文学出版社2000年版，第444—445页。

刚树立在心中的有关芳草的神话，因为我看到的现实是流着肮脏恶心的脓血的，所以我宁愿相信神话。在我看来，神话也是一种理想和信仰。"① 面对人类文明偏颇所招致的现代社会重重危机，迟子建以温情的力量呼唤心灵的发现，良知的苏醒，这难道不是一种更坚韧的批判力量吗？我始终怀疑，对残酷现实、人性恶的高保真描写、复制是否可能警醒人类良知与善心？一个毋庸置疑的事实是，美国暴力片的流行对中国人的性格塑造和社会风气恶化是难辞其咎的。原因在于：这样的文艺和社会阴暗面都是由一种共同的观念构架（conceptual framework）决定的。在所谓"批判性"的"揭露"中，描写者对丑恶、残忍的津津乐道、细细品味不是已经揭露了自己沉醉于隐秘的邪恶欲望、低级趣味吗？在举世滔滔的浊流中，迟子建以女性的温柔纯情，以中国文化的天人合一、中和之美呵护人类最后的精神家园，其抗争流俗、批判文明的胆识超越时代，这份旷世情怀必将化为涓涓细流，汇入人类生命的绵延。

　　迟子建的终极乡土、精神家园是如何建构的？其实迟子建自己早已回答过，那就是一种人、情、景相融为一体的伤怀之美。

　　先来看人。迟子建喜爱的是有个性有神性光彩的人，他们忠实于自己的内心生活，漠视世俗功名利禄、物质享乐，沉醉于对人、对大自然、对生活单纯真挚的爱恋，心存感恩地体验人生的幸福。他们的心灵世界因而超越爱恨情仇的常态情感，而升华为自然生命意识乃至宇宙本体意识。可以说，他们以最本真的存在方式实现了人作为"灵性生命"的存在。健全的人性在具备感性、理性之外，还应具有灵性。人以感性感觉，理性理解，灵性

领悟。"灵"的本义来自充满浓郁自然生命意识的巫史文化："灵，巫以玉事神。"（许慎《说文解字》）。灵性不同于感性，它不沉溺于物质而是追问着形而上的意义；它超越道德理性与科学理性，不执著于现实世界的"此岸"而向往"彼岸"，追寻自由圆满的理想境界。"灵性"是人类心灵与外物交感兴会而诞生的灵魂超越性，是人性中的神性，是心灵深处升腾起来的向真、向善、向美的精神能力，是感受宇宙中真善美的精神本源。灵性能凭借想象上天入地，仰望神圣，俯瞰大地，领悟万物在宇宙中的本真意义，体会属于宇宙的、超越一切的力量，建立心灵与整个宇宙的关系。高贵的灵性能导引和提升感性与理性，激发智慧灵感，使生命充满丰富的意义。

作为"灵性生命"，意味着在这个世界，每个人不仅是有生命的个体存在，还是作为整体的存在，在宇宙中的存在，人与人、人与自然和谐共存于生生不息的生态体系之中。所有传统文化都着力使人认识"灵性生命"，因为它是存在的核心。中国文化没有上帝，它不追问存在何以存在，也不以人生即苦的偏激观念拒斥尘世生活。以巫史传统为特征的中国文化思想流连人生、以人间情义为本体实存，是注重中庸和谐、天人合一的乐感文化。在儒家道德修身、人际和谐的主体文化之中，融合着虚己无为、顺应自然、返归本真的道家文化，中国传统诗学历来赞赏童心、性灵、性情等绝假纯真、淡泊自然的人生态度和美学风格。因此，中国文化的"灵性生命"是实用理性与巫术情感的交融，人的存在既世俗又神圣，既平凡又崇高，既文化又自然，既现实又超越。然而由于西方传统文化的崩溃（上帝之死），"灵性生命"这一存在的核心已经遭毁，其影响伴随现代化进程扩展到整个世界，动摇了其他传统文化的根基，包括中国历史悠久的巫史传统。四处扩散的西方现代文化在高扬人作为个体存在之另一面事实的同时，也把为传统所洞识的"灵性生命"——存在之本然的另一面抛弃了。如果从现行制度追溯到文化思维，来查究动摇今日社会根基的生态危机、道德危机、精神病状的根本原因，那么人类"灵性生命"的丧失无疑是其中一个不可忽视的因素。

迟子建的文学想象复活了传统文化深刻体认的"灵性生命"，把天真、质朴、善良、自尊等人类社会早期曾经尊崇的价值还给人性，让扩展的人际之爱、天地之爱、人间欢乐笼罩平凡人生，人物因而焕发神性光彩。热爱土豆的礼镇人和他们朴素感人的爱情（《亲亲土豆》），为亡妻痴迷于草编、勇于打抱不平的傻子陈生（《青草如歌的正午》），异想天开追逐梦想的爷孙（《日落碗窑》），喜欢新奇玩意的胡达老人、与爷爷心灵相通的男孩鱼纹（《朋友们来看雪吧》），遵从父母遗训不违农时专心劳作的弱智兄妹、迷醉于都柿来抑制悲凉的苍苍婆（《采浆果的人》），因为善良而一生倒霉、经常醉得找不到家门的酒鬼（《酒鬼的鱼鹰》），默默送情人上路的痴心男人（《一匹马两个人》），热爱大自然的声音、死后还回家演奏音乐的灵魂（《格里格海的细雨黄昏》）……他们的生活并非没有烦恼、痛苦和灾难，他们不得不承受命运的打击，忍受人生的种种缺憾，还常常面对死亡，但坚韧的人间情爱总能护持他们渡过"逝者如斯"的生之苦，让他们感受淡淡忧伤中静静流淌的幸福。迟子建温情脉脉地描写被辛酸浸渍着的幸福，它们的确如同撒满晨露的蓓蕾一样让人心动。在《日落碗窑》中这种缺憾之美得到过于集中的表现：老鳔夫关全和幸运地娶了温柔贤惠、美丽跛脚的吴云华，他喜欢配合妻子跛脚的步伐，两个人手拉手一跛一跛节奏和谐地走着，仿佛一股海浪在暗夜中层层叠叠地涌动；关老爷子和木匠王嘘嘘合作，终于烧出一只艳丽如同夕阳的完美的碗；愚钝的王张罗和因痴呆而连续流产的妻子刘玉香在大家的帮助下保住了儿子；被关小明误伤的爱犬冰溜儿也渐渐恢复了活力和威望。

目睹亲人的死亡是迟子建难以愈合的伤痛，所以死亡在她的小说中无数次借想象而得到升华。《遥渡相思》以死向爱，《重温草莓》在酒醉中与父亲的灵魂交谈，《白雪的墓园》中，母亲与父亲在墓园最后告别，仿佛亲自送他踏上远行的路途。到《亲亲土豆》，对死亡的超越似乎完全淡化为生命的自然延续，忧伤的美丽如同夕照中的河水，仿佛印证着歌德的美丽诗句：生命是自然创造的一种最美的现象，死亡只是它为了丰富生命而使用的一种伎俩。李爱杰用一堆土豆覆盖丈夫的棺材，使他的坟豁然丰满充盈起来（《亲亲土豆》）；继父无法排遣伤害宝坠的罪恶感，郁郁寡欢抱憾去世，宝坠却在牛的世界里活得晶莹剔透，并最终得到了异父妹妹的爱（《雾月牛栏》）；老头和老太婆相伴一生，相继追随而去，留下一片丰收的麦田（《一匹马两个人》）。即使再次重温丧失亲人的锥心之痛，迟子建也从长歌当哭的悲恸转向明月清风，把哀恸化作清流上的河灯、精灵般的蝴蝶，放飞到遥远的银河之中（2005 年《世界上所有的夜晚》）。

在商品经济时代精于算计的聪明人眼中，迟子建的人物都应当属于"痴人"、"愚人"、"智障"，他们的所作所为毫无经济效益，还经常煞有介事地与土豆、蝴蝶、树叶、云彩、蚂蚁对话，不是傻子是什么！然而这些充满爱心的痴人在迟子建的想象世界里活得那么健康美丽，比蝇营狗苟于贪婪算计的精明人更充实、更高贵、更富有人性尊严。迟子建曾在散文《周庄遇痴》中解说她一贯珍爱的"痴"的价值，在她看来，"痴"是一种可以使心灵自由飞翔的生存状态，它像一座永远开着窗口的房屋，可以迎接八面来风。这种对人生的超越性悟识，已然接通了中国文化的悠久传统。老庄都曾以无知无欲的婴孩设譬解道。所谓"含德之厚者，比于赤子。"① 所谓"能儿子乎？……行不知所之，居不知所为，与物委蛇，而同其波：是卫生之经已。"反之，"丧己于物，失性于俗者，谓之倒置之民。"② 至于庄子等人外其形骸，临尸而歌的惊世骇俗之举，更是彷徨乎尘垢之外，逍遥乎无为之业，游乎天地之一气的大自由。迟子建的"痴人"，极端如陈生（《青草如歌的正午》）、宝坠（《雾月牛栏》）、疯人院的疯子们（《疯人院的小磨盘》）、大鲁二鲁（《采浆果的人》），其他人物之所以可亲可爱也都因为某种愚顽的痴情。但他们并非庄子理想中那种登天游雾，挠挑无极，相忘以生，无所终穷的"真人"，他们是具备自然状态下美好的心灵生活、流连人间情怀、灵性飞扬的人，他们本能地参悟天地人间化育生命的大爱，超越物质主义的世俗欲望，让心灵沐浴情感的洗礼，以一颗爱世界的童心兴致勃勃地营造人间天堂。这种心灵超越并非超然物外，遗世独立，而是以内心充沛的爱浸润外在世界，从而化解、升华人世间所有必须经历的痛苦。痛苦被生命的无限活力逼迫在距离之外，人类从而可以拥有一种看世界的守望者的眼光。

被神性光辉笼罩的人当然诗意的栖居在世界之中。当代文坛没有谁像迟子建那样激情洋溢、才情挥洒地描写大自然。人类文明进程生产了层层叠叠奢侈冗余的消费品，包裹着人类越来越娇嫩的肉体生存和复杂生活方式。作为人类存在根基的大自然被高

① 沙少海、徐子宏：《老子全译》，贵州人民出版社1989年版，第110页。
② 张耿光：《庄子全译》，贵州人民出版社1991年版，第272、410页。

楼大厦、钢筋水泥覆盖、遮蔽、疏离、破坏。迟子建对所谓文明的发展心怀警惕，在她看来，亲近自然的朴素生活才是真正的文明。二十岁以前迟子建一直没有离开大兴安岭，性爱山水、情笃鱼鸟的她熟悉故乡四时循环中所有神奇微妙的景色变迁，大自然在她眼中是这世界上真正不朽的、和人一样呼吸的事物，她满怀敬畏与热爱的激情抒写它们。铺天盖地的大雪、轰轰烈烈的晚霞、波光荡漾的河水、开满花朵的土豆地、被麻雀包围的旧窑厂、秋日雨后繁星似的蘑菇、雪地上飞驰的雪橇、千年不遇的日全食……白山黑水之地气象万千的自然景观进入迟子建的小说，无不流光溢彩，焕发神韵灵趣。

自古以来，中国文学就视山林皋壤为文思之奥府。中国文化中的山水、生灵、自然从来不仅仅是人类可资利用的物质资源，它还是与人共在的神秘存在，可以陶性灵、发幽思的生命世界。泛灵论、活力论等原始思维在中国古代哲学美学、神话传说中源远流长。外来文化的传播进一步为这种充满神秘色彩和审美想象的自然观提供了理论支持。"一切众生皆有佛性"的涅槃佛性论思想认为："有情"众生（人和有情识的动物）皆有佛性，即使"无情"的物（草木、山河、大地、土石等）也有佛性，它们各有其道而归于佛理。佛性论与中国传统文化的融合，使南朝山水诗大兴，滥觞于南朝的"性灵说"超越对常态情感的执著，而趋向对心灵、精神的探索；在创作实践中，则超越抒情传统而走向审美追求。这一变化自谢灵运之后绵延不绝，成为积淀在美学和民族心灵中的文化传统。当中国诗人面对自然山水时，他们不会把山水看成孤立的、无生命的物体，而是把宇宙自然的生命与人的生命紧密联系一起，园柳鸣禽、老树昏鸦、秋水夕照、明月清风，大自然的一切无不散发着活生生的气息，荡漾着生命的光彩，充盈着灵动的"神气"。绚丽缤纷的自然物象后面，无不体现着宇宙精神永恒常在的神秘力量。所以，自然山水的生命就是人的生命，人的生命意识则是自然山水性情的反射。体验自然山水的灵性，感受超越世俗的生活境界，领悟宇宙万物的奥秘和真谛，这是中国诗学独特的审美精神，人与自然充满诗意的谐振使中国古典诗歌达到登峰造极的艺术高度。而古典散文也深被自然诗学的浸染，富蕴赏心悦目的自然意象和情景交融、虚实相生的意境。只是在叙事性更强的戏曲、小说中，自然才伴随工业化进程而沦落为人物社会生活的穿插和环境。现代文学注重反映社会实践，但新文学缔造者鲁迅、郁达夫及 20 世纪 20 年代乡土小说家等，都曾经满怀热爱地抒写自然，尽管怀乡之情已然掩饰不住梦醒之后的悲凉。沈从文悖逆工业化进程，以非凡才情重筑人与自然圆融浑成的桃花源，留下人类逐渐远离自然之美时无尽的眷恋。当代文学中的自然成了被征服被改造的对象，所以，汪曾祺清新优美的自然风韵在 20 世纪 80 年代初使人大开眼界，成了一个回味无穷的文学事件。描写自然本是乡土小说的题中之意，因为乡土必然是一块亲族聚居的自然环境。然而近年来随着城市化进程的加快和物质主义消费主义意识形态的流行，乡土小说中的自然再次凋敝，乡土小说似乎丧失了自然赋予它的艺术光辉。

幸运的是这个时代还有迟子建，她能够让身边的一切都浸润诗意情感，敞开天地神人共在的生机盎然的完整世界。谁能忽视迟子建笔下灵光四射、摇曳多姿、形神兼备的大自然呢？《原始风景》中无声无息燃烧着的销魂月光，《东窗》中散发香气温柔养人的露水，《酒鬼的鱼鹰》中夕阳笼罩下山水的层次和深浅，《微风如林》中千变万化的冬夜的晴朗，《芳草在沼泽中》黑马一样无拘无束奔跑撒欢的黑暗，《疯人院的小磨盘》眼里忽而如阳光、忽而如雨丝的柳条。这些描写集合匪夷所思的远取譬、儿童般天真恣肆的想象和拟人、细致入微的观察、柔美婉约的笔调，形成迟子建小说又一个风格特征。当阳光可以变成牛奶从天上倾泻下来，变成种子生根发芽，变成刚晒好的麻线当空飞舞，当阳光上下翻滚、纵情歌唱，这个世界是多么美好，它难道不足以点燃生命的激情、艺术的激情吗？

迟子建的自然是被人守护——参与——表现的生态自然，人与自然和谐共处，相互观照相互欣赏，自由自在又心灵相通。迟子建理想的生存环境是乌回镇那样的地方（《朋友们来看雪吧》），它与周围的山林河谷没有界限，完完全全就是大自然的一部分，一切景色都坦然与天色接吻而呈现出一派生机。在这样的地方，才可能诞生胡达老人和鱼纹那样健康的人性。在《微风入林》中，喜欢山林生活的鄂伦春汉子孟和哲则以他强汪的生命力击溃了颓废荏弱的现代文化人。迟子建笔下可爱的人们会聆听大自然的心声，温情脉脉地与草木虫鱼打趣斗嘴；而自然万物也会像人一样思考和感受，灵敏活泼地应和着人的情感脉动。洗衣婆怕落叶寂寞，专程把它送回原处（《秧歌》）；跌倒的苍苍婆发现镶嵌着星星的夜空就像一床蓝地黄花的缎子被盖在她身上，令她无比陶醉，索性在地上多躺了一会儿（《采浆果的人》）；酒鬼刘年思考阳光落在不同地方的不同命运，而阳光则热情地追随他，自告奋勇为他敲门（《酒鬼的鱼鹰》）；爷爷和麻雀倾心交谈，关全和找茬骂大雁，小狗冰溜儿憨态可掬，看着蜻蜓无比羡慕，看着瓜秧子苦苦琢磨（《日落碗窑》）；阳光咄咄逼人的亮色吓住了初生的小牛，宝坠特意在院子里走给它看；小牛怯生生跟到院里，怕自己的蹄子把阳光给踩碎了而缩着身子走路（《雾月牛栏》）。还有会流泪的鱼（《逝川》），如花似玉的鸭子（《鸭如花》），在夜里伸出触角轻轻把人摇醒的清风明月、溪流花朵（《芳草在沼泽中》）。迟子建的世界就是如此被心灵之光点燃、照亮、温暖、激活。她似乎天赋诗人绝假纯真、接应万物的赤子之心，一种情以物迁、辞以情发、随物宛转、与心徘徊的灵性灵机。对她来说，一叶且或迎意，虫声有足引心。如济慈所说：我觉得鲜花一朵朵地长在了我身上。迟子建孕育了一个童话式的万物有灵的世界，它复活了人类童年的梦，也接通了艺术的源头。更重要的是，它还为生态学哲思提供了精神资源和动力。因为把地球视为活物、生命体的种种假说，正在融入生态学理论建构，源于人类原始思维的"泛灵论"、"活力论"与科学并肩携手，共同奠定着生态学的哲学基础。

　　人、情、景融为一体，浸入某种宗教情怀的伤怀之美，这是迟子建珍爱的最高境界。执著人间情爱的单纯可爱的人们，洋溢着生活情趣的淳朴细节，神秘美丽的象征意象，对苦难和缺憾的温情超越，繁花似锦的情节铺排，童心粲然的温馨幽默，与人和谐共处的灵性自然……迟子建在想象中建立了一个终极乡土——一个生态和谐的爱与美的世界。仰望神秘美丽的星空令人伤怀，因为如迟子建所说，它带来了一股天堂的气息，更确切地说，带来了让人自己扼住咽喉的勇气。人类灵魂宿命地渴望超越，这就是为什么迟子建说伤怀之美是无与伦比的天堂绝唱。儿童、女性、自然、艺术，这四者从来都是血脉相连彼此映照的孪生子。具备儿童的纯真想象，女性的和煦柔情，方可与物无隔，情往似赠，兴来如答，在想象中呈现一幅灵性飞扬的生态和谐图景。迟子建为乡土小说打开了一扇面向自然的窗口，这是乡土小说在拜物教挤兑下正在渐渐疏离的传统，同时也是未来时代人类反思与回归的方向。只有自由与和谐，才会给地球带来永远的生机，才会给人类带来永远绵延的生命。

袁枚说："诗宜朴不宜巧，然必须大巧之朴；诗宜澹不宜浓，然必须浓后之澹。"迟子建的写作历来有"天籁"之美誉，她的禀赋才情如此出众，令人想起另一位东北才女萧红——《原始风景》与《呼兰河传》的文本相似性似乎进一步强化了这一暗示。然而天籁之作，必须性情厚者，方可词浅而意深。天籁吹万不同，皆出自迟子建无比温柔的爱心。且人功未极，则天籁亦无因而至。迟子建自然清新、婉约柔美的艺术风格是经由长期的磨炼功力而达到的，是由藻饰而达到的自然之美。

长篇小说《额尔古纳河右岸》可以说是迟子建的又一次自我突破，第七届茅盾文学奖授奖辞给它这样的评价："迟子建怀着素有的真挚澄澈的心，进入鄂温克族人的生活世界，以温柔的抒情方式诗意地讲述了一个少数民族的顽强坚守和文化变迁。这部'家族式'的作品可以看作是作者与鄂温克族人的坦诚对话，在对话中她表达了对尊重生命、敬畏自然、坚持信仰、爱憎分明等等被现代性所遮蔽的人类理想精神的彰扬。迟子建的文风沉静婉约，语言精妙。小说具有史诗般的品格和文化人类学的思想厚度，是一部风格鲜明、意境深远、思想性和艺术性俱佳的上乘之作。"在这部小说中，人与自然和谐的生态学理想借助人类学视角变得更加显豁（其实在《微风入林》中已见端倪），迟子建从独特民族性及其生活方式中发掘与现代文明对抗的道德品质、价值观，在原始社会的非功利性基础上提炼升华出爱的主题（主要包括人类大爱和两性之爱，还包括族群内部的友爱、父母子女兄弟姐妹之间的亲情，以及对大自然的热爱），并围绕这个主题展现人物性格的纯真善良和偏执保守，歌咏人与自然和谐的生存方式，同时对鄂温克族性（原始人性）加以温婉反思，试图在地方性知识与人性、全球化范式之间寻求共通点。但是，与中短篇小说相比，迟子建这部长篇令人遗憾。尽管立足点高（文化人类学对少数民族生活方式与现代化冲突的反思），但迟子建显然并不熟悉鄂温克族的生活世界，内在的情感体验也是迟子建式的，给人一种不自然的感觉。毕竟，游猎文化与现代文明之间的差距实在难以跨越，迟子建凭借她异于常人的万物有灵原始思维及其表达方式，尽量贴近这一原始族群的生活和心灵，但仍然暴露出窘迫和伪饰，尤其是当她选择第一人称自述的时候。同时，人类学知识的过度介入似乎也影响了小说意境的自然圆融。由于迟子建试图全方位展现鄂温克族生活方式，小说的人物性格和关系、情节设置、历史背景甚至细节描写都建立在真实的人类学知识上，每一个细节都力图符合田野调查的深描，使作品完全符合一部准确客观完整的民族志标准，因此也破坏了迟子建一贯追求的自然圆融，显出人为刻意的痕迹。另外，以爱作为原始民族人际关系的主要动力，虽则合乎人类理想，但其真实性却令人怀疑。而且这部长篇缺乏剪裁调度的结构感、节奏感，再次证明迟子建不是一个优秀的长篇小说作家。

第三节 刘庆邦：纯真年代

刘庆邦是近年来最受欢迎的短篇小说家之一，由于多次荣获各项文学大奖，他被称为文学界的"获奖专业户"、"中国当代短篇小说之王"。自 1978 年初登文坛至今，他温和而又坚定地"吹响自己的唢呐"（林斤澜语），以稳定的数量和质量精心打造自己的小说世界，从浮躁喧嚣的当代文坛脱颖而出，成长为一棵刚柔相济、文武兼备的文学大树。

《走窑汉》、《心疼初恋》是刘庆邦早期的短篇小说集，收在其中的小说，还有比较明显的模仿学习痕迹，比如《苇子园》与沈从文的《边城》颇多相似之处，《走窑汉》、《玉字》、《找死》、《煎心》、《拉倒》、《血劲》等复仇小说刻意挖掘人性的复杂，其浓烈的心理描写留下了雨果等西方小说家的影响。同时，在小说创作的开端，刘庆邦独特的写作路向也初见端倪，农村生活和煤矿生活是他的两大题材领域，两种基本的美学风格后来演化为柔美小说和酷烈小说两个大类。对于自己这两种风格迥异的小说，刘庆邦曾多次作理性分析，比如他说："柔美小说是理想的，酷烈小说是现实的；柔美小说是出世的，酷烈小说是入世的；柔美小说是抒情的，酷烈小说是批判的；酷烈小说如同狠狠抽了人一鞭子，柔美小说马上过来抚慰一下。我就这样处于矛盾之中，一直是自己跟自己干仗。"① 可以预料，当读者有了《鞋》、《春天的仪式》、《梅妞放羊》、《响器》、《遍地白花》、《红围巾》等柔美小说的阅读经验，再来读《平地风雷》、《五月榴花》、《打手》、《在牲口屋》、《神木》等酷烈小说，其审美感受肯定剧烈振荡，因为两者似乎完全是两个不同作家的作品。这种矛盾大约就是刘庆邦看世界的方式吧！或者美到极致，温暖到极致；或者恶到极致，冷峻到极致。两者之间天壤之别的精神跨度，在刘庆邦看来并非难以逾越的障碍。二者太极图般抱合为圆，才构成完整无缺的人性。这种推向极端的写作虽然并不符合人性的常态（善恶美丑兼备一体），但艺术的真实却被最大化，从而能够集中传递美感能量，给人以深度的审美震撼。

---

① 刘庆邦：《民间》，新疆人民出版社 2002 年版，第 357—358 页。

　　刘庆邦的酷烈小说多采用零度写作的策略，不动声色地呈现乡间、矿区等底层生活的黑暗和残酷。在这些小说里，无谓的暴力是生活中无可回避的结局。除了暴力行为，人物没有任何生命的律动，其情感、思想等精神层面大致都是缺省叙述的。这种手法与1986—1987年间余华引起巨大反响的先锋小说（《现实一种》等）走的是同一路径，至今仍然很有市场，并不是刘庆邦区别于他人的立异之作。当然，对村落、矿区那种愚昧、冷酷、"群人"（mass—man）效应等社区文化阴暗面的揭示承接"五四"批判传统，自有不容置疑的意义在。但欠缺价值判断和情感指向的客观展示，似乎容易激发残忍的本能宣泄，或引起相反的道德情感抵制。相对而言，柔美小说才是刘庆邦可以敝帚自珍的代表性作品。

　　刘庆邦的柔美小说大都属于乡土题材，很多是自叙性的，有作者童年、少年生活经历的影子，真挚充沛的情感抒写是这些小说最动人的魅力所在。林斤澜总结说，刘庆邦小说"来自平民，出自平常，贵自平实"，是不跟潮流的"珍稀动物"。① 这是深得三昧之言。刘庆邦着力描写的美好情感都有一个潜在的背景：我们时代的精神处境和精神状况。这一点刘庆邦自己是有着清醒认识的。在文论随笔《超越现实》中他说："小说所传达的是日常生活中的诗意，关注的是人类心灵的历史，它是一个再造、慰藉人们心灵的情感世界和心灵世界。小说创作从来都不是人类坚强的表现，而是脆弱的表现。"② 这里表达的小说观念无疑只适用于他那些决意"证美"的柔美小说。在中篇《心疼初恋》的开

---

① 刘庆邦：《民间》，新疆人民出版社2002年版，第1—2页。
② 刘庆邦：《从写恋爱信开始》，国际文化出版公司2004年版，第172页。

头，刘庆邦描写了禁放烟花爆竹的城市一片死寂的除夕之夜，然后说："我想起一个不恰当的比喻，我的同胞们像一群被强大的现代生活强制训练的小兽物，大家越来越乖，越来越守纪律了。同时，我们的生活越来越单调，心灵越来越脆弱和可怜了。"这解释了他写作这篇初恋故事的动机，也解释了他所有柔美小说的写作动机。显然，在刘庆邦看来，现代社会建立在物质欲望满足基础上的生活方式已然榨干了美好人性的自然情趣、活泼生命，唯有诉诸心灵的诗意，诉诸美的向往和理想，诉诸普度众生般博大的爱，诉诸如诗如画、如歌如梦、宁静致远的人生境界，才可以唤起人们温馨的记忆，让他们在"心镜"中看到生命闪耀的光辉，从而引渡灵魂飞越尘世，得到净化、超越和提升，实现文学劝善的本质。在暴力、性、放纵、堕落等本能宣泄摆出哗众取宠的时尚文学姿态的时代，刘庆邦原本温和的文学观无疑是一种批判的立场。温暖的亲情，悄然萌发的春意，爱音乐、爱自然的天性，纯真的情感和温柔细腻、含蓄委婉的情感表达方式——在这些难以掀起情节波澜的人心细微之处，刘庆邦让烈火烹油、鲜花着锦的细节在大自然丰厚土壤的滋养中茁壮生长，成为枝叶掩映、摇曳多姿的完美世界。这种乡土的精神重构针对的正是商业文化浸渍中精神萎缩、美感消逝的生存现实。参照刘庆邦不多的城市背景小说，如《红果儿》、《城市生活》、《家园何处》，尤其是表现乡村与城市生活方式激烈对抗的《红鹅》，这种批判的意味就昭然若揭了。刘庆邦无心让短篇小说以小见大，负载历史、文化、政治等重大命题，而是以心灵之美召唤心灵的参与，导引我们放飞灵魂，从有限到无限，融入真善美的自由之境，找回人生和艺术最初的感动——诗性生命的真谛。

从初期的《闺女儿》（1991年）到近期几近翻版的《红围

巾》（2003 年），大致可以标志刘庆邦柔美小说的一条主干情感脉络：通过"春天的仪式"，完成心灵成长的一段历史，演奏心灵震颤的"人生序曲"，这当然应该归入"成长小说"。这一类数量可观，总是或直接或间接地与性意识苏醒有关，如：《闺女儿》、《远足》、《鞋》、《春天的仪式》、《梅妞放羊》、《回门》、《毛信》、《夜色》、《红围巾》、《眼光》、《摸鱼儿》等。作为这一类的亚种，是一些相对单纯的"成长小说"，大都通过少年对责任的体认完成心灵成长的历史片断。如：《少男》、《野烧》、《发大水》、《美少年》、《谁家的小姑娘》、《拉网》、《户主》、《种在坟上的倭瓜》、《女儿家》、《尾巴》、《一捧鸟窝》等。

　　第一类小说的主人公通常是少女，她们面对的是相亲、定亲这样的成人仪式。有意思的是，刘庆邦总是把小说中的时间虚化，或隐隐约约安排在他的童年记忆中——生产队、集体劳动、贫困、阶级成分等可以辨识的时代标志。如果暂时从小说的诗意氛围跳出来，从社会学角度反思这种乡土爱情，就会发现：自"五四"至赵树理时代，直至新时期开端，包办婚姻、无爱婚姻一直是个性解放、妇女解放运动坚决反抗的封建文化。然而迟至今日，广大的乡土社会依然延续着以生育和性为主要目标的简单婚姻。在现代文明的视阈中，这种婚姻似乎没有多少精神的成分，因而是可悲的无爱婚姻。但它却是农村男女相互搀扶走完人生之路的倚仗，它的结实可靠远甚于资本主义文化建构的浪漫爱情，它的道德温情更胜于后现代的无谓放纵。因此，这种被现代思想质疑的乡村婚俗也始终是背离城市方式的诗意源泉——从沈从文到迟子建、刘庆邦，都表露出对底层农民婚姻爱情的"认同"。当然，他们的"认同"毋宁说是一种重建，对抗工业文明的精神动力使他们"发现"了简单淳朴真挚的田园诗式的理想爱情。20 世纪 90 年代以来，随着农业文明向工业文明转型的加快，现代性的弊端逐渐显露，西方现代性的另一副面孔——审美批判现代性引起国人的共鸣，批判现实、怀念过去的社会意识悄然兴起，表现为文化、学术、社会生活各个领域野火春风般的怀旧情绪。这种蔚然成风的怀旧情绪是一股强健有力的审美思潮，它的意义在于批判现实，借回忆和憧憬重构生活的意义。刘庆邦的柔美小说正是抓着怀旧与回归的审美思潮、社会思潮的降落伞，才得以规避现代与后现代飓风而顺利完成了软着陆。刘庆邦并非不了解乡村婚姻的情感缺失，他以无比温柔的悲悯情怀体察女儿家面对未来的恐惧、离家嫁人的悲哀和无法掌握的命运悲剧，在《回门》、《不定嫁给谁》、《听戏》、《摸鱼儿》等篇中，幽咽流泉水下滩的痛苦得到了充分表达。但在大量的成长小说中，他把这些悲伤雾化为弥漫在小说中的情感基调，以成就柔美小说整体美的营造。刘庆邦总是选择少女面对婚姻前景的情感动荡时期进入她们的心灵，这是尘埃落定之前的爱情憧憬，是少女成长心灵的抒情独唱，是毁灭/完成之前充满爆发力的情感积聚。客观地说，刘庆邦小说中的少女形象都是封闭保守的乡土文化的产物，她们的思想感情及其表达方式完全合乎温柔敦厚的传统诗教。作为男性作家，刘庆邦拥有细致入微体察古典女儿心的非凡感受力与想象力，直逼千古情圣曹雪芹。他总是体贴入微地揣摩、不厌其烦地描摹女儿家变幻莫测的心事，她们对未知爱情的渴望和憧憬，欲拒还羞的娇羞自重，怕别人看不上自己的自卑与自尊，一心一意的忠贞，体谅父母、爱护兄弟的乖觉，可爱的小性子，处女的执拗，出嫁的恐惧和委屈……这种人性表达截然不同于当代社会流行的城市文化。中国现代女性经过近百年的解放，已经跳出传统东方女性温柔贤淑的性别塑造模具，开始多姿多彩的个性追求。而西方文化的强势进攻和传统文化的式微也带来审美情趣的变化，含蓄婉约、淡泊高古等传统诗学境界淡出文学。然而审美风尚似乎总是循环往复、变动不居的，当纵欲堕落使人莫名颓唐，放荡野蛮的都市"宝贝"使人胃口败坏，传统中国文化、东方女性的温婉含蓄也就乘虚而入，唤起对往昔岁月的眷恋回忆。社会学让位于美学，刘庆邦细腻温柔的女儿情怀赢得了时代的情趣，不可知的未来、无法掌控的命运悲剧悄然隐退，化为淡淡的忧伤；而相亲、定亲、送定情礼、庙会相见等民俗场景，则烘托出农耕文化醇厚绵长、历久弥鲜的人间烟火味儿。

作为亚种的另一类成长小说更清楚地显示出刘庆邦写作的自叙性，此类小说的主人公多是少年，幼年失怙的隐痛强化了少年成长过程中的忧伤。实际上，忧伤原本就是成长过程的情感基调，青春期少年处于长大成人的前夜，是情窦初开、自我认同、生命意识觉醒的多变阶段，也是心灵最艺术化的人生阶段。他们渴望长大又莫名恐惧，少不更事又自以为是，叛逆而脆弱，敏感而固执……从曹雪芹《红楼梦》到沈从文《边城》，无不从怀春少年艺术化的生命体验中获得永恒诗意，这是值得关注的艺术经验。少年成长的忧伤，与人类经历各种社会形态和文明阶段、在历史过程中成长的原始忧伤是同一性质的，这种从自然人到文明人的忧伤已沉潜为人类的集体无意识。成长小说之所以永葆青春，深层原因大概在此。刘庆邦笔下的少年因为失怙而更加敏感脆弱、自尊倔强，多愁善感不让娥眉，是作家艺术心灵的本真描摹。少年无力承担家庭重担，反而依赖家人的细心呵护。但另一方面，他独立的自我意识渐趋鲜明，乡村社会习俗也要求他尽早成为男子汉，为家庭、家族事务尽责。于是，在无所适从、勉为其难的选择中，少年默默咀嚼人生百味，体悟家人的关爱，鼓励自己迎接挫折，感受内心成长的力量。在有关乡村的童年记忆中，田野生活的乐趣是最难忘的。刘庆邦描绘景物环境等综合形象的能力显示出细致的观察力、丰富的再现性想象力和驾驭语言的高超技巧，轻轻几笔就可以把田野风光、乡村风景勾勒得历历在目。他不遗余力的描写看瓜地、扒红薯、田间捉鱼、野烧、放羊等充满乡土风味的劳动和游戏，在亲和自然的生活方式中发现对抗城市生活的美感。近年来，地域色彩、自然景观、诗性描写在小说中大步隐退，所谓晚生代、新新人类的写作更是呈现出一派缺乏自然情趣的枯燥凋敝。在这种情况下，刘庆邦、迟子建等保存自然生趣的作家委实难能可贵。

刘庆邦的审美理想，是在美的自由超越中皈依自然，与自然融为一体。如他所说："好的小说和自然是相通的，它得天地之灵气，吸日月之精华，受雨雪之润泽，山是自然的山，水是自然的水，人是自然的人，情是自然的情，一切都平平常常，一切都恰到好处，都是那么美妙和谐，闪射着诗意的光辉。"① 这种自然境界的营造，得益于人物心灵温柔如水地动态呈现，得益于自然万物、劳动场景、民俗事象的生动描写，还得益于月色朦胧的忧伤情调。这些都在《梅妞放羊》中完美地实现了。不像其他那些少女怀春的成长故事，这篇小说没有设置重要的仪式性事件，民俗事象也隐居幕后，梅妞的母性成长是在"满坡青草满地花"的大自然怀抱中行云流水般完成

---

① 《刘庆邦中短篇小说精选》，花山文艺出版社 2002 年版，第 3 页。

的，爱花的水羊做了她的启蒙老师。水羊怀孕、生产、哺育，孕育生命的全部过程都被梅妞将心比心、感同身受地细细体验，最后她忍不住借小羊实习一回，初次感受到母爱的巨大快乐。然而爹还是把两只小羊卖了，梅妞无言地开始了新一轮放羊。人与自然的和谐，天人合一的生态理想，以及这种理想在冷酷现实面前的悲哀，被单纯的故事、诗意的叙述演绎得浑然天成。

艺术是亲近自然而非破坏和掠夺自然的绿色文化，艺术也是人类的自然天性，是人类最本真的爱，人、自然、艺术原本就是浑然一体的。在《曲胡》、《响器》、《听戏》、《遍地白花》等小说中，刘庆邦用诗化的语言描写民族音乐、绘画感动人心的强大力量和无穷魅力，以此寄托回归自然的审美理想。乡下人没有像城里人那样把艺术当作增强生存能力的技术学习，他们有的是欣赏艺术的柔软心灵，艺术对于他们就是不可阻挡的生命的感召，牵引着他们全身心的投入。这种源于自然的艺术人性，是久已忘记的艺术真谛，是作为生命本能的人的爱欲，是人与自然的最高和谐。

如果说迟子建用女性柔情建构了理想的终极家园，那么刘庆邦则以善感的童心回顾往昔，在贫困而又纯真的"黄金时代"找寻爱与美的旧梦，追怀失落的童贞，给现代人疲惫寂寞、干涸麻木的心灵洒下情感的甘霖。怀旧和憧憬都是文学家身上必不可少的心理素质，它们都是一种指向性的选择，其中必然伴随着否弃与肯定，放逐与坚守，批判与理想，因而二者又是相互转化相互包含的。对人类解放、自由的乌托邦梦想，是艺术的审美之维永远高举的旗帜。刘庆邦没有变革社会的整体构想，只有关于"人之初，性本善"的童年记忆和真诚信念。在他看来，组成柔美小说的无数细节——美好心灵的每一次震颤才是人生最有意义的事，只有这些细节是永恒的，有着不可磨灭的性质。他执著于自己的审美情趣和审美理想，坚持不懈地书写心中不可改变的梦境。或许我们可以置疑那种贫困生活中的诗意，那种对逝去年代的怀恋，但谁又能否认他的小说有着圆满自足的美感，有着迷人的艺术魅力呢？回忆是人类可贵的精神能力，同样也是艺术永恒的动力。对于生态失衡的现代社会和人的精神处境，刘庆邦的柔美小说是一缕来自田野的风，它的清新足以澡雪精神，吹散物欲膨胀的燥热，召唤久违的自然之美重新回到人类的心田。由于坚硬现实的压迫性笼罩，刘庆邦的怀旧不能不回荡着忧伤的情感基调。温柔的人性、纯真的爱、亲切的大自然，与失怙的痛苦、受伤的心、困苦艰难的生存状态融合起来，构成萦绕在刘庆邦柔美小说中的感伤情调，隐隐的酸痛浇灌着、滋润着爱的可贵，美的可贵。我们可以借用他的小说《信》里的话来描写它："这种调子不是用言语所能表达，说它沉郁、忧伤、旷古或者悠长，都有那么一点，但都不能完全达意。如果用某种号子或某种曲子与之作比，也许能接近一些。在辽阔的原野，暮归的耕牛对小牛的呼唤；在晚风中，一个孤独者的歌唱；在春夜，细雨不断打在陈年柴草垛上的声音，等等，其中的韵味和信里的调子都有相通的地方。对了，那种自然质朴的调子更像弥漫在秋天原野里的一层薄雾，它轻轻的，柔柔的，却饱含水气，睫毛一沾到它，睫毛就湿了。'薄雾'多少有点影响人的视线，眼睛不能望远。正是因为眼睛不能望远，心上的眼睛才发挥了作用，才看得更远，远到令人怆然的地方去。"

第四节　王新军及其他：诗意栖居的可能

不同于文化批判视角，王新军、石舒清、铁凝、陈继明、红柯等人的一些作品，在乡土生存状态的展示中注重乡土诗意的发掘，品味乡土生活方式的美好。他们在文化省思中着力发掘传统文化、乡土生活方式的活力与魅力，比如：宁静、温暖、自足、幸福、庄严、神圣、野性、力量等审美要素，皈依自然生命，在乡土生存方式中找寻对抗和补偿现代文明缺失的文化基因。这些小说没有矛盾冲突，没有紧张的故事情节，人物设置也非常简单，往往只有一个人。小说通常截取平常的一个生活片断，比如：扬场，挖土，洒扫，回家，在一个相对固定的时间和空间里追踪描写人物的活动，同时跟随外在活动的每一个细节，进入人物，描写人物点点滴滴的生理感觉和心理活动：回忆，幻觉，想象，喜悦，满足……由于作家主体情感的投射，日常生活细节获得审美化的表现，每一个细小的动作，每一点妙不可言的感觉，每一次心中微微荡漾的涟漪，每一个引人遐思的景致，都被迫近端详，放大自足感，提纯幸福感，使之显得圆满自足，以此喻示乡村生活的家园感，表达诗意栖居的理想。

这些小说充分表现了诗化小说不衰的生命力，也说明乡土依然是现代人寻找诗意的理想之地。事实上，诗意化、抒情性的乡土小说自废名、沈从文起，就成为中国现代小说一个富有创造性的文学体式。它传承中国古典诗学精神，把诗的灵动、意境、语言、想象移植到小说里，使小说焕发诗歌的美质。就乡土小说而言，这种诗化抒情方式非常适合表达乡愁，因而在乡土小说中格外发达。与沈从文相比，王新军等人的此类小说更加注重乡土诗意的审美发现、品味和体悟，情感基调是单纯而平静的幸福感，表现出追求诗意和审美的人生态度。这是完全不同于沈从文的。历来认为沈从文《边城》意义丰足圆融、人物善良美丽，可是《边城》叙事意义的力量主导，却正是理想的悬宕、质变而非完成。正如王德威所云："沈从文要写人与人、人与土地间恰当的关系，却徒然证明其可望而不可求的难堪。"① 整个《边城》的情节在祖孙父子、兄弟情侣间的误会迁延下迤逦展开，小说结尾，沈从文让翠翠独操一桨，痴心等待情郎。那种挑战遥遥时间的无限忧伤，正是"乡愁"的绝妙表达，也是乡土小说最重要的审美意蕴。而王新军等人的此类小说，过于淡化情节，纯化人物心灵，谋求细节中的诗意扩张，显然缺乏沈从文叙述的复杂性、多义性、含混性，因而显得单薄平淡，境界狭小，少了许多悠长的回味。他们所写的幸福感、满足感虽然从人物动作、感受、心理出发，渗透在细节描写中，但过度细腻的揣摩、比拟和形容，过度扩张的主观化，使叙述对象在压力下严重变形，从而妨碍叙述自然化的实现，有滥情化倾向。因而他们所描写的乡村情感、乡村生活方式，虽然美好，却显得有些虚化，造作，单薄，其艺术魅力绝大部分来自修辞手法营造的语言美感，就思想意蕴而言，尚未达到重建家园的审美高度。

王新军是近年崛起于文坛的青年作家，这是一位在农村题材小说创作方面已经玉树临风形成自己独特艺术风格的西部小说家。在致力于小说创作之前，王新军原本是一位在感觉和语言方

---

① 王德威：《想象中国的方法》，生活·读书·新知三联书店1998年版，第231页。

面磨砺锋芒刻意求工的诗人，因此在抒情小说中，他更容易发挥自己在诗歌方面的素养，他那些充满诗意的乡土小说仿佛通往家园的小路，让人流连忘返。他追求平淡生活中的人性美，大力抒写那些给内心带来诗意的事物和场景，从习以为常视而不见的庸常人生中捕捉让世界焕然一新的生命光彩，运用高密度的抒情叙事把小说空间撑得浑圆饱满，气韵流淌。他的语言珠圆玉润，回旋着光与色的欢乐舞蹈，流淌着音乐的动人旋律，极富诗歌美感。小说结构则偏于散文化，情节、人物被淡化，消融于细腻丰满的抒情描写。

王新军这类小说大都是篇幅不长的短篇佳作，如《农民》、《乡村爱情》、《大草滩》、《牧羊老人》、"大地上的村庄"系列西部小说等。他选择扬场、孕育、牧羊等农村生活片断，或者进入牛、风、村庄、普通农民的历史，从中发现那些亘古不变日月常新的人类情感原型：幸福、渴望、激情、感恩。不需要复杂的情节，甚至不需要人物，只要一个劳动的人，一个回家的孕妇，一头走向最后归宿的牛，跟随他们的感觉、想象和意识流动，王新军发现了人生的美好，找到了安置心灵的家园，在诗性言说中敞开世界。他的诗意所表现的并非隐逸田园的士大夫情怀，他只是让诗的思想轻轻飞翔，通过平淡生活中幸福感的充沛流溢，把劳动、爱情、孕育等普通的乡村生命形式升华为存在的本真，呼唤来一个天、地、神、人共在的生机勃发的世界。这种简朴生活蕴藏的诗意和美感，虽然是王新军用诗人的心灵感受、响应和传达的，但它们也是贴近自然的田园生活本身所拥有和护持的自在之美，并且正在工业文明的挤压下悄然崩溃。在《大草滩》、《牧羊老人》中，王新军透过牧羊人的眼睛依依不舍地抚摸草滩、河流、蓝天，那是一去不返的放牧心灵的天堂，它正在被四轮车、电视机等现代化机器分割碾轧。因此牧羊人的迷惘是具体的，又是形而上的：在破碎的世界中我们如何重新凝聚自己而获得新的根基持存性呢？就这样，追随倾听和沉思的道路，王新军从他的大草滩走向人类的诗意栖居之地。

石舒清近年频频获奖，势头正猛。他的乡土小说取材广泛，姿态各异。无论反思历史，还是批判现实，无论写实，还是抒情，石舒清都写得深沉老道。受到关注的《清水里的刀子》和《果园》，属于抒情性的一类。《清水里的刀子》立意奇崛，石舒清在一个老人与一头牛的精神交流中，表达了独特的宗教意识。小说写马子善老人同意儿子的建议，答应在亡妻的四十祀日用老牛"搭救"她。可是，牛在四十日的前三天停止了进食，马子善恍悟：牛一定是看见了清水里的刀子，知道了自己的死期。于是马子善老人真切地感到一种难言的震动，牛的伟大让他感到人类的无知和渺小，从而伤痛不已。通过牛与人的灵魂交接，石舒清思考着生命、生死与信仰的永恒命题。小说的叙述平静舒缓，配合着马子善老人寂静的思想和老牛走向死亡的坦然平静，整个意境近乎完美地表现了超越性的宗教主题。《果园》则通过一位在果园里劳动的乡村少妇的思绪，充满诗意地抒写了乡土生活恬静的美。女人想起每年请来修剪果树的人各有各的风格，其中有一个曾经让她心动，差点发生一点情感纠葛。虽然她的生活中有一些小变化、小波动、小诱惑、小冲动，但它们只不过为田园生活增添乐趣。那些留在记忆里的美好，通过丝丝缕缕反刍式的品味，就变成了平静生活中香甜的润滑剂。小说写果园那种柔和温煦的气氛，呼应着女人满足中略带期盼的心情，文字新鲜优美。

铁凝的《孕妇和牛》如同一帧意味隽永的田园暮归图：孕妇与同样怀孕的牛同病相怜，温情脉脉地走在夕阳的余晖里。她抄下石碑上俊秀的字，仿佛为肚子里的孩子准备了一份礼物，心中洋溢着感动与幸福。对知识与发展的渴望，自然地交融于乡土生活单纯宁静的美；乡土的过去、现在和未来叠合于孕育生命的美好憧憬，从而形成叙述张力，为文本营造了一个含蓄扩展的思情空间。

陈继明的《寂静与芬芳》用从容的笔调描写一个老人寂寞安详的生与死，他一个人打牌、煮茶、喝茶，心境恬淡，死的时候也是笑着的。村庄、山、树在他的注视下刻意静止着，"这种寂静是一种气味，亲切而神秘，由来已久，含着一些确切的召唤和一些莫名的暗示。"但是小说没有停留于老人那令人沉醉的芬芳，小孙子在幻觉中看见了向村外走去、开始远行的自己，预示着新生命新生活打破寂静的力量。

红柯描写新疆军垦生活的小说虽然不是一般意义上的乡土写作，但回归自然生命的旨归隐现着乡土的本义。他总是激情澎湃、意象纷呈地歌颂那块野性的土地，以及充满阳刚之美的生命存在。那些依靠自身力量傲视自然的生命使他倾心仰慕，奔马、鹞鹰、美丽奴羊、北山羊、狼，作为速度、力量、美、神圣的化身，它们是自然界的王者，它们豪气冲天，启迪并孕育人类生命存在的真谛，显示生命的强壮、浓烈、朴素与虔诚。他的人物从群山草原河流那里感悟宇宙人生，他们勇敢无畏，爱得轰轰烈烈，死得高贵美丽，显示出游牧文化、前工业文明环境中自然生命的强悍魅力，是英雄时代远逝之后现代城市人的心灵传奇。

第五章

沉没与再造:乡土小说的
活力与症结

　　总结以上对 20 世纪 90 年代以来乡土小说主题性想象域的考察,可以得出以下结论:一、直面现实、文化批判、历史反思和家园守望四个向度构成 20 世纪 90 年代以来乡土小说的主题性想象系统,这是一个结构合理,充满活力的良性文学生态系统,这个完整有序、有机互动的想象世界,足以展现当代乡土小说深厚宽广的多层面人文关怀。二、贯穿当代乡土小说四个主题性想象域的动力机制是"沉没与再造",这也是乡土小说内蕴的叙事动机和深层结构,它在加速运行的文明转型时代得到凸显,作为主导性的叙事动力而浮现在主题层面。它蕴涵乡土小说的活力与症结,昭示乡土小说的未来走向。三、20 世纪 90 年代以来乡土小说在三个方面存在重大问题:1. 模式化与创新的关系。2. 民族性与人类性的关系。3. 世俗化与超越性的关系。

第一节　20 世纪 90 年代以来乡土小说主题性想象系统

　　综上所述,20 世纪 90 年代以来,乡土小说主要集中于四个

主题性想象域:

第一,直面现实。这是中短篇乡土小说的关注焦点,中短篇快捷灵活的艺术特点,使它一向具备迅速介入现实的活力。20世纪90年代中短篇乡土小说走出文化寻根的古老蛮荒,在"新写实"影响下回归现实生活,尤其凸显关注社会变革的问题意识。刘醒龙、陈应松、何申、关仁山、谭文峰、王祥夫、夏天敏、陈源斌、雪漠、张继、彭瑞高等一大批作家,都能敏锐关照农村社会现实,发现改革深化过程中不断产生的社会矛盾,揭露其破坏性影响以及带给农民的心灵振荡。乡土小说对农村社会问题的热切追踪,最大限度地发挥了文学介入生活改变现实的文化实践功能,无论其艺术水平如何,自有不可小觑的意义在。

回顾新文学历史,敏锐发现和揭露社会问题是左翼文学大力提倡的批判精神,这种文学功利观后来发展为配合形势的政策讲解、歌功颂德,其批判揭露的激进性消融于政治导向,终于走向自己的反面。而20世纪80年代的伤痕文学和反思文学虽然揭破历史疮痂,但那种排脓出毒之法仍然是政治规范之内的批评与自我批评,并没有深入揭示历史悲剧的社会文化成因。对经济改革的热烈响应、单纯拥护,也表现出积极呼应政策导向的写作惯性,洋溢着对现代化乌托邦的乐观想象和幼稚信仰,今天看来,已颇具反讽意味。进入20世纪90年代以来,社会问题小说与政治导向形成了更加健康的良性互动关系。舆论大、危害严重、形势严峻的社会问题,往往受到乡土作家不约而同的关注。例如:农村政治体制弊端、政策纰漏,农村教育、生态、生存危机,农民在城市化进程中利益受损、民工遭受不公正待遇等热点问题,都在乡土小说中得到适时反应。而且,乡土小说反映的诸多严重问题也的确引起了政府决策层的注意,促成了一系列修正性政策出台。另一方面，国家对公益性文化事业的扶持，也在有效引导乡土小说的问题意识。"三农"问题的升温，为农村题材赢得更多青睐，引起很多作家（甚至包括残雪）的积极响应，反过来也促进了问题小说的发展。当然，根深蒂固的为政治服务的文艺工作传统，仍然深刻影响一些作家的思维方式。再加上市场经济反价值的文化影响，两下合力，导致当代问题小说严重模式化，造成相互模仿的追风式写作。尤其表现在批判魄力不足，急需进补。比如何申，其创作始终坚持阐释政策、为行政工作辩护的官方发言人立场，致使批判锋芒大大受损。毋庸讳言，当代乡土小说对社会问题的批判似乎欠缺义正词严的力度，有意无意之间常常表露出无可奈何的容忍态度，加以失之油滑的幽默，因而大大削弱了艺术感染力和思想尖锐性。尽管换个角度看，这种中庸立场恰恰出自平民心态，也体现了转型期文化思想多元化的时代精神。因此，如何进一步解放思想，在小说中培养强健有力的政治民主意识，提高发现问题的敏锐性和揭露问题的尖锐性，是当代乡土小说有效干预社会的必要思想素养和文化准备。此外，不停留于问题的表面，推进批判剖析的深度，使问题小说贯通历史文化的潜流，则应当是直面现实乡土小说的更高追求。

第二，文化批判。立足于超越性的文化立场，对乡土社会相对持久的生活方式及其深层价值秩序进行文化考察，是"五四"以来知识分子乡土写作的传统路径。对乡土中国生存方式和国民性进行文化审视，疏理中国文化之源流与表现，对不适应现代化的民族劣根性展开无情批判，这一主题自鲁迅时代就开掘颇深，且绵延不绝。由于20世纪80年代文化热的辐射，文化批判再次进入文学想象的重要视阈，文化获得了超越政治超越现实的价值，而寻根文学也被文化热推上一个创新高峰。寻根文学隐含新时期作家们追溯人间伦理关系，重估历史轨迹，自我发掘和重建生存意义的抱负。然而，寻根文学的文化批判往往瞩目于蛮荒时代、山林野地的原始文化或奇风异俗，远离现实社会、生活气息，更接近于文化人类学考察报告。20世纪90年代以来，这种缺乏活力和现实指涉的文化寻根在乡土小说中已然绝迹。虽然国民性批判、文化批判依然是当代乡土小说建构想象的主要方式，大概所有乡土小说家都写过相关文字；但是，不同于新文学时期以及20世纪80年代为现代化张目的国民性批判，20世纪90年代以来文化批判已发生重大变异。文化多元主义、现代性理论、生态学及多种后现代理论开辟了全新文化视阈，而市场时代的世俗化潮流也迫使文学想象尽可能贴近当下日常生活、生存现实。因而当代文化乡土小说显得思想开阔且平易近人——这当然不排除少数作家采用极端冷酷的叙事方式（比如杨争光、阎连科等）；更加注重追溯其政治经济根源，在历史背景、生存境遇、权力文化、人性等更宽阔的视野中立体把握农民性；文化视角也不再是单向度二元对立，而是在城乡之间、在现代文明与农业文明的相互映照相互比较中提出问题，开放性地思考文明进程中的历史悖论。另外，生存状态的客观呈现也成为许多作家摆脱主题先行的主要叙事策略。

　　韩少功和贾平凹的长篇创作是当代文化乡土小说的重量级作品。深厚的理论素养、开阔的世界眼光使他们的文化批判跳出二元对立的简单偏颇，表现出高度综合的健全理性和厚重的思想底蕴。贾平凹的几部长篇虽然从文化批判视阈切入，但也强烈表达了家园沦丧的迷惘和伤痛，接通家园守望的深层意蕴。中短篇小说领域，陕西、河南、山东等地作家在乡土文化批判方面尤其用力，比如河南作家乔典运、阎连科、李佩甫、刘庆邦，陕西作家杨争光、黄建国、山东作家张继、王方晨等。他们的小说多沿袭鲁迅白描反讽的路子，尤其是黄建国、阎连科、杨争光等人，其笔调之冷峻酷烈远胜鲁迅。但同时他们也表现出强大的创新突破欲望，常常通过象征、文本互涉、寓言化处理等策略深化意蕴表达。此外，当代乡土小说对乡土文化及其国民性的批判，不仅紧贴现实生活，且往往渗透历史反思，使文化剖析抵达历史叙述的意义生成，从而得以聚合深厚的思想意蕴。比如李佩甫的《羊的门》，把"绵羊地"国民性放在社会主义特色的权力文化中进行阐释，使二者相得益彰，叙事立论凿凿有据。另外，阎连科、鬼子等人的元生存小说和苦难写作也展现了新的写作路向。可以说，当代文化乡土小说继往开来，充满活力，是乡土小说主题性想象系统中一个不可或缺的稳定因素。

第三，历史反思。这是 20 世纪 90 年代以来乡土小说取得重大突破的领域，当代乡土小说的厚重之作大都集中于这一领域。历史本身的意义层面和文化价值，超越现代性的思想质疑，以及批判现实的政治激情，铺就了一条深度诱惑之途，这是此类小说吸引作家、评论家和读者的主要原因。陈忠实、莫言、赵德发、阎连科等人以透视历史的高远目光，成就了乡土小说的当代经典。

实际上，历史反思始终是长篇小说驰骋想象的一个主要疆域，20 世纪 90 年代以来的历史反思与革命历史小说自然不可同日而语，即便与 20 世纪 80 年代的同类小说如《芙蓉镇》、《古船》等相比，也显得更少禁忌，更彻底，更大胆，更个性化，更见思想深度和批判力度，因此经常引起争议，遭到激烈抨击，当然也成就了很多经典之作，如《白鹿原》、《丰乳肥臀》"农民三部曲"、《日光流年》等。这些小说均有各自不同的叙事方略，比如史诗（《白鹿原》、"农民三部曲"）、寓言（《日光流年》）、传奇（《丰乳肥臀》）、喜剧（《乡村温柔》）等，显示出当代小说自由开放的创新意识。同时，作家所持历史观念在当代多元化思想理论支持下日益强壮，对于革命历史、社会主义改造、大跃进、文革，直至改革开放的历史反思，已经全然脱出正史框定，展开了历史叙述的多种可能。或揭开意识形态的迷雾，裸露历史鲜为人知的另一副面孔，发现隐藏在历史叙述之中的隐秘动机；或揭示"历史的诡计"——个人意图与历史效果的反差，消解当代文学凝定的历史本质论；或袒露历史的荒诞、暴力、非理性，毫不掩饰对乌托邦梦想的失望和对不可知论的同情；或驻足民间，从底层文化视角反观历史与革命的真相，在社会变革的荒诞暴力中展现底层农民无比坚韧的生存意志和勇气。更重要的是，当代反思历史的优秀之作打通了历史与现实、历史与民族文化、历史与家园梦想之间的互渗渠道，使历史反思贯穿古今，最大限度地融合浩渺深沉的思想情感与想象，充分体现了长篇小说凝聚文化精神、灵性生命的巨大潜能。比如《日光流年》，既有半个多世纪的历史投影，又有权力文化影响下扭曲的国民性，还有回归生命本源的终极追问。毫无疑问，反思历史的乡土小说是乡土小说主题性想象系统中最为厚重的意义构成，它融会贯通整个系统的各个层面，是当代乡土小说成绩卓著的主体部分。

　　第四，家园守望。这是乡土小说最为动人的审美意蕴，可谓乡土小说的灵魂，因为家园之梦是乡土小说原发性的、内在的情感动力。乡土小说与现代工业伴生，怀念与追忆的"乡愁"是它的基本情调。在工业文明兴起于中国的 20 世纪 30 年代，沈从文等人就敏感到丧失家园的心灵之痛。而家园主题之所以在 20 世纪 90 年代勃兴，首先是严峻的社会现实使然。随着工业文明、科技文明发展成熟，中国古代先贤们早已预言过的不祥之兆，已然演化为危机遍布的现实存在。此外，现代性理论凸显现代人的精神疾患，则进一步驱动了寻找精神家园的终极关怀。现代人的理念、精神气质和生存样式是在资本主义发展过程中逐渐形成的，对于这种类型的人来说，世界不再是真实的、有机的"家园"，不再是爱和冥思的伟大存在，而是冷静计算、工作进取、贪婪掠夺的对象。在计划经济时代甚至 20 世纪 80 年代，现代化的负面影响、现代人的精神特质还没有完全显露，家园意识尚未苏醒。20 世纪 90 年代以来，伴随我国市场经济改革的深化和城市化进程的迅猛发展，市民精神迅速扩散，松巴特所谓"世界的市民化"变成了乡土中国的当下现实，资本主义精神开始发挥它无所不在的腐蚀作用。乡土的沉没不再是预兆的、小规模的、分散的、不均衡的，如同沈从文时代那样；而是全方位整体垮塌，触目惊心，如同贾平凹所叹惋的："难道棣花街上我的亲人、熟人就这么很快地要消失吗？这条老街很快就要消失吗？土地也从此要消失吗？真的是在城市化，而农村能真正地消失吗？如果消失不了，那又该怎么办呢？"① 在农耕文明全线崩溃，传统价值土崩瓦解，而物质主义并不能提供足够坚实可靠的精神支持的时代，家园主题自然而然凸显出来，对现代人精神危机的急切呼吁做出回应。这才是乡土小说的意义核心，因为乡土小说正是在城市化工业化兴起初期确立自己身份的，那是一种抵抗、保护、自我疗伤、自我修复的精神立场，也是积累进化论的心灵

---

① 贾平凹：《秦腔》，作家出版社 2005 年版，第 562—563 页。

实践。

20世纪90年代以来，乡土小说中的家园主题得到长足发展，贾平凹、张炜痛惜乡土文化、乡土生存方式的沦丧，为家园的失落高唱挽歌。迟子建、刘庆邦则营造理想的精神宝塔，把丧失乐园的隐痛寄托于爱与美、人与自然和谐的永恒梦想。如果说，20世纪30年代，沈从文以无比敏感的艺术家心灵捕捉到乡土小说的灵魂——家园守望，那么在20世纪90年代，这一主题终于春潮涌动，蔚为大观，且更具清醒的理性自觉和批判意识。家园乡土小说致力于精神家园的重建，是当代小说最富生命力、最具美学品格、最具批判性的艺术追求，当代乡土小说因而超越历史、回归本源，建立起乡土小说主题性想象系统的中心轴，使之成为一个完整的动力系统。

以上四个方面构成当代乡土小说的主题性想象系统。与20世纪90年代以前各个时期乡土小说相比，应该说，这个系统结构合理，充满活力，是一个良性文学生态系统。从最外层、最活跃的社会问题，到生存状态、文化性格等更恒久更内在的精神层面，再进入深邃宏大的历史思考，最后抵达人类精神的终极归属，也是乡土小说的核心——家园之梦，由外而内层层递进，形成一个完整有序、有机互动的想象世界，足以展现当代乡土小说深厚宽广的多层面人文关怀：不仅继续发展批判现实、剖析国民性等乡土小说传统主题，还大力开拓反思历史、守护家园等新的主题性想象域，从而大大扩宽乡土小说的美学畛域，使乡土小说更上层楼，展现一派欣欣向荣的新气象。

第二节　沉没与再造：乡土小说的活力与症结

综合考察20世纪90年代以来乡土小说四个主题性想象域，可以看出：虽然它们有各自不同的叙事重心、不同的意义蕴涵、不同的审美追求，但是，它们却拥有一个共同的推动叙事的动力机制，那就是：沉没与再造。这一对抗性的动力机制形成乡土小说的内在张力，使当代乡土小说充满活力。对于这个或隐或现启动、勾连乡土叙事的动力机制，需要从以下几个方面认识：首先，它来自哪里？其次，它如何表现在20世纪90年代以来的乡土叙事中？最后，它去向何方？

第一，关于"沉没与再造"的本源。其实，沉没与再造本来就是乡土小说内含的叙事动机、动力机制和深层结构。如前所述，中西方乡土小说均肇始于工业文明兴起的历史阶段，是工业化的产物。其间蕴涵着深刻的意识形态冲突，价值取向中自然显露"沉没与再造"的动机。沉没者，前现代文化、农耕文明、乡土社会也。在工业文明步步进逼的铁路线上，广大的乡土世界被切割、划分并重新连接、组织，经历"沉没与再造"、解构与结构的理性化过程。感受这一历史进程的文学心灵，则一边悲悼沉没的乡土，一边运思想象，在文字世界里再造乡土的辉煌。这是乡土小说兴起的动机，其中"沉没与再造"的精神反抗昭然若揭。至于乡土小说的架构，则诚如鲁迅、王德威等人指出的：必然包含一个在回忆和想象中重构故乡的动力机制。真实与虚拟，写实与浪漫，过去与现在，传统与现代，亲切的"故乡"风物与今非昔比的"异乡"情调，都在指点"沉没与再造"的叙事迷津。正是由于故乡的沉没——失落或改变，乡土叙述才得以一次次完成"故乡"神话的转移、置换与再生，乡土小说因而得以一次次营造往事"不堪"回首的迷人"乡愁"。同时，乡土小说的这一动力机制无疑充满乌托邦冲动，在过去与现在的时间叠影里，在历史与社会的"时空交错"（巴赫金所谓 chrono-topical）处，作家追求完美的动力和信念、倔强激烈的批判欲望隐然浮现，"乡土"作为一个文化符号，必定折射特定历史情境下政治、文化乃至经济的意识形态兴味。而乡土小说通过"乡土"的精神重构，实际上也就介入、参与了从农业文明向工业文明转型的宏大社会工程。这样，乡土小说的架构中已经包含"沉没与再造"的叙事模式，因此它既是乡土叙事的动力机制，也是乡土小说的深层结构。其实很多乡土小说家对此都心领神会，也有精彩表述。对于乡土小说有高度审美自觉的沈从文曾多次阐释自己的作品，他在谈到《边城》的创作时说："拟将'过去'和'当前'对照，所谓民族品德的消失与重造，可能从什么方面着手。"① 就非常清楚地说明了"沉没与再造"本身就是乡土小说内蕴的叙事动机、动力机制和深层结构，包孕乡土小说全部的张力、活力，也是乡土小说的命门和秘密。

　　第二，"沉没与再造"在 20 世纪 90 年代以来乡土小说中得到凸显，作为主导性的叙事动力而浮现在主题层面。

　　如前所述，"沉没与再造"在当代乡土小说的四个主题性想象域中均表现突出。直面现实乡土小说的社会批判直指乡土"沉没"的种种危机事态，忧心如焚，指摘抨击，呼号呐喊，嘻笑怒骂，皆为"再造"乡土之心愿表达。文化批判乡土小说揭

---

① 《沈从文文集》（第 5 卷），四川人民出版社 1983 年版，第 237 页。

露国民劣根性，伤悼传统文化之消亡，在现代启蒙与文化立场、道德批判与价值悬搁之间徘徊无路，正体现了"沉没与再造"的巨大张力。历史反思乡土小说在史诗、传奇、寓言、喜剧等不同的叙述方式中，展开中国现代史的民间叙述、个人化叙述和主体性思考，力图在个体生命的想象世界里整合乡土中国的过去、现在与未来。那种打捞沉没的岁月，借古讽今，忧思未来的高远志向、宏大胸怀，自是"沉没与再造"的形象说明。而家园乡土小说则更加鲜明地凸显"沉没与再造"的主题：对"沉没"的大地—自然—乡土无比痛惜，以优美的抒情笔调倾心打造诗意审美的乡土家园。如果说，四个主题性想象域中，直面现实与文化批判更多书写乡土的"沉没"，那么历史反思与家园守望则更着力于乡土的"再造"。过去与未来，旧与新，传统与现代，沉没与再造，这些矛盾的两造相互呼唤，相互置换，相互响应，建构起当代乡土小说的主题视阈。

既然"沉没与再造"是乡土小说内蕴的叙事动机、动力机制和深层结构，为什么它会凸显于 20 世纪 90 年代以来的乡土小说并浮现在主题层面？我想主要原因大概可以归结两点：

首先，市场经济改革深化、文明转型加速运行的新形势使乡土的沉没与再造成为当下严峻的社会现实，因而使之凸显于乡土小说的叙事想象。同时，这也是促进当代乡土小说想象域拓宽的社会因素。叙事动机、文学主题总是从时代精神中提炼出来，是时代精神、社会情绪、公共想象的反映，每一个民族在不同的历史阶段都有不同的文化主题。20 世纪 90 年代以来最重要的社会现实，是市场经济改革的深化。这场变革外显为城市化工业化进程的加快，而乡土在这一历史进程中遭受最大冲击。土地效益产出已经无力满足农民对物质文明的渴望，大批失地农民正在失去祖辈拥有的家园及其相应的生活方式。市场经济的发展及其与之相应的价值观念使传统文化走向末路,精神危机、道德危机、文化危机伴随着改革深化的步伐四处蔓延。以前未曾充分暴露的现代化恶果现在大爆炸似的次第呈现,暴露出一幕幕忧伤的图景。尤其是盲目发展经济造成生态环境的严重破坏,对乡土家园带来根本性的毁灭。但另一方面,社会学意义上的乡土也正在经历漫长的阵痛,等待那个与现代化合拍的新乡土艰难诞生。换句话说,乡土的沉没与再造也是当代中国现代化社会工程中一项最重要的任务,这一点在政府工作报告中亦有明确表述。

如此世纪末景观,无疑是乡土"沉没"的典型情境,当然也是"再造"乡土的绝佳契机。问题前所未有的尖锐,解决问题的欲望当然也格外强烈,这就是"沉没与再造"凸显于当代乡土小说的社会背景、历史语境——特定的时空交错,决定了乡土小说的内在张力充分展现。而在此之前,这一乡土小说的深层结构虽然始终存在,但并未受到相关语境的激励,或者被导向其他意义层面。沈从文无疑是清楚把握乡土小说审美内涵的,可是在他所处的那个政局动荡的时代,这样的认识实在是有些超前、有些偏离主旋律,因而他并没有得到多少理解。新中国的农村题材小说其实是内含新旧对比的,可是这个"沉没与再造"完全被限定在政治性视阈中而抽空了其他丰富的意蕴,比如,根本没有为"乡愁"保留一席之地。"再造"的新农村必须欢欣鼓舞喜气洋洋,"沉没"的旧社会(包括私有意识)则必须毫不留恋地埋葬。到了充满再启蒙色彩的新时期,乡土是经历苦难迎来春天的"希望的田野",改造国民性问题似乎再次成为乡土"再造"的关键,乡土的"沉没"并没有引起现代化欢呼者们的关注。因此,"沉没与再造"在 20 世纪 90 年代凸显于乡土小说想象系统，这是历史境遇的必然。

其次，丰富多彩、多元化的文化思想是当代乡土小说的思想资源，为当代乡土小说的整体发展提供了价值支撑，也启动"沉没与再造"的叙事力量，使乡土小说展开多向度的探索与发现。如上所述，现代性理论、文化多元主义、生态学、后殖民主义、解构主义、女性主义、新历史主义等当代文化思潮，均深深影响了当代乡土小说的想象空间、意蕴生成。比之以前，当代作家在吸取和选择外来思想资源方面，显然更具主动性和理论自觉。也就是说，他们能够立足于本土实践，激浊扬清，择善而从，在现实问题与理论思考的撞击中寻找思想的归属。当然，这并不能保证当代乡土小说的普遍的精神品位，由于个人素质的差异和表现力等问题，当代乡土小说的精神取向斑驳陆离，有些作家存在价值观滞后、混乱、庸俗等情况。但是，相对于此前乡土小说略显单调的趋同态势，当代乡土小说驳杂的思想背景为乡土想象提供了多种可能，推动了多向度乡土叙事的积极探索，其中自然也包括对"沉没与再造"的多角度认识。比如，新历史主义看到了"古今同体"、解构历史等历史叙述的新方法，海德格尔与生态学理论则指引着回归自然家园的新路。这些无疑都激发了对乡土"沉没与再造"的新的发现和表现，从而极大地拓宽了当代乡土小说的主题性想象域。

第三，考察"沉没与再造"在当代乡土小说中的作用，可以确认：这个极富张力的动力机制蕴涵着乡土小说的无限活力，昭示着乡土小说的未来。但是，它也暗示了乡土叙述行为的症结——内在的有机关系一旦四散崩裂，则这种张力就会一触即发，导致文本的"内爆"（implosion）。

由于"沉没与再造"使乡土小说成为一个极富张力的矛盾

统一体,那些优秀的乡土小说总是表现出叙事力量的充沛、多重意义的对立统一和情感基调的和谐美感。而相反,失败的乡土小说则往往表现出价值和美感的双重失衡。诚如丁帆先生所说,由于今天中国政治和经济发展的不平衡性和落差性,当下中国的文明转型牵涉到三种文化模态共时性并存的"奇观"式的复杂社会状况,乡土小说面临乡土经验重新整合的困境。作家难以确定自身文化批判价值体系,故而使乡土小说呈现斑驳色彩。[①] 然而实际上,文化多元化、价值多元化是全球化语境中的交叠共识,不能因为中国大片农村尚处于"前工业文明"阶段,就断然否定来自"后工业文明"的文化价值观念。问题的关键在于:必须联系实际,在当代中国社会客观现实中考察理论的适用性。比如生态保护思想,在中国就有大量触目惊心的生态灾难、生态环境问题,足以证明它的正确性和迫切性。作为后起的发展中国家,我们的好处是拥有西方工业文明的前车之鉴。我们必须而且可能在西方工业文明经验教训的基础上往前走,而不是重蹈覆辙,仍然奉经济合理性为至高无上的目标。无数惨痛的事实足以证明:生态危机确实是工业社会本身内含的一个深刻的制度性危机,理应受到当代中国作家的深切关注。在这样的基点上考察当代乡土小说中的价值失衡现象,其主要原因在于:当不同层面的文化问题在现实生活中激烈对撞、冲突,作家必须在无可回避的具体情境中做出选择——包括价值评判与情感态度。因此,乡土小说要保持"沉没与再造"的张力平衡,首先取决于价值观的稳健理性,能够在矛盾丛生中找寻一条可行的坦途。否则就可能

---

① 丁帆:《中国乡土小说生存的特殊背景与价值的失范》,载《文艺研究》2005 年第 8 期。

导致价值的失衡、偏颇或虚妄，从而引爆乡土小说内在矛盾。其次，还取决于作家流露在叙述中的情感态度，作品的感情基调。对于不忍消逝而终将消逝的，对于必须忍痛割爱抛弃的，对于不得不接受的，对于必须改造自己去适应的，作家都将表露他的情感取向，其间自然渗透文化批判立场。对于乡土小说而言，"乡愁"是其经典情感。因为在时光宰制中回望乡土，梦幻、感伤和失落是最自然的情感反应。那久远温情的乡土魂魄，在乡愁中梨花带雨，楚楚动人，正是乡土小说魅力所在。

　　"沉没与再造"的价值失衡问题在直面现实与文化批判乡土小说中最为严重，能够解决多元文化冲突，趟过雷区的成功范例之一，是夏天敏。夏天敏的小说直面当下乡土现实，由于他所写的是最为贫瘠的云南乌蒙高原，乡土的"沉没与再造"问题也就分外突出。在《徘徊望云湖》中，如果夏天敏只写这里恶劣的自然环境、生存环境（"天灾"）对村民生活的制约以及官僚主义、形式主义给农民带来的"人祸"，由此确立自己呼唤工业文明胜利的现代性立场，这样的价值观固然理直气壮，但显然有失偏颇有失单薄，因为生态问题同样是当今中国面临的重大危机。夏天敏的高明，在于他同样浓墨重彩描写了这里远离人寰的绝俗之美，描写世界珍稀保护动物黑颈鹤的美丽身姿。并且让卢章华"深深地为眼前的景象感动并且深深地陶醉了。许多年来他被沉重的生活所累，他为自己更为一个村的生活压垮了，他眼里看到的是尘土飞扬的黄土，苍老，破败，猥琐的村庄。面色如土，形容困顿的村民。听到的是漫天飞扬的争吵，琐琐碎碎的唠叨，沉重的叹息和怨天怨地的倾诉。他早已忽略了黑颈鹤的存在，忽略了美的存在，美对他来讲是多么的沉重是多么的奢侈。"这样的描写，使现代与后现代在冲突中和解，而卢章华后来的行动则进一步印证这种对立统一的文化选择。他暗地包容村民偷食投放给黑颈鹤的玉米以解决饥荒问题,又毅然揭露饿死黑颈鹤的弊政内幕,并勇敢地担当责任,坚持良知而走向价值平衡,并未导致生态理念的错位或乡土小说的价值倒错。实际上,所谓现代与后现代理念的矛盾冲突,在具体情境中虽有轻重缓急之分,但仍然是可以统一的——无论在具体的实践操作方面还是小说文本的审美表现方面,都是可以做到的。

在"沉没与再造"的情感表达上,迟子建与刘庆邦可谓深得沈从文真传。二人之乡土叙事,或憧憬,或怀旧,其实都是心造的家园梦想。因此二人的纯美之境均浸润淡淡忧伤,成为当代最美最感人的乡土诗。迟子建追求"伤怀之美",总是在缺憾中表现美好的情感,让人感受淡淡忧伤中静静流淌的幸福。那种被辛酸浸渍的幸福如同撒满晨露的蓓蕾一样让人心动,在《日落碗窑》中得到过于集中的表现(略微有些煽情)。在她的笔下,即使死亡也被淡化为生命的自然延续而得到美的升华。刘庆邦的怀旧同样回荡着忧伤的调子。温柔的人性、纯真的爱、亲切的大自然,与失怙的痛苦、受伤的心、艰难的生存融合起来,构成萦绕在刘庆邦柔美小说中的感伤情调,隐隐的酸痛浇灌着、滋润着爱的可贵,美的可贵。

当然,未能协调"沉没与再造"之价值与情感,导致意义与美感双重失衡,是乡土小说普遍存在的问题。很多揭露现实问题(包括生态写作)或批判国民性、怀恋乡土价值的乡土小说因为价值偏颇或虚妄而导致内爆。比如"现实主义冲击波",用改革过程中官场行政工作的两难回避问题,从而也回避了文化批判的立场。诚如殷实所言:"在一种半推半就的立场下,世俗风景被用写实主义的笔法展示,人物则有新闻化和蒙昧化等不同的趋势，文学的历史洞察精神也因此而暧昧着。"① 还有众多生态写作，片面强调生态危机，而未能把它纳入具体社会情境寻找症结所在，从而导致价值错位。大量的表现农民工的乡土小说，则站在道德义愤和人道主义等简便的既定立场，描写农民工遭受的苦难和摧残，寄以廉价的空泛的同情，未能进入沉痛的心灵真实，也未能延展思想的纵深。至于缅怀乡土价值者，则往往放弃现代理性，沉酣于过度浓烈的情感宣泄，失去价值甄别的理智。另有推崇零度叙事者，则索性冷面扮酷，以绝对控制的冷酷叙述遮掩或躲避文化批判的重任。

"沉没与再造"为乡土小说的发展开辟了广阔的空间。由于时间的流逝是根本性的"沉没"，而大地永远是人类生存的根基，它正被人类文明掘进、挖空、沉没，这意味着乡土小说永远会有一个"沉没"的乡土可以回忆、幻想和守望；而"再造"则为虚构、想象和叙述开放了无限可能。从乡土小说目前发展看，反思历史与家园守望乡土小说势头强劲，二者也最契合"沉没与再造"之题旨。但是，在世界性移民的全球化语境中，赛义德称为"普遍化了的无家状态"正在被越来越多的人感知、体验和认识，构建一方故土的写作或将导向更高级的心理需要、更自由的虚拟创造和更抽象的精神综合。奥尔巴赫说："发现家乡美的人仍然是稚嫩的新手；四海为家者是强者，但只有把整个世界看作异国他乡的人才是真正完美的人。"② 结合中国台湾地区乡土小说的历史轨迹，可以预料，乡土的"再造"会最终指

---

① 殷实：《乡土的本义》，http：//www.phoenixtv.com/home/zhuanti/zjzx/zjzxwx-dl/200308/22/99609.html，2003—8—22。

② ［美］赛义德等：《后殖民主义文化理论》，陈永国等译，中国社会科学出版社 1999 年版，第 30 页。

向"家园"等终极性的理想追求。但是鉴于当今中国社会现实面临的具体问题，乡土小说仍将大力发挥它参与社会工程、"再造"乡土的功用。

第三节 当代乡土小说存在的三大问题

比较20世纪80年代的乡土小说，20世纪90年代以来的乡土小说至少表现出三个方面的显著差异：

一是价值取向多元化。改革深化后复杂的社会状况，扫除了改革初期的乐观情绪和美好憧憬；以后现代主义为主的各种当代文化思潮，为文学审视和反思乡土提供了不同的思想资源和价值依托。如上所述，20世纪90年代以来的乡土小说或批判现实，针砭时弊；或质疑现代性，回归传统；或重建精神家园，追问终极关怀；或重构历史，用非主流化、个性化的叙述颠覆传统历史文本，展示历史无限丰厚的文化意蕴。他们立足于差异的文化立场，在乡土领域展开丰富多彩的想象和叙述。

二是深度模式消解，贴近生活现实和人性真实。当代乡土小说不再故作清高，拉开架式，摆出演绎高深命题的超越性姿态。这并不意味着他们没有深刻的思想意蕴和价值追问，相反，很多当代乡土小说家不懈创新，探索着乡土叙事的无限可能，但他们总是通过叙述使深层结构自然化世俗化。即使寓言性写作，也努力营造具体细腻真实准确的现实情境。更多乡土小说则取消深度，用平视视角观照乡村生活，最大限度地贴近社会生活现实，在追踪乡土变革中渗透着对人性的宽容理解。一个明显的表征是所谓"平视"视角叙述的流行。不再是居高临下伪英雄主义的知青视角，不再是有些清高、有些讶异的外来城市视角或知识分子的批判视角，而是尽可能平视的内在的乡土观照。这使乡土显得自然平易，也更富有人性，同时也使乡土小说的道德立场、政治批判变得含混暧昧，缺乏力度。

三是雅俗界限消弭，消遣娱乐性加强。由于大众文化潮流的巨大影响，文学的审美愉悦作用受到空前关注，小说的世俗化时尚化商业化等操作层面，决定着它的存亡发展。因此，当代乡土小说非常重视文学的美悦功能，普遍表现出一种平易近人甚至取悦读者的叙述姿态。不仅增强小说的故事性，还极力调动幽默调侃等喜剧因素，制造轻松活泼、妙趣横生的叙述氛围，语言方面则尽量贴近当下流行俗语，甚至不惜因此破坏人物性格、情感表达和意义深化。

这些区别表现了 20 世纪 90 年代以来乡土小说新的审美趋势和人文取向，它们渗透在当代乡土小说主题性想象域的各个方面，形成当代乡土小说灵活多样、有机平衡、欣欣向荣的发展态势。但是，这些"新"的探索、"新"的转向也伴生了不少有损文化生态良性发展的不利因素。作为一种历史悠久的现代文学样式，乡土小说面临变革、突破等文学发展的必然要求。20 世纪 90 年代以来乡土小说在这方面的确有过很多尝试，毫不逊色于 20 世纪 80 年代——那是一个疯狂上演方法时装秀的时代。而且 20 世纪 90 年代以来的方法试验还出现了很多成功范例，如阎连科、莫言、张炜、贾平凹、陈应松等人融合寓言、魔幻与现实的创新之作，新生代作家艾伟、东西、鬼子的寓言化写作、苦难写作等。不过，在这一稳中求变的发展过程中，也逐渐显现出一些令人迷惑的审美误区，需要仔细辨析，谨慎选择。

目前，乡土小说创作存在的问题主要表现在三种关系的处

理上:

第一,模式化与创新的关系。模式化倾向在当代小说的各层面、各样式创作中均有表现,这是文学生产市场化的必然结果。如果说,计划经济时代官方规范在引导文学生产的过程中,也很容易造成文学的模式化;那么,在文学创作变成文化生产,被纳入市场流通渠道、产业化经营的今天,小说就更容易出现模式化倾向。显然,这是一个同质化的信息时代,是复制、模仿、戏仿胜于原创的 E 时代,是话语泡沫淹没独立思考的精神沙化时代——当然,同一现象的另一面也是事实:这也是一个文学艺术真正走出象牙塔,变成民间狂欢的大众文化时代,已经有很多学者据此提出"审美的生活化、生活的审美化"这一艺术发展的新课题。如同这个时代不断推出的时尚潮流一样,所谓充分自由、个性化选择的外部环境,正在不动声色地消弭审美趣味、审美观念、审美经验的细微差别,文学创作的模式化正在被广大的文化消费者、生产者无可奈何的认同和接受。

在乡土小说创作中,模式化倾向最明显的,莫过于直面现实、反映社会问题的乡土小说。所谓模式化,不仅表现在同一主题同一角度叙述的重复生产,还表现在叙述方法、叙述语言的风格雷同。阅读新中国成立后前三十年的小说,主题与风格的模式化令人沮丧。阅读关注社会现实的当代小说,同样败坏胃口的问题依然存在。一个显而易见的事实是,受到评论推介的小说,其主题和叙述方法也自然而然流行起来,带出一系列同类作品,比如刘醒龙就深深影响了当代乡土小说创作。他涉足主题比较广泛,有文化馆系列、工厂系列、乡土系列等,且善于发现问题,始终保持尖锐的批判意识,因此几乎每一篇小说都产生了巨大反响。在乡土小说领域,他表现乡村教育困境的《凤凰琴》,表现乡村基层干部行政窘况的《村支书》、《分享艰难》、《路上有雪》，揭露乡村弊政的《黄昏放牛》、《挑担茶叶上北京》，戳穿知青文学伪英雄假面、抨击其贵族嘴脸的《大树还小》等，都受到广泛关注。相应的，这些主题和题材也在众多乡土小说中复现，出现了数量不少的类似作品。还有河北"三驾马车"的"现实主义冲击波"，因为与刘醒龙有异曲同工之妙，共同形成一种流行的话语方式：琐碎而又人性化的细节描写，复杂的权力斗争，私心杂念之中不乏公心正义的人物，调料一样到处撒播的俏皮话、小幽默，人物语言与叙述语言交融（不加引号的直接引语），批判力度被理解宽容的态度削弱……这是很多现实主义乡土小说共有的话语方式，它风靡一时，至今不衰，已经演变为一种惰性写作的恶俗，急需革除。与之相似的，还有一种模式化文体，姑且称之为"剧本体"，干巴巴的一幕幕场景对话粗暴衔接，偷工减料，省略了小说应有的丰富韵味。

另一方面，20 世纪 90 年代以来，文学的先锋探索依然在低调进行。在乡土小说领域，莫言、张炜、阎连科、贾平凹、陈应松、鬼子等人都拿出了成功的创新之作。他们努力的共同方向是：把写实、寓言、象征、魔幻糅合为水乳交融的叙述整体，用多样化的艺术手法实现意思表达。相对于 20 世纪 80 年代的文本试验，他们变革的步伐更加稳健，技艺更加圆熟，意蕴传达与技术手段完美结合，模仿痕迹减弱，民族性和主体性彰显，大大增强了可读性和亲和力。

但是，相对而言，创新失败之作为数更多，最突出的是刘震云、杨争光等人解构历史的长篇。刘震云的故乡系列小说，对造成民间苦难的官方权力机制、权力话语进行全面质疑。在《故乡天下黄花》中，小说用简化、重复等现代小说技巧举重若轻、删繁就简地表达了对历史的主体性思考和阐释。历史被简化为满足私欲——"吃夜草"的权力斗争,而权力斗争的结果又总是血腥杀戮;从中华民国、抗战到土改、"文革",几十年历史演进不过是同一事实同一本质的反复再现。应当说,这部长篇小说写得紧凑精致,意义表达明确而不失含蓄。到了《故乡相处流传》、《故乡面和花朵》,作者理性评说的欲望膨胀为话语泡沫,寓言式虚拟时空变成了他一个人的演讲台,特别是《故乡面和花朵》,大放厥词,宏论滔滔,无谓的饶舌扩张得连篇累牍,已经到了令人无法容忍的程度,完全淹没小说其他基本元素,把艺术欣赏变成了精神酷刑。如果说,因为当下社会现实就是话语膨胀,所以小说也必当如此,那么,艺术和生活还有什么区别,艺术又有什么存在的必要呢?艺术总是需要规范和技巧的,这恐怕是文化多元化时代人们可以达成的一个交叠共识。尽管刘震云的鸿篇巨制为新历史主义理论提供了绝佳的批评样本,但话语革命的结果,不过是重复鲁迅《故事新编》的老路,所谓"古今话语空间的共时性"并未带来新的认识论或价值观。

杨争光的《从两个蛋开始》和新历史小说一样,走的是流行的消解史诗性、解构历史的路子,它把"历史的诡计"推向极限,变成一些所谓原生态的历史断片———一些凌乱琐屑的日常生活片断。漫长时间跨度不再有任何可资挖掘的历史意义,而只不过是记述零星闪现在脑际的凡人琐事、野史村言的装订线,一个使豆子不至于撒在地上的容器。这种新历史主义的文学实践与韩少功的《马桥词典》一脉相承,但缺乏韩少功的深邃思考和高超叙事技巧;迎合解构历史的思想时尚,却未免忽视小说在长期发展中形成的结构功能和历史认同的文化价值。除了颠覆宏大叙事的破坏性快感和不时挠个痒痒的情景喜剧式刺激,这种解构叙事所剩的就是与前人旧作雷同的场景和情节，让人很容易产生对复制品的厌倦感。同类小说如徐庄的《废黄河》，被错爱的评论家誉为还原了中国乡村近百年来的民生状态，然而它的凌乱无序就仿佛是独立的短篇小说硬凑成长篇小说，仅仅是一些新奇的故事连缀罢了。既未能提供新的形象或思考，又无视人物、思想、统一性等悠久传统培育的对长篇小说的审美期待，所谓反叛的力量早已散落在支离破碎的自我爆炸中。

这种解构小说传统体式的反小说写作，还有孙慧芬长篇小说《上塘书》和林白的《妇女闲聊录》。孙慧芬在感性、语言、细节再现和想象力方面均远逊于她的东北老乡萧红、迟子建，主要依靠自己并不丰富的生活经验和理性提炼写作，初期的中短篇小说大都留下鲜明的个人生活痕迹。她的突破，在于大胆涉足女性隐秘欲望，在乡土小说中渗入含蓄的身体写作。《歇马山庄的两个女人》、《保姆》和《一树槐香》等都表现出这种女性写作的特点，因而受到关注。但是，上述缺点在这些小说中也暴露无遗，她总是对一两个细节反复吟味再三咂摸，用各种比喻来阐发它、解析它，使叙述停顿不前，物象本身的形象反而模糊不清。而且她的语言是书面化、呆滞的，制约了这种女性写作的限度。至长篇《上塘书》，孙慧芬把小说分为上塘的地理、政治、交通、通讯、教育、贸易、文化、婚姻、历史九章，散文式的杂凑拼接，完全放弃了长篇小说的整一性。原有的题材优势迷失于散乱的叙述，而没有灵性的致命缺陷则蔓延扩大，使小说成为一部非常乏味的平庸之作，丝毫没有《呼兰河传》的优美韵致。林白的《妇女闲聊录》通过一位乡村妇女的嘴展开叙述，由217个拉杂的片断组成。这种方式其实并不新鲜，20世纪80年代，受美国纪实小说的影响，一些作家曾经做过口述实录的文本实验,冯骥才就有《一百个人的十年》的"口述实录文学"。尽管有评论拉出后现代理论为林白辩护,但一个毋庸置疑的事实是:作为长篇小说,《妇女闲聊录》完全丧失了吸引阅读的艺术魅力。因为作家不能只充当被动的录音机,他必须为作品赋予形式;而读者也难以认同一大堆待处理的材料为文学,那是一种文化低能的表现。

为什么乡土文学中的先锋创新总是令人失望呢?邵燕君在评论阎连科的长篇论文《与大地上的苦难擦肩而过》中提出一个发人深省的论点:现代主义不适于中国乡土文学。论据是:首先,现代主义艺术是一种典型的诞生于都市的艺术,而大多数乡土作家出身农村或军队,相对缺乏理解现代主义所必须的系统化的学院教育。更重要的是,由于生活经验的差异,他们对都市生活有一种难以跨越的隔膜,这种隔膜并不因为后来生活在城市而有根本性的改变。中国的城市曾被人戏称为"都市中的乡村",城市文明水平低于西方发达国家。乡土作家连这样的都市文明都不能真正进入,更遑论"反都市文明"的现代主义?如果连本源的现代主义都不能真正把握,又谈何将其创造性地用运于乡土文学的创作?现代情绪的表达和形而上的反思本就不是乡土作家的强项,他们的得天独厚之处在于对占中国八成人口的农民生活、性格的深切理解和精微把握。然而,离开了现实主义的表现形式,这样的长处就难以表现。同时,作家在思想资源上的相对贫乏和在文化观念上的相对陈旧就会暴露出来。其次,现代主义文学不仅是一种典型的"都市的艺术",而且是一种典型的"贵族的艺术"。即使在西方社会也只有少量读者,它的延续和发展在很大程度上依赖于学院体制。作为一种具有先锋精神的创作,它虽然在艺术殿堂被奉以崇高的地位,但在现实社会中一直居于边缘，这一方面是迫不得已的处境，另一方面也是由于西方社会民主制度相对健全，作家不必承担太多的社会职责，可以"自己和自己玩"，在语言内部闹革命。而中国社会正处于现代化的转型期，尚有大片的公共关怀的领域需要作家担当起知识分子的职责，尤其是正普遍面临严峻生存危机的广大农民，正需要从他们之中走出的"能拿笔杆"的人为他们代言，这正是现实主义文学需要处理也有能力处理的命题。邵燕君认为：现实主义的写作原则在50—70年的当代文学中已发生极度的变异僵化，"新时期"文学的复苏正是从现实主义向欧俄经典传统和五四传统回归开始的，但回归的路并没有走多久，就被汹涌而来的"革新浪潮"打断，加上继之而来的商业化冲击和从未放松的意识形态控制，可以说，"新时期"以来，现实主义文学一直没有能很好地发展壮大，它的现状绝非阎连科所说的"粗壮到不可动摇，根深叶茂到已成为参天大树"，而是枯瘦孱弱，以至于众多靠其滋养长大的作家都对其功能、前途缺乏信心。因此，邵燕君认为：当代文学的重要问题，是如何在中国当前的社会背景和文学背景下，突破困境，继续走现实主义的路，重续"庄重、严肃、深刻"的现实主义传统。

在伪现实主义的模式化写作和现代主义、后现代主义的先锋探索中，乡土文学踉跄前行。其间暴露的问题，确实可以归结为现实主义传统的缺失。乡土作家应当树立知识分子的批判立场，珍惜自己丰富的乡村生活经验和情感，始终保持贴近现实的写作方式，以现实主义为基础，脚踏实地，探索适合乡土中国的文学表达形式。

第二，民族性与人类性的关系。在世界文学格局中，民族性与人类性的关系，一直是令人困惑的问题。自近代以来，由于西方文明的强大攻势,民族性与现代化的冲突便凸显于中国。作为弱势文化,中国陷入"影响的焦虑",中国对西方的文化交流始终保持贸易逆差,中国文化在内忧外患中风雨飘摇。今天,随着现代科技、信息、媒体的发展,世界范围内的交流日益方便发达,中外文化交流渠道大大拓展,文化的相互影响更加简便直接,甚至可以达到共时态同步交流。然而,中西方文化进出口贸易不平衡的历史状况并没有改变,西方文化作为强势文化,在国际贸易中居于主导地位。就文学而言,现在中国文学的主要形式基本上处于一种世界主义格局中,随之带来题材、内容、精神等方面的变化,即"西化"或"他者化"倾向。也就是说,中国本土作家、艺术家按照西方的审美情趣、价值标准审视和表现中国文化。这一问题业已引起诸多学者的关注。究其原因,既有创作主体自身的原因,也有西方文化市场的诱导作用。为了获取诺贝尔文学奖之类的西方认可,扩大国际影响,中国作家有意无意地向西方人心目中的"东方主题"、"东方形象"靠拢,"为翻译而写作",专门发掘媚西主题和题材,奇观式地展示中国古老文化的落后神秘,满足西方猎奇心理。还大搞新潮试验(包括文艺批评),刻意追求话语、表达上的"国际化",在思想主题、方式方法、语言文字等各个方面标新立异,严重损害中国文化的民族性和中国文学的本土化。以上种种"他者化"现象在乡土小说创作中亦不少见。

与之相应的,则是理论界关于"人类性"命题的偏误。根据雅斯贝斯所谓轴心期理论,自公元前 800 年到公元前 200 年为哲学起源时期。那时,印度、中国和希腊三种文化体系就已经立足于自己所在地区的文化本位,开始思考全人类的问题,如人性、存在等问题。这正是哲学的本质,它的根基是地区的、民族的、文化的，但它考虑的是普遍的、全球的、人类的问题，即个别中蕴涵一般。对于人类性问题的思考，是三大文化体系共通的基本符码。随着现代科技和工业文明的发展，新的全球性或全人类性的问题如人为灾难、环境污染、生存危机等不断出现，并且比过去更甚。当此危机四伏之际，抓住具有全球性或全人类性问题加以艺术想象和表现，张扬具有全人类性的人性价值观与人文精神，是文学走向世界的一条坦途。然而，这种追求人类性的文学、文化倾向，却往往存在以下偏差：一是忘记全球性和人类性蕴涵于民族性地区性中间，忽视本土文化核心的创生力和民族生命历程、生存命运、生存境遇的特殊性。生存在不同文化区的每一个民族，都必须不断回到轴心期文化创造里去寻根，只有寻到自己哲学和文化的根，找到民族之魂，才能为自己为民族定位，找到下一步发展的起点，开发出新的东西。而中华民族独特的历史与现实，本土文化境遇中独特的生命体验，全球化语境中中国问题的特殊性，这些才是"人类性"的具体内涵。片面强调文学的人类性，很容易导致当代文学对现实问题和传统文化的隔膜。二是所谓"人类性"的概念，本身就不可避免地浸染了西方中心主义的偏见。它从本土文化中抽象出一个更高价值，把它标志为文学艺术应该达到的高度。然而，如果将它具体化为可以分析比较的精神元素，则其主体仍然是西方文化价值观的反映。种种人类性的价值，比如自由、良知、救赎等等，既是不言自明的，又是大而无当的，无力应对中国本土的悠久历史和生存现实。只有"民族性"、"时代性"和"人类性"的内在统一，才能切实反映本土境遇和问题，也才能更自然地融入中国历史文化的悠久传统。

在本土化与他者化、民族性与人类性矛盾冲突的语境中，当代乡土小说趔趄前行，仍处在摸索阶段。从思想资源、主题意蕴、想象方式、艺术手法到语言表达，他者化的痕迹清晰可辨，而鲜明的民族性、本土化却没能产生影响世界的大制作，还经常被本土作家所忽视、鄙弃或利用。

　　这种倾向尤其表现在新生代的文学探险中，艾伟是一个典型的例证。他的小说显现出福克纳、卡夫卡、马尔克斯、海明威、米兰·昆德拉、卡尔维诺等西方小说大家的影响，比如幻想、寓言、理性化的"优雅"语言等等。他偏爱寓言化的原型结构，往往只确定一个特定的时代境遇，通过虚构想象敷衍历史叙述。而且小说的基本价值取向也打着西方现代小说观念的鲜明印记，比如对存在、绝望、隔阂、异化、冷漠等中心词的演绎。其小说有关历史、语言、宗教、性、暴力、革命、现代性、人类生存境遇等主题的表现是知识分子的，也是完全西化的。虽然艾伟有追求"个人性"的警觉，但他那些乍看之下令人吃惊的文体，往往因西方类似范本而消解其独创性。尤其《越野赛跑》，完全是一种单方面汲取西方文化资源的学院派写作模式，的确存在漠视本土文化的西方中心主义偏见，对普通中国读者构成接受障碍。虽然艾伟逸出传统乡土小说规范的寓言化写作把"乡土"提升为"家园"，以轻逸的现代小说样式预示乡土小说的另一种可能；但是，这种乡土写作的西化模式抽空地域色彩和真实生活场景，丢弃了乡土小说可贵的生态视野，消解了乡土具象的亲切存在。艾伟是意识到这一点的，他后来的创作如《爱人同志》就转向更加坚实的心理现实主义。

　　其他不顾本土实践、一味迎合西方思潮、高调文化的不良倾向还可以列举很多。比如很多乡土小说对拉美魔幻和马尔克斯话语方式的拙劣模仿，后现代的碎片处理、片断结构，书面化、西化、理性化的语言以及新历史主义的观念照搬等等。

相对而言，莫言、贾平凹、阎连科、余华等人在解决民族性、本土化与人类性问题上圆熟老道，提供了可资借鉴的成功范例。

莫言虽然受西方文学影响很深，但是，借鉴学习恰恰帮助他打开储藏在记忆中的民间创作源泉。在 90 年代以后，莫言呼应着文艺创作中的民间化倾向，开始更加自觉地探索自己创作的民间性。他站在弱小生命和自由人性的立场上描写民间的苦难与抗争，摆脱国家意识形态和知识分子思想启蒙的双重制约，张扬个性自我；还自觉运用民间艺术资源，在小说的语言、故事、结构等方面全面复活民间文学、民间艺术的活力，追求文学的民族化、本土化。莫言把西方现代派、后现代派手法与现实主义写实手法相结合，以无比丰富的细节和流光溢彩的传奇故事描写农村生活，营造象征化、主观化的乡村世界，同时又把这种乡土生活经验化作透视人类生活的一个视角，从而使自己的创作基于乡土又超越乡土，具有人类学的超越性、包容性、宏观性，能够容纳普遍性的经验和想象，真正体现了乡土叙事的历史—文化大视野。

贾平凹的一系列小说始终保持浓郁的地域文化特色，在当代乡土小说中最为突出。而且，他的思考始终围绕乡土中国的历史进程，追踪现代化给乡土社会带来的毁灭性悲剧，沉潜于乡土文化的悠久传统，体验农业文明衰落中的生命痛感，为之谱写一曲曲沉郁婉约的挽歌，使小说成为镂刻故乡历史、记录中国现代化进程、寻找精神家园的文化丰碑。然而他并不保守，在传统的表象下是魔幻、象征、寓言等现代小说技巧，它们与鲜活的方言口语、丰厚的地域文化巧妙融合，变成了商州想象世界中的血肉存在。

　　阎连科是当代乡土小说大家中创新意识最强的一个。他变革的步子比贾平凹大,因此作品中留下了比较明显的纰漏。但整体而言,他追求本土化与人类性的双赢还是卓有成效的。特色鲜明的河南方言,细致入微、质感强烈的现实主义描写,中国式权力文化、政治机制、历史命运的深刻揭示,使《日光流年》和《受活》的寓言化情境变得真实可信,圆满自足。不仅写出了中国乡土社会的历史变迁,农民作为弱势群体在政治旋涡、时代潮流中挣扎求生的悲惨命运,也写出了人类坚韧的生存意志和无法超越体制的生存困境。

　　余华的《活着》、《许三观卖血记》、《兄弟》等长篇小说,在坚实的历史背景、具体感人的生活细节中描写中国底层百姓的苦难,并把他们承受苦难的伟大精神与中国传统人伦道德融合起来,使苦难写作渗透地道的中国韵味。同样执著于苦难写作的鬼子,在文字词汇的丰富和美感方面乏善可陈,有时迷失于悲剧的偶然性而丧失批判力度。但《农村弟弟》、《被雨淋湿的河》、《瓦城上空的麦田》等小说都有现实的社会背景,为人物的苦难命运奠定了坚实的社会批判基础。这些人物都是反抗农民命运的行动元,他们为了逃离贫困低贱的乡土生活,或扭曲人性变成杀人犯,或不屈抗争死于非命,或失去天伦之乐,被异化的城市儿女所抛弃。逃离农村,依然是贫困农民基本的生存欲望,鬼子通过这种基本欲求破灭的乡土苦难,向具体的社会现实发问,向人心发问,向当下混乱的意义世界发问。由于批判定位于最基本的人类情感和价值,定位于具体个人的命运和境遇,鬼子的苦难写作显得真实可靠。

　　第三,世俗化与超越性的关系。20世纪90年代是大众文化占领市场的时代。以影视文化、网络文化、文化产业为标志的大众文化标志着一种新的文化转型，这是一种由纸质文化到电子文化、由精英文化到大众文化、由纯文化到文化产业的巨大转折。大众文化以消遣性娱乐性为旨归，具有商业性、时尚性、世俗化等特征。在大众文化的背景下，审美与文艺的传统关系发生了根本性的改变。唱片、光盘、广告、模特、网络文学、短信小说等新的文艺生产与存在样式纷至沓来，撩人耳目。审美与生活、艺术与商品、文化与文艺、欣赏与快感之间的界限不再泾渭分明。审美的生活化和生活的审美化成为当代大众文化中两个紧密相连不可分割的部分。一方面，当代艺术消弭雅俗界限，承认艺术不应回避日常生活中那些并不崇高的内容，审美必然包含快感，是大众休闲娱乐的一种方式，艺术产品具有商品属性，能产生经济效益。而另一方面，审美经验不仅包含世俗生活，更要包含对庸常人生的超越；不仅要有感性快感，更要蕴涵对人类生存意义的终极追问。如果说审美的生活化是艺术向生活回归，那么生活的审美化则是生活向艺术提升。因此，当代文学的发展，必须兼顾回归与提升、世俗化与超越性两个方面，使二者有机结合，既贴近大众生活与社会现实，又避免低俗平庸等文化浅表化倾向。

应当说，乡土小说在这个勇于尝新的时代并不占题材优势。比起现代都市，乡镇村社的生活现实是缺乏消费主义享乐主义色彩的，不如市民生活、城市小说更切合大众文化的消费口味。而且随着乡土被城市分割包围消灭，传统的乡土传奇也被逐出想象领域。因此，乡土叙事在大众文化市场中只能退居边缘，并且被纳入了世俗化的时尚潮流。

流行于当代乡土小说的世俗化倾向主要表现在以下几个方面：

其一是淳朴的乡村情感被赤裸的性爱所代替，乡土不再是安妥灵魂、寄托情感的永恒家园。除了迟子建、刘庆邦等人少量的证美小说，当代乡土小说绝少描写乡村爱情，也罕见纯洁美丽的乡村少女形象。在刘醒龙、何申、张继等人揭露社会问题的乡土小说中，只有零星的男女性事描写，谈不上什么爱情。关仁山试图描摹当代农民复杂的精神世界，但他笔下的乡村爱情也已经被商品社会腐蚀变质（妓女还乡），丧失了美感和热度。李佩甫热烈赞美乡村情感，但他同样没有写出一段感人的爱情故事，他那些坚贞美丽的村姑总是被醉心于权术的无情男子辜负。而孙慧芬的当代乡村女性，则品味隐秘的身体欲望，沉酣肉体快感，以此发动解放乡土的内在革命。其他乡土小说领域的情形也大抵如此，性欲、性事的描写代替了纯真爱情的诗意抒写，沈从文、康濯、路遥式的乡村爱情渐渐远去。

其二是追求幽默调侃，无节制的闹剧、笑剧等喜剧风格损害思情表达和价值追问。由于幽默喜剧更符合大众文化娱乐性的审美要求，当代小说普遍被幽默喜剧因素涸透。乡土小说同样未能免俗，很多乡土小说被笑话、黄段子、粗鄙的对话、喜剧场景所充斥，即使有所讽刺有所批判有所感动，也被俯拾皆是的笑料化解于无形，变成了若有若无的过眼烟云。此外，这种轻松的调侃还破坏了人物形象的塑造，使人物性格千人一面，所有的面孔都浸泡在笑料堆积之中而模糊不清。而且由于幽默调侃运用过滥，其审美效果已大大降低，不再容易引发审美快感。姑且不论大量被称为"新现实主义"的乡土小说，只举李洱的长篇小说《石榴树上结樱桃》为例。这部小说所有的叙述全都淹没于痛快淋漓的调侃性话语，人物对话不再表现性格，只是犀利词锋的对接，加上乡间喜剧场景的大力渲染，营造出一个热闹喜庆的乡村叙事氛围。这种氛围的作用，本义是与激烈的权力斗争形成叙述张力；但除了最后揭秘的惊奇，似乎并未刺激兴奋，反而让人感觉很不自然。喜剧向悲剧的转化，也没能带来应有的沉重感，遑论引起对问题的深度思考。

其三是地域文化色彩淡化，语言粗鄙化。当代小说语言的粗鄙化是一个普遍现象，这是一味追求幽默调侃、生活化世俗化的必然结果。除了说调皮话，耍贫嘴，打情骂俏，编段子，大多数当代小说在语言方面似乎乏善可陈。不但没有古典文学语言的积淀与转化，也不精心提炼方言口语，更不要说斟酌语言的意象性、抒情性、诗性了。没有现代汉语的琢磨切磋，只有程式化的媒体语言和流行俗语的量的堆积。当代小说不再提供优美的文学语言，这是最可悲的事。这种现象在直面现实的乡土小说中也很严重，诸多追风写作的急就章往往被故事叙述追赶着急急而行，未能扩展环境、地域文化等铺垫或烘托主要形象的背景（综合形象），使叙事显得单调乏味，缺少情趣与文采，也缺少使故事焕发光彩的特殊文化氛围。另外，鬼子、东西等少数民族作家，以及艾伟等晚生代作家的乡土写作丧失乡土感性，缺少自然物象、景色环境、劳动场面的生动描写，语言单调干枯，未能解决寓言与写实的交融，使乡土小说背离热气腾腾的生活感性，抽象乏味。

以上是对当代乡土小说世俗化倾向的归纳，并不意指所有的乡土小说。最突出表现这些不良倾向的，是那些直面现实反映社会问题的小说。为了使叙述接近生活现实，提高真实感、时代感和趣味性、可读性，这些乡土小说发展了迎合世俗潮流的叙述风格。但是，流俗也是善变的，也是可以塑造的，艺术从来都在引导人类的想象方式。作家不应一味迎合，而应当学会巧妙引导。

　　总体而言，与城市题材小说相比，乡土小说更加坚守文学的传统精神。这包括批判现实、道德关怀、历史反思、意义求索、理想追求等多个超越性的精神层面，也包括对语言美、情感美、意境美、境界美的追求。如上所述，在当代乡土小说丰富多彩的想象域中，并不缺乏以上这些精神层面的挖掘，而后者则成就了当代难得一见的美文。比如迟子建、刘庆邦、红柯、石舒清、王新军等人的抒情小说，均以超越性的精神取向为旨归，用优美的文笔营造爱与美、人与自然、生命与永恒和谐统一的理想境界，代表当代乡土小说既传统又现代、既入世又出世的精神追求，也充分发扬了现代汉语的语言美。

第六章

新农村建设背景下的乡土小说
现状与当代作家历史使命

一

1980 年 1 月 26 日《人民日报》发表《文艺为人民服务，为社会主义服务》的社论，明确提出"文艺为人民服务，为社会主义服务"的新口号，取代了第一次文代会以来贯彻的文艺"为工农兵服务"、"为政治服务"的新中国文艺方向，为创作自由提供了政策保障。随着政治一体化的结束和市场经济的全面铺开，文学创作向着自我主体意识延展的极限推进。"我们的文艺是为什么人的？"这一毛泽东奉为中心、根本、原则的问题似乎已经大而化之，消弭于无形了。既然"我"是人民的一分子，当然可以代表人民。因此立场的转变，知识分子思想感情的改造，大众化，深入生活，熟悉和了解文艺工作的对象等问题都失去了意义。然而毛泽东貌似偏颇的理论，却蕴涵着闪光的真理。当下中国文坛，都市题材压倒农村题材，"商品化写作"、"个人写作"、"女性写作"甚至"用身体写作"等流行风交替频仍，这个事实已经回答了"我们的文艺是为什么人的？"这一问题。在从"大叙事"向"小叙事"转向的过程中，文学付出了沉重的代价，如：放逐思想和理想，追逐时尚以期获得短期经济效益，人生体验和想象力双重匮乏，周旋于外在的叙事学技术性层面和个人欲望的封闭性层面等。考察寻根文学之后，尤其是20世纪90年代以后中国乡土小说的发展态势，有助于厘清当前文学整体对这个问题的盲视。

应当说，与20世纪50—60年代红色经典的农村题材小说相比，当下中国乡土小说无论在思想意蕴还是在艺术表现上都取得了长足进步，主要表现在以下几个方面：

第一，主题拓展，超越政治生活领域和意识形态规约，向更宽广的人类性因素逼进。

第二，主体性增强。不同于20世纪50—60年代小说家，当代作家对自己作为创作主体的权力有清醒认知，因此无论小说的思想意蕴还是艺术追求都表现为多样化的景观。

第三，文化意识自觉。由于强化乡土文化的自然呈现，新时期以来的乡土小说记录下乡村生活绵长的文化渊源和弥足珍贵的民间风俗资料，为中国传统文化留下最后的夕阳之美。

但是超越意味着进步，也孕育着新的危机。当前乡土小说存在以下几种令人担忧的叙事倾向：

第一，解构叙事。解构是后现代思潮流入的伴生物，同时也是中国改革开放、旧价值体系崩坏的意识形态反映。解构历史是20世纪90年代以后当代文学的一股大潮，处于临界点上的巅峰之作就是乡土小说《白鹿原》。它以乡土中国行将消亡的儒家伦理、家族文化反观20世纪中国社会变迁，对教科书定义的革命历史作出全新的阐释，可以说是对国家意识形态主导下的历史叙述（正史）进行了全面颠覆。此后，这类小说的二三流作品则更加自由地打破历史叙事的时空整体性，用支离破碎的生活片断和人物行动随意拼凑，还原所谓原生状态的历史。但是这种把握历史的方式丧失思维的整体性，激进勇猛的后现代姿态往往简化为一个懒洋洋的形体动作，仿佛浩瀚的文字只为说明这个没有丝毫新意的观点：历史是一把大稀泥，一摊臭狗屎！刘震云的《故乡面和花朵》（1998）、徐庄的《废黄河》（2002）、杨争光的《从两个蛋开始》（2003）都是这类作品，韩少功的《马桥词典》在某种意义上也应该归入这一类，其叙事模式深刻影响了同类小说。

第二，本能—欲望—权力斗争叙事。欲望是市场经济时代的主旋律，当代乡土小说揭开了以往被政治意识形态压抑的种种生存本能和欲望——食、色、暴力、金钱、权力等等，并对此进行过分夸大的书写。从 20 世纪 80 年代刘恒的《伏羲伏羲》、《狗日的粮食》到 20 世纪 90 年代阎连科的《黄金洞》、李佩甫的《城的灯》（2003）、毕飞宇的《玉米》（2003），乡村欲望的风标从基本生存需要（食色）转向更高级的现代文明——城市生活方式，这意味着对金钱和权力的占有——通常伴随着血腥暴力。由于中国特殊的城乡二元分割社会结构和以人情、权术为特征的政治文化、权谋文化，当前农村小说的欲望叙事呈现出对阴谋、权术、官场的过分宽容、热衷乃至于痴迷，人物的性格特征几乎全被老谋深算的心计所覆盖，无法提升政治文化批判和思想升华的高度。很多乡土小说大力描写人的本能欲望，以及诡诈的权术、机谋，人与人之间的争斗与折磨，以呈现人性的复杂性、阴暗面与本能欲望为衡量艺术形象真实性的主要标准。结果使人物形象趋于猥琐、下流、阴险、恶毒，未能应答时代呼唤，塑造出堪称民族脊梁的人物形象，尤其是农民形象。这种建构复杂人性的写作方式，其实已走向阶级论的反面，是忽视历史的抽象人

性论的体现，同时对恶的冷漠叙述也不利于社会主义核心价值体
系的建构。

　　第三，新写实叙事。在追逐叙事艺术创新的躁动中，仍然有
一些作家执著于当下农民的生存现实，继承左翼文学"社会主
义现实主义"经典叙事反映当前社会现实的精神，同时吸收新
写实等艺术手法，努力把握农村变革的历史脉络。这类小说受文
化管理部门的保护和社会良知的关注，可惜的是艺术水平并未超
过 20 世纪 80 年代初改革文学的水平。由于为政治服务的文艺工
作传统仍然深刻影响一些作家的思维方式，再加上市场经济反价
值的文化影响，两下合力，就导致此类小说严重模式化，造成相
互模仿的追风式写作。尤其表现为批判力度不足，失之油滑见事
不见人等，削弱了这类小说的艺术感染力和思想尖锐性。因此，
如何进一步解放思想，培养强健有力的政治民主意识，提高发现
问题的敏锐性和揭露问题的尖锐性，是当代乡土小说有效干预社
会的必要思想素养和文化准备。当然，推进批判剖析的深度，使
写实小说贯通历史文化的潜流，应当是这类小说的更高追求。关
仁山的长篇小说《天高地厚》（2002）因为反映现实的即时性、
全景性、敏锐性而被称为补缺之作，但叙事的仓促和缺乏挖掘使
之成为时代的浮光掠影。大量以农村基层干部为主人公的小说，
如获第四届茅盾文学奖的刘玉民的《骚动之秋》、获鲁迅文学奖
的刘醒龙的《挑担茶叶上北京》、何申的《年前年后》和贾兴安
的《黄土青天》也可以归入这一类。这类乡土小说需要的是艺
术与思想的双重突围。

　　第四，魔幻化、客观化、狂欢化叙事。受拉美魔幻现实主
义、法国新小说派、美国黑色幽默等后现代主义文学流派的影
响，乡土小说力图开辟艺术表现的新天地。冷漠、怪诞、粗鄙、

魔幻色彩的叙事想象，代替了残留在我们记忆中的充满田园诗意的乡村。乡村变得陌生、怪异，虚假得令人费解，已经不再是寄托情感、美、生命意义的精神家园。伴随城市地平线的扩展，不仅真实的乡村离我们越来越远，滋润中国人心灵几千年的乡村诗意也在悄然远去，而它本应是现代城市人最缺乏的精神营养素。在这种令人担忧的流行叙事倾向中，最值得关注的是零度写作。伴随新写实泛滥开去的零度写作，标榜冷漠的、客观观照的、取消价值判断的叙述态度。其中固然蕴涵着以生存状态的客观呈现摆脱主题先行的叙事策略，但最终的结果却导致情感冻结、诗意沉沦，使小说失去感人肺腑的美感力量和昂扬乐观的理想主义信念，表现出世界观与方法论的双重危机。从余华、杨争光到阎连科、毕飞宇，大致都是这个路向，他们的文风深深影响了一代乡土小说作家。或许正是因为与这股令人气闷的叙事潮流相左，刘庆邦、迟子建那种编织绵密的小说意境，对渐渐逝去的传统之美无尽咏唱和痛惜的乡土小说，才倍增艺术魅力。目前，我们迫切需要倡导一种充满激情与温暖的，富有理想主义精神的，健康向上、激浊扬清的新文体新文风。

二

然而，乡土小说目前面临的最严重的问题，并不是以上种种令人担忧的叙事倾向——因为这些不良倾向本身就蕴涵着革新的活力——而是文体本身发展的局限性。作为一种文体，乡土小说已然过熟，今天作家的创作注定很难超越前人。可以说，经过将近一个世纪的发展，乡土小说在中国几乎完成了所有审美意蕴的探索，无论题材、主题、故事情节，还是思想、语言、艺术手法，都几乎穷尽可能，后来者很难重新品味那种发现新大陆的喜悦。

　　作为五四以来最早的小说流派，20 世纪 20 年代中期的乡土小说显示出以下主要特征：其一，作家以批判的眼光审视故乡风俗习惯，对愚昧、落后进行尖锐的讽刺和批判。其二，由于作家往往怀着哀其不幸、怒其不争的复杂情绪描绘生活于苦难中而又麻木、愚昧的故乡人，同情与批判、讽刺与哀怜相互交织，就形成了乡土小说喜剧与悲剧相交融的美学风格。另一方面，在批判和描绘故乡愚昧习俗、麻木人性、凄凉人生的同时，乡土小说家依然抑制不住对故乡的眷恋，而这眷恋又往往与某种失落感交织，因而乡土小说大都具有忧郁的抒情调子。其三，在不依附于故事的前提下，乡土小说家自觉地将风俗民情作为独立的小说审美领域加以开拓，注重展示某一地区的山川风物和民风民俗，使小说呈现出具有地方色彩的自然环境与社会环境，具有社会学、民俗学方面的独特价值。同时，乡土小说把人物命运放在特定地域文化背景下来展现其性格和遭遇，使人物和景物在独特的乡土氛围中融为一体，其圆熟之作富有意境美，促进了新文学民族风格的形成。到 20 世纪 30 年代，乡土小说表现出京派小说、社会剖析派等明显不同的创作倾向，社会剖析派把乡土小说对社会和民众的关怀引向阶级斗争理论，与新中国成立后农村题材小说一脉相承。沈从文则在现代文明的背景下反顾乡土文明，致力于重建人类健全心灵的栖居之地，开辟了乡土小说反思现代性、重建精神家园的思想底蕴。新中国成立后，乡土小说被农村题材小说代替，沿着国家意识形态的一体化规划，走上一条为政治服务，表现党的方针政策，歌颂社会主义新农村，民族化、大众化的道路。歌颂代替了批判，但民俗风情、地方色彩使农村题材小说保持了乡土小说的审美要素，史诗性追求又开创了乡土小说历史叙述的新篇章。新时期以后，从汪曾祺到寻根文学，乡土小说回归自身特有的美学形态，沿着鲁迅和沈从文所开辟的国民性批判与乡土恋歌的道路发展，重现乡土小说的传统特色，但并未超越乡土小说肇始阶段开启的思想底蕴和美学形态。20 世纪 90 年代以来，直面现实、文化批判、历史反思和家园守望四个方面构成大陆乡土小说的主题性想象系统，展现了当代乡土小说深厚宽广的多层面人文关怀，但仍然是对乡土小说历史遗产的继承和弘扬。近年来，农民工成为乡土小说的关注热点，很多学者认为这是乡土小说的新发展，扩大了乡土小说的内容。但事实上，早在 20 世纪 20 年代，乡土小说家就已经触及了这一特殊社会群体物质与精神的双重困境。比如潘训的《乡心》（发表于《小说月报》十三卷七号，十一年七月），茅盾在《中国新文学大系·小说一集》导言中曾给予很高的评价："这一篇小说虽然并没写到正面的农村生活，可是它喊出了农村衰败的第一声悲叹。主人公阿贵是抱着'黄金的梦'从农村跑到都市去的第一批的代表。……我们从这青年农村木匠的故事看到了近年来农民从农村破产下逃到都市而仍不免于饿肚子的大悲剧的前奏曲。"而老舍先生写于 1936 年的现代文学代表作《骆驼祥子》，用今天的话来命名，则应当属于描写农民工的"打工文学"。

　　至于乡土小说的创作方法和艺术表现技巧，鲁迅和沈从文已经能够代表其最高成就，后来者几乎可以说都是在他们开拓的艺术圈子里跑马，只能在个人风格上标新立异。现实主义作为乡土小说的正宗，形成传统乡土小说的艺术特色：善用白描手法刻画人物，由风景画、风俗画、风情画等"三画"合成风土人情的描摹，具有浓郁的地域文化色彩①。20世纪80年代后，新潮乡土小说崛起，使乡土小说原有的艺术风貌发生改观。现实主义吸纳了西方现代主义、魔幻现实主义等艺术手法，"在理性的观照，心理描写的深入和加强，意象的内涵，情欲的宣泄，格调的放荡，结构的繁复，语言的乖张诸方面，都显示了新一代乡土小说作家开放现实主义的创作特点。"②尽管这些新的探索丰富了乡土小说的美学风格，但变革之中潜藏着巨大的风险。一方面，把写实、寓言、象征、魔幻糅合为水乳交融的叙述整体，而不显露生硬模仿的技术操作痕迹并非易事，在众多先锋试验者中，只有莫言、张炜、阎连科、贾平凹、陈应松、鬼子等人拿出了一些相对成功的创新之作；另一方面，现代与后现代艺术侵入乡土写实，往往削弱甚至丧失乡土小说浓郁的生活气息、地域文化色彩和传统的乡村诗意。邵燕君在《与大地上的苦难擦肩而过——由阎连科〈受活〉看当代乡土文学现实主义传统的失落》一文中指出：现代主义这本"外来的经"并不适合中国乡土小说，因为现代情绪的表达和形而上的反思本不是乡土作家的强项，他们得天独厚之处在于对占中国八成人口的农民生活、性格的深切理解和精微把握，离开了现实主义的表现形式，这些长处就难以表现。同时，作家在思想资源上的相对贫乏和在文化观念上的相对陈旧就会暴露出来。事实的确如此，检视刘震云、杨争光、孙慧芬、艾伟、毕飞宇、余华等人对乡土小说的解构，我们不难发现，这

---

①　丁帆：《中国大陆与台湾乡土小说比较史论》，南京大学出版社2001年版，第17—21页。

②　庄汉新、邵明波主编：《中国二十世纪乡土小说论评》，学苑出版社1997年版，第24页。

种先锋试验对乡土小说而言的确有点得不偿失。另一个令人忧虑的现象是，20世纪90年代以来，文学生产的市场化造成文学新的公式化、概念化、模式化倾向。在乡土小说创作中，模式化倾向也非常严重，尤其是直面现实、反映社会问题的乡土小说。所谓模式化，不仅表现在同一主题同一角度叙述的重复生产，还表现在叙述方法、叙述语言的风格雷同。一个显而易见的事实是，受到评论推介的小说，其主题和叙述方法也自然而然流行起来，带出一系列跟风之作。其中暴露的一大问题是难以超越地域性的制约，突破由地域所限定的世界观、人生观、文化意识、思维方式，以及人生经历、生活积累、审美情趣、创作意识乃至表达方式，无法实现艺术追求的思想自觉和理论提升，把乡土小说推向人类普世性价值的精神高度，达到恢弘博大的艺术境界①。可以说，当下乡土小说仍处于一个对传统的悖谬的撞击和过渡之中，模式化倾向与创新困境并存于乡土小说创作现场，乡土小说的整体艺术水平并未超越鲁迅和沈从文所代表的现代乡土小说的艺术成就。

可以说，当前乡土小说的审美视阈和美学品格，已经基本囊括了乡土小说全部的美学追求。这是自乡土小说初创以来几代作家添砖加瓦形成的审美积淀，它太过厚重，太过成熟，对后来者而言，它意味着难以创新的创作困境。如何突破厚重的审美积淀，开辟乡土小说的新天地，这是决定乡土小说生死存亡的大问题。

具体而言，当前乡土小说的文体创新困境主要表现为四大

---

① 程金城：《地域性的借重、突破与超越——论长篇小说〈雪葬〉》，载（人大复印资料）《中国现代、当代文学研究》2003年第12期。

问题：其一，民俗主义倾向。很多乡土作家固守乡土小说的审美惰性，把已经疏离生活、失去生命力的人类学知识和民俗想象强加于乡土小说，试图取得传统的风景画、风俗画、风情画效果。结果适得其反，民俗风情变成了文化炫奇，不能深入文化底蕴，实现民俗事象与文化精神的统一，同时也削弱了乡土小说的时代气息，使乡土小说远离新农村建设的历史现实。当然，与此相反的另一种倾向同样令人沮丧：有些作家追随社会热点和审美时尚，放弃乡土小说中民俗风情画卷的展示，使乡土小说丧失地方色彩，变成了简单的事件记录、新闻报道，丢弃了乡土小说迷人的审美意境。其二，原始主义倾向。传统与现代、乡土与城市之间的冲突，是乡土小说内蕴的张力。因传统与现代两种文明的冲突难以解决而导致文本的失衡和内爆，这是自寻根文学以来延续至今的悖论和难题。在复兴的现代原始主义倾向中，这一难题依然无法破解。很多乡土小说存在尚古、慕古倾向，停留于对原始生命力和淳朴道德风尚的追怀与歌颂，不能从现代性转化的高度建构新一代农民改革创新的精神风貌，为当代生活经验提供薪尽火传、蓬勃向上的精神资源。其三，经验论与想象论的两难困境。无论经验论还是想象论，都存在巨大的陷阱，而乡土文学的南北、东西作家群落之间恰恰表现出二者的差异与偏颇。由于经验与想象未能有机结合，使得中国本土现实与人类性因素、本能欲望与具体生存环境分裂呈现，个人主体与集体历史、共时性与历时性无法调和为文本的历史构成。沉湎于细节描写、欲望裸露或语言自我膨胀的写作，使很多乡土小说充满危机到来之前的窒息感。如何深入生活、丰富乡土经验，并把经验升华为想象，实现经验与想象的交融化育，这是乡土小说必须解决的难题。其四，创作方法和艺术技巧的创新悖论。如上所述，乡土小说以现实主义为正宗，传承已久，需要创新和突破。但是，受现代主义与后现代主义等新潮艺术熏染的乡土小说，往往丧失生活气息、乡土色彩和传统诗意，而这些因素恰恰是构成乡土小说美学意蕴的主要组成部分。如何在保持乡土小说艺术魅力的基础上进行技术创新，在保持民族性的基础上实现与世界文学的无缝对接，这是乡土小说文体创新的一大难题。

另一方面，不可否认，造成乡土小说创新困境的客观原因，是社会改革导致文化取向、审美风尚的变化。由于我国快速推进工业化、城镇化建设，加速现代化进程，大众文化风靡一时，读者的价值标准、审美趣味发生转向，贫穷落后的乡村生活不易引起阅读的兴趣，从而使乡土小说失去市场，进一步加剧了乡土小说的创新困境。在商业利益的推动下，现在的流行之作里只有现代都市生活。因为只有写时尚化的都市文学才能被市场消费，乡土文学因为不能被消费正越来越边缘化。从根本上说，这是一种生活方式对另一种生活方式的殖民，城市文化的全面覆盖正在切断生命与土地的血脉联系，隔离生活的根基与土壤，把我们民族的情感之根、生活之根碎片化。面对如此可怕的文化危机，作家更有责任坚守农村这块阵地，去揭示另一种被遮蔽、被忽视的生活存在。

三

正是由于乡土小说面临文体创新和社会改革的双重压力，它才更加需要特别的照顾和保护——因为时代仍然需要乡土小说，民族文化的发展离不开乡土小说。

作为一个农业大国，中国从事农业生产劳动的农民占人口的绝大多数，农民是中国最大的社会群体和生产群体，是中国社会结构的主体。虽然目前正在进行的现代化首先意味着工业化、城市化，但中国的文化传统、特殊国情和新的历史机遇决定了这一历史进程必须以农民为最基本的创造主体和价值主体。21世纪中国现代化的必由之路是农民的现代化，中国现代化建设和发展的重要问题是"三农"问题，对农民问题的重视是中国发展的关键，这已经是多年来形成的共识。而且，从建设和谐文化的角度看，农村文化是解读中国这块土地的钥匙。中国的传统都市是从农耕文明土壤中孕育、生长起来的，而现代型都市又是从传统都市蜕变而来。因此，中国市民文化是从土地文化、村社文化演绎而来的，农民意识是中华民族的根性，渗透在政治、经济、文化乃至军事等各个方面，流淌在官吏、市民、知识分子、军人、商人、工人们的血液里。这种精神血缘既是中华民族走向现代化的内在心理障碍，又是中华民族获得文化认同的族群特征。因此，中国历史最深邃的底蕴是农民的命运史，中国文艺最深邃的底蕴是农民的精神史。

　　2000年以来，《黄河边的中国》、《中国农村调查》等农村社会调查报告十分畅销，证明读者对农村变革绝非漠不关心，而是表露出直面人生、把握社会趋势、关注政治文明的热情。经过多年"三农"问题的探讨，2005年，党的十六届五中全会通过《中共中央关于制定国民经济和社会发展第十一个五年规划的建议》，提出了建设社会主义新农村的重大历史任务。此后又连年发布中央1号文件，大力推进新农村建设。这一战略决策既对文学提出新的挑战，也为文学提供了新的发展机遇。在建设社会主义新农村的新一轮农村改革中，一个重要的内容就是繁荣农村文化事业。2006年出台的《国家"十一五"

时期文化发展规划纲要》提出：要加大对农村题材重点选题的资助力度，把农村题材纳入书刊、音像制品、电视剧制作、舞台艺术、电影等的出版计划，并要求保证农村题材的文艺作品在出品总量中占一定比例，提出用政府采购来补贴重要的文化项目和文化产品，直接送到农村去。这些文化发展政策，试图在文化资源配置方面大力向农村倾斜，催生更多的乡土作家。作为以地域乡土为表现对象的文学体式，乡土文学理应参与建设新农村这一移风易俗、改造乡土的宏伟的社会改革工程。

感应新农村建设为农村题材创作提供的发展契机，乡土小说、农村题材创作呈现出一派欣欣向荣的景象。学习贯彻党中央关于建设社会主义新农村的战略决策，抓住多出好作品的历史机遇，积极探索、努力创新，取得令人瞩目的创作成果，为建设社会主义和谐社会做出文学应有的努力，这是文学界普遍达成的共识。为响应建设社会主义新农村的战略决策，全国和地方文联、作协也纷纷出台系列措施，以进一步促进农村题材文学创作的繁荣。这些措施主要包括：深入实践，开展文学下乡活动，建立创作基地，营造服务社会主义新农村建设的浓厚创作氛围；通过立项资助、奖励、出版、研讨、期刊引导等措施加强对农村题材文学创作的扶持和激励，加强农村题材文学作品的理论研究与批评；加强文学与影视的联姻，发挥影视文学的作用，扩大农村题材创作的影响力；重点调研，了解农村读者对农村题材创作的阅读需求；发现和培养农村题材新生创作力量，增加农村作者的比重；加强交流和宣传，营造重视农村题材创作的整体氛围等等。

这些措施对繁荣农村题材创作、推进社会主义新农村建设无疑是必要的。但是，在媒介方式增多、信息渠道多元化的今天，文学的生产、传播体制，国家文化发展策略和管理方式已经迥异于政治集约化、一体化的新中国成立后三十年，文学的功能、审美观念和位置都相应地发生了巨变。从功能上看，文学由政治工具复归自我，由教化转向消费；从审美观念和美学风格看，疏离政治而追求闲适性、娱乐性，由向往、追求崇高转向消解、亵渎崇高，由"大写的人"转向"小写的人"；从文学在整个社会生活中的位置看，文学由一元独尊走向多元共存，趋于边缘化。李复威说：进入新时期的当代文坛，我国文学的总体格局是"一个吸纳多元、展示多元、标准多元、互补多元、发展多元的开放体系。"① 在这样一个文化背景和传播环境中，单纯的政策导向、政府激励与支持等宏观调控措施，究竟会对文学的发展产生多大影响，而文学又会对社会改革进程产生多大效应，这恐怕是一个难以预测的变数。过分乐观的估计新农村建设的战略决策对农村题材创作的促进作用，认为新农村建设必定带来农村题材文学创作的重大突破，并再一次形成创作高峰，这无疑是幼稚的、一相情愿的想法。另外，农村题材创作不是新闻报道，也不是政府部门、学术团体的调研报告，更不是政府的决策行为，因此不可能对新农村建设产生迅速而直接的影响作用。

因此，从创作的主体性出发，探究当下乡土小说创新困境的深层原因，从中寻找解决问题的途径，切实推动乡土小说参与新农村建设，也就更加具有现实的意义。文学作为信息传播过程，必然要包含作家、媒介、读者等相关要素。因此首先需

---

① 李复威：《世纪之交文论·总序》，北京师范大学出版社 1999 年版，第 4 页。

要考察的，是作家的创作主体性和与此相关的文学作品的生产过程。一个众所周知而又习以为常的事实，是话语权的不平等和作家日益远离底层生活的中产阶级生存方式。二者必然导致作家对农民、对农村的疏离，农民对文学的疏离。

小说家的文化构成近年来发生巨变，许多作家都是有大学学历，在文化圈、官场任职的知识分子、专业人士，多属于社会名流、新富阶层。即使原本出身农村的作家，也已扎根城市多年，对乡村改革进程缺乏直接的、切肤的审美感知以及独特的体验和发现，对"三农"问题缺乏独特的理解与感悟，仅凭当年乡村记忆中的风土人情、民风民俗，加上第二手材料进行想象加工，编织虚假的乡土叙事。生活资源和精神资源的双重匮乏，使他们对乡村生活的描写显得隔膜、抽象，缺乏从生活中捕捉事物真相的能力。这一点，很多评论家都作过精彩的剖析，马平川的文学评论《谱写新农村建设的时代交响》（《人民日报》2007 年 5 月 11 日）是一次集中的探讨。我想指出的是，这些有权在文坛发出声音的文化官员、文化人和知识分子，其写作存在崇尚专业主义的倾向，即把写作视为一种面向同类的文化交流，尤其是那些所谓纯文学作家。他们注重纯正完美的文学性，喜欢通过精细的感觉、思绪、结构和语言展示才华，为文本阐释留下广阔的可能性，但同时也把广大农民读者排除在知识分子自我营造自我欣赏的艺术世界之外。因此，他们笔下的乡村往往是自我本能和欲望的畸形表现，是因为愚昧落后而充满魔幻神秘色彩的化外之地，是地方官员和政治势力争权夺利的名利场，而唯独不是几千年生存于土地上的普通农民倾心热爱，又不得不在完全城市化浪潮中忍痛割舍或自觉改造的家乡，不是农民以巨大的创造性和主体性参与改革历史进程，以智慧和血汗使之发生巨变的农村。而演绎乡村历史最后一页的，也不是和城市人一样具有正常的人性欲求，因生活环境不同而呈现不同生存景观和意识世界，洋溢着重铸现代精神品质的勇气，焕发着圆满自足的生命光辉的亲切可敬的父老乡亲。农民、农村、乡土中国，这些行将在蜕变中消逝的民族文化之源在当代小说中破碎、畸形、冷漠的形象再现，是一种社会化的象征性行为，它泄露了"五四"以来中国传统农业文明在西方文明压迫下的现代性焦虑，以及多年来农村与城市二元分割社会结构所造就的可耻的意识形态歧视。

现在看来，毛泽东提出的问题依然成立：我们的文艺是为什么人的？其实，时代已经为这个问题充实了新的内涵。胡锦涛在中国文联第八次全国代表大会、中国作协第七次全国代表大会上的讲话中指出："一切有理想有抱负的文艺工作者，都要密切同人民群众的血肉联系，积极反映人民心声。一切进步文艺，都源于人民、为了人民、属于人民。一切进步文艺工作者的艺术生命，都存在于同人民群众的血肉联系之中。"因此，"我国广大文艺工作者一定要坚持以人为本，牢固树立人民群众是历史创造者的历史唯物主义观点，培养和增进对人民群众的感情，坚持以最广大人民为服务对象和表现主体。""在当代中国，繁荣社会主义先进文化，建设和谐文化，是我国广大文艺工作者的庄严使命。"

一个有良知的作家，无疑应该站在代表社会进步、代表时代精神、代表进步文化和社会主义核心价值体系、代表人民利益的"我们"的立场。这意味着：我们应当从新中国成立后文艺作为政治附庸畸形发展的历史中吸取经验教训，同时有必要重拾"左翼"文学批判现实、关注底层民众、推动社会进步的先锋性、人民性等精神价值传统。一方面拒斥庸俗社会学和政治工具论对文学的损害；另一方面也要自觉肩负起讴歌时代主旋律，为人民服务的神圣而庄严的历史使命，以敏锐的政治意识和现实关怀去把握所处的时代和社会。这也意味着：写作不再是自我复制，而必然要面向最广大的人民——民族，其中自然存在立足点的转移问题。

四

因此，乡土小说脱困的契机，首先在于解决"我们的文艺是为什么人的"这一根本问题，而回答这一问题就意味着作家对自己历史使命的确认。乡土小说要走出低谷，就作家主体而言，至少应当考虑三个方面的因素：

第一，为农民写作——把农民视为读者的一分子，而不是根本无视这个沉默的大多数。尽管社会发展的分层化使作家大都步入中产阶级，但作为提升人类精神高度的文化生产者，作家不应丧失宽广的人道主义情怀和敏锐的现实感，要积极响应社会问题的号召，表达时代和民族的自然追求。如果小说只是文化圈里的高级文字游戏，那么这个游戏即使玩得再有趣、再高明，也难以掩饰贫血的苍白，在生活激流中奋斗的普通人——包括民工、乡村知识分子和基层农村干部，是不能从中领会丰富细腻的审美愉悦的。与那些只关注自己杯水情绪、私人生活的文字相比，乡土叙事在当前高速运转的城市化进程下，在全社会追求以人为本，科学、和谐发展的背景下，无疑具有历史的纵深意义和价值。作家只有与民众结合，与大地结合，才能获得创作的力量和源泉。为农民写作，意味着与农民同呼吸、共命运，同时又要跳出农民的生存处境，从知识分子的社会良知出发，去关注农民在整个社会、国家、民族和人类中的命运。另外，还必须熟悉农民的审美理想和欣赏趣味，到民间去吸取叙事营养、叙事能力，用老百姓喜闻乐见的方式进行写作。

　　第二，写农民——不是视之为禽兽化、怪异化、与自我的人生境遇格格不入的他者，也不仅仅是理念化的符号，而是血肉丰满、贯注人类永恒情感、鲜活动人的生命形态。这要求作家拥有奉献和牺牲精神，拥有不畏艰苦，深入农民生活的道德勇气。要以真正的平等意识突入农民生活与灵魂的核心，发掘我们古老文明应变历史转折的坚韧而又灵活的精神源泉，表现城乡一体化对新一代农民人格的建构和灵魂的重铸，描写当代生活中真实的新农民形象。"社会主义新农村建设催生了农民许多新的价值观念、新的行为方式、新的道德标准。文学要着力展现市场化进程、工业化进程、城镇化进程中农民性格、人格、精神的复杂性和丰富性，探究农民的生存状态和他们精神空间的无限可能性。"① 怎样做到这一点呢？杜勃罗留波夫说："要真正成为人民的诗人，还需要更多的东西：必须渗透着人民的精神，体验他们的生活，跟他们站在同一的水平，丢弃等级的一切偏见，丢弃脱离实际的学识等等，去感受人民所拥有的一切质朴的感情。"② 这与毛泽东所提倡的"深入生活"的创作道路是一致的，是赵树理、柳青那一代作家真诚实践并取

---

　　① 马平川：《谱写新农村建设的时代交响》，载《人民日报》2007年5月11日。
　　② ［俄］杜勃罗留波夫：《俄国文学发展中人民性渗透的程度》，载伍蠡甫、胡经之《西方文艺理论名著选编》（中卷），北京大学出版社1986年版，第390页。

得成就的正确道路，他们借此创造出那个时代堪称典型的新农民形象。今天的作家，仍然有必要学习他们深入生活、热爱人民的气度、胸怀、激情和勇气。

第三，写真正"农民的乡村"——不是知青、游客、官员、知识分子等城市人、外来人的农村，而是祖祖辈辈生于斯长于斯，又渴望离开土地走向城市文明的普通农民爱恨交织的乡村，是在社会变革中不失悲壮地演绎主体生命意义的现实之乡土，是将生生不息的大地力量与一以贯之的人伦信念相融合的精神之乡土。这样的农村必然包蕴工业文明倾轧下濒危的乡土价值和它艰难的现代性转化与整合，以及永恒的家园意象悄然远逝的梦幻、感伤和失落。2008 年 3 月 22 日，淮阴作家协会主席、《新淮阴》总编辑吴光辉在三地新乡土文学创作座谈会上提出：在新乡土文艺的创作中，要把古老的乡土风俗和新潮的生活风气相融合，把传统农民的本质特征和现代农民的生存意识相融合。所谓"融合"，恰恰道出了"农民的乡村"所蕴涵的全部复杂性和真实性。

然而，明确繁荣社会主义先进文化，建设和谐文化，为人民服务的历史使命，仅仅解决了作家疏离乡土、疏离人民、疏离政治的问题，有助于促进作家深入生活去观察时代变革的真实图景，体验精神重建的痛苦与欢乐。艺术创造要求审美地把握时代生活的本质内涵，一味地强调深入生活是远远不够的，作家还需要思想理论资源的深度滋养。而这，恰恰是当下多数乡土小说家所欠缺的。作家必须站在人类文明史的高度，审视农业文明向工业文明转化的历史进程，思考人类文化的走向和未来，体察渐进式社会工程中人的蜕变和成长。只有站在这样的文化思想高度上去领会建设社会主义新农村的战略决策，才能使乡土写作既具备介入现实的当下性，又获得超越政治、时代、地域限制的普世性、永恒性、人类性。只有这样，乡土小说才不至于再次堕入题材决定论、主题先行论、根本任务论等政治功利主义的艺术陷阱，而是在深入人民生活源头活水的同时，又沉潜于人类历史文化的深厚积淀，从而创造乡土小说超越性的审美品格。建设新农村的政治决策，应当成为激发创作积极性、推动作家深入生活、重振社会责任感，从而促进乡土小说创作的有力动因，而不应成为限制创作自由和艺术追求的政治藩篱。

简言之，乡土小说要摆脱困境，在新农村建设中发挥积极作用，首先要求作家自觉承担起为人民服务的历史使命，深入农民生活，为农民写作，从建设社会主义新农村的火热实践中深入挖掘，与时俱进，用新思想、新观念、大视角观照新农村建设，创作出富有时代精神、艺术魅力和长久生命力的传世之作。作家要深刻理解新农村建设的"20字目标"（"生产发展、生活宽裕、乡风文明、村容整洁、管理民主"），多方位多角度地展现当代农村——从农民的生存状况和精神裂变，到农村的法制建设和农村基层政权的潜规则等等。要把思想的独立性、深刻性和社会责任感、政治敏锐性相结合，确立积极稳健的知识分子立场，从生活的表层突入农民心理的内核，深层次地反映农民在农村城市化进程中日益突出的城乡文化、传统与现代之间的矛盾与冲突。不仅要感应农民生存现场的整体脉动，还要探究乡土生活纷繁嬗变的深层本质，用文学创作丰富和拓展人们对"三农"问题的理解与感悟，生动有力地传达这一重大的社会主题，表现处于深刻变革中的乡土精神，记录人类走向现代化的艰难历史进程。

当然，在这个文化商品化的时代，文学不再以社会效益为单纯的衡量标准，经济效益的追求呈压倒趋势。一味地要求作家提升精神境界和艺术水平，过分强调文学生产在信息传播、意义生成中的作用，显然是片面的、机械的，有强人所难之嫌。文学发展是作家、出版界、评论界、发行流通领域、社会思潮、读者等因素的合力。从传播学角度看，只有保证传播渠道的畅通和受众接受的影响效果，文学才能发挥预期的社会效用。这就要求对文学传播过程进行有效运作，增强媒介作用，增加文本的传播面，拓展传播渠道，尽可能使文本的社会反响增殖扩充。换句话说，只有扩大乡土文学的影响，使乡土文学拥有更多读者，尤其是农村读者，乡土小说才能在新农村建设中切实发挥作用。

新中国成立后十七年的文学体制和社会语境，曾经建立了作者、读者、编辑部和出版社之间的信息互动，完成了新文学走向民族化、大众化的历史进程。以面向大众的政治教化为目标，传媒被权力机制空前的集约化和格式化，文本生产者、接受者、传播者被融为一个整体，联成一个"想象的共同体"。多次文艺界的思想斗争，使文学规范不断强化；意识形态符码的不断灌输，使大众的阅读期待和审美心理被塑造定型。文艺的政治标准和与之配套的民族化、大众化的形式，最终统一了大众的文化心态、审美趣味和价值观。在那种情况下，文学曾经享有政治赋予的无上荣耀，也因此在社会生活中发挥了巨大的文化控制作用，它协助形成主导意识形态并使其稳固延续，从而再造现存的社会秩序和统治权力。

然而，这一切已经伴随着新时期的到来，伴随着市场经济改革的深化逐步远去了。在"文学的边缘化、文学的庸俗化，文学的快餐化、文学的颓唐化"成为 20 世纪最后一些年头中国文坛的普遍现实，我们不再为新时期以来疏离政治，追求文学独立品格的巨大成功感到欣慰。在叛逆、解放、打破束缚的过程中，文学也付出了远离中心，倍遭冷落的代价——这是成长的代价。在当下乡土小说的消费—阅读中，农村读者的阙如是一个令人遗憾的现象。段崇轩在《赵树理的文学理想与"新农村"理想》（《光明日报》2006 年 11 月 6 日）一文中指出："从上世纪五六十年代到今天，数十年时间过去了。我们曾经为'文学大众化'和'文学为农村、农民服务'，进行了不懈的努力，取得了卓著的成就。但在市场经济快速发展的时代，文学与农村、农民再一次发生了隔膜和断裂。依我的观察，当下农村的文学市场，比之五六十年代乃至 80 年代，是愈显沙漠化和贫困化了。农民不仅不买小说、散文、诗歌之类，而且他们也不喜欢今天与他们'离心离德'的新文学。"的确如此。今天的乡土小说，不再像《暴风骤雨》、《创业史》、《沙滩上》那样被当作农村干部的工作手册，在干部会上被隆重推荐；也不会像赵树理的小说一样，以低廉的价格发行到农村市场，被广大农村读者购买和欣赏；更不容易被改编成影视作品，变成家喻户晓的银幕形象；作家与底层读者交流并根据他们的意见修改作品更是不可能的事情——当然，也不会遭受被国家主席点名批判的厄运。乡土小说的创作，目前确实有点自说自话的味道。由于文化资源分配不公和阅读群体的审美偏差，农村文学消费市场疲软，农民很少读小说，乡土小说面对的极有可能是无乡土生活经验的人。宁夏作家张学东戏称："这就好比给青蛙喂优质的大米，它消化得了吗？"

那么，解决问题的途径在哪里呢？要求作家承担起时代赋予的历史使命，写出揭示乡土精神真谛的优秀作品，仅仅迈出了文学传播行为的第一步。更加现实的难题，是开拓乡土小说的市场，扩大乡土小说的受众群体，形成通畅宽阔的传播渠道，并通过信息反馈与交流机制，使乡土小说在作家（知识分子）、主导意识形态（主旋律）和受众（尤其是农民）之间重建共享的意义，促进社会各阶层在总体上与社会认同。这些问题，必须借助政府职能部门和社会团体运用庞大的社会力量来解决。上面提到的《国家"十一五"时期文化发展规划纲要》以及全国和地方文联、作协出台的系列措施，就是针对这些问题的具体措施。但这些政策手段必须经过社会实践的检验才能证明其有效性，而且也只有在实践过程中修改完善，才能在渐进式社会改革中发挥作用。扶持农村题材文艺创作，繁荣农村文化事业，推进新农村建设，需要制度和政策的稳定性、延续性、长期性，绝不是号令一声一拥而上就可以轻松搞定的。通过创作基地的建设和下乡采风的制度化，引导作家深入生活；通过乡村文化建设把文学期刊和书籍送达农村读者，培养新一代的目标受众；通过从小说到影视的媒介转换满足受众的审美需求，扩大文本的影响力；通过深度调研，理解和测量农村受众的审美趣味和阅读需要……这一切正在有序进行并取得初步成效，相信政府的有力支持必将大大改善乡土小说的生态环境，使之在新农村建设中发挥重要的作用。

附 录

西部文学视阈中的甘肃乡土小说

　　甘肃乡土小说从新时期开始，迄今已经走过 30 年的发展历程。此前，乡土小说被政治化的农村题材创作挤压变形，以宣传民族团结、社会革命为主旨，不具备乡土小说自觉而独特的审美追求。新时期的到来，为甘肃乡土小说的发展提供了契机，而乡土小说则成为甘肃新时期文学创作的重镇。

　　在新时期以来 30 年的发展历程中，甘肃乡土文学创作人才辈出，薪火相传，在当代文坛总体格局中占据重要位置。长期以来，由于评论的偏颇，甘肃乡土小说的成就没有得到公正的评价。在全面而仔细地阅读相关文本之后，笔者发现这个创作群体颇具实力，理应得到更多瞩目。大致而言，曾经以他们的创作引起时代关注的甘肃乡土小说家可以分为两代：第一代是"文革"中成长起来并开始创作，20 世纪 80 年代引起文坛关注，当时被称为"陇军青年作家"，成为"西部文学"中坚力量的老作家。他们大多出生于 20 世纪 50 年代，也有三四十年代出生的（比如王家达、邵振国），但代表作都发表于 80 年代。20 世纪 80 年代文学居于中心位置，这些作家受到前所未有的关爱。他们包括：王家达、邵振国、柏原、浩岭、张弛、扎西东珠、牛振寰、景风、王旺斌、李西岐、曹杰、祝正祥等。第二代是 20 世纪 80 年代走上文坛，90 年代引起关注，活跃于 21 世纪的青年作家。他们大多出生于 20 世纪六七十年代，正处于创作的丰产丰收阶段。他们包括：阎强国、雪漠、和军校、王新军、雷建政、马步升、唐达天、补丁、谷童、卢克强等。

不同的成长环境、时代氛围、人生经历，形成了作家不同的文化修养、文学观念和审美旨趣。因此也使甘肃两代乡土小说家的创作呈现出鲜明的代际特征，这是毋庸置疑的事实。这种代际区别，其实也折射出 30 年来乡土的变迁，足以观风俗世态之变。

第一节　新时期以来甘肃第一代乡土小说家

邵振国

邵振国 1948 年生于北京。他不是土生土长的西北农民，而是曾经下放甘肃农村的城里人。然而农村题材始终是他热爱的领域，他把自己全部的真挚情感献给了西部乡土。1984 年，邵振国的短篇小说《麦客》一举获得 1984 年全国优秀短篇小说奖、当代文学奖、《小说月报》首届百花奖等，《争场》又获甘肃省优秀文学作品奖。由此，邵振国凭借乡土小说成为新时期甘肃文坛的重要作家，其创作从 20 世纪 80 年代延续至今，始终保持扎实稳健的进取姿态，称得上是甘肃乡土小说第一家。

除《麦客》、《争场》外，邵振国 20 世纪 80 年代发表的乡土小说还有《买驴》(1982)、《狗蛋余话》(1983)、《祁连人》、《清明图》(1987) 等等。尽管这些作品也表现出反思历史、捕捉改革现实等潮流性的时代特征，但邵振国创作的个性化特征已然显露。在变革的时代大潮中，他并不急于打捞浮面的漂流物，而是沉潜在生活底层，采撷那些埋藏在人性深处的心灵珍珠。如他所说："以揭示生存痛苦和希冀为使命"，"视文学为一项企盼美和自由的事业。"正是因为人性的善良、淳朴，买驴老人接纳了被裁员的女婿，狗蛋原谅了运动中批斗过自己的妇女干部，麦客吴河东、吴昌顺父子则经历了道德与情感的考验，揣着微薄的工钱和纯洁的良心踏上回家的路。贫穷的压迫并没有榨干人性向善的美质，在历史主义和道德主义的激烈对抗中，邵振国所坚守的乡村道德，其实是人类，也是文学的永恒追求——真善美。同时，对人物心灵世界的深切关注，意识流、叙述视角和时空转换等艺术手法的探索，也体现了邵振国寻求艺术创新的努力。

这一时期，邵振国最长的小说是1987年在《当代》发表的中篇《祁连人》。就篇幅和结构而言，《祁连人》称得上是一部小长篇，为1995年的长篇《月牙泉》打下了基础。但可惜的是，这部小说受到一些负面批评。原因在于：当邵振国把宽阔、宏大、浩瀚、真诚的爱心变成共同富裕的理想，再具体化为农民有限股份公司的新型集体所有制之后，《祁连人》对人物心理转变的描绘就有些失常。李老三在丰收的麦地里忏悔自己在公社化时期的自私自利；老队长李万钧大梦初醒，乘人之危收购股票准备当控股大户；先行致富、娶得美人归的陈油油则转向一心为公，无偿捐赠自己和妻子的股份……这一切改革开放带来的灵魂重塑大起大落，内在的逻辑被作者良好的愿望扭曲，使得这一部试图全景式展现新农村变革图景的小说功败垂成。但是，《祁连人》对改革后乡村发展前景的思考，仍然散发着人道主义的光芒。

进入20世纪90年代以后，邵振国的乡土小说创作在他的全部创作中仍然占据主导位置。一方面，他密切关注商品经济大潮中乡土社会新的发展变化和热点问题，如淘金热（《大水河》1991）、乡镇企业（长篇《月牙泉》1995）、经商打工潮（中篇《远乡夫妇》1994、《在312国道边》1997）、乡村文化教育（《黑沟》1995、《彩虹睡着》2006）、留守妇女（《末花期》1992、《豌豆秧儿》1991、《毛卜喇之夜》1992）等；另一方面，他仍然坚持文学创作的终极目标——心灵关怀，深刻体察农民在现代化过程中心灵世界的常与变，用真挚的人道主义情感烛照底层农民驳杂骚动而又不失纯真善良的人性。《拐枣》（1990）、《雀舌》（1997）、《晨曦微露》（2007）、《乡村家庭兄弟姐妹》（2007）、《没有水，没有太阳》（2009）等篇，就突出地体现了透视人性，在人生困境中探寻生命意义的审美旨趣，蕴涵邵振国不同流俗的人文关怀。《拐枣》那个来历不明的小伙，在沙漠绿洲中找到了安放心灵的家园；《雀舌》则通过两个畸零人的爱情悲剧，体味人生的艰难困厄，给伤痛的心灵以温柔的抚慰。即使那些跟进现实变革的乡土小说，也无不从心理层面切入，蕴涵丰富而深刻的人性内涵，具有超越性的人文追求。淘金是考验人性的试金石，然而《大水河》并没有止步于"半脸汉"陈文辉扭曲的心灵，而是以乌兰梅里在三个男人中的艰难选择来反抗命运，在追寻爱情中完成生命的成长。《月牙泉》是甘肃省首部正面表现农村改革的长篇小说，邵振国把改革所导致的社会阶层变化、结构调整与家族兴衰相联系，延展新时期的历史渊源。但小说主体在家族恩怨的框架中，却集中笔墨抒写新一代农村知识青年索元亨的精神历程。索元亨从艺术向金钱坠落过程的人性裂变，贯穿着邵振国对人生意义的哲理思考。《豌豆秧儿》、《毛卜喇之夜》则细腻描画空巢女人蠢动的欲望和迷离恍惚的心境，显露商品经济时代乡村新的伦理危机。另外一些乡土小说有意识地与现实拉开距离，多以曾经下放农村、离开农村二十多年之后再次归来的外来者视角，观察、体悟西部乡村缓慢的变化或悲哀的停滞，发现蕴藏在贫穷落后中无可奈何的人生悲剧，呈现农民心灵的疾患与痛苦，如《上堡子杨青柳绿》、《河西行》、《远嫁》（1993）、《塬上朝朝夕夕》（1999）等。那个宣称"要把上堡子做出个杨青柳绿"的林生旺队长，一辈子的功绩不过是与村里女人们穷风流，妻子蒲篮儿成了破败家庭的受害者，而林生旺却至死不悔，说什么"我已经穷巴惯了，咱不稀罕它……"作为一个富有历史内涵与人性深度的形象，林生旺以他的人生，为新中国成立后那段集体贫穷的历史作注。《远嫁》中塬上风景依旧，为了让女儿们幸福，陈秀云把她们一一远嫁，最后又忍痛安排自己深爱的情人远嫁，离开光秃秃的塬上。在这些小说中，第一人称的知识分子叙述者并不严格遵守视角限制，往往借助回忆和想象，插入全知视角来讲述故事，其间还伴随着自由的人物视角转换。这种不加掩饰的视角转换，于不自然中造成一种间离效果。而邵振国大量使用方言俗语和民歌，又为小说晕染了一层浓郁的乡土地域色彩。这样，叙述者和隐含作者的声音相互呼应，就形成邵振国主体性叙事的抒情风格。

这种主体性叙事的抒情风格，在《雀舌》中表现得淋漓尽致，充分展现了邵振国乡土小说独特的叙述魅力。这部中篇小说讲述上门女婿孙洗世与雀舌的爱情悲剧。洗世于生存无着之时选择了入赘，得到身心的满足。但随着时间的流逝，农村人对上门汉的歧视渐渐侵蚀洗世的心灵，唤醒了他生命的尊严。经过艰苦的思想斗争，洗世决心离开那个家，建立自己的家庭，拥有自己的小媳妇和亲生子。这是洗世的成长故事，洗世的每一次选择都是朝着人生更高的需要层次前进，尽管伤害了雀舌，却无可厚非。而邵振国的叙述，正是以悲悯的人道主义情感充盈每一个人物的心灵，无论是移情别恋、对妻子儿女冷酷无情的洗世大大，还是追求人性尊严而抛弃雀舌的洗世，都在敞开心灵痛苦的倾诉和愧叹中呈现出人性的柔软，因此都是可恕可悯的。即使鸡换大大与雀舌的偷情，也无妨于道德，更像是一种相互的救赎。邵振国的叙述缠绵悱恻，如泣如诉。情节的展开被不断转换视角的主体意识打断、打乱，命运的演进中交错掺杂着回忆、幻觉、梦境和想象，叙述语言与人物对话、叙述者的叹惋与人物的自言自语融合无间，形成了邵振国独特的叙述语调，他为自己饱满的人文情感找到了适当的表现形式。

新作《没有水，没有太阳》依然以绵密抒情的主体性叙事风格，通过乡间常见的婚姻悲剧透视农民心灵的病苦。青年时期受到政治运动的冲击，使令磐石缺乏安全感，也丧失了对他人的信任感。由于自闭、偏执、暴烈的性格与强烈的占有欲，他对妻子充满猜忌和防范，因而促使先后两任妻子出轨、夫妻感情破裂，后以虐待儿童罪被告上法庭。对令磐石这样的农民来说，精神的病苦是他们无法挣脱的地狱，使他们永远陷于深渊般的痛苦，折磨自己也折磨家人。通过令磐石这个形象，邵振国重申胡风所谓"精神奴役底创伤"这一命题，承继"五四"提倡过的"改造国民性"主题。

这些年来，乡土小说越来越缺少人文内涵，其中一个因素就是所谓客观化叙事。邵振国的主观化叙述有效切入人物心灵，以充沛的人道主义情感去倾听底层生存者灵魂的痛苦挣扎，使小说达到难得的人性深度。

这一时期，邵振国还进一步扩大了乡土的领域和内涵，这就

是以《白龙江栈道》（1990）、《河曲，日落复日出》（1991）、
《风马》（1996）、《绿松石》（2008）为代表的藏区文化乡土小
说。这些小说首先吸引人的，是新鲜的地域文化色彩，包括独特
的民俗事象：河曲，草原，风马，煨桑，民歌，神话传说，以及
白龙江栈道不容错身、只许一人通过的规矩等等。这些不同于汉
族乡村的民俗生活场景，自然呈现出特殊的文化之美，其浓厚的
异域情调令人向往。更重要的是，在这些小说中，邵振国深情歌
咏游牧民族尊崇信仰、率性自然、勇敢宽容、执著热烈等充满原
始活力的性格与心灵，借以反观现代人精神与肉体的孱弱，追寻
人类永恒的精神家园，从而把"乡土"推向反现代性这一文化
哲理层面的终极关怀。《白龙江栈道》从人与人的不信任始，最
终引向宽恕和理解，丧失全部财产的昂戛与可恶的骗子道尔吉，
在喊大山的回声中温暖彼此的心灵。《河曲，日落复日出》以三
则独立的短篇展现河曲人坚忍顽强、悍勇执著、敢爱敢恨的精神
图景。小说把故事情节糅合在电影镜头式的画面组合中，运用富
有象征意蕴的意象如荃、大鳞鳇鱼、日头、淘金石、金项圈等，
使小说指向"象外之旨"，实现作者所追求的"文学之形而上
性"。有评论指出这组小说与海明威《老人与海》的意蕴相似
性，确实如此。从文体流变的角度看，这种诗化小说的美学追求
始于 20 世纪 20 年代废名小说，成熟于 30 年代沈从文乡土小说，
在 80 年代中期贾平凹的笔记小说、阿城的《遍地风流》和何立
伟的《白色鸟》（所谓"新笔记小说"、"绝句小说"）中，都可
以看到类似文体的精益求精。相对而言，《风马》不是《河曲，
日落复日出》那样的工笔刻画，而是在略显散漫的抒情叙述中
缀合想象，吟唱一首关于寻找与希冀、爱与自由的人性之歌。由
于动用元小说因素（强巴讲述的白龙江栈道故事和诺日玛身世

之间的联想与猜测）来表明故事的虚构性和随意性，邵振国在强巴、老雷和诺日玛痛苦而温暖的三角恋中，更加自由地融入主体性抒情和象征意象，从他们伤痕累累又相互救赎的宽厚心灵中提升人类精神的质地。开头结尾的抒情点题，寻找黑牦牛的女人执拗而茫然地眼神，疯汉悲伤的寻觅之歌，都承载起"风马"的意蕴——希冀的魂灵。尽管《风马》没有《河曲，日落复日出》那样含蓄凝练、自然呈现、纯粹圆融等品质，但这种叠加知识分子外来视角的抒情叙述正是邵振国小说感人的艺术魅力。邵振国在《面对世俗化》一文中批评取消价值观的流水账或原生态叙事倾向，旗帜鲜明地提出："中国需要勇士，文学更需要勇猛的拼杀者，冲破旧价值范畴，创立新观念新价值。尤其在面对中国世俗化的当儿，尤为需要那种对现实升华了的'不同步'的高层次认识。但这无疑必须立足在理性美学的沉思上，对人、人性、命运及前途关怀的根本上。而不是逃避离弃社会，毁灭消解人之主体性，欣赏引导恶欲！不是在中国社会进程尚未稳定确立现代意识的主体建构之际，让世俗的物欲横流的'高消费'把它扼死在襁褓中！并借来'后现代'之兵器对前者大加斫伐！"高扬主体抒情、理性思考的文学叙事，体现了邵振国纠正时弊、不同流俗的勇气。

柏原

　　柏原，1949年生，甘肃省镇原县人。幼年在陇东黄土沟壑区度过，对陇东乡村别具特色的生活方式熟稔于心。1982年，柏原从工厂题材转向故乡山水，发表了他的第一篇乡土小说《鸡鸣早起》。这是一篇可以与高晓声《陈奂生上城》媲美的小说，展示了柏原精细深刻的现实主义笔法。小说细致描写椿树院主人、庄稼汉牛文魁鸡鸣早起之后的一系列动作、行为——巡视院子、挑水扫院、散步拾粪、吃饭抽烟唱曲，用他的心理活动贯穿大集体时代的屈辱记忆和承包后轻松自在的愉悦感、满足感，映射出改革开放给农民带来的物质实惠和精神解放。同时，柏原也以温婉含蓄的笔法，批评了这个外号"蛮牛"的农民那种死守祖辈"下苦"信仰的闭塞心灵。商品经济大潮正在鼓动乡村开展多种经营、发家致富的热情，而牛文魁只知道靠力气吃饭，想出的致富门路就是帮白队长拉车运土产，三十里路只要两元，到了平处还让车主坐在车子上。这篇小说显露出柏原此后乡土小说较为恒定的审美追求：以细腻的描写、微讽的笔调，揭示西北农民积淀深厚的文化心灵。而应和时代主潮，跟进农村体制改革的可喜进步，则是这一时期柏原乡土小说的显在主题。同期的另一篇乡土小说《红河九道弯》，就是借秦家院外大杏树的兴衰劫难，反思政治运动对农民的伤害。应当说，这个时期，柏原建构地域文化小说的倾向只是崭露头角，尚未形成规模。

　　1986 年，正是寻根文学方兴未艾的时候。感应文化寻根潮流，柏原发表了充满陇东风情之美的短篇小说《天桥腰岘》，一鸣惊人，获得"丹凤杯"《钟山》文学奖。随后，他连续发表了几篇描写陇东风情的小说：《古窑洞》、《塬上的生灵》、《洪水河畔的土庄》，开始形成自己独特的陇东乡土世界。此后，柏原所有的乡土小说、乡土散文都在为这个世界添砖加瓦，这是柏原奉献给当代文坛的重要成果。柏原所写的故乡土地，地理书上称为陇东黄土沟壑区，地形地貌极为奇特。这里到处都有山，山却在塬的下面，河水在山底下流淌，去沟里担水要走好几里山路。这里走路也和外地不同：专拣高处走，循塬畔，转山峁，串长岭，过腰岘。庄院在树棵子密集的地方，每个庄院都有一个朴实无华而又寓意深邃的庄名，比如马角院、地坑院、杏树院等等。去人家庄院要懂得地方的"交通规则"，顺手操起路畔上靠愣坎立着的荆条棍棒，一边走一边在身后扫来扫去，以免被各庄的看家狗咬伤。人们住的是窑洞，古窑洞充满离奇的故事，而大窑大得可以容纳全体村民。这是一块干旱贫瘠，交通闭塞，生活艰苦的黄土地，这样的生存环境形成地域性的文化生态，孕育了一代代保守愚昧而又坚忍不拔的庄稼人。他们像洪河川一样地繁衍生息，人性的尊严和生命的神圣相辅相成。人性尊严被生命延续这一单纯的生物本能所宰制，女性的命运受制于生育能力，因而造成米换奶奶、米换妈、米换以及夏凤兰等乡村女性代代相传的爱情悲剧。

在 20 世纪 80 年代中期的这些小说中，柏原往往保持叙述者"我"的限制视角，随时打断单一故事的情节流，引导小说像散文一样顺势折转，迤逦而行；有时还加以文化评点，显示知识分子对乡村文化的理性思考。显然，这个时期的柏原，是站在现代文明立场上，全面审视故乡的文化生态。他试图通过陇东乡村文化性格的剖析，深入中华民族国民性的核心。他的发现伴随着混沌的情感：一方面是对古老乡村文化落后保守、悖逆现代人性的批判；另一方面，则是对淳厚民风、民间智慧与幽默的赞赏，以及对人类坚忍顽强生命力的莫名敬仰。

从 20 世纪 80 年代后期开始，柏原的陇东乡土小说发生了新的变化。从《喊会》（1988）、《背耳子看山》、《挖墙》（1989），到《奔袭》、《苦水》（1992）、《大窑》（1993）、《乡干事》（1995）、《黄豆的谜语》、《毛家沟蹲点》（1995）、《山中一夜雨》（1997）、《白雨葫芦沟》（1998）、《奶头山印象》（1999）、《瘪沟》（2000）等等，柏原乡土小说的文化主题由显在变成了隐在，乡村政治喜剧浮出水面。由文化传统积淀而成的乡村社会特殊的权力运作机制，以及官方政策落实过程中可笑又可悲的民间"潜规则"，是其中大部分小说的共同主题，体现出柏原对官民之间微妙关系的准确把握。偏远乡村的农民对官方管理既依赖又抵制，他们与乡村基层干部机智周旋，上演一出出滑稽喜剧。而权力执行者尽管占上风，也必须熟悉并顺应乡间约定俗成的规矩，否则官方政策就无法贯彻落实。这种官民之间的游戏规则在包产到户以后朝着更有利于村民的方向发展，因此在《喊会》中，山咀咀队开会讨论给国库上粮的事情，蛮队长站在地势最佳的队部大场塄坎边，照着各家的山咀喊了三遍，喊得喉咙嘶哑嘴唇乌青眼珠子外凸，才把村民们召集到会。用蛮队长自己的话说，包产到户之后的村民不像过去那么害怕队干部了，那是"驴没了笼头牛没了鼻系，队长把他们没处抓挖咧"。在反思历史的《背耳子看山》里，田得得暗地破坏队长偷洋芋的计划，自己偷挖洋芋抬回家，不料正撞见队长睡了自己女人。《奔袭》写方县长去山圪塔村动员计划生育，沿途遭到村民、干部以及手下不露声色的暗中抵抗。车子被塌方阻在半路进退两难，竟然招不来一个抬车的群众。最后决定送难产的计划生育对象去乡医院，村民立刻就把两吨多重的"巡洋舰"悬空起来调转方向。官与民、政策与对策就这样打着太极拳落实于底层乡村社会。当然，对黄土地农民文化性格的审视，依然是柏原始终如一的关注点。只不过这一时期他的文化批判，均糅合在趣味盎然的故事讲述里，有一种幽默风趣的笔调。另外，市场经济全面展开对农村文化价值观的冲击，也进入了柏原的视野，比如《瘘沟》触及代孕妈妈这一热点问题，而《白雨葫芦沟》则暴露乡村宗族权力在金钱法则下的松动。其中，《奶头山印象》是柏原少见的别致之作。小说讲述放羊老汉一生孤寂而又温馨的情感生活，沧桑命运在十月阳光照耀下温暖如春，民间谐谑故事和深沉的抒情融为一体，体现了柏原叙述语言的弹性。

在写作风格上，这一时期柏原乡土小说也发生了较大变化。他的叙述转向紧凑、细密而结实的传统现实主义，外在的叙述者隐退了，故事客观呈现，环环相扣，包袱层层揭开，引向出乎意料的结尾。结构安排也非常精致，比如《黄豆的谜语》以谜语串起开头结尾，《奶头山印象》则用人物相互讲故事的方式展开两人之间平淡感人的爱情故事。同时，柏原的语言也趋于炉火纯青，那种在陇东方言基础上提炼的语言，朴实、凝练、宽厚，富有民间幽默情趣，极具韵律感和表现力。

近几年来，柏原的创作重心转向散文。除花木文化散文独步文坛之外，他的《王家庄书稿》系列乡土散文也是风格独具的创新之作。这组散文目前仅仅发表了一小部分，但已经显露出超越性的品质。柏原把严格的纪实性散文手法和完美的小说艺术性相结合，用含蓄幽默的春秋笔法反思乡村人物的历史功过和时代变迁中的沧桑命运，从现实主义角度考量、审视所谓"后现代"景观在日常生活中的悠久历史和平凡面貌。散文夹叙夹议，趣味盎然，在王家庄风物、人事的真实描写中，重构几十年中国乡村的历史变迁和时尚潮流，集中表达了作家深邃睿智的历史思考和乡村忧患。

王家达、浩岭、张弛等

王家达，1939年10月生于甘肃兰州郊区一个农民家庭，从小在黄河岸边长大，与水车、羊皮筏子、花儿、秦腔结下不解之缘。他的乡土小说创作数量不多，而且多在20世纪80年代。但由于对黄河风情的独特表现，被雷达誉为"西部文学的正宗"，在甘肃乡土小说作家群中独树一帜，开创了甘肃风情小说的新局面。

1984 年，王家达在《当代》发表中篇小说《清凌凌的黄河水》，以明丽清新的黄河风情使人眼目一新。此后，又有中篇《烂宪书和任扣香》（1985）、《黑店》（1985）、《西凉曲》（1986）、《寂寞山庄》（1987）、《血河》（1993）和短篇《磨坊家的女儿》（1987）等乡土小说。这些小说中，《烂宪书和任扣香》、《黑店》、《西凉曲》、《寂寞山庄》等大致属于反思小说，《清凌凌的黄河水》、《血河》和《磨坊家的女儿》则以其优美清新的黄河风情描写和超越政治的文化视角引人注目，体现了文化寻根思潮的影响。

一直以来，甘肃文学的地域文化色彩突出表现的是粗犷、荒凉、雄奇、壮丽的阳刚美，常见的自然背景是大漠戈壁、草原雪山。王家达的不同凡响在于，他一方面以孙犁、沈从文式的抒情笔调描绘黄河两岸田园风光的阴柔之美，以及奔放热烈的民俗文化；另一方面则大笔如椽，在黄河的惊涛骇浪中，浓墨重彩刻画迎风破浪、搏击浪峰的黄河汉子，尽显其刚猛剽悍之阳刚美。在叙事结构上，与黄河汉子相配的，则是俊俏多情、泼辣任性的黄河女儿。她们与黄河汉子上演一场挑战伦理道德的自由恋爱，尽管以悲剧告终，却留下了轰轰烈烈、豪气干云的爱情传奇。在王家达的叙事中，黄河儿女的爱情传奇负载的是由黄河养育而成的人格精神，一种自由奔放、刚烈勇猛、激情似火、淋漓尽致的性格与人生，这种黄河性格、黄河精神寄托着作家对健康人性的文化想象。

当然，王家达的黄河文化意识是经历了一个从自发到自觉的发展过程的。在《清凌凌的黄河水》中，王家达笔下的黄河风情和黄河性格，大概还出于直觉选择。在这部中篇小说里，民俗文化已经占据重要位置，羊皮筏、水车、牛肉面、太平鼓、秦腔等兰州郊区民俗事象成为小说异域情调的亮点，加以黄河岸边田园风光的抒情描绘，都显露出鲜明的黄河文化色彩。但是，小说仍然采用许多生动独特的细节来塑造人物形象。比如：喜欢穿红着绿，染着红指甲，喜欢吃辣子盐豆腐，擅长剃头的尕奶奶，吃饭都要高踞于一把破旧椅子上正襟危坐的卫道士国泰，都以鲜活的细节描写给人留下深刻印象。而且，有关民俗生活、时代背景的描写，也都比较写实。至于小说的主题，尕奶奶与二哥子的爱情悲剧似乎还停留于反封建、个性解放，其张扬黄河精神的文化旨趣尚未凸显。正因为此，尽管第一人称的叙事视角常常使叙述显得生硬机械，但小说仍以丰满的形象，掩盖了叙述方式的粗疏幼稚。短篇《磨坊家的女儿》是一篇优美的散文化小说，以孙犁式情景交融的抒情笔调（主人公的名字"招儿"也是孙犁式的）描绘黄河边清新甜美的田园风光和纯真美丽、温柔聪慧、心灵手巧的19岁姑娘招儿。改革带来她生活的信心和人格的尊严，她的爱情选择继续着尕奶奶的率性自然，浪漫依旧，但内里的反叛已经是一个现代命题：对金钱物欲的藐视，对原始生命力的皈依。

到20世纪90年代的《血河》，王家达显然已经完成了关于黄河文化、黄河精神的理性思考。黄河性格、黄河精神的承载者是筏子客羊报和白蛇，小说讲述他们悲壮的爱情传奇，极尽曲折之能事：赛筏生情，看戏定情，比武失败，私奔结合；土匪逞凶，"牲口"兵轮奸，羊报复仇，白蛇殉情……同时，小说还调动想象，大肆铺设民俗事象，如：四月初八迎河神（赛筏会），正月十五送河神（河神奶奶"走魂"），对唱花儿，血祭河神，驱魔舞蹈，筏上婚礼等等。这些民俗描写已经褪去《清凌凌的黄河水》中那种根植于世俗生活的平凡性、日常性，而追求原始性、神秘性。过分曲折的情节演进和神奇的民俗描写使小说传奇化，故事变成了传说，羊报与白蛇的形象也就理念化了——羊报是斩峰劈浪五千里，叱咤风云下包头，浑身豪气，潇洒从容的英雄，用自己的鲜血平息洪峰的白蛇则是"白色的女神"，是羊报"心中的菩萨"，集率性轻狂、天真无邪、坚贞圣洁为一身，他们都是理想的黄河儿女。而且，作者还安排叙述者"我"来正面表达自己的文化思考，以城市后裔在黄河旋涡中的惶恐无能，与羊报、白蛇的刚勇潇洒相对照，揭示"血河"的文化传承意蕴。从而使《血河》在凸显文化主题的同时，多了匠气，少了现实性。

《烂宪书和任扣香》则表现了王家达明快犀利的幽默艺术。虽然是反思文革，但小说却抛却沉重，写得新鲜有趣。政治运动的荒唐可笑，折射为人物命运的跌宕起伏。向为村人不齿的"烂宪书"因为"学习小靳庄"活动一跃而为红人、名人，还交了桃花运，一番曲折之后居然与全县秦腔名角任扣香结为连理。改革开放后这一对只会花前月下才子佳人的神仙伴侣，居然凭借他们的文艺才能开办茶园，上演了一出《书呆子发家记》。真是匪夷所思，造化弄人啊。当"天生我才必有用"体现在烂宪书的人生遭际中，生活就以它丰富的变化性，敞露出政治运动的荒诞不经和社会变革的无限机遇。王家达爽脆利落、夸张风趣的叙述语言，似乎更适合这种锋芒毕露、痛快淋漓的幽默喜剧。

浩岭，甘肃省两当县人，生于1955年。1980年，浩岭以朝气蓬勃的《新月》登上文坛，开始乡土小说创作。此后，又有短篇《蝶儿》、《赵家祠堂》、《黑土·春雨》、中篇《西北情》等，以宁静乡间生活的波动折射出时代的变革。1989 年开始《西部纪事》系列创作，包括四章十二篇，按照浩岭的说法，"想写人的一种生存状态——有生命的人与非生命的自然，非生命的社会之间的或对立或和谐的状态"。除《西部纪事》，浩岭20 世纪90 年代以后的代表作是中篇《哈尔腾之神》（1994），其他作品包括《玉色蝴蝶》（1999）、《短篇二题》（2000）、《界水河》（2001）等等。

浩岭的创作表现出比较鲜明的阶段性特征。不同于 20 世纪80 年代初的细密写实，80 年代末的《西部纪事》和 90 年代初的《哈尔腾之神》，融入隐喻、象征、变形，陌生化感觉、神秘意象、魔幻手法、开放性结构和色彩凝重的语言，构成恢弘、苍凉、神秘而深沉的艺术境界，把心灵与自然、反思与批判、绝望与希冀凝聚为张力紧绷的西部世界，是"西部文学"探索、建构西部精神的力作。20 世纪末，浩岭再次转向关注现实的底层写作，瞩目于改革后期区域经济发展差距拉大之后西部偏僻乡村的贫穷生活。以上三个阶段的转向，体现了浩岭积极进取的创作活力，在不定型的努力中，浩岭的乡土小说呈现出繁复的色彩。

中篇小说《西北情》（1986）讲述陇南山区农民吴孟子与漂泊寻夫的浙江女子徐二妹的同居生活，意在比较西北农业文化与江南商业文化。在改革开放背景下，吴孟子与徐二妹之间的关系，不仅仅是一种情感的碰撞，也是保守与进步、道德与经济之间的文化交战。在文化比较中，作者毫不掩饰对工业文明、商品经济价值观的单向度认同，这是 20 世纪80 年代中期典型的社会心态。这个时期，社会发展尚未充分暴露工业化、商品化对自然生态、人文生态的破坏力，作家的思想意识也未能超越时代。但是，小说对陇南山区乡间景色的描写，对人物心理变化的把握，都细致到位。

《西部纪事》意在散点透视西部生活的不同侧面，并没有形成统一的意蕴，也并非都属于乡土小说，之间唯一的节点是"西部"。因此，反思"左倾"思潮造成的心灵创伤（《迟归》、《黑衣人》、《永远的传达》），审视开放时期根深蒂固卷土重来的迷信愚昧（《西姑庵》、《双城》），以及描绘西部荒原与世隔绝环境中人的生命体验（《鱼卡河》、《地声》），这些不同的生活故事聚合为"西部"的形象。尽管这些故事的蕴涵各不相同，但它们却有着某种本质上的共同点，那就是神秘诡异。比如《西姑庵》，写画家在少女猪蹄子的陪同下走进风景如画的山中，造访悬崖上的西姑庵。他被西姑娘娘塑像的美镇住了，但回程中他从猪蹄子口中得知了一个可怕的真相：西姑庵里跪着的男人以前是支书，现在他承包了西姑庵，并以免灾为借口要求猪蹄子满14岁时进庵陪他。忽然之间，他恍惚起来：西姑娘娘是不是真人呢？这就是变化了的时代里停滞不前的西部，它仍然上演着令人毛骨悚然的宗教骗局。

《哈尔腾之神》是浩岭最好的中篇小说，可以与张承志《北方的河》、阎连科《黄金洞》相媲美。小说表现商品经济大潮冲击下价值观颠覆对人性的考验和异化，并最终指向对现代文明的批判。热爱敦煌艺术的农民曹建华梦想开办月牙泉书画社，却缺乏经营才能，落得个妻离子散，只有去哈尔腾挖金子。千辛万苦挖出一块叼在石鹫口中的"美人金"，又成为众人追逐争夺的对象，因此儿子被杀死，自己被逼出逃。正当危急时刻，雪崩发生，冰川填没了这块欲望燃烧的荒原，曹建华和导游小丁一起死在荒原上，哈尔腾的神使兀鹫将哈尔腾的灵物——美人金叼起，往哈尔腾大雪山那个方向飞去了。小说精心设计了"美人金"、石鹫等神奇的象征意象，颇具魔幻色彩。意境开阔，具有历史纵深感。语言冷峻峭拔，节奏张弛有度、顿挫有力，形成悲壮苍凉的西部风格，完美地体现了西部文学的美学特征——同时也是超越性的。

浩岭 20 世纪 90 年代末至今的小说回归写实，关注贫困山区艰难的致富之路，其中《界水河》写得发聋振聩。曾经有过光荣革命传统的村子，在经济繁荣的时代成为全省最穷的县里最穷的村。村边修起的公路像大富豪，村子却像穷要饭的。于是令人震惊的一幕出现了：为了集体致富，革命烈士的女儿率领村人设卡收费，且名为"界水河村毛泽东思想收费站"，烈士证被当作营业执照。改革开放 20 年后，"三农"问题凸显为中国社会发展的关键问题。已经远离甘肃农村的浩岭，以回归底层的写作保持强烈的社会关怀。

张弛的小说中，典型的乡土小说并不多。他的旨趣在英雄主义的哲理抒情，张扬自强不息、坚忍顽强、视死如归的理想人格——西部精神，因此他是"西部文学"美学风格重要的建设者。《驽马》（1985）、《童子魂》（1985）、《最后一个猎人》（1985）、《汉长城》（1988）、《甲光》、《汗血马》均如此。但是，《杏林风水》（1983）、《金刚般若》（1988）、《村谚》（1989）、《天地玄黄》（1990）、《闯田》（1992）等篇仍然可以归入乡土小说，不过是打上张弛特色的另类乡土小说。

创作于 20 世纪 80 年代初期的《杏林风水》尚未显露张弛独特的主体性追求，以乡间传奇故事的形式讲述了一个运用智慧保护杏林寨民生安宁的"风水先生"林凤瑞。他其实是一位拥有济世责任感和民族气节的知识分子，即使回乡隐居，也不忘救民于水火，利用风水知识巧妙阻止了两个时代统治者迁坟毁田、砍杏树造梯田的扰民行为。叙事疏朗有序，情节生动有趣，延续农村题材小说的大众化、通俗化。

至《金刚般若》、《天地玄黄》，张弛已经充分展露了张扬主体性、追求哲理抒情的美学个性。二者也可以说是反思历史之作，以个人命运的跌宕起伏映射时代变迁、历史风云，但张弛的反思颇具传奇性。《金刚般若》讲述一个颠覆性的故事：丑女宝娘因村人迷信被视为不祥之物，长大后无人问津。当同伴春姐触犯乡村传统身处危境的时候，她像当年的义父一样挺身而出救助春姐，并在春姐自杀后领养了她的儿子——贵儿。当政治运动冲击而来蹂躏宝娘的时候，长大的贵儿以佛家的"坚强"（金刚）、"智慧"（般若）向她求婚，使这位一生坎坷的女人到达彼岸，到达幸福的天国（波罗蜜）。张弛在历史变革中寻找人的主体性所具有的抗争与超越的主宰力量，以黄脸神汉为代表的落后山寨排斥宝娘，然而冥冥中宝娘却以自己的爱心创造了命运。佛家真言与道德良知，究竟什么才是宝娘命运的决定因呢？这就是张弛式的哲理抒情。《天地玄黄》通过墨老龙祖孙三代的荣辱沉浮反思近一个世纪的历史变革，在多舛的命运中追问生命的意义。这其实是长篇小说的题材，作为中篇小说，要容纳如此宏大的时间跨度、历史背景，牵涉墨家、石家、柯家、罗家两三代人物的爱恨情仇，必然使叙述陷于紧张而不连贯、不自然的情节组合。因此，尽管张弛试图在这部中篇小说中一如既往地展开生命哲学的哲理抒情，但主题与情节似乎并没有交融。

《村谚》是张弛对民谣"四大红"的文化解读，应当说也属于文化寻根潮流。作者既看到约定俗成的民间信仰可怕的意识形态控制——作为宠物和神物的猪，也看到民间信仰内蕴的生命力与神圣情感——对女孩子月经的敬畏和珍爱。《庙门的门》是关于乡村教育的困境，《火烧云》则以瑰丽奇幻之笔抒写人对自然大爱的感悟，日月山河对人生的启迪和鼓舞。火烧云中祈天的一人一马，光身骑毛驴仰望天空红云，俯仰作歌如醉如痴的刁婆子"马士婆"，还有火烧云里百兽祭天的奇景，这些出人意表、不同凡俗的景象，被张弛充满哲理的激情之笔写得雄浑灿烂，惊心动魄。

《闯田》是一篇魔幻现实主义之作。作者借丰收成灾的诡异事变，表达中和、天人合一之理。里面关于饥荒、闯田等对应相关历史事实，但其中很多描写又完全背离真实性，奇幻、魔幻色彩浓厚。比如描写奇异的闯田丰收使村民欣喜若狂，春情大发。群众在麦田里打滚，赶着牛马驴骡碾压青稞，蜜蜂屙一泡巴巴，经过半夜的发酵，便生成香气四溢的青稞酒，酒浆又流成了护城河。蚂蚁腿飞溅云端被老鹰一口叼去，美貌村妇与落雁共舞，家禽家畜如被一股魔力攫住魂魄，跟随马车一起赴天国之路等等。还有知青彭大可用镰刀自戕，久久被山猫所食，运粮马车在闪电惊雷中坠入深渊等诡异恐怖的情节。应当说，张弛打破现实与幻想的努力是成功的，小说呈现出超现实的奇异色彩，把主题引向寓言。但作者显然不能娴熟运用打乱时序、时空交错的手法，从而造成整体结构生硬凌乱，未能很好地配合意蕴表达。

张弛语言喜欢糅合古典诗词名句或文言、成语，常用骈俪对偶，注重传统文化的现代传承。但有时候过分堆砌，显得不合时宜。

第二节　新时期以来甘肃第二代乡土小说家

王新军

王新军，1970 年生，甘肃玉门人。20 世纪 80 年代末开始创作，90 年代引起关注，近年来成为甘肃省青年作家中的领军人物。

王新军的小说大致分为两类：抒情型和写实型，换句话说，这是他进入乡土的两种方式。抒情型小说包括《农民》（1999）、《乡村爱情》（2000）及其续集《洋葱》（2008）、《大草滩》（2000）、《牧羊老人》（2000）、《旱滩》、《夏天的河》（2004）、《八个家》（2006）、《吉祥的白云》（2007）、《洋芋花开》（2008）、"大地上的村庄"系列中的一部分（如《村庄的开始》、《闲话沙洼洼》、《吹过村庄的风》、《与村庄有关的一头牛》等）。写实型小说占王新军小说的大多数，且多为中篇小说，分量足以装满两部小说集。其中一大部分是反映乡镇干部的，包括：《乡长老叶和他的一班人》（1992）、《文化专干》（1997）、《桥湾》（1997）、《乡里大集》（1998）、《玉儿》（1998）、《裁员》（1998）、《农民球队》（1999）、《乡长助理》（2000）、《罪恶沙湖》（2002）、《乡长故事》（2002）、《单位垮了》（2002）、《好人王大业》（2002）、《放映员老陈》（2003）、《村民组长冯虎》（2004）、《司法助理李守堂》（2004）等，也有反映乡村教师的《民教小香》（2001）、《一头花奶牛》（2002），反映西部生态环境恶化的《麻黄滩》（2001）、《甘草滩》（2001），以及其他反映乡村生活和普通农民的小说，包括《八墩湖》（1994）、《拐把子堡》（1997）、《健康女人》（1999）、《玉米地》（1999）、《夜深人静》（1999）、《李家兄弟》（2000）、《父亲的生活》（2001）、《乡居笔记》（2001）、《一个进城卖西瓜的农民》（2003）、《大冬天》（2003）、《两个男人和两头毛驴》（2004）、《七彩山鸡》（2004）、《铁轨上的阳光》（2004）、《农民老木》（2004）、《与父亲有关的生活片段》（2005）、《馒头店》（2006）、《进城钓鱼》（2006）、《乡村纪事》（2007）、《饮马滩》（2007）、《种瓜得豆》（2007）、《耍把戏》（2008）等。近来，王新军又切入进城农民、乞丐等底层苦难，写出了《坏爸爸》（2006）、《沐足阁》（2007）、《玉泽湖》（2008）、《摸吧》（2008）、《疯妈妈》（2008）等。由于这些小说触及社会热点问题，不少被转载并入选优秀写实小说之列，王新军赢得广泛的社会关注。另外，王新军还著有两部长篇小说：《人生八卦》和《最后一个穷人》，创作积累正在发生重大转化。

抒情小说是王新军小说中更具美文性质与个人风格的一部分。在致力于小说创作之前，王新军原本是一位在感觉和语言方面磨砺锋芒刻意求工的诗人，因此在抒情小说中，他更容易发挥自己在诗歌方面的素养，用小说的形式切入原始而纯粹的生命体验，捕捉平淡生活中的人性美，从习以为常视而不见的庸常人生中提炼出让世界焕然一新的生命光彩。在写法上，他运用高密度的抒情叙事把小说空间撑得浑圆饱满，气韵流淌地抒写那些给内心带来诗意的事物和场景，使每一个细节都洋溢着葱茏诗意，结构、韵味偏于诗化、散文化。语言珠圆玉润，回旋着光与色的欢乐舞蹈，流淌着音乐的动人旋律，极富诗歌美感。这类小说大都是篇幅不长的短篇佳作，它们是王新军进入诗性沉思的纯粹时

刻。站在正在消逝的土地上，王新军以宁静的目光反观那些现代
化过程中正在悄然流逝的古老情感与智慧，那就是沉淀于劳动、
爱、生、死等人类基本活动之中的渴望、满足、激情和感恩。在
《农民》、《乡村爱情》中，王新军通过平淡生活中幸福感的充沛
流溢，把劳动、爱情、孕育等普通的乡村生命形式升华为存在的
本真。在《大草滩》、《牧羊老人》中，他透过牧羊人的眼睛依
依不舍地抚摸草滩、河流、蓝天，那是一去不返的放牧心灵的天
堂，它们正在被四轮车、电视机等现代化机器分割碾轧。牧羊人
对游牧生活的执著与现代工业文明龃龉不合，固然暴露西部农民
精神的封闭落后，却又反过来提出了现代性批判的命题。《旱
滩》中的"她"和羊群一起坚持、等待，终于度过青黄不接的
枯草季节，迎来大地分娩的春风。那种艰难困苦中充满希冀与感
恩的生存方式，将小说引向终极哲理。"大地上的村庄"系列西
部小说包括十几部短篇，已发表的有：《村庄的开始》、《闲话沙
洼洼》、《吹过村庄的风》、《与村庄有关的一头牛》、《农民老
木》、《两个男人和两头毛驴》、《七彩山鸡》、《两窝鸡》、《两条
狗》、《种瓜得豆》等。这组小说似乎是准备从外向里循序渐进
展开村庄的一切：历史、环境、人。因此开头几篇是对作为人类
生存环境的村庄的外围叙事（所谓"外"是相对于人物主体
的），其独特的视角和切入点引人注目：它们以村庄和"与村庄
有关的"事物（牛、狗、风）为主体叙事，将饱满的生气注入
世间万象，使它们焕发人性的美丽光辉，沉入时间之流，迫近生
命本体，成就一个超越自然时空、物我阻隔的诗境。比如那头以
液态方式与大地紧紧相拥的牛，它的一生融入村庄的历史变迁和
人的生命历程，没有物我之隔。这种写法跳脱寓言、象征的常
规，直抵非主非客而有天然灵知的生命原发性体验境域。它们绝

非一般意义上的西部风味小说，但又无处不显示着西部的地域特征和人文精神，以绝对纯粹的方式审视西部独特的生存环境，为一切在场者与不在场者敞开澄明之境，让诗意从美的解蔽中汩汩流出，举重若轻地昭示存在的真谛——这可以说是他所有抒情小说的共同旨归。

中篇小说《八个家》和《吉祥的白云》是王新军进入苏南草原的寻根之作，是作者对自己游牧民族基因的自我意识、自我确证。小说对西部草原自然风光、风土人情、游牧生活的描写如同优美的抒情诗，是一曲悠远而苍凉的西部牧歌。与王新军此前创作的不同之处在于：由于以裕固族聚居地为背景，他更加注重展现西部游牧民族独特的文化魅力，展现那种单纯质朴的生活方式所蕴涵的独特美感，并有意识地从中提升生命哲理。

这两篇小说是王新军在一组草原散文的基础上创作的，保持并发展了他一贯的散文化结构，取法自然，涉笔成趣，形散神聚。小说花费很多笔墨描写八个家草原的自然风貌，四季、昼夜变幻莫测的草原景致都被细致刻画。由于从儿童视角（旦旦格、阿吉娜）出发，所有草原美景自有一种新鲜童趣，如同童话诗一样明净纯洁，晶莹剔透，充满儿童天真奇特的想象力。为了表现草原文化的独特韵致，《八个家》的叙述也应和着草原的节奏，力图传达草原特殊的生命律动。叙述人"我"的语气充满儿童讲述的自问自答，同时也颇具诗歌的想象、结构和节奏、韵律，抒情味很浓，且不乏意味深长的警句片言。整体形成一种回环往复，舒缓悠长，偶尔又活泼跳跃的叙述节奏，非常适合表现草原自然生命的美感。此外，王新军在小说里充分展示了八个家草原的民俗风情画卷，不仅引用了古老的裕固族歌谣、神话传说和民间故事，还描写裕固族独特的饮食、劳作、婚俗、宗教信仰，以及雪地攉狼、跳"罗罗"舞、火葬仪式、驱魔法会等特色鲜明的地域风俗，把苏南草原裕固族别具一格的地域文化写得饱满鲜活，营造出一个独立自足的审美世界，唤起读者新鲜奇异的审美感受。

尤其值得关注的是，王新军在草原自然景色、民情风俗描写中所灌注的生命思考。虽然以小女孩"我"为视觉人物，但叙述却渗透作者自我的生命意识和理性阐发。显然，八个家在作者的审美想象中是一个纯粹的、隔离的世界，它拥有自己独特的生命体验、生活方式、语义体系、文化形态，与现代城市生活不发生交流碰撞，所有的矛盾冲突全部产生于内部。由于这个想象世界与现实生活、世俗逻辑相互疏离，它的纯粹正是它的魅力之源，也是它的毁灭之因。小说从小女孩的体验出发，发现"草原上的时间，有时候是被牛羊们一嘴一嘴啃过去的"，每一天都有同样的开始，每一天吃什么饭都好像永远也不会改变。这种舒缓得近乎停滞，悠长得仿佛无限的时间，循环往复，于宁静中蕴涵着生命的躁动。对于生活在高效率忙碌生活中的城市人来说，它唤醒了久违的审美超越性；对小说叙事节奏而言，则预示着一出成长的悲剧。至于草原人的生活方式，不仅衣食住行、礼俗仪式迥异于现代城市穴居人，甚至他们的体验方式、思维方式、价值观、道德观也截然不同，完全是另一种文化形态。《八个家》对草原文化的陌生化描写是一种成功的叙事策略："在草原上，一个男人要找到一个自己喜欢的姑娘，不伸出鼻子嗅一嗅，大概也是不行的。"在小女孩天真的絮语中，作者也多次表明对草原逻辑的非理性认同："草原上，好多事情是不需要理由的。"这包括阿妈对神的虔诚信仰，姐姐阿吉娜有关珍珠鹿的爱情梦想，以及草原人对天地万物等量齐观、对羊和狼的生命同样尊重的

"万物有灵论"的原始信仰、原始意识。至于寻根文学的常见母题——野性爱情，则构成《八个家》的主干情节。阿吉娜高耸的胸脯，同时牵引着两个青年骑手的目光；情爱的白帐篷在细雨中疯狂摇撼，张扬着生命的原欲和自然人性的和谐美好。而阿吉娜无怨无悔地伺候伤残情人，乌鲁克剁手证明清白，巴图鲁向情敌托付爱人后自杀，以及阿爸与阿妈不离不弃守护一生的坚贞爱情，都旨在彰显草原质朴的人性和道德风尚。在《八个家》的审美世界中，草原儿女不仅充满野性生命力和阳刚之气，也是重情重义，有始有终的。他们的爱情集合了奔放的情欲和生死相许的责任担当，是原始人性高度理想化的结晶。王新军将爱情与文化理想叠合，使爱情具有隐喻性内涵，借以表达他对草原文化、自然人性、淳朴道德的心仪。《吉祥的白云》写少女的成长，爱的觉醒和宗教的矛盾，映射出草原少女纯洁美丽的心灵。

尽管《八个家》赢得诸多美誉，但总体而言，小说并未圆满的实现主题表达。在小说前后的引子和尾声中，王新军表达了对草原及其游牧方式在现代化过程中必然消亡的忧伤，这是草原牧歌的本意。由于《八个家》没有引入来自文明世界的外来闯入者，它也就取消了两种文化视野的对照和批判。这样，草原的和谐宁静似乎缺乏张力而变得格外纯粹，使悲剧的发展显得很不自然——旦旦格对姐姐的依恋有点变态，隔断马肚带的报复行为更是残忍毒辣，老谋深算。这种变态心理、暴力行为很不自然，与草原的宽阔胸怀、自然生命和整体叙述基调不大协调。不过，如果把八个家草原上生长的"我"作为一个隐喻，象征人类黄金时代的悲剧性结束倒是恰如其分的。当人类不得不走出童年的时候，单纯质朴的牧歌时代也就结束了。人类残酷地杀死自己的童年，以此迎接新的文明的幻梦。那歌唱自然生命的优美的抒情诗——牧歌，只能是遥远的历史绝响，是长大了的文明人心中永远的痛。

对王新军来说，草原小说缺乏源自成长过程的原发性的生命体验和人生积淀，因此，他不得不引用现成的草原叙述经验，有关民俗事象的描写给人似曾相识的感觉，甚至情节结构也有些雷同。

王新军的写实小说有一部分可以称为"乡镇干部系列"，是20世纪90年代中期"现实主义冲击波"影响下的作品。这些小说大多直面社会变革中的农村基层政治现实，对政府机构改革、官场腐败与干群关系畸变、农村文化教育事业的困境等都有广泛涉及和批判，表现了王新军作为农村文化阵地上"一个敬业的小卒"关注国家改革进程的拳拳赤子之心，这是王新军一贯坚守的写作者的良知。从1989年被招聘为乡文化专干，到2000年乡镇机构改革中自愿回家当"专业作家"，十多年的工作经历使王新军十分熟悉农村基层生活，很早就萌生了为乡镇大员——乡长群体造像的想法，这为他的小说提供了丰富的创作资源。小说主人公多为乡村基层干部，他们都是普通的善良人，也想在自己的岗位上为农村发展贡献一份力量。然而基层工作的两难处境，乡镇机构改革中人事调整的暗箱操作，官场斗争的波谲云诡和复杂的行政关系网络总是使他们陷入泥淖，或屈从于现实法则，以违心之举奋力一搏，从生活难题中突围而出，在适应变化的同时丧失自我；或坚持原则，沦为官场腐败的牺牲品。前者如好人王大业，为了保住艰苦奋斗得来的位置不得不使出浑身解数，结果虽然如愿以偿，成为机构改革混战中的胜利者，却最终免不了被人愚弄的下场。后者如乡长助理罗西、乡农机站老职工老丁（《单位垮了》），虽然谨小慎微兢兢业业，但却未能准确揣摩上级意图而本着良心做了一点点分内之事，就立刻遭到不声不响地贬斥。王新军对于这些乡镇干部中的小人物寄予同情，不同于流行的官场黑幕小说，他总是努力深入灵魂斗争的人性层面，展示现实政治机制中人的生存窘境。王新军还正面描写了一些乡长形象，从《桥湾》到《乡长故事》，他写了一些有知识有远见、为做事而当官的好乡长，表达自己对于基层乡镇建设的信心。另外，关于乡村教育的《民教小香》和《一头花奶牛》也是王新军此类小说中的亮点，他着眼于农村知识青年的人生选择，以感人肺腑的细节，塑造以无私奉献支撑起国民教育百年大计的乡村教师们的美好心灵。小香、白校长和王方林，这些普普通通的乡村教师，也许并不具备先进的教学理念和渊博的知识，但他们在贫穷中坚守为人师表的爱心、道德与责任感，其高风亮节令人动容。相比之下，他们艰难的生存环境也敲响了乡村教育危机的警钟。无论是展示官场斗争和机构改革中小人物的无奈，还是歌颂现实生活的光明面，王新军的这类情节小说在日益圆熟精巧的故事叙述中始终关注人物心灵层面，避免沦为事件罗列的简单加法，而注重揭示变革时代人性的畸变和异化，以温暖的情感展现高贵灵魂的刹那闪光。为了把叙事向人物精神世界推进，他在叙述者的选择上煞费苦心，《乡长故事》的第一人称人物角心叙述在同类题材小说中是颇为新颖的尝试。同时，由于这类小说的写实性，王新军也特别在可读性方面做足工夫，讲述故事层次分明又饶有趣味。

应当说，揭示西北农民的性格弱点并不是王新军乡土小说的重点，他擅长挖掘农村静态生活中的田园诗意，更喜欢欣赏人性的自然美好。不过，对于西北农民历史形成的封闭、落后、保守、缺乏创造性、从众心理，以及村社文化对个性的压抑、扭曲和塑形，王新军也并不回避。《八墩湖》以冷峻的笔调讲述光棍孙福因妒生恨的滑稽剧，是王新军小说中批判农民劣根性的佳作。由于光棍举贵有幸与寡妇月兰相好，孙福就很不舒服。他敲打石头如同敲打五十年前他仇人的头颅，不仅向大家宣布这件"丑闻"，还用搅火棍祸害举贵的草驴。可是村人并没有如他所愿地仇恨举贵，他只能躲在三爷家茅棚后面听月兰方便的水声而热血沸腾。后来王三爷索性要占儿媳妇李月兰，村长赵四居然认为这是人家家里的事，合情合理，而村人也都欣然参加结婚仪式。但是，毕竟是新时代了，月兰和举贵离开八墩湖不知去向，留下一个因为失去仇人而惶惶不安的傻子孙福。孙福猥琐鄙陋的心灵和村人无视妇女人权的婚姻观双管齐下，推进小说批判乡村文化的深度。《两个男人和两头毛驴》同样写了一个偏执猥琐、内心阴暗的农民娄大明，多年来他念念不忘报复过去的情敌史红旗，而他的报复手段匪夷所思：养公羊公牛公马公驴，让它们与史红旗家的母牲畜交配并繁衍子孙。事情的发展自然不尽如人意：娄大明骗了公驴，史红旗却买回草驴，倒霉的娄大明故意放纵公驴去啃史红旗家的麦苗，而驴偏偏不为所动，气得他一橛子打死了驴，还哭哭啼啼让史红旗赔驴。《七彩山鸡》则描写农村经济结构转化过程中一般农民盲目致富的恶果。一个七彩山鸡的骗局轻易地搅乱了沙洼洼的平静，其中原因，固然有设局者的高明，而村人的盲动、从众、轻信则是内因，阻碍他们走上致富之路。《乡村纪事》里有一篇"穷人"，塑造了一个令人绝倒的典型人物。按照村人的说法，这位无法脱贫的穷人张兴材是"天世下的白肋巴么！身上生就尽是懒筋，别人能咋着！"扶贫的化肥他卖了，三只羊他吃了，扶贫干部只好给他垫钱。恐怕新农村建设的巨轮，也无法推动这种等靠要的懒汉吧。《饮马滩》写了一出乡间的悲剧，一个重组家庭刚刚建立和睦关系，就被流言飞语搞得家破人亡，乡间流言杀人不见血的威力令人生畏。

当然，在落后的农民性中，王新军依然努力发现心灵的闪光。《铁轨上的阳光》里齐双虎熊熊燃烧的淫妻之恨最终被良知压倒，从铁轨中救出仇人邱大宝。《农民老木》一方面写老木见官的卑屈和胆怯；另一方面也写出老木及其受压迫村民的觉醒与抗争。尽管老木撒谎骗人，但村民终于开始保卫自己的正当权利，这当然意味着进步。《大冬天》则通过农民李向阳对人生意义的思考，展开社会变革中农民主体性建构的新图景。《耍把戏》是关于新时期开端的一段历史记忆。村民对专横跋扈的麻支书及其相关体制心怀不满，胸中憋着一口气，不由自主地向耍把戏的泄愤。但老黄爷的教训唤醒了良知，热心的人们纷纷对耍把戏的伸出援手，迎接新时期的到来。这部短篇小说以社会心理折射时代变革，立意高而叙事生动。

王新军的这些小说，结构紧凑，情节曲折，细节精彩，对话生动，人物形象鲜活，方言俗语的运用增加了地域色彩，冷峻而不乏幽默，显示了深厚的写实功底。

《坏爸爸》、《疯妈妈》等是王新军切入底层写作的成果。小说直面底层生存的痛苦，以弱者身心遭受的重创批判不合理的社会现实。《坏爸爸》既写出了流浪乞儿的个体命运和群体生存状态，也揭露了这种丑恶现实的社会原因——物质主义、金钱至上的时代潮流，还切入人物心灵世界，发现星星点点人性的火花。《疯妈妈》采用特殊的叙述者——刚生下就死去的女儿，辅以鬼魂的出场，为苦难叙事增添一丝阴郁而悲悯的魔幻色彩。

或许由于温厚、宽容、乐观的个性，王新军长于感性触摸而不擅理性把握，因此对社会政治、历史文化都缺乏深刻的认识，对乡村弊政、社会不公的批判向来缺乏鞭辟入里的透彻，更没有剑拔弩张的激烈与决绝。这表现在城乡交流中，反倒使他易于摆脱农民意识的狭隘。在他看来，在当前既有城乡二元结构的基础上，跨越城乡之间的鸿沟，建造一个农民可以进城，又可以返乡，在城乡之间自由流动的良性机制，已经不是梦想。他的《馒头店》、《进城钓鱼》、《种瓜得豆》、《摸吧》都是农民进城的题材，在他笔下，农民完全可以依靠自己的正当劳动取得城市生活的入场券（《馒头店》），也可以毫无障碍地与城里女人共赴爱河，抚慰彼此疲惫的身心（《进城钓鱼》）。在《种瓜得豆》和《摸吧》中，对于这种乐观主义王新军有所反省，加强了对城乡差别及其社会不公的批判。于是，《一个进城卖西瓜的农民》变成了《种瓜得豆》，沉浸在收获喜悦中的农民，在进城卖瓜的路上品味到农民遭受的歧视和剥削，回程途中因逃避养路费酿成车祸。不过，尽管后一篇加强了批判性，这样的结局还是有点主观臆断。新作《摸吧》也存在同样的问题。妻子进城做了摸吧女招待，李双喜在寻找妻子的过程中陷溺于城市的声色诱惑，渐渐变得迷惘，失去了追究真相的兴趣。到此为止，小说对人物心理的把握都是准确到位的。可是结尾却写李双喜强奸陈香老师，就有些刻意求工，反倒不自然了。城市的确是欲望的陷阱，可是李双喜在陷溺之后就一定要堕落为抢劫犯吗？对王新军这样一位感性作家来说，如果不能通过自己的思考达到深刻的认识，还不如相信审美直觉。

　　王新军的长篇新作《最后一个穷人》是他改变自我的转型之作。从创作经验看，王新军在中短篇反面更加得心应手，他的第一部长篇《人生八卦》属于官场小说，写得散漫空洞，大失水准。尽管《最后一个穷人》与《许三观卖血记》颇多相似，但整体而言，这是王新军创作道路上的一个里程碑式的作品。小说的对象选择别有意味，马三多——一个被时代潮流抛在身后的落伍者，一个商品经济社会里不思进取、不会发家致富的傻子。他大半辈子的人生由以下事物组成：一个没能实现的理想——买毛驴，由一只母羊繁衍的一群羊，连种多年的洋芋，三个被人抛弃的孩子和三个自己的孩子，以及两个从河里捞上来的女人。现代化与马三多无关，他活在自然本能、简单常识与淳朴道德的前现代时间，当然成为沙洼洼村乃至中国的最后一个穷人。他究竟是商品经济时代的反面典型，还是反思现代性的一面镜子？这个问题被王新军轻灵幽默的戏剧化叙述雾化了，留下的只有一个难以言说的形象。

那么，对于马三多这样一个人物，作者究竟是什么态度呢？显然，作者的叙述方式是刻意简化的，他隐藏了马三多及其他人物内心的波澜和痛苦，仅仅呈现其动作言语。而这些动作言语又往往出乎意料，与日常生活理性拉开距离，充分暴露其滑稽可笑的一面。加上人物阴差阳错、祸福转化的命运，就形成喜剧叙事的整体格调。这种叙事方式不能不令人想起余华，和余华一样，王新军所追求的也是反讽的距离。喜剧叙事居高临下地消解悲悯，同时，又赋予人物挑战世俗的尊严，从而把读者与人物拉到同一水平线上，大大拓展思想情感延伸的空间。结果，马三多作为最后一个穷人，就给人留下难以言说的回味，这当然是小说的成功之处。

马三多四十多岁的人生经历，正处于新时期朝气蓬勃的变革之中。按理说，有了包产到户的好政策，一个身强力壮、勤劳肯干的青年农民，应该很快走上发家致富之路。而王新军却讲述了一个西北农民令人心酸的生活故事。小说开始，包产到户给马善仁、马三多父子带来信心和快乐，他们用老牛驾着驴车去责任田里转了一圈又一圈，毫不理会村人的笑话。随后马三多的命运就发生了一系列变化：先是从河里捞起怀孕自杀的刘巧兰，她生下别人的儿子之后就远走高飞，永远离开了家乡这个耻辱之地。接着，父亲跟随村长去上游要水而不幸淹死，马三多却因祸得福被村长免除提留款。牛死了，马三多借不到牛而种洋芋，大旱之年反倒大获丰收，成了村里最富的人，别人就在他街门上留下弃婴。当母羊喂养弃儿一天天长大的时候，马三多居然再次从河里捞上来一个女人，逃婚的米米义无反顾地嫁给了他。米米生了三个孩子，为了填饱肚子，马三多只能连种多年洋芋。等到国家富农政策来到的时候，儿女们一个个离开了他，马三多回顾自己的一生，才意识到这些年忙于生存，始终处于低级需要层次，自我意识开始觉醒。

　　在马三多将近三十年的人生历程中，贯穿了包产到户、开荒、村干部民主选举、计划生育、农业税和提留款的缴纳和免除、国家富农政策等一系列农村改革大事。但是，除了包产到户，这些并不是影响马三多生活的重要因素。他我行我素，独来独往，但运气极佳，还常常运用农民智慧化险为夷，甚至阴差阳错地得到豁免权，享受国家政策的实惠。总结起来，尽管他这半辈子为了娃娃，为了吃饱肚子疲于奔命，可是他与村人、与政府的外交其实是一部光荣的优胜录。那么，要分析他贫穷的原因就只能从他自身着手。显然，收养弃儿给了马三多沉重的负担，也给了他与商品社会实用主义、拜金主义、物质主义价值观相对抗的道德力量。与刘巧兰、马大洋、马小香的背叛与抛弃相比，马三多的信任、等待和坚持更显示出道德的优胜，这是城乡之间的道德对抗。而他在处理洋芋交易、计划生育罚款、开荒任务和村长海选等问题的时候，又展示出掩藏在憨厚愚钝之中的农民式的精明乃至智慧，颇有大智若愚之风度。道德与智慧，这是马三多作为最后一个穷人的尊严，由此，王新军可以使这个人物成为反思现代性的一面镜子。但是，尽管淳朴的农民道德与智慧给了马三多足够的精神支持和人格魅力，小说逻辑还是无可奈何地指向对马三多农民性格的批判。如前所述，既然外在的政策变化和经济环境并不是导致马三多贫穷的主要因素，甚至收养孩子也并非必然导向贫穷；那么决定马三多成为最后一个穷人的，就只能是他一成不变、保守落后、封闭自守的生活方式和思维方式。他的人生理想落后于时代，又不与时俱进地适应社会。对他来说，外界变化如清风过耳，丝毫不能撼动他静止凝固的心灵。除了放羊、种地，他不接受任何现代化的农业生产经营方式。这是一个由自然本能、简单常识与淳朴道德组合而成的人物，他或许符合自然人性的理想，却完全不适应现代化的时代。这样，立足于马三多的农民道德与智慧，反思工业化、商品化、城市化带来的文明病，就不免有失偏颇，缺乏强有力的历史理性的支持。毕竟，以贫穷自傲并不能成为道德与智慧的强心剂。如果道德与智慧必须付出贫穷的代价，那么，这样的道德与智慧也就完全与现代性绝缘，没有丝毫可持续发展的可能。因此，综合反现代性和农民性批判两个方面的叙事逻辑，结论是：马三多并不是时代需要的新人形象，毋宁说他是旧时代的终结者。只有消灭这种旧农业时代的遗老，大西北的现代化和新农村建设才有前途。当然，这并不是说，我们已经不需要马三多的道德与智慧。而是说，马三多的道德与智慧必须以积极进取的姿态融入现代化。在小说的最后，马三多对妻子说："上半辈子，为了娃娃、为了吃饱肚子，我们把头都苦白了。现在娃娃们长大了，剩下这下半辈子，我们为谁活哩?" 米米说:"下半辈子,我们就为我们自己活一次吧,反正头发已经白了,再白也白不到哪里去了。" 但愿马三多真的知道怎样 "为自己活",这意味着彻底改变生活方式和思维方式。

一直以来,王新军的创作依靠鲜活的形象、真诚的情感铺展弹性叙事空间,不擅长深刻透辟的理性提升。在作品中,每次他一发表思想性、点题性的议论,就往往导致意蕴褊狭,反而暴露思想的薄弱。对于马三多这样一个落后于时代、却又以道德力量自傲于时代的人物,王新军的叙事策略是明智的。他回避主观武断的心灵切入和作者议论,用喜剧化的叙述、温馨的幽默消解无谓的煽情,用单纯简洁、祸福相依的情节递进制造恍惚迷离的命运感,避免对马三多做出明显的情感导向和价值评估,冷静客观地完成形象塑造。

在20世纪80年代中期的寻根文学潮流中,李航育曾经写过 "最后一个" 系列小说,包括《最后一个鱼佬儿》、《沙灶遗风》等。李航育站在现代文明的高度,审视民族文化传统的转型,深切体味 "最后一个" 们面临传统流逝、生活方式巨变所感受的迷惘、痛苦,为他们留下孤独而悲壮的画像;同时,也表现了对民族文化传统的一种唯物辩证的历史态度,以及一种历史乐观主义。尽管画屋师傅耀鑫珍爱画屋这种传统的民间工艺,但他还是决定为画屋这个行当送终,毅然承担这个有愧于师祖的叫人丧气的角色。与李航育相比,王新军的《最后一个穷人》在叙事方法上有所创新,极大地丰富了人性内涵和叙述张力;但马三多的性格、命运缺乏与社会、时代的碰撞交流,因而无法产生深广的历史感和新鲜的思想发现,缺乏思想意蕴的提升。而且由于模仿余华式的叙述语言和叙述方式,也大大削减了小说的原创性。

和军校

和军校，男，1963 年生于陕西礼泉，1982 年毕业于长庆石油学校，供职于长庆油田，长期旅居甘肃，其创作在乡土和石油两个领域齐头并进。他的乡土小说以家乡为背景（大多数情况下是"泔河村"），自 20 世纪 90 年代至今，形成了自己独特的乡土世界。

和军校的乡土小说表现出鲜明的道德感、正义感，以及对家乡父老的深沉情感。疾恶如仇，爱憎分明，褒贬有力，和军校小说就是关中硬汉性格的写照。这位从农村走出的作家，和"文摊作家"赵树理颇多相似。他的根在农村，他最了解农民的心灵和他们的需要。近年来逐渐完善的新农村建设战略，简要概括为 20 字方针："生产发展、生活富裕、乡风文明、村貌整洁、管理民主"。关中地理环境、生态环境、经济环境比甘肃优越，生产发展、生活富裕这些物质层面、经济层面的改革目标已经取得较大进展，不是当代农村的主要矛盾。和军校所关注者，是政治体制改革滞后的恶果。具体而言，就是农村基层管理者的专制独裁、恶霸统治，及其农民合法权利得不到保障，村民自治、民主管理无从落实的可悲现实。乡村文化具有封闭性、稳定性特征，宗法制度遗风尚存，加以农民文化素质低，易于形成对权威的畏惧、顺从乃至依赖，这就导致农村政治改革步履维艰，远远落后于城市。正如赵树理在解放区移风易俗的新生活中发现了混进革命队伍的恶霸、坏分子，和军校在欣欣向荣的农村改革进程中也发现了"一手遮天、罪恶累累"的腐败分子（《南望》）。在他的小说集里，揭露乡村政治腐败、呼唤民主制度的小说数量不少，包括：短篇《入党》（1995）、《南望》（2002）、《半个城》（2002）、《是谁吃了豹子胆》（2005）、《一不小心》（2005）、中篇《你想干啥》（2000）等。对村长、村支书的权威统治，和军校通过官与民两个对立面来揭示，自我暴露与侧面烘托配合，展现黑暗恐怖的乡村政治图景。小说往往设置反抗者与当权者之间尖锐激烈、你死我活的对抗性矛盾，一般村民则是敢怒不敢言、战战兢兢的顺从派、观望派。

　　《是谁吃了豹子胆》、《南望》是这类小说的代表作。村支书范养明在泔河村的权威究竟如何？小说开头就揭开矛盾：有人吃了豹子胆，在书记家的大青石上倒满了大粪！这事吓得那些早起的村民关门闭户，一家人屏声静气，躲在自家门缝里一眨不眨地盯着静悄悄的街道。接着，小说紧锣密鼓，正面描写范养明应对突发敌情的一系列处置措施，尽显其雷厉风行、运筹帷幄、不怒自威的铁腕手段。他首先办"鸿门宴"威慑村民，然后分别对付锁定的怀疑对象：对付胆小怕事好面子的克亮，逼他当众喝尿把他的脸当屁股踢；对付年轻气盛妄想"改朝换代"的高丰，命打手暗地里打得他奄奄一息。一个不知何人所为的"大粪事件"，给了支书范养明彰显权力的绝佳契机，而村民们纷纷提着礼物上门表忠心，则再次印证了他在村里的绝对威权。如果到此为止，乡村政治前景可谓暗无天日，这自然不是和军校的风格。他最擅长一波三折、高潮迭起的情节安排，因此在小说结尾，范养明的绝对控制急转直下，遭到来自瘫子老伴的拼死反抗。这一声棒喝似乎很有效，范养明亲自到每一户人家门前磕头报丧，一副真心悔改的样子。可是，"范养明在磕头的时候，脑海里却盘算着另一步棋，这个支书他还是要当下去的，只是要换一种当法。换成啥样的，他还没有盘算好。"《南望》转换角度，从受害者老万出发，通过农民的愚昧和觉醒，侧面表现乡村政治的腐败。小说以生动的对话表现老万懦弱畏缩、忍辱负重的典型性格，这种软弱服从的农民性正是培育专制权力、人治社会的温床。老万与村长的仇怨，固然有夺妻之恨在先，但也包含政治清明的正当诉求。最终，他还是忍无可忍地反抗了，尽管反抗的方式是狭隘的报复——砍了村长家的一棵苹果树。鬼使神差，村长的苹果树一夜就被砍光了，而小枝搜集证据，把村长告到乡里、县里。民怨沸腾，聚集在村委会外面的村民们等待乡里、县里来人，等待着村长的报复或正义的伸张。小说在扣人心弦的紧张对决时刻戛然而止，留下开放性的想象空间。和军校笔下的村支书范养明、村长马兴友是典型的，他们曾经是带领村庄致富的有功之臣，在权力的腐蚀下蜕变为不思进取，假公济私，拈花惹草，气焰嚣张，欺压群众的腐败分子，已经成为新农村建设道路上的绊脚石。这种"土皇帝"不倒，农村的"管理民主"就是一句空话，中国就无法走向法制社会，天下也就不成其为"共产党的天下"。正是在这个意义上，和军校塑造的范养明等乡村统治者形象显示出巨大的批判现实的勇气。

一方面，对于范养明之流党的基层干部的恶霸统治，和军校丝毫不回避、也不遮掩其反动性。他们任意蹂躏村民的人格尊严，滥用职权损害群众利益，欺男霸女无恶不作，"党票"也成为他们随意处置的私有财产。《入党》写一心献身教育事业的马六哥不谙世事，为几件琐事惹恼支书，不仅入不了党，还被撤了教师，一封封入党申请被支书公然当作手纸。"告诉你，在这村里，我就是党，党就是我！"这就是支书的宣言。不过，尽管和军校大力揭露乡村弊政，但并没有把农村当权者简单化。范养明之流生活在乡村紧密的关系圈中，和村民一起蹲着晒暖暖，和马六哥一张桌子上打麻将，对治下的顺民还是相当体恤的。另一方面，对于这种不合理的现象，和军校发动乡间反抗的力量，表达对民主制度的信心。与当权者相对，他写出了高丰（《是谁吃了豹子胆》）、小枝（《南望》）、敏光（《一不小心》）、马六哥（《入党》）、赵小暑（《你想干啥》）这些专制权力的反抗者和改革者。他们缺乏经验，自身并不完美，但他们的共同点是具备现代民主意识，敢于反抗，不屈不挠。尽管他们尚未成功，但新农村的明天必定属于他们。

和军校还有一些小说正面塑造一心为公、造福村民的乡村改革者形象，包括短篇《大西北王升》（1996）、中篇《老那》（1997）、《挣个牌牌村口挂》（1997）、《村长太太》（1998）等。小说人物王升，老那，罗大虎，马月亮等，都是真心实意想为村民办实事而担任村支书、村长的。无论是计划生育，还是创"文明村"，修路，他们认准目标就做，处事公正无私，坚持原则，坚韧不拔，勇于担当和奉献，体现了久违的集体主义价值观和可贵的理想主义精神。但是，这些小说故事结构大致雷同，有模式化倾向，人物性格略显单薄，有主观拔高之嫌。

对农民文化的深刻反思，是和军校乡土小说的另一个切入点。农民文化是中国文化之根，不仅与中国传统文化具有血缘关系，与中国现代都市文化也血脉相连，因为中国的传统都市就是从农耕文明土壤上孕育、生长起来的，而现代型都市又是从传统都市蜕变而来。农民文化塑成中国人的民族特色，又造成中华民族走向现代化的内在心理障碍。对农民文化进行冷峻审视、细心辨析，在传统与现代之间寻找可持续发展的民族文化之路，促进农民——中国人文化心理的修正、转型与整合，这是现代化进程中一个重要的文化命题。基于此，和军校对农民文化采取辩证分析的理性态度，另一方面深情赞美诚实善良、守信持义、知恩图报等传统道德,为现代精神输入健康的血液;另一方面则剖析乡村文化的负面影响,揭示人情、面子组成的人际关系怪圈,封闭环境中激化的攀比和竞争,以及由此导致的性格偏执、心灵畸变和人生悲剧。前者如《乡里乡亲》(1992)、《八亩地》(1997)、《一个陕西人和一个甘肃人的故事》(2000)、《十六棵小白杨》(2005)、《披着羊皮的人》(2006)、《在大老碗与三夯面对面》(2007)。后者如《泔河风景》(1997)、《学习办公》(1999)、《告诉你个好消息》、《胜利》(2000)、《上梁》(2000)、《二尺柜子红》(2001)、《腾丧》、《影子》(2004)、《刻在树上的复仇计划》(2004)等。

《乡里乡亲》创作于 20 世纪 90 年代初,以人物志方式记述乡间人物的悲喜剧。善良颟顸、不会按照政治需要说谎的六顺,人小鬼大、忍辱负重保护知青的村支书"秤锤",他们在动乱年代的所作所为,坚持了人之为人的道德操守,都给人留下深刻印象。《八亩地》与陈源斌《万家诉讼》构思相近,但故事、人物和意蕴更加丰满。管老九为八亩地讨"说法",最后竟然告倒自己的救命恩人——村长。这个普法教育的简单主题,被管老九热爱土地、珍惜土地的农民情感浸润而膨胀起来,展开从农民恋土情结反观改革弊政的独特视角。《一个陕西人和一个甘肃人的故事》讲述一个简短而波折的传奇故事,两个农民用一生兑现"还十个馍"的诺言,为"诚信"作一形象的注解。"人前一句话,木板上一颗钉。"庄满子和老胡信守的道德准则,在下一代身上已经荡然无存,小说对照老一代和年青一代的价值观,对市场经济时代的道德困境予以反思。《披着羊皮的人》为诚实善良、推己及人、不负苍天的父亲留下一帧意味深长的艺术照片。本来是一场无人见证无人知晓的交通事故,可父亲为了把羊还给人家，冒雨守候在路边并因而生病去世。道德是内化在父亲心里的绝对律令，他用朴实的生命哲学教育了离开农村的儿子，也感动着都市生活中自私自利的现代人。另外，和军校还有《欣逢佳节》（1993）、《家门前的一条路》［即《年年冬天下大雪》（2005）］，透过亲缘关系，审视城市与农村之间人情浇薄的残酷现实。农村人善良忍让，扶危济困，勇于奉献；城里人、官人们则忘恩负义，嫌贫爱富，踩着亲人往上爬。二者的对照渗透作者的褒贬，对城市人的势利自私给予无言的谴责。

由于乡村和城市不同的生存环境，就形成乡村文化不同于城市文化的特征。乡村文化是一种信息共享、相互竞争、具有高度同质性和稳定性的封闭式文化。一般村落大多属于一姓或几姓，邻居也是长期相处，具有较强的地缘关系、血缘关系和社会关系。由于居住稳定、邻里稳定、成员稳定，便使得人们的交往特别密切，因而人际关系是紧密的、纽带式的。人们裹挟在浓重的人情网络中，形成扯不断的人情线。费孝通在《乡土中国》中写道："亲密社群的团结性就倚赖于各分子间都相互拖欠着未了的人情。……朋友之间抢着回帐，意思是要对方欠自己一笔人情，像是投了一笔资。欠了别人的人情就得找个机会加重一些回个礼。加重一些就使对方反欠了自己的一笔人情。来来往往，维持着人和人之间的互相合作。"这是对乡村人际关系的真实写照。所谓"人情"本指人与人之间的特殊关系及其由此而来的特殊情感，即对熟悉友好的人表示情谊，是维持人际关系和谐的重要因素。在具体运用过程中，往往就变成了相互之间的关系投资——人情债，人情债的"欠"与"还"就牵涉自我在公众心目中的形象——面子问题。《上梁》、《二尺柜子红》正是通过"人情债"审视乡村文化的弊病。老廉上梁请客，一家人忙乱不堪，结果照应不周，还是得罪了一些人，不知什么时候才能把这份情补上。毛广田则为了还情想方设法，屡战屡败，最后杀死王忠母亲才如愿以偿。这哪里是一份小小的人情？它分明就是一枚匕首，插进毛广田心窝，把一个精明能干的"老正确"变成丧心病狂的罪犯。所谓"人情"在此已经蜕变为两个人之间无法化解的仇恨，是报仇雪恨的利器，而仇恨的根源在于没来由的攀比和嫉妒："看你还张！"由于村落中成员的流动性不大，存在相互竞争、相互攀比的倾向，本应多元化的主体性价值选择被纳入乡村社会趋同性的价值评价标准，这种文化氛围必然导致主体性丧失、心胸狭窄。《影子》就讲述了这样一个农村青年爱恨交织的情感故事。高一方和马儒龙的知己之交，潜伏着地位与身份的屈辱落差，本来就很容易转化为嫉妒和仇恨。加上村人的鄙薄嘲笑，更是加剧了高一方的心理压抑。因此，高一方误杀妻子的悲剧，既是性格的悲剧，也是乡村文化的悲剧。另外，《学习办公》、《告诉你个好消息》、《胜利》、《刻在树上的复仇计划》以夸张而生动的细节，讽刺某些农民的不良习性，如好逸恶劳、阿Q精神、缺乏经济头脑、狭隘的复仇心理等等。《想做好事》、《关照明同志》、《捎话》等篇，则在主观与客观、个人与社会、名与实的喜剧性矛盾冲突中寄予反讽。

和军校小说非常注意大众化、通俗性。和赵树理一样，他也希望自己的作品能够为家乡父老毫无阻碍的接受。因此，他的小说情节紧张，有头有尾，跌宕起伏。人物爱憎分明，个性突出。描写细腻周到，细节缜密而生动。语言讲究对偶押韵，常用关中方言俗语。句子简短有力，声情并茂，朗朗上口，具有浓厚的乡土气息。这些艺术追求使他的小说颇具评书体特点，在当代文坛别具一格。不过，有时候为了追求波澜起伏的效果，和军校在安排情节方面有些主观随意，显得不够自然，某些转折过于突然。尤其是《想做好事》、《关照明同志》等讽刺小说，为制造喜剧效果，在情节与性格的配合方面不够融洽，夸张过头而显生硬。另外，鲜明的倾向性也造成小说意蕴过于直白，少蕴藉之美。

补丁

补丁，本名李学辉，1966年7月生于甘肃武威。20世纪90年代开始创作，出版小说集《1973年的三升谷子》，是90年代登上甘肃文坛的新秀，作品大多为乡土小说。

补丁的乡土小说反思"文革"年代荒诞惨痛的往事，在非理性生存境遇中剖视人性的复杂纠结；或展现乡村生活的灰色图景，勾勒沉默、孤僻、执拗的农民性格，聚焦压抑中的爆发时刻。他不追求密实的细节真实，倾向于简笔画式的写意表现，追求黑色幽默效果，形成冷峻、坚硬、蕴藉的风格，有时过于阴冷、枯涩。

《1973年的三升谷子》（2002）是补丁乡土小说的代表作。小说情节发展出人意料，悬念迭起：队长王大麻子在大雪天自导自演了一场一箭双雕的好戏，既救助了寡妇何翠花，又逼迫李德全交出柏木棺材。随着最后一个悬念解开，王大麻子这个人物显露出人性的全部复杂性：一方面，他宣称"队长不玩女人，我当队长干啥。"公然袒露为官不仁的丑陋心灵；另一方面，他良知未泯，对翠花男人的死深怀歉疚，真心实意帮助何翠花。可是，雪夜偷谷这一扶危济困的正义之举却被他栽赃嫁祸，用来勒索李德全的柏木棺材——这棺材他谋算多日，让李德全当保管，就是为了更好地找机会。这一点，李德全心知肚明，一语道破玄机。于是，王大麻子其人其事就变得难以评价。固然可以说，他是一个阴险狡诈，贪婪霸道，心狠手辣的腐败分子；然而阴暗之中的一星良知，却照亮了这个反面典型，使这个人物变得亲切柔软。受害者李德全形象用笔不多，同样是一个给人新鲜感的人物。他处乱不惊，明察秋毫，是乡村中难得的智者。在细节选择上，这部短篇小说也可圈可点。麻雀屎、李德全的鞋、席筒、五根谷穗等细节，使小说充实丰盈，颇具新鲜感与真实感。另一篇小说《绝看》，可以说是《1973年的三升谷子》的续篇，以"人之将死，其言也哀"为缘起，倒叙村长王世风一生的情感纠葛，旨趣仍然在于剖解人性的复杂：一个工于心计、阴险狠毒而又不乏善良正直的基层干部。

《正步走过大寨田》、《刘老倔》、《乡村无梁祝》也是反思历史的优秀之作，在"文革"荒诞的历史背景中，表现西部农民艰难的生存状态，以及他们刚烈、倔犟、豁达的性格。尽管书记姚子兴足智多谋，把一百亩大寨田变成"千里百担一亩苗"，最大限度地减少群众损失；但巴子营人为完成这项政治任务还是付出惨重代价，红婆16岁的孙子红剩累死，王解放也吐血栽倒在地头。政治的荒谬与农民的智慧、热情、奉献精神相互映照，使这段历史如陈年老酒，散发着辛辣而又醇厚的况味。刘老倔饲养的大青驴则象征巴子营人刚烈的性格和顽强的生命意志。依赖种驴旺盛的生命力，村里一百多口人才能度过饥荒。而一次次的饥荒并非天灾，而是人祸，来自不顾民生疾苦横征暴敛的政治体制和滥用职权草菅人命的官僚。与大青驴相比，这些人"根本不如驴"。补丁选取了一个独特的角度反思历史，大大加强了小说的批判性。《乡村无梁祝》显示了补丁用喜剧写悲剧的黑色幽默手法。一场电影导致青年徐德失去一只眼睛，支书安排他和知青结婚以示安慰。而徐德在看了六遍《梁山伯与祝英台》后恍然大悟，从艺术制造的幻觉中醒来，顿悟现实的人生处境，并作出了明智而高尚的道德选择。小说讲述了文化匮乏年代里发生的人生悲剧，表现了巴子营人在艰苦的生存环境里苦中作乐、豁达宽容、自尊自强的性格。

《四月薅草》、《故乡三题》、《孤静》、《草人》、《人驴》、《油泼辣子油泼蒜》、《疯长的温棚》是剖析农民性格、观照农民生存状态的乡土小说。补丁所瞩目者，是农民性格中沉默、孤僻、执拗、刚烈的一面，往往选取压抑中爆发的瞬间，展现这种性格可怕而又可敬的力量。《四月薅草》以错落变换的时间和节奏，讲述奎一生的悲剧：报仇不成，仇人先死；听从父命没有挖掘汉墓，结果妻子卧病，一贫如洗，村人却借机发财。在四月薅草的日子里，为了不再拖累奎，奎的妻子和奎的父亲双双自杀。面对妻子和父亲的灵柩，奎陷于疯狂，招来村人后把自己埋葬在土坯中。如作者所说，"那个故事，属于真正的农家故事，充满温和而凄惨的血腥味。"奎的悲剧与他的个性及其生存环境息息相关：童年饱受贫困和屈辱，在奎内心积累了仇恨与倔犟。包产到户后农业生产结构调整、市场经济发展，奎坚持传统价值观，固守土地，因而未能走上致富之路。加上天意弄人，温柔的妻子得了怪病，最终酿成家破人亡的家庭惨剧。补丁笔下其他的乡村人物，也和奎一样，是沉默中积聚力量的悲剧人物。刺瞎双眼、把弦头砸向自己脑袋的刘瞎弦，一铁锹拍死抢水者的侏儒吴有仁（《故乡三题》）；目不斜视、心无旁骛、憨实木讷的麦客（《孤静》）；心中埋藏着隐痛，只有割麦时感到活力的草人（《草人》）；不接受强迫婚姻，撂下周岁孩子投河自尽的婶子（《油泼辣子油泼蒜》）等等。不能说补丁对农民性格的表现不真实，但这种性格既不具备指斥社会不公的现实批判性，又缺乏深厚的文化蕴涵和积极的人格力量，无法提升出有益于人生和未来的精神质地。而且在这些小说中，补丁的笔墨过分俭省，人物心理、环境、细节描写都没有展开。这种客观呈现的简化手法，用得好可以造成含蓄蕴藉、饶有余味的审美空间，用得不好则难以掩饰内在的空虚、单薄、贫乏。补丁这类小说似乎有意学习杨争光的笔法，尤其是《疯长的温棚》，写兄弟之间的竞争引发的仇恨，有落套之嫌。

作为新进作家，补丁正在摸索前行。他所创造的巴子营村，凝聚了对历史和农民的独特体验、独特思考，是甘肃乡土小说的重要收获。

进入20世纪90年代以后，甘肃乡土小说的一大进展是长篇小说的丰收。不仅老一代作家邵振国写出长篇《月牙泉》，范文写出《雪葬》，新一代更是钟情于长篇创作，出现了几部在全国文坛有影响的作品。包括：雪漠的《大漠祭》、《猎原》，唐达天的《沙尘暴》，王新军的《最后一个穷人》，谷童的《猫鬼神》等。

雪漠的两部长篇《大漠祭》和《猎原》是甘肃文坛的重要收获，多次获奖并引起关注。在当代文坛整体水平的层面上看，雪漠小说集中体现了甘肃小说的长与短。雪漠熟悉本地作家创造的西部形象和外来者对西部的想象，因此他的写作有意识地倚重有关西部风情的审美期待，完全按照文学惯例培育的大众想象，亦步亦趋地生发叙事空间。以大漠狩猎为亮点的民俗风情、苍凉壮丽的地域景观、欲望化的性爱描写，组合为西部的整体形象。因而西部农民的生活实际上被传奇化、他者化，契合长期以来大多数甘青宁作家们笔下集体创造的西部标准形象——神话西部。在神话西部的想象视阈中，西部是落后的，神秘的，粗犷的，阳刚的，苍凉的，是上演着"花儿"式的缠绵热烈的爱情传奇的地方。这个想象通过西部文学传播蔓延，并逐渐定型，扎根在广大读者的心中，变成了一种强烈的审美期待。雪漠有意识地踏进西部文化画地为牢的审美陷阱，使自己成为西部风情小说的集大成者，这是他的成功，也是他的失败。另外，雪漠的两部小说之所以引起较大反响，一个重要原因是灌注于小说文本的现实关怀。如同《大漠祭》编后记所言：这是一部"直接反映当今农民生活、将农民的疾苦挂在心上的长篇小说"。西部恶劣的生态环境，农民贫困的生活，压抑的心灵，这些与民俗风情画面漫漶交融的底层生存问题为小说敞开批判性视阈。在《猎原》中，雪漠试图进一步逼近现实，他的视线转向生态问题，以之作为解开西部农民生存困境的钥匙。通过孟八爷、瘸阿卡、黑羔子、猛子等人的思考，他寻找西部衰落的原因和新生的可能。雪漠是一个追求形而上精神指向的作家，因此他试图在生活场景、民俗活动描写中渗透哲理，从农民日常生活习惯和思维方式切入，探索生命的终极意义，为乡土小说引入终极思考。但由于在讲述故事、组织情节方面力有未逮，从而导致形而下与形而上的意蕴合成缺乏充分的因果逻辑，有说教之嫌。

范文的《雪葬》是正面塑造农民企业家形象的长篇小说，也可以说是一部以农民企业家赵天佑为中心的官场小说。甘肃是经济不发达地区，但是，在改革开放、市场经济发展的过程中，也涌现出一批摆脱传统农业思维、在市场经济中率先致富的新型农民。《雪葬》的成功在于：通过赵天佑红极一时又蒙冤自杀的悲剧人生，揭露官场黑暗，审视行政干预下市场经济改革面临的困境，并成功地塑造了赵天佑这个新型农民形象。赵天佑有着西北农民倔犟坚毅的性格，不怕吃苦受累，敢于担当责任。他在亲戚的引导帮助下开始经商创业，稳稳当当率领乡亲们走向致富之路。但是，与经济脱贫不符的文化贫困，严重限制了他的眼界与发展。他缺乏先进的经营理念，对官场险恶认识不足，而且根深蒂固的官本位思想使他头脑发昏，眼睁睁看着自己创立的经营项目、经营渠道被人利用，成为官人们追逐竞争的"政绩"工程。而且富贵之后，赵天佑以往压抑的屈辱和不满决堤而出，开始疯狂报复式的猎取女色，终于落入色诱圈套。赵天佑形象真实体现了大变动时代农民的精神裂变，他的悲剧是农民的性格悲剧，人生悲剧，更是社会悲剧和文化悲剧。小说对官场腐败的揭露，对农民文化劣根性的批判是深刻独到的。尽管《雪葬》在叙述语言、描写方式、节奏变化等方面都存在明显不足，但浓郁的乡土气息，真实独特的生活细节，农民性格多面性的发掘，使这部长篇小说成为反映当代农村社会变革的力作。

唐达天的《沙尘暴》讲述沙漠边缘沙窝村两代农民几十年的奋斗史，是一部全景式描写农村历史变革、充满现实主义精神和理想主义光辉的史诗性长篇小说。小说最大的特点在于彰显积极进取的人生观、价值观，为当代社会、为西部农村提供正面的精神资源。沙窝村人一代代的艰苦奋斗铸就了薪火相传的西部精神，成就了民族脊梁式的农民形象。老一代农民以村支书老奎为代表，从20世纪50年代开始治沙造林，硬是在黑风口上造起一片黑压压的防护林带。他们充分体现了西部农民坚忍不拔、吃苦耐劳、豁达乐观的精神。新一代农民开始走产业化道路，用乡镇企业、科技力量改造传统生活方式。他们继承了父辈的优秀品质，又为传统精神增添了开拓进取、锐意创新的时代精神。《沙尘暴》所张扬的西部精神，既是中华民族的优秀品质，也是全人类生生不息的生命意志。就人物本身的思想内涵、社会意义和艺术价值而言，老奎是近年来难得一见的典型化的艺术形象，是唐达天奉献给文坛的一个民族脊梁式的农民形象。从毛泽东时代的带头人，到改革时代的坚强后盾，在中国几十年现代化历史进程中，老奎始终是风云变幻中一棵不老松，是潮起潮落中一枚定海神针，是西部精神传承的关键环节，是农民完成现代性转化的中心枢纽。他以正大光明、坦荡无私的胸怀，以建设家园的责任感和关怀大众的忧患意识，担起带领村人建设社会主义新农村的重任。中华民族的伟大复兴，正因为有老奎这些在底层默默无言夯实基础的人物，才充满希望。另外，《沙尘暴》倡导一种充满激情、充满主体精神冲击力、焕发理想主义光辉的写作，冲破零度写作的迷障，扫除空虚冷漠的阴霾，恢复久违的激情、温暖、理想与信心。作为乡土小说，《沙尘暴》着力打造风情浓郁的地域特色，将民情风俗、地域色彩融合在情节发展与人物形象的塑造中，并使之指向事象背后的文化底蕴，达到民俗事象与文化精神的统一，穿透已被固化的民俗风情、地域特色的表层色调，开掘西部文化丰富多彩的精神价值，展现了乡土小说、西部文学不断自主创新的强旺的生命力。但是，由于小说下部侧重叙述新一代的开拓创新，重事不重人，对石头这位新支书形象的塑造有些乏力，同时对严峻的现实问题也缺乏批判和反思。

和王新军一样，谷童这位新生代的甘肃作家为乡土小说带来方法变革。他的新作《猫鬼神》把超现实的荒诞幻想与历史真实结合，讲述"文革"时期赵家台生产大队的故事。在那欲望泛滥的年代，人、鬼以及另册之神猫鬼神都被非理性欲望蒙昧了心智，变成欲望的奴隶。公社书记丛不痴和布鞋鬼一样到处猎色，胡仁义处心积虑地与羊忠孝争夺大队长职务，他供养的猫鬼神奉命偷鸡摸狗听墙根，野心膨胀之后竟异想天开要控制群众的思想。而普通社员在批判会上变成折磨同类的禽兽，孤苦无依的寡妇田小丰以五斤粮食的价格卖春，李开泰为满足淫欲进山学嫖风咒害人……小说以猫鬼神为叙述者，鬼界和人界的故事穿插进行，统一于荒诞，非理性，欲望——这就是小说对"文革"岁月的历史记忆。作为年轻的作家，谷童对文革历史缺乏感性认识，留在记忆中的细节并不多，或许这就是为什么他选择借助幻想透视现实，这种艺术手法制造了神奇诡异的效果，丰富了小说的美感。但是，由于小说过多依赖对性事的自然主义描述，历史反思的主题没有得到更加生动有力的情节支持。多线索穿插叙述转换太过频繁，使故事展开不连贯、不自然，人物形象也显得性格单一，有符号化之嫌。

第三节　西部文学：美学风格与局限性

　　综上所述，新时期甘肃乡土小说取得巨大成就，涌现出两代杰出的乡土小说家。就总体气质而言，这两代作家存在代际差异。

　　甘肃第一代乡土小说家应和着20世纪80年代急剧变革的文化潮流、文学潮流，在创作上体现了80年代的时代品格：一是鲜明的理性反思。无论是批判极"左"思潮和错误政策（《烂宪书与任扣香》），还是剖析传统文化心理（《洪水河畔的土庄》）；无论是重估价值（《哈尔腾之神》），还是审视人性（《麦客》），第一代作家的作品都渗透创作主体的理性思考，体现出鲜明的理性精神和批判意识。二是自觉的文化意识。20世纪80年代掀起文化热及其寻根文学潮流，甘肃乡土作家感应时代风尚，圈定自己的文化地盘，营造独特的文学世界。柏原的陇东风情小说、王家达的黄河风情小说、邵振国的藏区文化小说都凭借地域文化成就辉煌，而戈壁沙漠、黄土沟壑、藏区草原、陇南山区也在第一代作家笔下展露独特的美学品格，共同构筑西部风情、西部精神、西部传奇和西部文学。三是理想主义与个性化的追求。20世纪80年代是一个在痛苦反思中调整心态应对变革的时代，渐行渐远的理想主义仍然是创作中珍贵的宝藏。甘肃第一代乡土小说立足于现代文明，或坚持人道主义与道德情怀（《雀舌》），或张扬抗争自然与社会压力的野性力量（《血河》），或瞩望集体富裕、社会公平（《祁连人》、《月牙泉》），表现出可贵的理想主义精神。在创作上追求个性风格，审美趣味多元拓展，形成了各自独特的艺术风格和文学世界。

　　第二代乡土小说家是20世纪90年代市场经济大发展背景下成长起来的青年作家。他们的创作迎合时代风尚，体现出不同于第一代作家的特点：某些作家（比如和军校）保持理性反思的精神姿态，在小说中留下清晰可辨的思想脉络。但更多作家选择了新写实派隐藏价值判断的客观叙述，刻意模糊作家立场和主体倾向性，对人性多样化给予宽容和理解，比如王新军有关乡镇村基层干部的小说、范文的《雪葬》。在文化意识上，尽管第二代乡土小说家也清醒地意识到地域文化的重要性，但他们的文化旨趣不同于第一代。他们不再试图以小说形式整体把握农民的文化性格，或剖析传统文化心理结构。地域文化更多地成为农民生存状态与农村现实问题的背景，作家的关注点在于真实呈现农民的生存状态（《大漠祭》），反映改革深化阶段农村面临的新问题（《雪葬》、《沙尘暴》）。文化批判与现实关怀更加紧密的结合起来，使小说由深度的文化寓言转向正面的社会批判。这种变化应和着时代主题的变化，20世纪90年代以后，农村改革经过包产到户初期的良性发展阶段，开始暴露出严重的体制性弊端。加上工业化、城市化进逼和农村经济结构转型不利，导致"三农"问题成为21世纪头号难题。因此毫不奇怪，第二代乡土小说比第一代表现出更加贴近生活现实、直面社会问题的旨趣。另一方面，在理想主义远去的年代，甘肃乡土小说家保持对乡土诗意、社会公正和新农村建设的信心，使第二代乡土小说散发着温暖的光辉。王新军对乡土诗意的抒情表达，和军校呼唤民主政治的硬汉形象，唐达天民族脊梁式的两代河西人，使理想主义精神在贫瘠的西部坚韧延续。但是，在紧密跟踪时代潮流，反映现实问题的同时，很多作家往往缺乏穿透历史风云、社会变革的思想力，使小说停留于人云亦云的潮流性题材和流水账式的事件记述，缺乏深度挖掘和高度提升。在小说艺术上，这一代作家受新潮小说影响较大，新写实、先锋小说、现实主义冲击波、底层写作等创作潮流在他们的创作中留下明显的痕迹，刘醒龙、河北"三驾马车"、莫言、余华、杨争光等人的精神殖民比比皆是。在王新军、谷童、补丁等锐意创新的作家笔下，我们更容易发现那些潮流性的题材、叙述方法和语言方式。他们还没有形成自己的风格。这有利于发展，也孕育着危机。确立自己独特的文学观念和美学追求，是这一代乡土小说家面临的挑战。

由此我们可以归纳新时期甘肃乡土小说的一些共性：西部地域文化的自觉和理想主义精神，这是甘肃乡土小说的亮点。毫无疑问，这两点与西部文学和社会主义新农村建设息息相关，在西部文学和新农村建设的背景下审视新时期的甘肃乡土小说，才能清晰地勾勒其美学风格。

一直以来，甘肃文学被纳入西部文学的范畴，然而"西部文学"是什么？自 20 世纪 80 年代"西部文学"被《当代文艺思潮》正式推上文坛，人们就不断框定西部文学的边界。或以题材划分，或以地域界定，或以文化色彩理解……按照丁帆主编的《中国西部现代文学史》，"西部"是一个由自然环境、生产方式以及民族、宗教、文化等因素构成的独特的文明形态的指称，是以游牧文明为背景、为主体的文明范畴，与地理意义上的西部呈内涵上的交叉。它的边界和视阈，既不同于地理地貌意义上的西部区划，也不同于以发展速度为尺度所划分的经济欠发达地区。它是以西部这一多民族地区所呈现出的生产方式、文化、民族、宗教的多样性、混杂性、独特性为依据划分的，主要是指：以新疆维吾尔自治区、内蒙古自治区、西藏自治区、宁夏回族自治区和青海、甘肃两省为主体的游牧文明覆盖圈。这是一个"文化西部"的概念。与此对应的另两个文明参照模式是：以京、沪、穗为中心的东南沿海的现代都市文明，以及处在都市文明与游牧文明板块之间的广阔的中部农耕文明。以上便是现代中国文化发展的三大基本文明形态之基础。以游牧为主体并兼有农耕的生产方式，形成"文化西部"的独特内涵：游牧文明的"开放性"和"迁徙性"，影响并决定了西部民族独有的文化心理和生存智慧，迥异于农耕文化的那种土地意识及守成眼光。而"文化西部"是多民族角逐和融合的历史舞台，是世界几大文明交融、碰撞的枢纽，从而形成了西部独特的文化互融形态和风貌。这种多民族文化形态与西部民族的宗教信仰密切相关，从而形成"文化西部"的宗教文化底蕴。由于特殊的文明形态的决定和影响，西部现代文学的美学风格呈现出了绚丽斑斓的多种色彩。如果总起来用"三画四彩"来简要概括的话，这就是呈现为外部审美要求的风景画、风俗画、风情画这一美学形态，以及作为内核的自然色彩、神性色彩、流寓色彩和悲情色彩这一美学基调。如果说"三画"使西部文学具有浓郁的"地域色彩"和"风俗画面"，是西部文学赖以存在的底色，那么，"四彩"便是西部文学的精神和灵魂之所在。① 管卫中同样把中国大陆上的文明分布图景描述为由先进的沿海地带的现代都市文明，到较先进的中部农耕文明，再到半自然状态的西北部游牧文明的文明倾斜局面，恰好形成与自然地理三级阶梯相反的三级阶梯状落差。但他认为，所谓"西部文学"仅仅是文学思潮，而非地域文学。"西部"只是一种"象征"，作为原始文明的象征，西部文学主要体现了 20 世纪 80 年代兴起于中国大陆的现代原始主义文学思潮。而为之作序的余斌则认为，西部文学既是一种地域文学，也是一种文学思潮，但首先是一种地域文学。② 立足于甘肃本土文学，应当说，丁帆、余斌、管卫中的看法都是得失参半的。

的确，西部独特的地域条件、历史传承和经济发展状况，使西部自然环境、人文环境与其他地域存在明显的差异性。基于独特的生存环境，西部人养成独特的思维方式、精神品质和群体人格，构成西部精神的民间基础，但不应高估这种地域文化的本真性和同质性，否则就会落入本质主义、地方保护主义的窠臼。西部精神构成西部文学的独特内涵，西部文学就是对西部精神的发现、弘扬和批判、反思。然而，当我们言说西部精神的时候，西部精神就不再是民间碎片式的自然存在，它已经变成了意识形态化的观念存在。作为言语的西部精神并不是一个涵盖西部的同质化概念，它从来都是一个在不断言说中成长、发展、变化、丰富

---

① 丁帆：《中国西部现代文学史》，人民文学出版社 2004 年版。
② 管卫中：《西部的象征》，青海人民出版社 1992 年版。

的词语，是不断渗入当代意识的开放、立体、汇合的精神，不存在一个坚固凝定的内涵。西部的主体性、身份认同等都不是固定不变的，而呈现为流动性、复合性、杂交性，这一点在文化交流与传输空前加剧与加速的全球化时代尤其明显。与此相应，以西部地域文化特征为基础、以西部精神为核心的西部文学也并不是一个本质主义的概念，而是一种精神、文化和心理的产物，是在经验、想象、虚构和叙述中建构起来的思想篱笆，一个镜像世界，一个"想象的共同体"。这就是为什么，以张承志为代表的诸多都市作家将目光投向西部原始文明，掀起批判工业文明的现代原始主义文学思潮，从而使"西部文学"成为一种超越地域范围的文学思潮。同时，"西部文学"也必定呈现难以概括的丰富性和多样化，那种千姿百态的景象是丁帆所谓"三画四彩"无法涵盖的。但是，对于西部本土作家来说，他们认同和倡导西部文学，是要借助言语的力量，确立自己与众不同的形象，从而在群雄并起的文坛争得一席之地。或许可以这样说，西部文学的提法本身就是一个形象工程。当然，这个建构在想象中的概念，有利于激发西部作家的自我认同感，提高自信心，引导他们深入西部生存现实，发现和建构西部人个性张扬的精神世界。

　　新时期以来，西部文学对西部精神的言说主要表现为三种倾向：原始主义倾向、反省农民文化——民族文化倾向与苦难写作倾向。所谓原始主义是一种尚古的文化思潮，以怀疑文明现状、要求返璞归真为特征，以原始、自然状态作为价值评判的准绳和理想。作为一种文学创作倾向，其思想内涵的主要特征是以原始来对比和批判现代文明，以返归神话的超现实想象方式及表现形式为其艺术追求。原始主义钦慕并赞美质朴、粗犷、豪爽、尚勇、阳刚等游牧民族所崇尚的精神品格，然而它对现代性的批判往往走向反文化的蒙昧主义，简单认同肉欲、暴力等人类的原始动物性本能。从张承志到红柯，大致都是这个走向。反省农民文化——民族文化倾向又包括道德主义和国民性批判两种不同取向。道德主义倾向在乡村生活中着力发掘淳朴善良、乐天知命、宽宏大量、温柔谦和、无私奉献等民族优秀道德品质。这些优秀品质大都从传统儒家伦理道德衍化而来，在工业社会、商品经济时代、城市生活中濒临灭绝，因此成为文学作品歌咏赞美、深情缅怀的对象。国民性批判则继承鲁迅对农民性——民族性的深刻反思，审视落后的农民性对国民灵魂的侵蚀，探讨中国现代化历程中民族性的更新与改造这一文化命题。这是乡土小说最为传统也最为普遍的一个主题，往往与道德主义一体两面，糅合为文化寻根、文化反思的复杂韵味。从路遥到贾平凹、陈忠实、柏原，优秀的乡土小说家总是在道德主义与历史主义的悖论中呈现农民文化与现代文明的冲突与互补。苦难写作可以通过人生苦难展开生命体验、社会批判与哲理思考等多个纬度，等而下之者却既不能展开尖锐的社会批判，又不能深入生命意识、存在意识等哲理性层面，而演变为"以西卖西，以穷卖穷"，渲染苦难，甚至炫示苦难，一味展示西部的贫穷落后和压抑扭曲的心灵。由于对性欲、鬼神等本能冲动、原始信仰、原始思维的大力渲染，又往往回归原始主义倾向。从张贤亮到雪漠，大致是这个走向。这三种走向常常交错重合，杂糅在一起。实际上，追怀过去、返璞归真原是人性的一种基本情感和特征，自人类能够自我反省时起，就时时流露出尚古的情绪倾向。儒家"复三代之盛"，道家"小国寡民"，均为慕古情感的理论化。以原始、以传统为价值评判的准绳和理想，表现了文明进程中人类可贵的自省意识、批判精神。然而问题在于：如何才能在现代性批判和历史理性之间保持平衡？

　　毫无疑问，西部文学的主体是乡土小说。就甘肃乡土小说而言，原始主义这一诞生于现代都市文明的世界性先锋思潮无疑是错位的、超前的。在现代原始主义作家眼中大放异彩的西部文明，是苍茫壮丽、传奇而神秘的地域风情和剽悍刚烈、沉默坚忍的民族性格，独具一种现代审美价值。然而，面对工业化、城市化的历史发展趋势，承载着悠久传统的中国农民、中国西部农民、甘肃农民究竟应当如何调适自我，才能在商品经济大潮中如鱼得水游刃有余，而不是沦落为现代化中国最后的贫民？换句话说，在中国现代化历史进程中，农民如何建构自我，完成现代性的转化，这才是当代乡土小说着力探索的核心主题。就甘肃乡土小说而言，所谓西部精神的建构，更应当注重传统的转化、现代观念的融入，而不是停留于对原始生命力和淳朴道德风尚的追慕与歌颂。尊重历史、慎终追远是中国文化传统，面向未来、开拓进取更是中华民族实现伟大复兴的必然要求，也是我们民族生生不息的生命底色。

　　以此衡量甘肃新时期乡土小说，尽管西部地域文化的自觉是甘肃乡土小说的共性，但隐藏在地域特色背后的文化意蕴却大为不同。王家达的黄河风情小说、邵振国的藏区文化小说和张弛的西部小说表现出现代原始主义倾向，而柏原、马步升、浩岭、王新军、和军校、唐达天等更多乡土小说家无疑更倾向于对农民文化的反省，批判中不乏道德主义的甄别和认同。生存于经济不发达地区的甘肃作家，正是基于对故土的深重忧患感，才真切地看到西部的丑陋蒙昧、贫穷落后，清醒地认识到农民生存的艰辛和灵魂的负累。正是出于振兴故土的希冀，他们才揭破西部浪漫主义的想象，还原一个现实的西部乡土。然而，这种执著于现实性的文化反思有时候就成为限制，一方面可能迷失于狭小闭塞的地域性，无法完成从地域性到人类性的突破；另一方面则难以实现历史/哲理超越，提升文学的美学品格。这恰恰是甘肃新时期乡土小说的症结所在，在雪漠、阎强国、补丁等人的苦难写作中症状尤为明显。

另外，自西部文学成为西部作家和评论家确立身份的标签之后，西部文学就呈现出一种过分追求地域特色的民俗化倾向。同时，这也是当代乡土小说普遍存在的一种不良倾向。西部/乡土作家往往固守乡土小说的审美惰性，满足于民俗风情的诉说，边地风光的描绘，却往往忽视对风俗民情、事象描写背后的文化精神进行深度揭示。任何一种由独特的地域环境、历史传承所孕育的地域文化，其文化整体的核心部分是精神文化，或意识形态文化。精神文化是人类在社会实践和意识活动中长期形成的价值观念、思维方式、道德情操、审美趣味、宗教感情、民族性格等，这些规则、理念、秩序和信仰具有神圣感召力，作为世代相传的传统，是一个社会群体从过去传衍至今的精神连接链，因此构成文化整体的核心部分。如果说民情风俗、地域文化是乡土小说、西部文学的题中应有之意，那么这种地域文化的追求也必须以精神文化为核心内涵，这一点恰恰被很多作家忽视或忘记。其结果是：乡土小说充斥着民风民俗的表层化的事象描写，见形不见神，不能做到形神兼备。有时，民俗风情又被变成外来的、拼接的、补丁似的叙述强加，使地域文化特征堕落为附加的、游离于叙事发展之外的星星点缀，仿佛某种民俗学描述，不能深入民族文化传统的深层底蕴。另外，有些作家为了迎合文化中心主义者给自己派定的边地角色，从历史陈迹之中发掘早已被西部人民淘汰的民情风俗，甚至编造伪俗以求取景观化效果。这些片面追求民俗化、追求地域特色的不良倾向，不仅不能增加作品的文化韵味，还削弱了乡土小说的时代气息，使之远离新农村建设的历史现实。而且，由于民情风俗、地域文化泛滥成灾，已经很难达到景观化的文本效果。或许可以说，民俗风情、地域色彩，已经不再是乡土小说/西部文学的独门暗器、制胜法宝了，这大概是那些追求地域特色的作家们始料未及的吧。

　　甘肃新时期乡土小说也存在过分追求民俗化的倾向。自王家达、柏原、张弛、浩岭等第一代乡土小说家凭借地域文化步入当代文坛，后继者不绝如缕，其中大量的民俗描写是买椟还珠式的，或伪民俗化的。这种现象多存在于甘肃三流乡土小说中，即便好评如潮的《大漠祭》也未能脱俗。另一方面，范文、唐达天、和军校等人的乡土小说把民俗风情有机融合在故事情节中，且注意挖掘深层文化底蕴，始终紧扣主题表达，使之凝聚在西部精神的言说中，成为叙述的有机组成部分，形成小说独特的文化魅力。这种地域文化描写是成功的，它突破乡土小说/西部文学惰性写作的成规，穿透已被固化的民俗风情、地域特色的表层色调，开掘西部文化丰富多彩的精神价值，展现了乡土小说/西部文学不断自主创新的强旺的生命力。

　　理想主义精神使甘肃乡土小说散发着温暖的光辉。生活在贫穷之地的甘肃作家似乎更执著于道德理想主义、集体主义和乡村诗意，对社会正义、时代进步、农民智慧和生活的喜剧性抱有淳朴的信心。在邵振国、柏原、王新军、唐达天等人的乡土小说中，不难体味这种温暖的情感。由此也造成甘肃新时期乡土小说的又一症结：缺乏敏锐的现实批判性。新时期以来的农村改革成绩与危机并存，尤其20世纪90年代以后更是积弊大作。刘醒龙、贾平凹、夏天敏、陈应松等作家敏锐把握农村不断出现的严重问题，以深切的现实关怀而引人注目。而甘肃作家似乎缺乏批判现实、针砭时弊的问题意识，也缺乏把握时代潮流的大局观、整体观，又不能深入农村汲取鲜活流动、变动不居的生活素材，从而一次又一次失去引领潮流的机会，只能尾随他人亦步亦趋，不能有效参与新农村建设的现实——王新军的乡村干部系列是一例。相对而言，柏原、和军校对农村政治的反思和批判较为深刻。

新时期甘肃乡土小说的最后一个症结是艺术手法和叙述风格单调，缺乏文体创新。当下甘肃文坛的乡土小说创作数量不菲，但具备鲜明文体意识和探索精神的作品并不多。老一代作家风格已经形成，基本定型。新一代作家大多追随流行风尚，存在模仿写作的问题，表现出性质不同但同样严重的写作危机，即艺术修养和思想修养欠缺，缺乏原创性——即使近年来广受瞩目的王新军、补丁也存在这一问题。一些文化程度不高但热爱写作的作家，比如沉静，他们有底层生活的丰富经验，民间语言的鲜活积累，对苦难的深刻体认，以及倾诉情感蓄积的蓬勃激情。假以超越性的思想视野、深厚的人文素养和高超的艺术技巧，他们是有实力写出厚重之作的。可惜目前这类作家的小说只能停留在一个相对较低的水平线上，重复陈旧的观念和方法，无法实现艺术攀升。

由于以上原因，甘肃乡土小说始终没有出现引领潮流的作品，也没有出现高屋建瓴把握时代精神、穿透历史风云的经典之作。也就是说，甘肃乡土小说始终没有实现思想性与艺术性的全面超越。在国内乡土小说的整体格局中，甘肃作家多追随潮流，步人后尘，未能提供新的发现与创造，严重限制了甘肃乡土小说的成就。只有清醒认识存在的问题与不足，甘肃乡土小说才能取得长足进步。

参考文献

1. ［英］詹姆斯·D.哈特编：《牛津美国文学词典》，牛津大学出版社、外语教学与研究出版社1993年版。

2. ［英］玛格丽特·德拉布尔编：《牛津英国文学词典》，牛津大学出版社、外语教学与研究出版社1993年版。

3. ［美］卡罗尔·卡尔金斯：《美国文学艺术史话》，人民文学出版社1984年版。

4. 丁帆：《中国大陆与台湾乡土小说比较史论》，南京大学出版社2001年版。

5. 陈继会：《中国乡土小说史》，安徽教育出版社1999年版。

6. 鲁枢元：《生态文艺学》，陕西人民教育出版社2000年版。

7. ［美］赛义德等：《后殖民主义文化理论》，陈永国等译，中国社会科学出版社1999年版。

8. ［德］乌尔里希·贝克、［英］安东尼·吉登斯、［英］斯科特·拉什：《自反性现代化》，商务印书馆2004年版。

9. 张京媛：《新历史主义与文学批评》，北京大学出版社1993年版。

10. ［英］汤因比等：《历史的话语：现代西方历史哲学译文集》，张文杰编，广西师范大学出版社 2002 年版。

11. ［英］戴维·洛奇：《小说的艺术》，王峻岩等译，作家出版社 1998 年版。

12. 海德格尔：《海德格尔选集》，上海三联书店 1996 年版。

13. 罗钢、刘象愚主编：《文化研究读本》，中国社会科学出版社 2000 年版。

14. ［美］詹姆逊：《政治无意识：作为社会象征行为的叙事》，王逢振、陈永国译，中国社会科学出版社 1999 年版。

15. 王德威：《想象中国的方法》，生活·读书·新知三联书店 1998 年版。

16. 李泽厚：《己卯五说》，中国电影出版社 1999 年版。

17. 曹锦清：《黄河边的中国》，上海文艺出版社 2000 年版。

18. 陈桂棣、春桃：《中国农民调查》，人民文学出版社 2004 年版。

19. 段崇轩：《九十年代中国乡村小说精编》，华夏出版社 1999 年版。

20. 苍狼等：《与魔鬼下棋——五作家批判书》，中国工人出版社 2004 年版。

21. 艾伟：《越野赛跑》，人民文学出版社 2001 年版。

22. 艾伟：《小姐们》，春风文艺出版社 2004 年版。

23. 毕飞宇：《玉米》，江苏文艺出版社 2003 年版。

24. 毕飞宇：《平原》，江苏文艺出版社 2005 年版。

25. 陈继明：《陈庄的火与土》，陕西师范大学出版社 2002

年版。

26. 陈应松：《松鸦为什么鸣叫》，长江文艺出版社 2005 年版。

27. 迟子建：《清水洗尘》，中国文联出版社 2001 年版。

28. 迟子建：《迟子建》，人民文学出版社 2000 年版。

29. 迟子建：《芳草在沼泽中》，中国青年出版社 2002 年版。

30. 关仁山：《野秧子》，大众文艺出版社 2002 年版。

31. 关仁山：《大雪无乡》，百花文艺出版社 1997 年版。

32. 关仁山：《天高地厚》，十月文艺出版社 2002 年版。

33. 鬼子：《被雨淋湿的河》，时代文艺出版社 2001 年版。

34. 韩少功：《马桥词典》，作家出版社 1996 年版。

35. 何申：《多彩的乡村》，人民文学出版社 1999 年版。

36. 何申：《来年还种莜麦》，大众文艺出版社 2003 年版。

37. 何申：《年前年后》，百花文艺出版社 1997 年版。

38. 黄建国：《蔫头耷脑的太阳》，敦煌文艺出版社 1997 年版。

39. 贾平凹：《土门》，春风文艺出版社 1996 年版。

40. 贾平凹：《高老庄》，长江文艺出版社 1999 年版。

41. 贾平凹：《怀念狼》，作家出版社 2000 年版。

42. 贾平凹：《秦腔》，作家出版社 2005 年版。

43. 刘庆邦：《民间》，新疆人民出版社 2002 年版。

44. 刘庆邦：《心疼初恋》，京华出版社 1995 年版。

45.《刘庆邦中短篇小说精选》，花山文艺出版社 2002 年版。

46. 刘庆邦：《响器》，上海文艺出版社 2003 年版。

47. 刘庆邦：《从写恋爱信开始》，国际文化出版公司 2004年版。

48. 刘庆邦：《平原上的歌谣》，上海文艺出版社 2004年版。

49. 刘庆邦：《遍地白花》，新世界出版社 2002 年版。

50.《刘醒龙文集》，群众出版社 1997 年版。

51. 刘醒龙：《生命是劳动与仁慈》，人民文学出版社 1996年版。

52. 刘醒龙：《弥天》，上海文艺出版社 2002 年版。

53. 刘玉堂：《福地》，黄河出版社 1996 年版。

54. 刘玉堂：《最后一个生产队》，作家出版社 1998 年版。

55. 刘玉堂：《乡村温柔》，作家出版社 1998 年版。

56. 刘震云：《故乡天下黄花》，中国青年出版社 1991年版。

57. 刘震云：《故乡面和花朵》，华艺出版社 2001 年版。

58. 李佩甫：《无边无际的早晨》，华夏出版社 1997 年版。

59. 李佩甫：《羊的门》，华夏出版社 1999 年版。

60. 李佩甫：《城的灯》，长江文艺出版社 2003 年版。

61. 李洱：《石榴树上结樱桃》，江苏文艺出版社 2004年版。

62. 彭瑞高：《本乡有案》，上海文艺出版社 1997 年版。

63. 乔典运：《问天》，中原农民出版社 1994 年版。

64. 石舒清：《暗处的力量》，花山文艺出版社 2001 年版。

65. 石舒清：《开花的院子》，时代文艺出版社 2001 年版。

66. 孙慧芬：《歇马山庄》，人民文学出版社 2000 年版。

67. 孙慧芬：《上塘书》，人民文学出版社 2004 年版。

68. 谭文峰：《走过乡村》，百花文艺出版社 1996 年版。

69. 田中禾：《轰炸》，华夏出版社 1997 年版。

70. 夏天敏：《飞来的村庄》，中国文联出版社 2005 年版。

71. 夏天敏：《好大一对羊》，云南人民出版社 2006 年版。

72. 徐庄：《废黄河》，海峡文艺出版社 2002 年版。

73. 雪漠：《大漠祭》，上海文化出版社 2000 年版。

74. 雪漠：《猎原》，十月文艺出版社 2003 年版。

75. 雪漠：《狼祸》，中国文联出版社 2004 年版。

76. 阎连科：《耙耧天歌》，北岳文艺出版社 2001 年版。

77. 阎连科：《日光流年》，花城出版社 1998 年版。

78. 阎连科：《受活》，春风文艺出版社 2004 年版。

79. 杨争光：《老旦是一棵树》，中国社会科学出版社 1993 年版。

80. 杨争光：《黑风景》，长江文艺出版社 1993 年版。

81. 杨争光：《鬼地上的月光》，北京师范大学出版社 1993 年版。

82. 杨争光：《从两个蛋开始》，人民文学出版社 2003 年版。

83. 尤凤伟：《泥鳅》，春风文艺出版社 2002 年版。

84. 余华：《兄弟》，上海文艺出版社 2006 年版。

85. 张炜：《九月寓言》，上海文艺出版社 1993 年版。

86. 张学东：《跪乳时期的羊》，作家出版社 2003 年版。

87. 赵德发：《缱绻与决绝》，人民文学出版社 1997 年版。

88. 赵德发：《君子梦》，人民文学出版社 1999 年版。

89. 赵德发：《青烟或白雾》，人民文学出版社 2002 年版。

90. 张继：《去城里受苦吧》，山东文艺出版社 2004 年版。

91. 张继：《玉米地·玉米地》，百花文艺出版社 1998 年版。

92. 张继：《人样》，山东文艺出版社 2001 年版。

93. 张继：《村长的耳朵》，山东文艺出版社 2001 年版。

94. 王方晨：《王树的大叫》，山东文艺出版社 2000 年版。

95. 王方晨：《祭奠清水》，山东文艺出版社 2004 年版。

96. 莫言：《丰乳肥臀》，作家出版社 1995 年版。

97. 莫言：《檀香刑》，作家出版社 2001 年版。

98. 莫言：《四十一炮》，春风文艺出版社 2003 年版。

99. 莫言：《生死疲劳》，作家出版社 2006 年版。

100. 迟子建：《额尔古纳河右岸》，北京十月文艺出版社 2008 年版。

101. 周大新：《湖光山色》，作家出版社 2006 年版。

102. 贾平凹：《高兴》，人民文学出版社 2008 年版。

103. 唐达天：《沙尘暴》，现代出版社 2009 年版。

104. 王新军：《最后一个穷人》，敦煌文艺出版社 2008 年版。

后　记

　　几经周折，我的第一本专著终于出版了。懒散如我，看到自己辛苦工作的成果打扮整齐，盛装面世，也不免欣欣然。

　　本书的主体部分是我在兰州大学的博士论文，后来在工作单位申报了甘肃省哲学社会科学规划项目（2007 年度）"乡土文学、西部文学与社会主义新农村建设研究"，在山东大学做博士后期间进一步补充完善，终于成为今天这个样子。

　　我不太擅长运用抽象概念进行理论推演，所以我的文章多从具体作家作品入手透视文学史的发展，自己觉得格局小、立意低，很羡慕那些视野开阔、满篇新概念的文章。但是，我的导师程金城先生始终鼓励我说，从作品入手，通过细读写出自己独特的感悟，这正是我最大的优点，它使我这本书的每一部分都具有可读性。武汉大学教授於可训先生在我的博士论文匿名送审时所写的评议意见也肯定了这一点："我很欣赏《1990 年代以来中国乡土小说研究》作者的研究理念和研究方法。从作者所说的'理论阐释'，转向同样是作者所说的'审美感悟'，不仅仅是一个研究理念和方法的转变，同时也是对研究者的学养和能力的一个检验。从这个意义上说，我觉得，这篇博士学位论文的意义，不但在于直击时弊倡导一种新的学风，而且也在于它敢为人先，作了一个有益的试验。读这篇论文，给我一个强烈的印象，是作者对 1990 年代以来中国的乡土小说，有丰富的阅读经验，以这种阅读经验为基础，作者对这期间乡土小说所作的分类概括，就有了可靠的依据。同样是从这种阅读经验出发，作者对这期间不同类型的乡土小说的创作特征的归纳，也就显得切实可信。而且在整个行文的过程中，作者还不忘对这种归纳和概括，进行具体的实证分析，以印证他的阅读经验。这种从感性经验到理论抽象，又再回到感性经验的方法，今天虽然显得有点'陈旧'，但对作为一种审美形态的文学对象来说，在研究中依然是有效和适用的，因而有它不可轻视的意义和作用。在这些方面，都表明作者有良好的文学审美素质，和较强的艺术感悟能力。正因为如此，所以这篇论文的最大特点，是个案分析的精细入微而又见解独到，读来如行山阴道上，景物明灭、山石变幻，给人美不胜收之感。"对于前辈学者的谬奖我深感惭愧，但正是他们的鼓励让我坚持下来，面对过去有了些许欣慰。

一直以来，对自己写完发表的东西我从不愿意看第二眼。但修改清样的过程中我不得不一再重读论文，就像一个怕丑的人逼迫自己揽镜自照，这过程既痛苦又甜蜜。痛苦的是，我依然感觉自己缺乏强大的理论概括力，没能更大幅度地整体提升论文的理论水平，在今后的研究中必须引以为戒；甜蜜的是，对于自己的审美感悟和语言表达我基本满意，这个写作的我比现实生活中的我能言善辩，不乏文采和魅力，使我有信心继续在文学评论和研究的道路上走下去。希望这本书能够引导我的同行和文学爱好者们进入 20 世纪 90 年代以来的乡土小说，和我一起品味"沉没与再造"的乡土情怀。

感谢我的四位导师：兰州大学程金城教授，山东大学郑春教授，西北师范大学彭金山教授、张明廉教授。他们不仅在学术研究上给我宝贵的指导和无私的帮助，还以他们清洁的精神、高尚的品德成为我人生道路上的良师益友。另外，我还要感谢山东作家赵德发先生，他不辞辛苦给我邮寄资料，让我感受到山东人真诚的品格和友谊。

本书的出版得到甘肃省哲学社会科学规划办公室的项目资助，兰州城市学院提供了博士科研启动基金，山东大学博士后流动站给我的研究提供了博士后研究经费和图书馆电子资源，在此一并致谢。

作者

2009 年 12 月 8 日